先秦汉魏六朝叙事诗研究

李鸿雁◎著

中国社会科学出版社

图书在版编目(CIP)数据

先秦汉魏六朝叙事诗研究/李鸿雁著.—北京:中国社会科学出版社,2017.4

ISBN 978-7-5161-9754-7

Ⅰ.①先… Ⅱ.①李… Ⅲ.①古典诗歌—叙事诗—诗歌研究—中国—先秦时代—魏晋南北朝时代 Ⅳ.①I207.22

中国版本图书馆CIP数据核字(2017)第013510号

出 版 人 赵剑英
责任编辑 李炳青
责任校对 张依婧
责任印制 李寡寡

出 版 中国社会科学出版社
社 址 北京鼓楼西大街甲158号
邮 编 100720
网 址 http://www.csspw.cn
发 行 部 010-84083685
门 市 部 010-84029450
经 销 新华书店及其他书店

印刷装订 北京明恒达印务有限公司
版 次 2017年4月第1版
印 次 2017年4月第1次印刷

开 本 710×1000 1/16
印 张 19
插 页 2
字 数 325千字
定 价 70.00元

目　　录

序

在中国古典叙事诗的研究中，学术界有一种似乎已成共识性的倾向，即套用西方叙事诗的模式和学术界定，认为中国传统的古典“叙事诗不发达”。对于这一结论正确与否在此不作讨论，我们这里要阐述的是中国早期文化的演变与中国式“叙事诗”的传统问题。当然，这是一个比较复杂的重大问题，绝不是这篇小序能够说清楚的，只能简单地谈点并不成熟的认识。

说到中国式“叙事诗”，人们自然会想到在我国已经整理出版的纳西族、满族、蒙古族、藏族、羌族、白族、瑶族、拉祜族、柯尔克孜族、维吾尔族等少数民族中保存下来的非常古老的创世神话、英雄神话等几十部长篇叙事史诗。这些长篇叙事史诗虽然其文本记录整理的年代并不特别古远，但和古希腊、古印度等的长篇叙事史诗的性质、模式有着太多的相似或相同之处，而其故事发生的时代或更加幽远神秘。所以，我们一直认为，汉族的先民也必然有过这样的口传长篇叙事的“史诗”，但是由于这一族群较早地进入了“知性”时代，也就是说，在文字产生之前的颛顼“绝地天通”的传说时代，原始氏族社会组织就在这一大的历史背景下得到整合，各部族的长篇叙事“史诗”也被逐渐消解，到了文字广泛使用的商末周初时期，由于周王朝封建国家的建立，只有《生民》等讲述姬姓周族祖先故事的史诗以祭歌的方式才得以较多地保存，而像《诗经·七月》等篇幅较长的纯生活叙事诗也已经很少，大量的是短篇叙事诗，从而就形成了汉族叙事诗的特有传统，而历史记事则由已经发达起来的《尧典》等记事文和《纪年》等国史所承担，叙事和叙事诗也由此分野。在这一过程中由于叙事诗受到诗自有形式的限制，其记事功用自然受到了弱化，而情感表达则成为其基本功用，而诗歌固有的叙事性在先秦也不可能完全丧失，这在《诗经》《楚辞》中仍可清晰见到，并且后来的汉乐府、魏晋南北朝的《孔雀东南飞》《木兰诗》、唐代的《长恨歌》《琵琶行》等叙事诗，都表现出了中国式叙事诗“一诗一事”的基本特征。正因为如此，对于完整丰富的中国古典诗歌史而言，叙事诗仍是一个独特的文学样式，也形成了中国叙事诗的独特存在形式，只是我们在较多地接受了西方范式和话语系统后，对中国古典叙事诗的研究成为一个相对单薄的领域。

“先秦汉魏六朝叙事诗”是中国叙事诗史、中国诗史上的一个重要组成部分，有着丰富多彩的文学成就和历史文化内涵。鸿雁博士的《先秦汉魏六朝叙事诗研究》一书，从文学史论和学理两个层面对这个时期的叙事诗进行了梳理总结，既有历时性的深入考察，也有共时性的系统观照。在准确把握中国式叙事诗内涵的基础上，顺着先秦、两汉、魏晋南北朝的历史轨迹，对各个不同时期的叙事诗产生的原因及基本情况做了较为深入的历时性研究，围绕各个不同时期叙事诗发展的内在理路和具有代表性的作品，并通过对其历史背景的综合考察，比较准确地总结了各个时期叙事诗的基本特征和演进轨迹，具有明显的文学史论的特性。在此基础上，借鉴西方的叙事理论对先秦汉魏晋南北朝叙事诗的整体发展做了共时性的研究，力图从叙事模式上总结各个不同时期叙事诗的共性特征，揭示中国式叙事诗发展的内在理路，表现出深层的学理上的思考和总结。

叙事诗研究首先面对的是什么是叙事诗，叙事诗的起源与叙事诗的基本特征问题。本书通过金文、《周易·卦爻》及后世的典籍，探究叙事诗的起源，进而界定叙事诗，并对叙事诗的特征作出理性的阐释，然后按照时代剖析叙事诗的历史脉络及主要特征。先秦叙事诗以《诗经》《楚辞》为标志，在《诗经》与叙事史诗和短篇的探讨中，首先对《诗经》史诗论争加以总结和研究，确认史诗的存在，并探究周人史诗与先周历史的关系，总结史诗的叙事模式；然后考察了《诗经》中的叙事短篇，总结《诗经》的叙事模式；在《楚辞》与神话叙事诗的考察中，探究神话叙事诗的起源、神话叙事诗的意义与价值。关于汉代乐府叙事诗与民间叙事诗，在综论汉代叙事诗基础上，进一步研究了汉乐府的确立与演进、题材内容与叙事模式等方面的问题，并对以《古诗十九首》为代表的文人叙事诗从题材类型和叙事模式等方面做了较为深入的考究。对魏晋南北朝叙事诗做了比较宏观的考察，特别是对这一时期两种重要的叙事诗类型即咏史诗和纪传类叙事诗进行了颇有意义的研究。全书终以叙事诗的模式研究，借鉴西方叙事理论及其中国化演进过程，从叙事内容、叙事语言维度剖析先秦汉魏六朝叙事诗的特点，这种学术上的探索将对未来的叙事诗研究产生一定的积极影响。

李鸿雁博士在获得文艺学的硕士学位之后，又以《唐前叙事诗研究》获得了东北师范大学中国古代文学专业的博士学位。以这种学缘背景的差异，鸿雁博士以超常的顽强毅力和勤奋精神，不仅在先秦汉魏六朝叙事诗的学习探索中丰富了自己的学识学养，也较好地完成了博士学位论文的撰写工作，她由文艺学向中国古典文学的学术转型过程，既是她学习生涯中最痛苦难忘的一段经历，也为她拓展了一片新的学术天地，中外、古今两种不同的文化在她那里得以融通，必将结出更加丰硕的教学和研究成果。鸿雁博士毕业后又入哈尔滨师范大学中国古代文学博士后流动站，深受合作导师傅道彬教授深厚学术造诣的启润，其学养得到大步提升，在其博士学位论文经过这几年的沉淀修改即将出版之际，我作为她博士论文的指导教师特为之序，以之作为我们师生之间学术生命的存证。

曹书杰

2016 年 5 月 4 日

绪　论

先秦汉魏六朝叙事诗是中国诗歌史的一个重要组成部分。中国是诗歌的王国，在这个国度里，诗歌一直是其代表文体。原始歌谣、《诗经》《楚辞》、汉乐府、魏晋南北朝诗歌、唐诗、宋词、元曲，都以其含蓄的语言、幽远的意境和深厚的底蕴让人们为之陶醉，在中国文学史上，构成了一篇篇华美的乐章，散发出夺目的璀璨。闻一多先生说："我们这大半部文学史，实质上只是一部诗史"，"诗似乎也没有在第二个国度里，像它在这里发挥过的那样大的社会功能。在我们这里，一出世，它就是宗教，是政治，是教育，是社交，它是全面的生活。维系封建精神的是礼乐，阐发礼乐意义的是诗，所以，诗支持了那整个封建时代的文化"。[①]

谈起诗歌，人们自然会想起《尚书·尧典》中所记载的"诗言志，歌永言，声依永，律和声"[②] 和《毛诗大序》中所言："诗者，志之所之也，在心为志，发言为诗。情动于中而形于言，言之不足故嗟叹之，嗟叹之不足故永歌之，永歌之不足，不知手之舞之，足之蹈之也。"[③] 正因为这种"言志"的理论一直为人们所普遍接受，以致长期以来人们形成了这样的误区，认为诗歌就是言志抒情的，中国古典诗歌就是抒情诗。诗言志、诗缘情，抒情诗构成了中国诗歌史永恒的基调，中国诗歌钟情于抒情诗，但这并不是说中国没有叙事诗，中国人不爱叙事诗。实际上中国不仅抒情诗丰富多彩，叙事诗也蔚为大观。闻一多先生曾说

① 闻一多：《神话与诗》，上海世纪出版集团 2006 年版，第 165 页。

② 张少康：《中国文学理论批评史资料选注》，北京大学出版社 2013 年版，第 13 页。

③ 同上书，第 33 页。

"'诗'的本质是记事的"①，对叙事诗作出研究，对叙事诗作出理性的阐释，是完全必要的。

以原始歌谣、《诗经》《楚辞》、汉乐府、魏晋南北朝诗歌为代表的先秦汉魏六朝叙事诗是中国叙事诗的滥觞与发展阶段，这一阶段多为关于《诗经》《楚辞》、汉乐府等叙事诗的专题研究，成绩斐然。同时，这一时期也是叙事诗研究的一个薄弱阶段，至今未见一部比较完备齐整的、整体性的先秦汉魏六朝叙事诗研究专著。因此，对先秦汉魏六朝叙事诗进行独立的、系统的、深入的研究与总结很有必要。

第一节　研究目的和意义

一　选题的主要依据

研究先秦汉魏六朝叙事诗，就必须理解叙事。叙事，在今天看来，是我们生活中必要的也是必需的，它是人类特有的一种行为，在社会交往中几乎每时每刻都在发生，是我们生活中不可或缺的需要。人类的生活就是一段段故事，故事的延续就是人类的延续，记录这些故事就是记录人类的历史。人类的历史需要记录与传承，叙事文本（叙事诗歌、叙事散文）是记录人类历史的重要精神载体。

西方叙事文学具有自己独特深远的美学史与文化史意义。从《荷马史诗》至今，西方叙事文学蔚为大观。当下的叙事文学给了西方文学以新的契机、新的生命，西方文学在叙事文学的陪伴下进入了一个新的时期——以叙事方式完善和展现自身的时期。在西方文学史上，叙事的作用是不能替代的。与此相适应的西方叙事理论也是极为发达的，尤其是20世纪80年代出现的结构主义叙事学，更使叙事文学与叙事理论的研究实现了新的跨越，达到了一个较高的水准。

在中国文化中，尽管叙事传统悠久而深厚，出现了诸如先秦散文等叙事文学，但比起中国抒情文学，叙事文学和叙事理论的研究还有许多空白。近年来，随着西方叙事理论的引入，为中国叙事诗的研究提供了新的视角，叙事学的研究取得了一定的成果，然而遗憾的是，我们对中

---

① 闻一多：《神话与诗》，上海世纪出版集团2006年版，第153页。

国叙事诗还是缺少整体认知与把握。其实，叙事诗在中国诗歌史上同样占有重要地位，它值得每一个炎黄子孙了解与把握。

中国叙事诗研究的卓越成果突出体现在唐代与唐代以后叙事诗的系统梳理与总结上。唐代叙事诗研究论著有高永年《唐代叙事诗研究》，对唐代叙事诗进行了品鉴，并作了概括性的论述，以及它对后世的深远影响。台湾梁荣源《唐代叙事诗研究》、张国相《唐代乐府诗之研究》、田宝玉《中国叙事诗的传承研究——以唐代叙事诗为主》、俞炳礼《白居易研究》、梁国标《白居易及其讽谕诗之探讨》、黄兆康《白居易新乐府研究》、张修蓉《中唐乐府诗研究》、廖美云《元白新乐府研究》、林明珠《白居易叙事诗研究》、侯配晴《白居易叙事诗美学研究——以讽谕诗、感伤诗为主》、邱晓淳《白居易叙事诗研究》等。他们对唐代叙事诗的研究或是集中于唐代叙事诗的整体面貌进行考察，或者对某些叙事诗进行个案研究，从思想深度和艺术领域等方面进行剖析，从各个角度与侧面考量与研究唐代叙事诗。

唐代以后叙事诗在中国叙事诗史上已然成熟。诸如程相占《吴伟业与中国古代叙事诗》介绍了以清代吴伟业为代表的唐后叙事诗的典型特质。吴诗大量描写沧桑变革之际的重大事件和风流人物，取材广泛，叙述真实，叙事诗反映重大家国兴亡之事。在艺术上，其诗近体大抵与陈子龙相似，取径盛唐，古体特别是七言歌行，则摒弃盛唐，学习初唐四杰和中唐元白，陶冶熔铸，形成“梅村体”。“梅村体”的艺术特点，是采用长篇叙事的体例，使典用事的技巧，平仄协调的声律，华美佚丽的语言。吴伟业的叙事诗在内容与形式的结合上臻于相对完美的境界，可以说达到了古代叙事诗的高峰。清代叙事诗实际上已经日臻成熟与完善。

当然，对于叙事诗而言，整体研究中国叙事诗也不乏论著。程相占《中国古代叙事诗研究》，以一种全新的理论视野、独特的理论框架以及不同寻常的历史分期，对中国古代叙事诗进行了宏观研究，力求探索中国诗学研究与著述的新途径，对于20世纪80年代以来的“重写文学史”的学术口号作出了切实的回应。论著侧重于方法论的尝试，未对叙事诗史总体描绘。高永年《中国叙事诗研究》，主要以唐代叙事诗为主，探讨了先秦至当代的叙事诗。台湾吴国荣《中国叙事诗研究》等等。他们的论著皆侧重某个方面，或选择某个角度，但整体上对先秦汉魏六朝叙事诗的介绍都相对薄弱或有所忽略。

较之唐后叙事诗，先秦汉魏六朝叙事诗的研究虽然成果不少，但多为专题研究，缺少对叙事诗史的整体梳理与把握。陈来生《史诗·叙事诗与民族精神》、王运熙《乐府诗述论》、张永鑫《汉乐府研究》、钱志熙《魏晋南北朝诗歌史述》、台湾黄羡惠《两汉乐府古辞研究》、林彩淑《汉魏叙事诗研究》等也是成绩斐然之作，都是对先秦汉魏六朝叙事诗某一时期、某一阶段的重要总结。但是，我们也不得不清醒地认识到，尽管前辈学者对先秦汉魏六朝叙事诗有所把握，但是迄今为止，还未见一部比较完备齐整的、整体性的先秦汉魏六朝叙事诗研究专著。

上述因素是笔者选择先秦汉魏六朝叙事诗作为研究对象的重要原因，当然从研究领域空间而言，先秦汉魏六朝叙事诗留给我们无尽的研究空间，它的意义与价值值得我们后学开掘与整理、研究与传承。

首先，先秦汉魏六朝叙事诗（原始歌谣、《诗经》《楚辞》、汉乐府、魏晋南北朝诗歌）是中国叙事诗的源头。任何事物都有其逻辑的起点，中国叙事诗从远古走到今天，自然有其产生与发展的必然性。诗歌作为最早的一种文学样式，是人类生存过程中不可或缺的精神需求，叙事诗因着人类的劳动而产生，伴随着人类的成长而成熟。它记录着原始先民简朴的生活，表述着原始先民丰富的内心情感，传递着原始先民对生活的美好希冀。早期叙事诗是中国诗歌的开端，是中华民族早期的歌唱。解读与研究中国叙事诗，就必须从它的源头开始。早期叙事诗奠定了中国叙事诗的特色，它的叙事不以情节取胜，常常在叙事中抒情，形成中国叙事诗独有的叙事形态。呈现经由狩猎歌、宗教祭祀歌、历史和民间故事到关注国家命运的演进轨迹，在此过程中，先秦汉魏六朝叙事诗内容无所不包、题材无所不容，在内容上，关注与描写社会民生、反映现实，中国古典叙事诗清晰地展示了古代诗人们那种直面现实人生，以反映民生疾苦为己任的审美意识，以及自觉地将自己的创作纳入一定的社会政治联系之中。正是这种审美主体对现实的审美体验和对历史的理解，才构成了中国古典叙事诗艺术传统与西方古典叙事诗艺术的鲜明差别，即现实主义创作精神与主题追求。正是这种现实主义的创作精神，决定了先秦汉魏六朝叙事诗的主题追求以及其中所体现的人文理想及价值理念。在形式上，从齐整的四言、五言、杂言到七言，合辙押韵，语言流畅，从内容、形式到语言不断地从民间文学汲取营养，叙事与抒情相结合。正是这些优良的传统，滋养了后代的诗人，促进了叙事诗的发展，“史家只载得一时事迹，诗家直显出一时气运”① 的审美意识，是古代诗人对历史进行反省、对现实进行思考的结果。同时，这也使古典叙事诗现实主义创作原则，凝聚了沉重深厚的历史感，并产生了大量具有历史意义的作品。先秦汉魏六朝叙事诗的这种精神直接影响后世。这在唐代伟大诗人杜甫与白居易以及后代文人那里得到了充分的表现，促使他们创作出了《三吏》《三别》《长恨歌》等一系列著名的叙事诗篇，从而使叙事诗以其独特的视野与风格、富有魅力的情节与语言、鲜明的人物形象，在古代诗歌史上与数目众多的抒情诗相映生辉。可以说，没有早期叙事诗提供的内容与形式诸方面的范本，就不会有唐代及以后中国叙事诗的辉煌。

其次，从目前的研究现状而言，正如上面我们所论及的那样，先秦汉魏六朝叙事诗尽管对以后的叙事文学产生了深远影响，但它的研究还有许多不尽如人意的地方。文学的研究中时常存在种种误区，“因时光流逝而‘遗忘’”的情况比比皆是。对此，陈平原先生在“对历史研究方法的反省”中，特别强调及要求“回到现场”“回到历史”去“触摸历史”的阐释方法，② 选择先秦汉魏六朝叙事诗也是基于这样的一个原因。追本溯源，回到原典，回望历史，才能把握今天。先秦汉魏六朝叙事诗在方法论上也有许多值得后人学习借鉴之处，但是后学也未能很好地全部跟进与总结，大部分学人是抱着当下的需要，而去阐释历史，理解古代的。对此，葛兆光先生曾说过，历史阐释的方法论，不仅关键在于所谓的“顺着讲”，而且其合理及合法性，还在于它的尺度、理论及标准都来自历史的感觉，而不像意义阐释那样，仅出自于当下的需要。③ 黄修己先生也指出，为了避免这种学术研究的误区，应该“通过

---

① 余成教：《石园诗话》，见郭绍虞编《清诗话续编》（下），上海古籍出版社 1983 年版，第 1750 页。

② 陈平原等编：《触摸历史——五四人物与现代中国》，广州出版社 1999 年版，第 49—52 页。

③ 葛兆光：《中国禅思想史》，北京大学出版社 2000 年版，第 40 页。

史实自然地流露出来，当为上乘之作”[①]。也就是说，只有以史实为依据，正确地解读先秦汉魏六朝叙事诗的阐释方法，才有可能通过对中国叙事诗公正、全面、整体的考察，了解与把握中国叙事诗的内在理路，描绘出中国叙事诗发展的清晰脉络。而这些恰恰是抒情诗难以传达与表述的。

基于上述原因，选择先秦汉魏六朝叙事诗作为研究对象就是可行的，而且先秦汉魏六朝叙事诗的以往研究成果也为今人的研究提供了坚实的研究基础。

二　研究目的和意义

一个民族有一个民族的文化，悠悠千古叙事诗，记录了中华民族的世事变迁，从稚嫩的童年、懵懂的少年，一路走到今天。在这些优美的叙事诗中，我们见到了祖辈真切的生活、亲切的身影、深情的呼唤，它是一个民族不能割舍的历史，流淌在我们后辈的血液里，告诉我们：我们怎样走到今天，又将如何走向未来！先秦汉魏六朝叙事诗在中国文学史上具有不可或缺的重要地位与影响。

（一）研究的主要目的

中国是一个幅员辽阔、历史悠久的文明古国。从远古至今，中华民族创造了世所罕见的物质文明与精神文明。今天，历史远去了，暗淡了刀光剑影，远去了鼓角铮鸣，历经世事沧桑，岁月磨砺，那些历史记忆已在人们的脑海中渐渐褪色，也许物质会随时间的流逝而消失，但精神却永远不会随风逝去，它会以另一种载体永存，记录下这片土地上生活过的人们，记录他们的劳动与生活、欢乐与悲伤，记录这个民族丰富的历史经历和心灵世界，描写他们的悲与喜、苦与乐，讲述他们真实的生存境况，聆听他们真实的情感诉求，抒写他们真正的心灵史，这就是诗。卡西尔说诗是人类的母语，每个民族的历史都是从诗歌开始的，那时的历史也就是诗。诗歌是人类精神的璀璨花朵，是人类艺苑的亮丽风景，它能带给人无尽的精神享受，让人们暂时超越熙熙攘攘的现实，而升腾到一种心醉神迷的境界，达到一种审美的体验。尤其是当下，我们

① 黄修己：《中国新文学史编纂史》，北京大学出版社1995年版，第530页。

正处在一个艰难而急剧转型的时代，一个缺失了信仰与崇高的时代，一个缺失了爱与美的时代，一个缺失了诗意的时代，一个平面化、虚无化的时代，一个精神分裂、意义紊乱的时代，一个非理性的、商业媚俗的时代，一个精神生活越来越粗俗化的时代，一个不尚思辨的时代。大众文艺和文化为了商业利益，不惜媚俗，这使我们缺失了许多这个民族灵魂深处最可宝贵的精神品格，而诗歌恰恰能够帮助我们重拾对真善美的向往，能够使我们诗意地生存，使我们拥有形而上的追求，拥有对人类的深切关怀。对先秦汉魏六朝叙事诗的研究，是从起点开始探索古典诗人的心灵世界，寻找中国古典文学的源头活水。中国人不单要研究抒情诗，还要努力总结自己的叙事诗。这样才能在回归故土、缅怀家园的时候聆听古老世界的声音，进而获得一种前所未有的力量。因为人类选择了文学和艺术，意味着人超越了本能、超越了时空、超越了实在，从肉体的欲望中解放出来；而文学又以自己特殊的魅力，慰藉着人的心灵，观照着人的生存，成为与物质世界比肩而立的人类精神文明的灯塔。先秦汉魏六朝叙事诗正是提供了这样的一种可资借鉴的精神滋养，从而达到对人们日益世俗的日常生活的反拨与修正，对人们空荡失落的灵魂的解放与救赎。

先秦汉魏六朝叙事诗有着丰富多彩的历史文化内涵，它是人类早期瑰丽的文化遗产，作为四大文明古国之一，在这块独特的物质与精神文化的土壤上，中华民族度过了自己稚嫩而健康的童年。同样也是在这块土地上，诞生了中华民族丰富多彩、绚烂多姿的文学艺术，它记录了中华民族如梦般的童年时光。先秦汉魏六朝叙事诗对当时的社会形态、宗教活动、田园耕作、体育竞技、家庭生活、商品交换、风俗礼仪都作了生动的描绘。它不仅是一种特定的历史文化积淀，而且也是诸如文化学、社会学、宗教学、艺术学、文献学、考古学、历史学等诸多学科所关注与研究的对象。

任何一种言说或者文本的形成都是各种关系的必然产物。先秦汉魏六朝叙事诗的生成，有其社会的文化的外部原因，诸如社会经济、政治、文化的影响，但从艺术内部来讲，它是诗歌自身发展的必然结果。纵观叙事诗发展的历史，早期叙事诗虽然简单，但却是那个时代的人民“缘事而发”对现实审美的结果，而且叙事的诸种要素都是齐备的。随着艺术经验的积累和对生活认识的深入，叙事诗在内容蕴涵、篇章结构、艺术手法上不断丰富发展，逐步走向成熟。

先秦汉魏六朝叙事诗的研究目的就是试图对先秦汉魏六朝叙事诗进行系统整体的梳理。本书首先确定叙事诗的内涵，分析叙事诗产生的原因。然后按照时间顺序，剖析包括先秦叙事诗、汉代叙事诗、曹魏时期叙事诗、两晋时期叙事诗、南北朝时期叙事诗在内的先秦汉魏六朝叙事诗。

先秦叙事诗主要探究先秦时代的原始劳动歌谣、《诗经》中的史诗和民间唱事、以屈原为代表的神话叙事诗；汉代叙事诗主要探究汉乐府诗与文人叙事诗；曹魏时期叙事诗主要探究以“三曹”为代表的建安文人的“拟乐府”叙事诗；两晋时期叙事诗主要探究异于前代的注重形式的“拟乐府”和以田园诗著称的陶渊明的叙事诗；南北朝叙事诗主要探究南朝抒情风味浓郁的咏史诗和北朝以《木兰诗》为代表的纪传诗。在历时性的梳理中，把握从《诗经》发源，经汉乐府叙事诗，至南北朝时期的先秦汉魏六朝叙事诗的现实主义叙事风格并分析先秦汉魏六朝叙事诗的叙事模式。在共时上，借鉴西方兴起于20世纪六七十年代的结构主义文论，结构主义的特征是否定主观批评，要求理性认识文学，把文学看成一个整体，运用文化研究探究文学。但他们对于作者、读者、社会生活等几个方面关注甚少，它着重研究的是文学作品的层面，而在对文学作品的研讨中，注重对作品结构作客观分析，叙事作品的结构要比抒情作品复杂，因此对叙事作品的研究在结构主义文论中占有很大分量。借用叙事学这一新的研究方法，探究先秦汉魏六朝叙事诗的叙事模式也是本书所做的一种有益尝试。

前人对先秦汉魏六朝叙事诗的诸多方面都已作了较为深入的独立研究，只是我们一再强调，这种研究还没有系统化、体系化、完整化，前辈学人的翔实的资料储备和研究成果将是本书研究的不尽源泉，也是本书研究的坚实基础，站在前人的肩膀上有所发现与总结，这就是本书想要达到的一个基本目的。

（二）研究的主要意义

正如前文所论及的那样，诗歌作为人类最古老的艺术，是人类不可或缺的伟大精神瑰宝。叙事诗更是记录人类成长的重要载体，研究叙事诗就是在观照与回顾前辈的足迹，寻找我们民族的根。西方人说，不因时光的流逝而割裂我们对过去的热情，热爱历史也正是热爱我们自己。从这个意义上说，对先秦汉魏六朝叙事诗进行研究，不仅是有意义的，而且是有益的。

童庆炳先生曾指出，文学是一种审美的体验。审美体验是人性的一种潜能，将这种潜能发挥出来是人性的完全表现。因此，审美体验是真正的人必须有的体验，"这也就是说，在审美体验中，人们暂时超越了周围的纷扰的现实，而升腾到一种心醉神迷的境界。正是在这个意义上，我们说审美是自由在瞬间的实现，审美是苦难人生的节日"。[①] 在审美的瞬间，人的以情感为中心的全部心灵世界都打开了门窗，实现了完全的舒展、自由与和谐。美国人本主义心理学的主要代表人物马斯洛说："在这些短暂的时刻里，他们沉浸在一片纯净而完善的幸福之中，摆脱了一切怀疑、恐惧、压抑、紧张和怯懦。他们的自我意识也悄然消逝。他们不再感到自己与世界之间存在着任何距离而相互隔绝，相反，他们觉得自己已经与世界紧紧相连融为一体。他们感到自己是真正属于这一世界，而不是站在世界之外的旁观者。"[②] 美国美学家乔治·桑塔耶纳说："审美的欣赏和美在艺术上的体验，是属于我们暇时生活的活动，那时我们暂时摆脱了灾难的愁云和忧恐的奴役，随着我们性之所好，任它引向何方。"[③] 学者们在这里传递出的意思无外乎是只有文学可以给生活在浮世中的人们带来希望与未来。实际上，作为文学的一个重要体裁——诗歌，尤其是叙事诗，是我们认知世界、认知先人生活的一个重要参照，也是我们寻找塑造这个民族灵魂的重要依据。叙事诗带给我们的正是这种审美的实现。从这个意义上说，对先秦汉魏六朝叙事诗的研究，无论怎样评价它的意义都不为过。

古今学者本应对先秦汉魏六朝叙事诗这一最能代表也最能使我们了解古老中国的文体给予过多的关注，但实际上在学术上对它的关注与投入却是远远不够的。这不得不引起我们的高度重视，也促使我们深刻反

① 童庆炳：《维纳斯的腰带》，上海文艺出版社 2001 年版，第 69 页。

② ［美］马斯洛著，石磊编译：《马斯洛谈自我超越》，天津社会科学院出版社 2014 年版，第 124 页。

③ ［美］乔治·桑塔耶纳：《美感》，中国社会科学出版社 1982 年版，第 17 页。

思与梳理这一时期的叙事诗，正如曹书杰先生所言："我们不敢奢望能圆满解决这些问题，但是如果通过我们的工作使学术纠缠、矛盾纷争变得清晰起来——梳理出一条线索，一条便于把握的线索，使未来的研究者在涉及这些问题时能够稍稍轻松一些，这也是我们愿意做的一项十分有意义的工作。"①

本书不仅在历时性上具有自己应有的地位，而且富有现实价值。本身对叙事诗的系统研究就是一次尝试，西方叙事学引入中国后，人们尝试着用这种理论解构中国的叙事文本，但主要集中在小说领域，在诗歌方面，学者曾做过各种诗论研究，但大多是抒情诗，而用西方的叙事理论阐释中国魏晋以前的叙事诗，目前学术界尚乏人问津。运用西方叙事理论分析中国叙事文学和叙事理论，使中西文学艺术、中西文艺理论碰撞与交融，并使之出新，这是中国文学艺术发展的必然历史选择，也是中国未来文学艺术发展的必然走向，同时为我们分析、建设中国审美文化提供了一种有价值的参照系，成为我们建构21世纪中国审美文化的一种思想资源。至于能否实现这种目的，虽然是本书不一定能完全达到的，却是本书努力的目标。

第二节　研究思路和方法

任何工作都有自己的思路和方法，即便同样的材料在不同的研究者手中也会有不同的借鉴和处理方法，本书也将结合自己的学术背景，寻找一种切合自己的研究思路和研究方法。

一　研究的基本思路

先秦汉魏六朝叙事诗的梳理与研究是一项十分艰巨的工作。这段时期的叙事诗时间跨度长，形成过程复杂。针对这一特殊的研究对象，的确需要我们采取比较适合的研究思路与方法。考察先秦汉魏六朝叙事诗文本的情况，是本书的首要工作，没有目标，就无的放矢，没有对叙事诗文本的深度耕犁和透彻把握，就不能很好地研究，只有在熟悉叙事诗

① 曹书杰：《后稷传说与稷祀文化》，社会科学文献出版社2006年版，第9页。

文本的基础上展开研究，才能达到预期目的。

叙事诗属于文学范畴，是一种重要的文学体裁。研究文学无法绕开的一个问题是何为文学，文学何为，历史上有多种解释，但至今没有达成完全一致的意见，也没有公认的定义，但是我们也不可能回避这个问题。美国当代文艺学家 M. H. 艾布拉姆斯的观点比较为学术界所接受，他在《镜与灯——浪漫主义文论及批评传统》中提出了著名的文学四要素的观点，指出文学由作家、世界、作品、读者这四个要素组成。文学要把握的是这四个要素过程的整体活动及其流动过程和反馈过程。[①]实际上，文学作为人类的一种精神活动，它是随着时代的发展而发展的，它也会受到时代、民族、文化、地域的影响。纯粹的文学是没有的，“诗歌是一种在特定社会历史环境和精神文化传统中形成的艺术形态。孤立的、纯而又纯的所谓文学是不存在的，因此，像‘新批评’所倡导的那样完全进行封闭自足的文学内部研究，就很难探究文学的实质和意义；同时，文学又毕竟具有作为语言艺术的本质特性，完全否定艺术审美特性、而以所谓文化代替文学的研究也未必能够服人。诗歌（或文学）的研究应该是基于特定历史条件下的艺术研究与文化研究的融会统一”[②]。这无疑为我们的研究提供了一种研究思路。我们研究先秦汉魏六朝叙事诗一个最基本的思路是按照时间顺序，从历时与共时两个方面，围绕叙事诗产生的内外部因素，比对西方叙事诗，作最真实的考量。

在先秦汉魏六朝叙事诗的研究中必须把握总体性，必须把这一研究思路贯穿到整个论文的写作中。顾颉刚先生的“层累地造成的中国古史”[③] 的观点、胡适先生重新描述的方法、葛兆光先生指出李学勤先生的“古籍排队”的方法即“用今天出土的这些材料设立几个定点，然后把其他的古书排进去”[④]，都将有益于我们的研究。首先尽量收集有关先秦汉魏六朝叙事诗研究的资料，正确解读相关资料以及前人的观

① ［美］M. H. 艾布拉姆斯：《镜与灯——浪漫主义文论及批评传统》，郦稚牛等译，北京大学出版社 1989 年版，第 5—6 页。

② 郭杰：《古代思想与诗的世界》，中国社会科学出版社 2008 年版，第 2—3 页。

③ 顾颉刚：《古史辨自序》（上册），商务印书馆 2011 年版，第 1—7 页。

④ 葛兆光：《古代中国还有多少奥秘?》，《读书杂志》1995 年第 11 期，第 6 页。

点，借鉴前人的研究方法，力求没有重大遗漏，然后对材料进行分析归纳总结，有目的地运用资料，找出问题，正确地选择研究的切入点，才会得出较合理的学术结论。同时还要采取中西比较研究的方法，通过对比分析中西叙事诗之间的异同。

先秦汉魏六朝叙事诗产生的时代、民族、地域、文化背景、个体因素都是我们要认真考虑的，因为人总要生活在一定的环境中，一方水土养一方人，一方水土也成就着一方的文学。马克思就曾表述过人类文化初期，“外界自然条件”具有“决定性的意义”①。普列汉诺夫也曾说过：“自然界本身，亦即围绕着人的地理环境，是促进生产力发展的第一个推动力。”② 因为中国的地理位置相对封闭孤立，内部腹地辽阔，资源丰富，中国人可以在无求于他人的情况下创造出独具特色的农业文明，这就使中国文化的气质具有典型的内向型特征，中国文化的风格相应成为和谐型的，中国文化的内核也因此成为伦理型的。③ 这无疑对形成民族品格具有重要的参考意义，也对叙事诗的形成产生影响。另外，文学创作活动的主体是诗人自己，任何诗人都是具有社会生命、社会灵魂、社会特质的社会人。诗人自身的出身、学术背景、学养情况不能不对诗人产生影响。“诗人，任何艺术的艺术家，谁也不能单独的具有他完全的意义。他的重要性以及我们对他的鉴赏就是鉴赏对他和以往诗人以及艺术家的关系。你不能把他单独的评价；你得把他放在千人之间来对照，来比较。我认为这是一个不仅是历史的批评原则，也是美学的批评原则。”④ 任何个体的艺术才能，只有置于特定的文学传统的背景之下，才能真正地体现出来，分析诗人的情况也是我们研究先秦汉魏六朝叙事诗的一个着力点。

先秦汉魏六朝叙事诗研究要解决的不仅仅是叙事诗这一文学范畴，

① ［德］马克思：《资本论》第1卷，《马克思恩格斯全集》第44卷，人民出版社2001年版，第586页。

② ［俄］普列汉诺夫：《普列汉诺夫哲学集》，生活·读书·新知三联书店1974年版，第227页。

③ 王会昌：《中国文化地理》，华中师范大学出版社1992年版，第184—214页。

④ ［英］艾略特著，王恩衷编译：《艾略特诗学文选》，国际文化出版公司1989年版，第2—3页。

还将通过对先秦汉魏六朝叙事诗的研究让我们看到我们这个古老民族的历史与文化，找到隶属于这个民族文化的叙事诗的特点与规律，“说中国民族的东西没有规律，这是否定中国的东西，是不对的。中国的语言、音乐、绘画，都有它自己的规律。过去说中国画不好的，无非是没有把自己的东西研究透，以为必须用西洋的画法。当然也可以先学外国的东西再来搞中国的东西，但是中国的东西有它自己的规律”①。我们研究先秦汉魏六朝叙事诗也要归纳出其内在的规律。

二　研究的主要方法

任何学术研究都具有时代性与局限性，任何研究也都是不断调整与不断完善的，都需要不断地借鉴其他学科的研究方法。目前，先秦汉魏六朝叙事诗的研究多为专题研究与断代研究，缺少叙事诗史的整体梳理与把握。鉴于这种情况，本书将借鉴文化学、社会学、艺术学、文献学、考古学、历史学、文学发生学以及西方结构主义叙事学、阐释学、神话原型、现代心理学等研究方法去研究先秦汉魏六朝叙事诗。

本书的写作，顺着历史的足迹，围绕不同时期叙事诗发展的内在理路，以及先秦汉魏六朝叙事诗史上所共同关注的热点与焦点问题展开。从而通过对先秦汉魏六朝叙事诗及其历史背景的公正、全面考察，将中国先秦汉魏六朝叙事诗的内在理路细致而真切地还原在一条以时间为轴的历史线索之上，并使这种历史阐释的描述，有一个吻合历史内在理路的清晰脉络，来描述与把握先秦汉魏六朝叙事诗的演进轨迹，试图超越以往出于某种时代与政治需要的以论代史的主观臆断的意义阐释。关于中国文学史，著名学者黄修己先生曾指出存在所谓“描述型和阐释型”的叙述方法，并批评其“各有所偏”，认为事实上这两种是“可以相互渗透、吸收，形成既有细致准确的描述，又有深刻精辟阐释的兼长的一类”文学史写作。② 黄修己先生指出“通过史实自然地流露出来，当为上乘之作”③，陈平原先生要求“重返现场”“重建历史现场”而恢复

① 毛泽东：《同音乐工作者的谈话》，人民出版社1979年版，第1—2页。
② 王荣：《中国现代叙事诗史》，中国社会科学出版社2004年版，第40页。
③ 黄修己：《中国新文学史编纂史》，北京大学出版社2007年版，第320页。

“历史感觉”的阐释方法，[①]无疑都是我们研究先秦汉魏六朝叙事诗的一种重要的方法指导。而这些无疑都需要借鉴与吸收文化学、社会学、艺术学、文献学、考古学、历史学、文学发生学的相关学术成果。只有以史实为依据，正确地解读先秦汉魏六朝叙事诗的阐释方法，才有可能通过对先秦汉魏六朝叙事诗公正、全面、整体的考察，了解与把握中国叙事诗的内在理路，描绘出中国叙事诗存在与发展的清晰轨迹。重视体验和文学的密切关系，在文学创作过程中强调作家对生活的体验，文学创作的实践已经证明了体验对文学创作的重要性；同样，在文学批评和接受过程中也强调对作品的体验，只有对作品有了深切的感受并体验着作品中表达的情感，才能更好地理解作品。西方就非常重视文学和体验之间的关系，作为生命哲学的代表人物狄尔泰就写过《体验与文学》一书，而解释学的代表人物伽达默尔则在《真理与方法》一书中说：“艺术来自于体验，并且就是体验的表现……这两点显然是有联系的。”[②]因而，从体验角度来把握文学就更能把握住文学创作和接受的本质，这也正是中国古代文学批评重视体验的独特价值所在。中国和西方都强调认知活动中的体验，西方的体验观强调亲身经历，讲究亲历性，认为只有亲身经历了才能生成体验。这种体验观没有神秘性；而中国古代的体验观重视内心感悟，它具有一种神秘的特征。先秦汉魏六朝叙事诗贯穿着中国式的体验，这也成为我们研究先秦汉魏六朝叙事诗的一种有效方法。

学术研究必须运用比较的方法，只有这样，才能准确把握不同文艺的不同特征和共同规律。朱光潜提出过中西比较的互相阐发法，使两者在对比互照中凸显各自的特点，也凸显共同的文学规律。这种方法对研究先秦汉魏六朝叙事诗无疑是具有启发性的。朱光潜先生指出：“一切

---

① 陈平原先生指出：“我们凭借专业知识，力图用这些有限的‘碎片’来拼接、还原、重构历史，这本来就有很大的危险性。……我们确实无法完全呈现早就失落的历史场景，……作为训练有素的观察者，我们有义务努力穿越各种迷雾，走近/走进那个事件的内核，跟历史对话。某种意义上，我们之‘重返现场’，是知其不可而为之”，“我之所以试图重建历史现场，目的是恢复某种真切、生动、具体的历史感觉，避免因抽象化而失去原本充沛的生命力”（详见陈平原《压在纸背的心情》，复旦大学出版社 2011 年版，第 273、272 页）。

② ［德］伽达默尔：《真理与方法》，王才勇译，辽宁人民出版社 1987 年版，第 100 页。

价值都由比较得来，生长在平原，你说一个小山坡最高，你可以受原谅，但是你错误。‘登东山而小鲁，登泰山而小天下’，那‘天下’也只是孔子所能见到的天下。要把山估计得准确，你必须把世界各山都游历过，测量过。研究文学也是如此，你玩索的作品愈多，种类愈复杂，风格愈分歧，你的比较资料愈丰富，透视愈正确，你的鉴别力（这就是趣味）也就愈可靠。”① 他还说：“文艺不一定只有一条路可走。东边的景致只有面朝东走的人可以看见，西边的景致也只有面朝西走的可以看见。向东走者听到向西走者称赞西边景致时觉其夸张，同时怜惜他没有看到东边景致美。向西走者看待向东走者也是如此。这都是常有的事，我们不必大惊小怪。理想的游览风景者是向东边走过之后能再回头向西走一走，把东西两边的风味都领略到。这种人才配估定两边的优劣。”② 他山之石，可以攻玉。西方结构主义叙事学、阐释学、神话原型、现代心理学等研究方法无疑都对研究先秦汉魏六朝叙事诗具有重要的方法论的指导意义。

西方的叙事文学是相当发达的，尤其是叙事诗，西方文学源于“两希”文学，即古希腊罗马文学与希伯来的基督教文学，古希腊文学以希腊神话和史实为主要代表，古希腊文学的最高成就是长篇叙事诗《荷马史诗》，而且这种叙事传统一直延续至今。长篇叙事诗在西方产生甚早并绵延繁荣，是与西方文化中对人与自然的重视紧密相连的。瑞典古希腊罗马研究专家安·邦纳认为：“全部希腊文明的出发点和对象是人。它从人的需要出发，它注意的是人的利益和进步。为了求得人的利益和进步，它同时既探索世界也探索人，通过一方探索另一方。在希腊文明的观念中，人和世界都是一方对另一方的反映，即都是摆在彼此对面的、相互照应的镜子。”③ 西方文艺思想一开始就强调“文艺是对自然的摹仿”，亚理斯多德认为诗的起源有两个原因，都出于人的天性。第一个原因是摹仿的本能，第二个原因是音调感和节奏感。④ 人从

---

① 朱光潜：《谈文学》，安徽教育出版社2006年版，第23页。

② 朱光潜：《我与文学及其他》，安徽教育出版社2006年版，第12页。

③ ［苏］鲍·季·格里戈里扬：《关于人的本质的哲学》，汤侠声等译，生活·读书·新知三联书店1984年版，第28—29页。

④ ［古希腊］亚理斯多德：《诗学》，上海世纪出版集团2006年版，第10页。

孩提时候就有摹仿的本能（人和禽兽的分别之一，就在于人最善于摹仿，他们最初的知识就是从摹仿得来的），人对于摹仿的作品总是感到快感。[①] 受这种文艺思想的主宰，历代西方文艺家大多追求细腻、逼真地反映客观世界，认为能够像“镜子”一样再现对象才是文艺的极境，西方叙事诗正是在这样一种文艺思想的指导下，从一诞生便成就巨大。《荷马史诗》自诞生之日起，两千年来一直被看作西方叙事诗的典范。史诗规模宏大，内容丰富，人物描写传神到位，摆脱了编年史的局限，形成主题明确、中心突出、结构严谨、谋篇卓越、比喻、象征等多种艺术手法合理运用的整体风格。难怪柏拉图在《理想国》中说，荷马教育了希腊人。从这个意义上说，长篇叙事诗《荷马史诗》对西方文学产生的影响，无论怎样估计也不为过。

较之西方早期完善成熟的叙事诗，中国早期的叙事诗由于受到中华民族一些内在的文化品格的影响，诸如中国文学偏重主观表现，讲究含蓄简约，中国诗人哲学思想平易和宗教情感淡薄，导致了中西叙事诗的差异。

首先，从起源和思想文化上。《尚书·尧典》载有“诗言志，歌永言，声依永，律和声”。《毛诗大序》亦云：“诗者，志之所之也，在心为志，发言为诗。情动于中而形于言，言之不足故嗟叹之，嗟叹之不足故永歌之，永歌之不足，不知手之舞之、足之蹈之也。”这种“言志”理论一直为人们所普遍接受。对于文学的教化说、审美说、娱乐说等功能，中国历来主张教化的目的与功用，强调“文以载道”。早在战国时，《荀子》就提出“文以明道”。刘勰在《文心雕龙》中说：“道沿圣以垂文，圣因文以明道。”唐代韩愈的“文者，贯道之器也”；柳宗元的“文者以明道”；周敦颐的“文，所以载道也”，等等，这种功用目的造就了中国早期带有抒情性质的叙事诗的独特品格。而在西方，人与自然分离后，就产生了强烈的个体意识，在西方这种文化土壤中产生的文学张扬个性、放纵原欲、肯定人的世俗生活和个体生命价值，体现了个体本位的文化价值观念。安·邦纳说：“全部希腊文明的出发点和对象是人。它从人出发，它注意的是人的利益和进步。”古希腊民族对

① ［古希腊］亚理斯多德：《诗学》，上海世纪出版集团 2006 年版，第 24 页。

“人”极为重视，黑格尔说此乃“心灵自由的需要”。完全不同的目的形成了中西方早期叙事诗的巨大差异。

其次，文化与价值取向差异，导致了叙述情节的迥异。中国叙事诗的叙述者往往更加关注现实，关注人生。《诗经·雅》中的五篇叙事诗，重视载道的功用，重视歌功颂德。它们都没有过多地注重艺术形式，不在意情节与结构的完美，缺乏“头、身、尾”连贯的结构，这无疑影响了对最富情节冲突的事件的叙述，但也形成了中国叙事诗情节的跳跃性与短小精悍的特质。而西方的叙事诗张扬人物个性，大胆缥缈的幻想，浪漫主义色彩使之更注重结构的巧妙与完整，情节的有机统一整体，更讲究宏大叙事，这在西方成了永恒不变的结构范式。

最后，在语言的使用上，中国诗歌是最讲求意境、讲求炼字、讲求形式完美对仗，这无疑对语言有更高的要求。早期的叙事诗，用语简洁，节奏明快，体现了质朴的风格，表现出简约、隽永、灵秀的诗风。以《诗经·生民》为例，短短一句“履帝武敏歆，攸介攸止”讲述了姜嫄踏帝趾印生子而后得人帮助的经过。《女曰鸡鸣》描绘了夫妇间的一个有趣的生活片断。这种言简意赅、意蕴深远的叙述方式表明中国叙事诗更看重理性，呈现了一种静态之美。而西方叙事诗更强调感性，《伊里亚特》中光描写俄底修斯的一个伤疤就用了七十多行，至于对人物的心理、行动、语言的描写更是浓彩重墨、精雕细琢。[①] 借用西方的叙事方法，在中西比较中，剖析中国先秦汉魏六朝叙事诗，无疑是一种有益的尝试与选择，更何况西方关于叙事文学的研究方法众多而又深刻。

对叙事文学的研究是一个古老的课题，叙事文学的研讨在西方文论中有着悠久的历史。早在古希腊，亚理斯多德的《诗学》就把悲剧的主要成分归纳为情节、性格、言词、思想、形象和歌曲六个方面，情节居于首位，情节就是叙事之事。

当代的叙事研究或者说叙事诗学，与传统的研究方式不同的是在研究的方向上出现了一种明显的分化，一种是语言学诗学，另一种是文化

① 李鸿雁：《中西对比视域下的中国早期叙事诗》，《光明日报》2008 年 8 月 4 日第 12 版。

诗学。西方结构主义文论在索绪尔结构语言学的影响和启发下，于20世纪六七十年代应运而生。结构主义对世界采取结构式的、系统式的研究，关注对于结构的感知和描绘，试图通过建立一个关于客体事物的结构模式来完成对于客体的认识。从这一角度看，结构主义具有方法论的性质。他们寻求批评的恒定模式，反对印象派一类的主观批评，要求用相对稳定的模式来把握文学，以达到有理性、有深度的认识。强调文学研究的整体观，他们把文学看成一个整体、强调文学系统和外在于文学的文化系统对具体作品解读的重要性，追寻文学的深层结构。代表人物是列维—斯特劳斯、米歇尔·福柯、阿尔都塞、雅克·拉康、罗兰·巴特、A. J. 格雷马斯、茨维坦·托多洛夫、克劳德·勃瑞蒙、热拉尔·热奈特等。结构主义自诞生之日起，就对文学产生了深远的影响。西方的一些学者开始用叙事理论研究中国的文本，诸如美国丁乃通的《中西叙事文学比较研究》（华中师范大学出版社1994年版）、美国蒲安迪的《中国叙事学》（北京大学出版社1996年版）、美国王靖宇的《中国早期叙事文研究》（上海古籍出版社2003年版）、法国的列维—斯特劳斯对《救风尘》的研究、法国的格雷马斯用符号矩阵对《救风尘》的研究、美国的杰姆逊对《聊斋志异·鸲鹆》进行的研究，等等。

除了西方结构主义叙事学之外，阐释学、神话原型、现代心理学也无疑为我们研究先秦汉魏六朝叙事诗提供了一种可资借鉴的角度。

解释学，又称“阐释学”，是“hermeneutics”一词的意译，在西方有“赫耳墨斯学”之称。赫耳墨斯原是希腊神话中奥林匹斯山上众神的信使，任务是宣示和解释神谕，在西方历史上将解释《圣经》和古代文献的学问称为“赫耳墨斯之学”，它主要是指一种单纯解释文献的具体方法。19世纪的德国哲学家、神学家弗里德里希·施莱尔马赫将语文学与神学阐释学加以概括，发展成为一种系统的哲学方法论。此后，狄尔泰从强调体验的“生命哲学”，胡塞尔、海德格尔从现象学等方面，进一步予以探索，遂使解释学的理论更为完善。伽达默尔在研究分析、批评继承前人成果的基础上，形成了自己的“哲学解释学”思想。他认为由于解释之前已经存在的社会历史因素，解释对象的复杂构成，以及社会实践决定的价值观等因素，人在解释文本时，有着无法摆脱的先行结构，由于先行结构的存在，人在解释历史时实际已经介入了历史。伽达默尔的文艺解释学，是其哲学解释学的具体运用，他认为文艺解释学是一种“视野融合”的过程，每个人都有一定的视野，即由传统和成见中接受的经验和知识构成的“前判断体系”。在解释文学作品的过程中，解释者的视野必定不断与被解释对象的视野叠加，此即为“视野融合”。因此，文学艺术作品的意义不是先于阅读、先于读者理解而自在的某种东西，而只能是在阅读过程中，作者视野与读者视野融合的结果，即是由读者经验与文本内容相互建构而成的；文学艺术本质上是象征的，这就给读者的参与解释留下了巨大的空间；文学解释就是对话，解释本身必须以语言的方式进行，而语言本身是不充分、不完全的。因此，解释过程必须伴随着发问，从而形成与文本之间的对话与交流。在阅读过程中，发问越多，本文的言说就会越丰富，文学作品的意义也就有了无限的可能性。“阅读就是一种纯粹内在性的过程，在阅读中，对所有境遇和偶然性的揭示，看来已是完成的了，就象它们是存在于公开朗读或存在于表演中一样，文学所隶属的唯一前提条件就是其语言上的流传物以及由阅读而来的实现。被阅读着的意识的自主性所确认的不就是审美区别吗？随着这种审美区别，审美意识面对作品就偏向了自己本身，文学就表现为异于其本体上的转换力的诗文。……不应回避这样的结论，即文学——或许在其固有的小说这种艺术形式中——就具有着一种存在于阅读中的同样真实的此在，如在行吟诗人朗读中存在的史诗，或在观赏者观照中存在的绘画。据此，就连对书本的阅读也是一种所阅至内容于其中达到表现的事件。无疑，文学以及在阅读中对它的接受，就表现出一种最大限度的非制约性与灵活性。……不涉及接受者，文学的概念根本就不存在。文学的此在，并不是某种异化之存在的死气沉沉的延续，这种延续在未来派中本来是提供给某个未来时代之体验真实的。实际上文学就是一种精神性保存和流传的功能，而且它因此就把隐匿的历史带到了每一个现时之中。”① 狄尔泰认为，阐释是人类沟通自己与过往历史之间联系的重要环节，通过阐释，我们可以跨越时

① ［德］伽达默尔：《真理与方法》，王才勇译，辽宁人民出版社 1987 年版，第 235—237 页。

空，认识往昔的生活，认识过去的历史。阐释之所以必要就是因为历史由于时间的距离，对于今天的人们来说，已经变得陌生，否则也就不需要任何阐释。而人类最基本的阐释活动是对文字著述的阐释。[①] 正如钱钟书所言："乾嘉'朴学'教人，必知字之诂，然后识句之义，识句之意，而后通全篇之义，进而窥全书之指。虽然，是持一边耳，亦只初桄耳。复需解全篇之义乃至全书之指（'志'），庶得以定某句之意（'词'），解全句之意，庶得以定某字之诂（'文'）……所谓'阐释之循环'者是也。"[②] 当然，话说回来，一切理解永远只是相对的，永远不可能完美无缺。借用阐释学去解构先秦汉魏六朝叙事诗是可行的，但是我们应该尽量结合先秦汉魏六朝叙事诗产生的当时语境，努力寻找诗人创作时的本意。

神话原型源于当代人对人类的早期文化和原始思维以及人类的共同心理结构的研究。20 世纪以来，西方的文学艺术和人文科学出现了一种回归原始的倾向。人们认识到，现代科技的高度发达并没有带给人类灵魂的安宁，反而使人类失去了值得栖息的精神家园，于是他们向原始文化发出了呼唤与邀请，神话原型应运而生。原型是人类早期社会生活的遗迹，是重复了亿万次的那些典型经验的积淀和浓缩。原型是人类心理活动的基本范式，是一种先天固有的直觉形式。原型与人类特定的存在模式或典型情景息息相关。荣格说："原型是领悟的典型模式，每当我们面对普遍一致和反复发生的领悟模式，我们就在与原型打交道。"[③]"人生中有多少典型情境就有多少原型，这些经验由于不断重复而被深深镂刻在我们的心理结构之中。"[④] 原型是人类精神的文物，是人类的"种族记忆"。关于原型，国内的许多学者都曾经研究过，并取得了骄人的成绩，诸如傅道彬先生的《晚唐钟声——中国文学的原型批评》、王立先生的《文人审美心态与中国文学十大主题》等都对原型有所研

---

① 马新国主编：《西方文论史》，高等教育出版社 2008 年版，第 599 页。

② 钱钟书：《管锥编》第一册，中华书局 1979 年版，第 171 页。

③ ［瑞士］荣格：《荣格文选》，冯川等编译，生活·读书·新知三联书店 1987 年版，第 5 页。

④ ［美］霍尔等：《荣格心理学入门》，冯川译，生活·读书·新知三联书店 1987 年版，第 44 页。

究。先秦汉魏六朝叙事诗中一样存在着原型，像汉乐府的《陌上桑》中采桑女的原型，法国汉学家桀溺先生认为："'罗敷'一诗承担了、也概括了一个悠长的过去，以及一个最有原始想象和基本冲突的领域。桑树和桑园在引发礼仪风习、神话传说或者是道德思辨的繁荣间，展现了一幅中国文化初始阶段的画图。《陌上桑》继承了这一遗产……可以说，它既集中了一切传统的成果，同时作为新诗体的样板，又是一个新的起点。而马卡布律的牧女诗在西方似乎也占据着同样的地位。"① 运用神话原型方法研究先秦汉魏六朝叙事诗，有助于大家对我们这个民族历史的深刻理解，找到流淌在我们血液中的生生不息的民族精神。

现代心理学的研究方法也值得我们注意与考量。奥地利著名的文论家弗洛伊德精神分析学说主要强调潜意识作用的心理结构学说、泛性欲学说和梦的学说。对于人的心理结构，弗洛伊德认为人的人格结构由"本我""自我""超我"组成，"本我"即"无意识"，是人的本能冲动，无意识和性本能是文艺创作的原动力，是本能冲动的净化与升华。他认为人在儿童时代，第一个性冲动的对象是自己的母亲，由于爱恋自己的母亲，便妒忌和仇恨自己的父亲，弗洛伊德认为所有的男孩都有恋母的"俄狄浦斯情结"。与此同时，所有的女孩都有恋父的"埃勒克特拉情结"。"俄狄浦斯情结"与"埃勒克特拉情结"得不到很好的解决，自然会导致心理疾病甚至精神疾病。而汉乐府《孔雀东南飞》中刘兰芝与焦仲卿的悲剧很大一部分是源于焦母的"埃勒克特拉情结"。这种对先秦汉魏六朝叙事诗的剖析无论合适与否，都是一种有益的尝试。

任何研究方法都脱离不开时代、历史、地域、文化等诸种要素，想要用一种方法去研究与衡量一切，显然是不可能的也是不现实的。任何学术研究都具有时代性与局限性，任何研究也都是不断调整与不断完善的，但愿本书所作出的努力是可行的。

---

① 钱林森编：《法国汉学家论中国文学——古典诗词》，外语教学与研究出版社 2007 年版，第 XIII 页。

第三节 研究回顾与展望

中国素称诗的国度，中国文学绵延了数千年，诗歌一直是其精粹。不仅抒情诗丰富多彩，叙事诗也蔚为大观。但人们在阐释诗歌时，总是关注抒情诗，对叙事诗则关注不多。而且对诗歌的把握也总是直观的、印象的、顿悟的，以三言两语说出自己的感受，这种建立在感受的基础上、靠妙悟作出的审美判断，能引起人们的兴趣和共鸣。但我们也应该认识到，对叙事诗作出研究，对诗歌作出理性的阐释，是完全必要的。以《诗经》（部分篇章）、汉代乐府、南北朝民歌、唐代排律等为主要代表样式的叙事诗较之抒情诗同样蔚为大观，在中国诗歌史、文学史上都占有非常重要的地位，对后世中国诗歌的发展产生了巨大的影响。当代对中国古典叙事诗的研究取得了令人可喜的成绩，在叙事文本的整理、代表诗篇的解读、断代和通史的研究及研究方法、研究模式都有所突破。在21世纪之初，回顾一下以往的叙事诗研究，对其认真加以研究总结，对促进这一学术领域的未来发展是具有非常积极的意义的，对促使叙事诗研究向更深更广的领域发展也是有益的。基于这种情况，围绕先秦汉魏六朝叙事诗这个问题，做了如下研究工作。

一 叙事诗的文本编纂

（一）叙事诗的古籍文本

古籍载录叙事诗的原典文献及整理研究著作，如陈子展的《诗经直解》、孔颖达的《毛诗正义》、屈原的《楚辞》、聂石樵的《楚辞新注》、郭茂倩的《乐府诗集》、徐陵的《玉台新咏》、陈书良的《建安七子》、吴云的《建安七子集》、沈德潜的《古诗源》等。

原始的劳动歌谣诸如《弹歌》《击壤歌》等就蕴藏着叙事的特质。《吴越春秋》所载的黄帝时《弹歌》“断竹，续竹；飞土，逐肉”，王充《论衡·增艺》所载的《击壤歌》“日出而作，日入而息，凿井而饮，耕田而食”以及《易·归妹》所载的《士女歌》（见《左传·僖公十五年》），是后代文献追载的中国最早的叙事诗。

《诗经》以“大雅”中的叙事诗为代表，幅制宏伟、艺术成就较高，这是中国叙事诗发展长河的滥觞。其中著名的篇章如《生民》《公刘》《绵》《皇矣》《大明》篇，是一部周王朝兴盛史。又如《崧高》《烝民》《韩奕》《江汉》《常武》，记叙战争的《采薇》《出车》《六月》等，组成一部“周民族史诗”。《诗经》的十五“国风”以抒情诗为主，偶有几首叙事之作，却内容充实，格调清新，纯粹“引车卖浆者之言”，充分反映了民间口头创作的特色。以《氓》为代表，它完整地记述了一次婚姻悲剧。一般来说，叙事诗多采用第三人称来叙述，这首诗却用第一人称，采用回忆的手法，结构严谨，但情节发展的顺序并不是首尾有致的。《女曰鸡鸣》一篇则描绘了猎人夫妇间的一个生活片断，通篇采用对话体，语言淳朴，感情含蓄而又深沉，情节并不顺理发展。这些都反映了早期的叙事诗歌还没有找到自己较完美的表达形式。

《楚辞》中叙事之作不多，是由于受时代与这种诗体的制约。屈原忠而见放，幽愤抑郁，忠君忧国之心无时获释，因而憔悴行吟，发为文章，大多是抑郁怀忧的抒情之作，加上灵活多变的节奏，一唱三叹的韵律也最适合抒情。因而，见于屈原的作品，只有《山鬼》《国殇》《哀郢》三篇记叙成分明显多于抒情，或描写人神之恋的迷离恍惚的场景，或记叙百姓奔亡的战败史实，虽然其中有许多忧怜感慨，但仍可以称为优美的叙事之作。《楚辞》以自由的格律，给汉乐府以启迪。

郭茂倩的《乐府诗集》是一部上古至唐五代的乐章和歌谣总集，设十二大类，共一百卷。汉乐府诗多起自寻常巷陌，“感于哀乐，缘事而发”的特点决定了它的叙事性质。它继承《诗经》“饥者歌其食，劳者歌其事”的现实主义诗歌传统，广泛反映劳动人民的疾苦与反抗，是汉代下层社会生活的实录。由于乐府诗的流传和影响，汉末文人的创作又使五言诗发展到一个辉煌的阶段，其杰出代表是无名氏古诗，其叙事作品在艺术上更臻成熟，故事典型，情节有发展，人物形象也更鲜明，像描写弃妇的《上山采蘼芜》，反对战争的《十五从军征》，就是其中的代表作品。最能代表汉代乐府叙事水平的是《古诗为焦仲卿妻作》一篇，这首长诗以它深刻的社会意义和完美的艺术形式，把汉代叙事诗从质与量两个方面都提高到一个新阶段。汉代乐府诗既是对《诗经》以来民间叙事诗作的继承与发展，又给后来的文人叙事诗作提供了典范的借鉴。它是我国叙事诗长河中的第一个高潮，标志着我国古典叙事诗在内容和形式上都达到相当完美的程度，直接影响六朝“拟乐府”诗作和唐代的“新乐府”运动。在中国诗歌史上，汉乐府的出现才真正形成叙事诗的滚滚洪流。每一部叙事诗史，都是汉乐府精神的继承与发扬。

建安作家代表是三曹。曹操一生鞍马为文，横槊赋诗，他的四言、五言诗都是以汉乐府旧题来反映现实社会的动乱和民生疾苦，开创拟乐府诗作，这表明汉末作家对汉乐府的继承与发展。其《薤露》《蒿里行》等作，都以深沉的笔调，记载汉末群雄争斗、战祸弥烈的现实。曹植是建安作家中“粲溢古今，卓尔不群”的诗人，他生于离乱，长于忧患，因而他的叙事诗作，不但有真实反映民生疾苦的内容，而且有时图进取、献身致用的壮志英风，与曹操“慷慨而多气”的风格相得益彰，形成鼎峙千古的“建安风骨”。除曹氏父子外，王粲的《七哀诗》、陈琳的《饮马长城窟行》，都是此期叙事诗的优秀之作。这时期的叙事诗，多汲取汉乐府的现实主义诗歌精神，以“拟乐府”诗的形式反映汉末社会的现实，实际上是汉乐府叙事诗作的余波，但却开启后代“拟乐府”诗作的先声。这诗风延续五百余年而不绝，直到唐代白居易的“新乐府”运动兴起，才以另一形式来发展汉乐府的现实主义精神。

晋代陶渊明冲决玄风的束缚，给诗坛带来一束清新的阳光。陶渊明的叙事诗作，多记叙怡然自得的田园生活，风格平淡自然，用字简练，常用口语创造出高远的意境。代表作就是《桃花源诗》和骚体《归去来辞》。《桃花源诗》以质朴的语言，曲折新奇的情节，描绘出一个古朴社会的生活画面；《归去来辞》则记载他辞官归田的事件和田居的乐趣。

南北朝时期，南朝民歌兴起于当时重要的都市，内容多描写男女爱情，风格柔婉，少有叙事作品。《西洲曲》是南朝民歌艺术成就最高的一篇，作者的侧面描写多于人物的主观抒情，客观景物刻画又暗示时间顺序的发展，可以因之而连缀成有一定情节的故事，所以是一篇有浓郁抒情风味的叙事诗，这与国外的“抒情叙事诗”有异曲同工之妙。北朝是一个崭新的天地，风俗人情异于江左，异族统治又发扬尚武精神，战争徭役、北地苍茫风光、军旅骑射生活都在民歌中得到反映，其杰出代表就是《木兰诗》。《木兰诗》塑造了一个女扮男装、代父从军的女英雄形象，她淳朴果敢，热爱家乡，十年转战，功成而鄙弃利禄，这都反映了劳动人民的思想感情。全诗情节完整，结构严谨，充溢着浪漫主义色彩；五言、七言相间使用，格调明快，有浓郁的民歌风味。作为此期叙事诗的代表，它与《古诗为焦仲卿妻作》一样，取材现实，来自民间，像两颗璀璨的明星，辉映千古诗坛，被人们称为中国古典“叙事双璧”①。

（二）叙事诗的现代整理

中国叙事诗的整理和编撰工作，基本体现在叙事诗总集型和叙事诗选集型两个方面，当然思想史也会对叙事诗产生一定的影响。

1. 总集型著作

叙事诗总集主要是路南孚先生编辑的《中国历代叙事诗歌——先秦两汉魏晋南北朝编》② 一书。该书是以丁福保《全汉三国晋南北朝诗》③、逯钦立《先秦汉魏晋南北朝诗》④ 为蓝本选择先秦至南北朝时期陈代叙事诗而成。

逯钦立在《先秦汉魏晋南北朝诗》中以冯惟纳的《古诗纪》为基础，坚持寻本溯源的史源意识，依隋志顺序，按照作者卒年的纪序分代编次，共收录从先秦至隋代的诗歌135卷。该书取材广博，隋之前的除《诗经》《楚辞》悉数编入；资料翔实，书中都标注出处；异文齐备；考订精审；编排得宜。在断代文学总集编纂史上，贯穿全书，求深求精，是作得最好的一部。但是逯钦立的著作《先秦汉魏晋南北朝诗》中多是对诗歌名篇的介绍，既有叙事诗又有抒情诗，不像路南孚的著作那样对叙事诗的介绍具有系统性、针对性。

路南孚的《中国历代叙事诗歌——先秦两汉魏晋南北朝编》一书，收录先秦至陈的叙事、记人、咏史、写景诗作共320首，其中先秦部分

---

① 路南孚：《中国历代叙事诗歌》，山东文艺出版社1987年版，第1—9页。

② 同上。

③ 无锡丁氏，民国五年（1916）初印本，铅印线装20册；另有北京中华书局标点排印本，1959年。凡54卷，依时代分为11集。此书以明代冯惟纳《古诗纪》为据并参酌清代冯舒《诗纪匡谬》修订而成。收录两汉以下800年间诗歌，力求齐备，是逯钦立的《先秦汉魏晋南北朝诗》出版以前最全的古诗总集。但此书基本沿袭二冯之书。所选上限仅及西汉，舍去《古诗纪》内《前集》10卷中歌谣、逸诗等先秦诗歌，亦为一失。

④ 逯钦立：《先秦汉魏晋南北朝诗》，中华书局1983年版。

53首，两汉部分66首，魏代部分56首，晋代部分44首，南北朝部分101首，较为全面地介绍了中国古典叙事诗歌的产生与发展。鉴于中国古典叙事诗歌“抒情记事紧密结合”的特点，本书选诗原则以全诗记叙成分所占的比重定取舍，凡以记事为主要表现手法，因事而抒情者，均视为叙事诗。所收写景方面的诗作，本诸叙事诗较广的定义。即使如此，也仅收录有人物形象参加，可以据此推衍为记事的诗作，因此，是类多是记游之作。所收咏史方面的诗作，均以能记载史实为入选标准。一篇之内，或有数则，但各则之间，首尾分明（如曹子建《精微篇》），不似诗中用典、简略难寻端绪者，亦予收录。本书以时代为经，按时间先后编次诗作，以便源流清晰，端绪明了。其中确知作者的作品，按作者生活年代之先后编次；不能确知作者的作品，按典籍所载之年代编次；如果诗作年代典籍亦无徵，则以记录它的典籍产生的年代或近人研究成果所考订的年代加以编次。各类诗作之前缀有简括介绍，各位作家亦有小传。本书收诗大体囊括了中国古典叙事诗歌产生以臻成熟的漫长时期，适应此期诗歌特点的本编收诗原则，并不适应唐代以后的中国古典叙事诗歌。基于此，本书认为叙事诗词源的含义是“吟诵的歌”，一般有广义与狭义之分：广义叙事诗又可分为写景和记事两类，一个相对独立的生活场景，一组描述生活情趣的镜头，一幅速写性质的、透视着人物形象的自然景物画面，自可归入写景类；一段较为完整的情节，一则首尾有序的故事，一个诗人所塑造的人物形象或自我形象，自可归入记事类。狭义的叙事诗则专指记事类诗歌。但无论是写景类还是记事类，都必须有人物形象参加，都可以借之推衍出所叙之事。根据中国叙事诗歌早期发展的实际情况，为了向大家介绍中国叙事诗产生、发展的全貌，本编取其广义，所收诗歌都是以记叙为主要表现手法的写景、记事诗歌。

综观中国叙事诗歌的产生与前期发展，我们可以看出以下几个特点：现实主义的诗歌传统，叙事诗歌既然以现实世界的人、事、物作为表现对象，就要求运用客观描写的手法，真实地再现客观，记叙本身就要求对描写对象忠实记载；叙事、抒情的完美结合，中国古代诗歌理论认为，诗是抒情的工具，所以《诗大序》畅论诗歌的发源时强调：“诗者，志之所之也。在心为志，发言为诗。情动于中而形于言，言之不足，故嗟叹之；嗟叹之不足，故永歌之；永歌之不足，不知手之舞之、足之蹈之。”是认为诗歌伴随歌舞而产生，最先是抒情的利器。这种“言志”的理论为文艺界普遍接受，引起中国抒情诗的长足发展，也显著影响叙事诗的创作，使得中国古代叙事诗都借事抒情，因情传事，几乎没有纯粹的叙事诗；精粹、典型的表现艺术，诗歌不同于其他文体，它追求意境，讲究炼字，必须选择最准确、鲜明、传神的字眼，最典型的、有高度概括力的细节来表现内容，所以，精粹、典型是诗的灵魂。我国古典叙事诗这一特点是很鲜明的。[①]

2. 选集型著作

除了总集型著作外，还有一批选译和评注类的选集型著作，如马茂元的《古诗十九首初探》（陕西人民出版社 1981 年版），王余纪的《历代叙事诗选》（贵州人民出版社 1984 年版），治芳和楚葵的《历代叙事诗选译》（江苏教育出版社 1984 年版），彭功智的《中国历代著名叙事诗选》（黄河文艺出版社 1985 年版），丁力选、乔斯析的《历代叙事诗选》（花城出版社 1985 年版），王强模的《古诗十九首评译》（贵州人民出版社 1991 年版），杨效知的《古诗十九首鉴赏》（兰州大学出版社 1992 年版），王运熙的《乐府诗述论》（上海古籍出版社 1996 年版），刘学锴的《历代叙事诗赏析》（安徽文艺出版社 2001 年版），曹旭的《古诗十九首与乐府诗选评》（上海古籍出版社 2002 年版）等。

刘学锴的《历代叙事诗赏析》、王余纪的《历代叙事诗选》、治芳和楚葵的《历代叙事诗选译》、彭功智的《中国历代著名叙事诗选》这几本书按照历史朝代的时间顺序，选录了从先秦到清代的叙事诗并进行分析。这几本书都是对叙事诗进行了界定。他们都认为叙事诗是写人叙事的诗体，要求有完整的故事情节和鲜明的人物形象，反映出深刻的思想内容。即使带有抒情色彩，也要将其融化在所描写的形象之中，通过典型的性格和形象来反映生活，用饶有节奏韵律的语言抒发激荡的心情。这些书对叙事诗所做的整理工作是功不可没的。

曹旭的《古诗十九首与乐府诗选评》与以往一般古代作品的选注

① 路南孚：《中国历代叙事诗歌》，山东文艺出版社 1987 年版，第 12 页。

本不同，它采取点（具体作品）与面（创作的整体状况）与线（作家的生平经历）相连接的方式，由局部体现整体，又从整体透视局部，突出了读本不循旧辙、自创新意的时代特点。

以上对叙事诗的整理和研究的著作，为后人的研究提供了可资借鉴的视点，同时也为叙事诗的研究留下了更为广阔的空间。

二　古代对叙事诗的述论

要全面总结现代以来中国古典叙事诗研究状况，有必要先回顾一下中国古代有关叙事诗的探讨。

中国古代对叙事诗探讨总结，当始于西汉末年的刘歆。根据班固《汉书·艺文志》所载，刘歆在《七略》中已有对叙事诗论说："自孝武立乐府而采歌谣，于是有代赵之讴，秦楚之风，皆感于哀乐，缘事而发，亦可以观风俗，知薄厚云。"[①] 这标志着中国叙事诗理论走向自觉。班固已经清楚地认识到叙事诗的特征是在"感于哀乐"之"情"背后隐藏着"缘事而发"之"事"。此后，曹丕的《典论·论文》、陆机的《文赋》、刘勰的《文心雕龙》、钟嵘的《诗品》、刘知几的《史通》、司空图的《二十四诗品》、严羽的《沧浪诗话》、叶燮的《原诗》、袁枚的《随园诗话》、刘熙载的《艺概》，这些中国古代丰富的文学理论及文学批评著作，都涉及对叙事诗歌的理解与阐释。

魏晋南北朝时期是古代文艺批评的第一个发展高峰。曹丕的《典论·论文》提出"文以气为主，气之清浊有体，不可力强而致"[②]，气有清浊两体。实际上，人的创作个性的不同，导致了作家创作内容的不同，于是我们看到，有人创作抒情诗，有人创作叙事诗。

陆机的《文赋》探讨了艺术构思和各类文体的特征及其艺术风格。"遵四时以叹逝，瞻万物而思纷。悲落叶于劲秋，喜柔条于芳春，心懔懔以怀霜，志眇眇而临云。慨投篇而援笔，聊宣之乎斯文。"[③] 自然万

① 郭绍虞编：《中国历代文论选》（1），上海古籍出版社1984年版，第141页。

② 李建中主编：《中国古代文论》，华中师范大学出版社2002年版，第166页。

③ 同上书，第168页。

物，四时更替，无不触动作家的情思，激起主体的创作欲望。“情曈昽而弥鲜，物昭晰而互进。”他提出了“缘情”“体物”，而“体物”是形象的塑造，叙事诗是缺不了形象的。

刘勰的巨著《文心雕龙》分为上篇及下篇两部分，上篇包括5篇总论及20篇文体论，对文学的基本问题及各种不同文体的历史发展状况，作了详细的论述；下篇亦为25篇，是有关文学创作、文学批评、文学的历史发展、作家的才能与修养等综合性理论问题的论述。在文中，刘勰运用“叙事”的词语及话语，称蔡邕的碑文“其叙事也该而要，其缀采也雅而泽，清词转而赞誉不穷，巧义出而卓立，察其为才，自然而至矣”（卷三《诔碑》），称潘岳的哀辞文曰：“观其虑善辞变，情调悲苦，叙事如传，结言摹诗，促节四言，鲜有缓句”（卷三《哀吊》），[①] 并肯定及注意到“叙事”的形式美学价值。

钟嵘的《诗品》提出了感情论、自然论、风骨论和滋味论这些关于诗歌的本质特征以及诗歌创作与鉴赏批评的理论。他指出诗歌的本质是表现人的感情的，但是归结为“气之动物，物之感人，故摇荡性情，行诸舞咏”[②]，称陆机的叙事诗“所拟十四首，文温以丽，意悲而远，惊心动魄，可谓几乎一字千金”[③]。

唐代刘知几的《史通》认为写历史的主要任务在于叙事，指出“夫史之称美者，以叙事为先”，并阐述了“叙事”所能产生的“书功过，记善恶，文而不丽，质而不野，使人味其滋旨，怀其德音，三复忘疲，百遍无斁”（《叙事篇》）的形式美学功能。他认为这种文字的杰出典范，就是《左传》。他在《杂说上》中指出《左传》的文笔生动和感人之处，说它“著述罕闻，古今卓绝”。在他看来，好的历史书，必须有生动的文笔，所谓“史之为务，必借于文”（《叙事篇》）。另一方面，他又反对作史者一味追求文采而忽略内容的真实。他说：“今之所作，有异于是。其立言也，或虚加练饰，轻事雕彩。或体兼赋颂，词类俳优。文非文，史非史。譬夫乌孙造室，杂以汉仪，而刻鹄不成，反类

① 祖保泉：《文心雕龙解说》，安徽教育出版社1997年版，第223、236页。

② 周振甫：《诗品译注》，江苏教育出版社2005年版，第1页。

③ 同上书，第27页。

于骛者也。”（《叙事篇》）这是强调史书的文字特点，反对形式主义，反对文人把矫揉造作的风气带进史学中去。于是提出了“尚简”“省字约文，事溢于外”“用晦”“虚设不可”“妄饰”等叙事原则，以及“直纪其才行”“唯书其事迹”“因言语而可知”“假赞论而自见”的叙事技巧。①

司空图则指出：“文之难，而诗之难尤难，‘诗家之景，如蓝田日暖，良玉生烟，可望而不可置于眉睫之前也’。象外之象，景外之景，岂容易可谭哉。”② 这里的“象”与“景”就是指诗境具体描绘的实象与实景，是叙事诗所依据与叙述的“事”，并提出“韵外之致”“味外之旨”“思与境偕”等著名的诗歌美学范畴。

宋代严羽在《沧浪诗话》中指出：“盛唐诸人唯在兴趣……唐人好诗，多是征戍、迁谪、行旅、离别之作，往往能感动激发人意。”③ 诗人对外界事物的感触所发生的情思正是“兴”，这在某种程度上接触到了诗歌的形象思维问题。

清代叶燮的《原诗》以草木之滋生发育为例来说明创作客体“其能发生者，理也；其既发生，则事也；既发生之后，夭乔滋植，情状万千，咸有自得之趣，则情也”④。这里的“事”指事物存在的实际，当然也是叙事诗所叙之“事”。

袁枚的《随园诗话》指出：“天地间不能一日无诸题，则古今来不可一日无诸诗。”⑤ 世界是丰富多彩的，诗歌反映的对象应是多种多样，范围极其宽广，叙事诗当然也在其列。

刘熙载在《艺概》中认为文学应该重视现实，是作用于现实的所谓有“关系”的作品。文学创作有两种方法，或“凭虚构象”或“按实肖象”⑥，后一种正是叙事诗艺术形象的创作。

---

① （清）浦起龙：《史通通释》，上海古籍出版社1982年版，第165、87页。

② 李建中主编：《中国古代文论》，华中师范大学出版社2002年版，第200页。

③ 王运熙主编：《中国文学批评史新编》（上），复旦大学出版社2001年版，第355、356页。

④ 李建中主编：《中国古代文论》，华中师范大学出版社2002年版，第276页。

⑤ 王运熙主编：《中国文学批评史新编》（上），复旦大学出版社2001年版，第277页。

⑥ 李建中主编：《中国古代文论》，华中师范大学出版社2002年版，第326页。

三 当代对叙事诗的研究

（一）有关的研究专著

对中国古代叙事诗的研究是一个逐步成熟的过程。最初，人们研究中国叙事诗，多从传统角度入手，从是否有完整的情节和人物形象角度剖析叙事诗。1985年前后，西方近百年的文论引入中国，这一年被称为"方法年"，于是，西方叙事学的研究方法，逐渐被国内学术界所掌握，一大批学者开始了自己的叙事学研究之路，用西方的理论审视中国文本，成为时尚和前沿。具体体现在以下著作中。

程相占《中国古代叙事诗研究》，本书的立意是通过对中国古代叙事诗的研究，探索中国文学史研究与著述的新方式。对于叙事诗的界定，本书指出，《辞海·文学分册》"体裁"一条认为"按作品的内容、性质划分，诗中有叙事诗、抒情诗"，在"诗歌"一条中认为："按有无比较完整的故事情节，可分为叙事诗和抒情诗。"这样，按照《辞海》的理解，叙事诗被认为"有比较完整的故事情节和人物形象"。但是我们看到，像《诗经》中的《七月》和杜甫的"三吏"，很难说有什么比较完整的故事情节和人物，于是本书作者对叙事诗的界定产生了质疑。作者首先考察了"叙事"的概念，指出"叙事"一词在中国古代又作"序事"，而"序"又与"绪"同音假借，因此所谓叙事无非就是给事件安排顺序，理清头绪。在中国古代，与叙事关系最密切的是史学。古代史学对叙事诗的影响主要是对叙事技巧的影响（如"诗史""龙门笔法"等）和对叙事观念的影响（如"实录""春秋大义"）。文学是以语言为媒介的艺术样式。因此从中国古代的叙事观念和语言观念（"言有物""言有序"）出发，著者认为"叙事诗"就是在一定用意的支配下，用押韵的语言将事件安排得具有一定顺序、头绪的文学作品。全书共四章。第一章考察中国古代叙事诗诗歌思想的历史流变。指出中国古代叙事诗的意旨始终与"史"相连，集中地体现在"诗史"这一观念上。一定的价值取向决定一定的视角——观察世界、叙述事件的角度，一定的视角又影响一定的结构——事件的展开方式。故第二章"视角与结构"考察了中国古代叙事诗的视角与结构类型。人物是事件的承担者与造就者，是事件中不可或缺的因素。故有第三章"人物"

之设，主要从功能层面考察中国古代叙事诗中的人物类型。一般叙事文学都有意旨、视角、结构、人物诸要素，叙事诗之所以不同于一般叙事性文学，如小说，关键在其文体样式——诗体。于是，第四章“诗体”，考察了中国古代叙事诗体现在诗歌这一文本样式上的叙事特点及其历史发展，并重点发掘有别于其他叙事文学的“意象叙事”技巧和用典的叙事意义。①

高永年《唐代叙事诗研究》，对唐代叙事诗进行了品鉴，全书分五部分。第一章为“绪论”，论述中国汉语诗有“诗史”而无“史诗”，但叙事传统却源远流长。从《诗经》到两汉乐府，到中晚唐诗篇，中国古代叙事诗发展留下了深深的足迹，显示出了夺目的光彩，进而指出唐叙事诗研究的意义；提倡更好地认识这座被忽视的“高峰”；看艰难时世怎样造就一代诗豪；全面深入地了解唐代叙事诗的特质。第二章为“唐叙事诗之界定”。先论述“何为叙事”和“何为诗歌之叙事”，在此基础上对唐代叙事诗作比较明确的界定，划定研究范围。这一部分，辨析了唐叙事诗界定中几个比较重要的“个案性”问题，要不要在唐诗中专门列出“叙事长篇”；某些有时空序列的抒情诗组，能否列入叙事诗的行列；以铺叙为主的诗，能否视为叙事诗；如何对待有叙事因素的律绝诗。基本观点是作者认为没有必要在唐诗中专门列出“叙情长篇”，因为叙事诗既然是“叙事”的诗，就必然带有诗的根本品格——抒情。不能以“塑造他人形象”和“塑造自我形象”来区分“叙事诗”和“抒情诗”。应当允许叙事诗中塑造诗人（抒情主人公）的自我形象；不能规定叙事诗只能虚构，不能写实。“按照生活的原貌进行叙事”恰恰使诗歌更加靠近了小说，使诗的内容“高度生活化”，叙事诗的结构，可以用一个完整的故事来贯穿，也可以星罗棋布地展示多幅生活画面。同时还指出，不能把唐诗中某些有时空序列的抒情诗组（如《秋兴》八首）归入叙事诗的行列，因为这些诗组的时间标记不能牵引出人物的连续性“行动”，不能在此时间转换中看出“故事”来，它们的地域方位对比也不能包容人物行动在内的时间推移，故只能视为抒情诗，对于那些以铺叙来融合叙事、抒情的诗篇，由于不能将时空序列中

① 程相占：《中国古代叙事诗研究》，广西师范大学出版社 2002 年版。

事物的因果关系阐释清楚，所以也不能称为叙事诗。经过以上几个方面的鉴别，唐代叙事诗的“界定”就有了一个比较清楚的标准，这就为整个叙事诗研究奠定了相对坚实的基础。第三章为“唐叙事诗之成因”，主要从三个方面进行讨论：多“事”的时代，怎样催生了多“事”的诗歌；崇实尚俗的文学思潮，怎样推动了叙事诗的发展；文学各文体的交互影响，怎样生发了叙事之花。该书试图从各种因素的交互作用中，清理出几个有直接关系的问题，进行比较全面的审视和分析，以探究唐代叙事诗得以繁茂的原因。第四章为“唐叙事诗之特质”，着重剖示了以下几个问题：唐叙事诗的神韵；唐叙事诗的叙事角度；唐叙事诗的叙事艺术。这一部分努力通过比较研究，揭示唐叙事诗的个性风貌，指出属于它自身的，有别于其他时代叙事诗的一些特点。最后为“余论”，对唐叙事诗做一个概括的论述，并简述它对后世文艺的深远影响，以及它对当今文学创作（特别是诗歌创作）的借鉴意义。

高永年《中国叙事诗研究》，认为“叙事作品”就是在时间流进和空间转换中清晰地交代“人物行动”的作品。而“叙事诗”的特征就是它要表现时间的长度和空间的变化，交代人物的行动和动作；它对“行动”的描述，总是与抒情紧密地结合在一起；它对“行动”的描述，总是受到诗歌节奏、韵律和意象性句法结构、修辞规则的制约。①文中论及先秦至唐代、宋代至清代、现代至当代一个广阔的时间史，文中以唐代叙事诗为主，对先秦至南北朝叙事诗只用了很少的篇章描述。

王强模的《古诗十九首评译》（贵州人民出版社 1991 年版）申述诗义，意蕴精辟；训释解题，既博采众说，又有自己的独特见解，并提出前人具有代表性的论点，供研究者参考。每篇的解题、注释、今译和《文选全译》相得益彰；评说部分颇具学术价值，尽力发掘其思想性和艺术性。能够对思想内容大体相近，意境仿佛、情调类似的十九首诗歌，做到评说观点明确，论述符合实际。总论部分重点放在“文学渊源”“艺术特色”的评介上，在前人已有成果的基础上，或填补空白，或另寻门径，体现出“其味足、其掘深、其说新”的特色。但这些注本都从注释、赏析等方面对中国上中古的叙事诗进行剖析。

① 高永年：《中国叙事诗研究》，江苏教育出版社 2002 年版。

此外，陈来生《史诗·叙事诗与民族精神》（上海社会科学院出版社1990年版）、程相占《吴伟业与中国古代叙事诗》（博士学位论文，中国优秀硕士学位论文全文数据库，1995年）、王运熙《乐府诗述论》（上海古籍出版社1996年版）、傅修延《先秦叙事研究》（东方出版社1999年版）、张永鑫《汉乐府研究》（江苏古籍出版社2000年版）、王荣《中国现代叙事诗史》（中国社会科学出版社2004年版）、钱志熙《魏晋南北朝诗歌史述》（北京大学出版社2005年版）等也是成绩斐然之作。

（二）主要的研究论文

在20世纪中国古典叙事诗的研究中，出现了一批有价值、有影响力的学术论文，他们分别从思想内容、体例结构等方面对叙事诗进行了研究。

1. 综述性研究

关于唐代以前的叙事诗的研究，近年来有些学者开始对前人研究的成果加以总结，做出综合性考察和评价。相继有王荣的《中国叙事诗研究与批评综述》、赵敏俐的《20世纪汉代诗歌研究综述》、赵明正的《20世纪汉乐府研究述论》等。

王荣的《中国叙事诗研究与批评综述》（《陕西广播电视大学学报》2001年第3期）论及与古代的抒情诗及其他文学类型研究相比，古代叙事诗研究虽然无论从理论上，还是研究方法及学术成果上都不成规模，但古代叙事诗研究从作品批评入手，其对于作品的整理、艺术特征的发现与领悟、文体观念与审美意识变化的梳理等，都为以后的研究作了准备。

赵敏俐的《20世纪汉代诗歌研究综述》（《文学遗产》2002年第1期）认为，以乐府诗和文人五言诗为主要代表样式的汉代诗歌，对后世中国诗歌的发展产生了巨大的影响。文章分别从魏晋到清末的汉代诗歌研究回顾、1920年到1949年以前的汉诗研究、1949年到1976年以前的汉诗研究、新时期（1976年以后到20世纪末）的汉诗研究、20世纪港台和国外的两汉诗歌研究、存在的问题和今后预测等六个方面总结了汉代诗歌研究。关于汉代诗歌的研究，在中国古代文学研究史上也具有非常重要的地位，在20世纪取得了丰硕的成果。

赵明正的《20世纪汉乐府研究述论》(《甘肃社会科学》2005年第2、3期)认为，20世纪汉乐府研究呈现出近代学术形态。“五四”新文化运动以后涌现了一批编写乐府诗史和笺注汉乐府的学术精品；50年代以后在马克思主义文学原理主导下进行研究，有得有失，但“文化大革命”时期学术争鸣扩大为阶级斗争，留下了深刻的教训；80年代以后在现代学术思潮影响下出现了多元化研究态势，并开始对汉乐府学术史进行研究整理。海外学者取得了丰硕的研究成果，《文心雕龙·乐府篇》的笺注和研究也颇资借鉴。20世纪汉乐府研究突破了古典诗学的研究范式，研究材料得到了拓展，开始利用出土文物；引进了西方文艺观念和现代文艺理论，运用神话学、民俗学和叙事学理论来研究汉乐府；突破了诗学范畴的评价体系，还原了汉乐府作为诗歌文本和表演文学底本的特质；从效果史和影响史的角度对汉乐府进行比较研究；解决了研究史上的一些难题，其中尤以对汉乐府曲调的考证和《巾舞公莫舞辞》的破译为胜。这些研究综述，系统全面地对叙事诗从宏观上进行把握，为研究者提供了翔实的史料，居功至伟。

此外，马庆洲的《百年汉乐府研究概述》(《济南教育学院学报》2000年第5期)、王荣的《发现与重估：中国古典叙事诗艺术论析》(《陕西师范大学学报》2001年第2期)、刘运好的《新时期汉乐府诗研究之回顾》(《烟台师范学院学报》2004年第4期)、赵敏俐的《论汉代文人五言诗的艺术特征》(《文学遗产》1995年第2期)是杰出代表。

2. 思想内容等研究

张亚新的《试论〈古诗十九首〉对建安诗歌的影响》(《延安大学学报》1981年第1期)、钟耩的《试论中国古典叙事诗的传统及其与抒情诗的区别》(《吉首大学学报》1984年第2期)、彭功智的《浅谈我国古代叙事诗》(《河北师范大学学报》1985年第2期)、叶幼明的《〈古诗十九首〉在我国诗歌史上的地位》(《中国文学研究》1987年第1期)、陈少松的《清代叙事诗及其理论初探》(《南京师范大学学报》1991年第3期)、张碧波和高国兴的《试论中国诗歌的叙事传统》(《天津社会科学》1992年第2期)、程相占的《论先秦两汉民歌的叙事特征》(《学术月刊》1997年第7期)、穆薇的《蔡琰〈悲愤诗〉与中国古代叙事诗传统》(《齐鲁学刊》1998年第5期)、王新霞的《先秦汉魏叙事诗述评》(《中国文化研究》1999年第2期)、张应斌的《史诗问题和周族的史诗——论〈诗经〉中的史诗》(《嘉应大学学报》2000年第1期)、赵海菱和张荣纲的《论赋在〈诗经〉叙事文本中的作用》(《福州大学学报》2002年第4期)、陈来生的《中国传统叙事诗不发达的原因》(《文艺理论研究》2004年第2期)、徐迈的《为什么中国古代没有长篇史诗——从〈诗经·雅〉中的五首叙事诗谈起》(《阅读与写作》2004年第3期)、杨宏和陈静的《汉乐府民歌对〈诗经〉民歌叙事艺术的继承和发展》(《太原教育学院学报》2004年第6期),从思想内容方面的研究,作为传统研究,取得了可喜的成就。黄景魁的《论先秦汉魏叙事诗的形成与发展》(《辽宁广播电视大学学报》2000年第2期)一文指出,在中国诗史中,叙事诗与抒情诗是两条并行的创作潮流,论文论证了中国叙事诗滥觞于先秦,繁荣于汉乐府,成熟于建安时期的历史演变过程,为中国叙事诗的形成与发展勾画出一条清晰的脉络。

郑亮的《乐府叙事诗简论》(硕士学位论文,2004年)指出乐府诗在中国文学发展史上起着极为重要的作用。它是在汉代统一的封建集权稳定的统治下,以《诗经》为代表的北方文学与以楚辞为代表的南方文学相融合产生的新的文学样式。自乐府而确立的五言、七言、杂言诸诗体,迄汉以降,无复改变,成为中国诗歌的主流形式。后世词、曲、戏剧、小说的发展或多或少都受到乐府的影响。乐府从两汉始兴至唐后分化,发展大致经过三个时期:两汉、魏晋南北朝和唐代,流行一千余年。乐府与《诗经》《楚辞》在中国诗歌史上是两源(《诗经》《楚辞》)一流(乐府)的格局,与《诗经》《楚辞》,鼎足而三。叙事诗是乐府诗的主要精华之所在,以反映社会现实为主要内容,发展过程大致经过两汉、魏晋南北朝和唐代三个阶段,汉末和唐代是乐府叙事诗发展的两个高峰时期。在创作群体方面,汉末文人乐府创作和民间乐府创作交相辉映,形成以曹氏父子、建安七子和蔡琰为代表的文人创作高峰,民间乐府则产生了《孔雀东南飞》《陌上桑》等优秀作品。唐代主要是文人乐府占据主流,李白、杜甫都是乐府大家,中唐时期在元稹、白居易的大力倡导下,形成新乐府运动。唐以后,受到词、曲的冲击,乐府渐趋没落，虽不无一二诗人，时或偶作仿古乐府，然凤毛麟角，不成风气。该文主要对汉至唐的乐府叙事诗的发展脉络作一番梳理，同时提出乐府叙事诗的理论——“诗缘事”说。

刘俊阳的《论雅诗中的叙事诗及中国古代叙事诗与史诗之不发达》（《国际关系学院学报》2004 年第 4 期）一文指出，雅诗中的 13 首叙事诗是诗歌史上第一批文人叙事作品，它们叙写了周族兴起到强大的历史进程，在叙事诗并不发达的古代诗坛具有很高的艺术价值。中国叙事诗不发达的原因：（1）古代文体有散文与韵文之分，叙事的工作由散文分担；（2）中国诗论主张言志抒情，不重叙事；（3）封建文人不重视。《大雅》中的 10 首叙事诗篇幅短小、缺少完整的形象和故事情节，不能称其为史诗。中国古代汉民族没有史诗的原因是：（1）儒家文化的限制；（2）中国诗论的影响；（3）文明早期的汉字不适于记录；（4）中国古代宗教观亦是一大障碍。

胡如虹的《论汉乐府民歌叙事诗》（《湖南城市学院学报》2006 年第 1 期）指出，汉乐府民歌叙事诗是历史馈赠给我们的不可多得的艺术珍品。由于社会生活的复杂、城市的繁盛、市民阶层的兴起、诗体的进步以及南北文学的合流等种种原因，汉乐府民歌中叙事诗勃然兴起，蔚为大观，在文学史上留下了光辉的一页。汉乐府民歌叙事诗根据其艺术上的特点可分为三类，他们在情节、结构、人物形象等方面都各具特色。

此外，还有于宝莲的《唐代叙事诗的发展综论》（硕士学位论文，2001 年）、曾垂超的《论梅村体》（硕士学位论文，2002 年）、高林清的《白居易叙事诗研究》（硕士学位论文，2005 年）、吕继红的《〈木兰诗〉研究》（硕士学位论文，2006 年）、周婷莉的《中唐叙事诗研究》（硕士学位论文，2005 年）、郝美娟的《清初文人叙事诗研究》（硕士学位论文，2005 年）、刘杨的《〈诗经〉战争徭役诗研究》（硕士学位论文，2006 年）等论文。

3. 体例结构等研究

李炳海《〈诗经·国风〉的篇章结构及其文化属性和文本形态》（《中州学刊》2006 年第 7 期）一文指出，《诗经·国风》的篇章结构主要有两种模式：或是采用三章成篇模式，或是采用两章成篇模式。三章成篇模式是受周公制礼影响的产物，渗透的是以三为节的理念，是周代礼乐文明的结晶；在周代礼乐文明浸润较深的地域，三章成篇作品所占比例较高。两章成篇的作品带有鲜明的民间歌谣属性，其作者多为普通士人和百姓，在题材内容和音调上都疏离于周代礼乐文明。《诗经·国风》将这两种结构模式的作品都加以收录，体现了主流文化与非主流文化、礼乐文明与民间文化的整合。同时，《诗经》编订者在对《国风》作品进行排列时，更推重三章成篇的作品，显示出对礼乐文明的认同和维护。多篇成章的作品，则显示出抒情诗和叙事诗在文本形态上的差异。

胡根林《唐代叙事诗研究》（硕士学位论文，2004 年）认为，长期以来，人们对唐诗侧重社会学研究，习惯从诗人生活的时代背景品评作品，而对文本有一定程度的忽视。本书运用西方叙事理论和中国古典诗学相结合的方法侧重文本分析。具体到文章内容，先分析唐代叙事诗历史地位，然后重点研究诗歌文本，包括对唐代叙事诗故事、本文及叙述分析，最后探究其繁荣原因。全文共分五章。第一章，唐代叙事诗历史地位。本章简要描述古代叙事诗的流变，不仅总览唐代叙事诗概貌，而且以此确立唐代叙事诗里程碑式的重要地位。第二章，唐代叙事诗故事研究。其中“故事类型”主要探讨唐代叙事诗基于角色功能的基本分类，着眼于故事本身；“人物作用”分析唐代叙事诗中人物作为角色、行动元、角色兼行动元的作用，概括其人物塑造的主要特点。“结构模式”则从结构角度探讨唐代叙事诗三种基本的叙事结构和创作模式。第三章，唐代叙事诗文本研究。其中“意象叙事”根据古典诗歌语言是意象语言的特点，分析一些代表性叙事诗的叙事意象，探究其叙事方式。“用典叙事”分析叙事中用典的情形，认为用典的叙事语言增强了诗歌的承传性、表现性和联想力，也因此给故事造就了一种立体文化空间。第四章，唐代叙事诗叙述研究。本章一方面探讨唐代叙事诗全知视角和有限视角，并总结两类视角体现在叙述方式上的特点。另一方面则从时序（顺序、倒叙）和速度（停顿、省略、场面）角度分析唐代叙事诗的节奏。第五章，唐代叙事诗繁荣原因。从体例结构去研究叙事诗是一种有益的探索。

（三）港台地区的有关研究

中国叙事诗的研究基本根植于大陆，但在港台地区和国外也有一些可资称道的研究成果。

在港台地区对中国叙事诗的研究硕果累累。江聪平的《乐府诗研究》（台湾兴国出版社 1978 年版）、张清钟的《两汉乐府诗之研究》（台湾商务印书馆 1979 年版）和《古诗十九首汇说赏析与研究》（台湾商务印书馆 1988 年版）、陈义成的《汉魏六朝乐府研究》（台北嘉新水泥公司文化基金会 1976 年版）。这些剖析都是从传统角度进行的，局限在时代背景、主题思想、人物分析、艺术特色等方面，对叙事模式较少涉猎。

张清钟的《古诗十九首汇说赏析与研究》[①] 一书，前有对每首作品的详细评注，分诗旨、注释、作法、评介、赏析五部分，搜集材料比较丰富、言简意赅，颇得诗之旨趣。后有对《古诗十九首》源流的考察，介绍了关于十九首产生年代和作者的各家观点，最后得出“其作者未必是一人，时代亦未必是同时”的结论。

这一时期，港台地区还出现了一大批专事研究叙事诗的硕博论文。博士论文有：张修蓉的《中唐乐府诗研究》（台湾国立政治大学中国文学研究所，1981 年，台北文津出版社 1985 年版）、田宝玉的《中国叙事诗的传承研究——以唐代叙事诗为主》（台湾师范大学国文所，1993 年）。

硕士学位论文有：

（1）对中国叙事诗作整体观照的还不多，所知仅有吴国荣《中国叙事诗研究》（台北中国文化大学中文学研究所，1985 年）；

（2）专门探讨汉魏叙事诗的也不甚多，所知有郑开道《汉代乐府诗研究》（台北中国文化学院中文所，1971 年）、黄羡惠《两汉乐府古辞研究》（台北中国文化大学中文学研究所，1991 年）、林彩淑《汉魏叙事诗研究》（台北中国文化大学中文学研究所，1998 年）；

（3）专门研究唐代叙事诗者有梁荣源《唐代叙事诗研究》（台湾大学中文所，1972 年）、张国相《唐代乐府诗之研究》（台湾东海大学中文

---

① 张清钟：《古诗十九首汇说赏析与研究》，台湾商务印书馆 1988 年版。

研究所，1980 年），而对白居易及其叙事诗的研究尤为集中，如俞炳礼《白居易研究》（台湾师大国文研究所，1980 年）、梁国标《白居易及其讽谕诗之探讨》（台湾珠海书院中文研究所，1983 年）、黄兆康《白居易新乐府研究》（台湾能仁书院中文研究所，1985 年）、廖美云《元白新乐府研究》（台湾师大国文研究所，1987 年）、林明珠《白居易叙事诗研究》（台北东吴大学中文所，1990 年）、侯配晴《白居易叙事诗美学研究——以讽谕诗、感伤诗为主》（台北市立教育大学应用语言文学研究所，1994 年）、邱晓淳《白居易叙事诗研究》（台湾高雄师范大学国文系，2001 年），等等。这些都是港台等地在叙事诗研究方面的成就。

（四）国外的有关研究

任继愈先生说过，中国文化属于全世界，的确，国外学者对中国文学的研究成果也是很多的。尤其是近年来，研究的专著相继出版，代表性的有严绍璗的《日本中国学史》、刘正的《海外汉学研究——汉学在 20 世纪东西方各国研究和发展的历史》、何晏和许光华的《国外汉学史》、李庆的《日本汉学史》、张国刚等的《明清传教士与欧洲汉学》、王晓路的《西方汉学界的中国文论研究》、阎宗临的《传教士与法国汉学》、计翔翔的《十七世纪中期汉学著作研究》、葛兆光的《域外中国学十论》、朱政惠的《美国中国学史研究：海外中国学探讨的理论和实践》、陈君静的《大洋彼岸的回声》、周发祥主编的“中国古典文学走向世界”丛书等。[①] 而向来被国外汉学家视为中国文学精髓、人类艺术瑰宝的中国古典诗词，更是国外汉学家乐于研究的课题，尤以日本和法国成果最多。日本泽田总清的《中国韵文史》（台湾商务印书馆 1965 年版），对汉代乐府诗歌的介绍，吉川幸次郎对《古诗十九首》的研究、小西昇对两汉乐府的研究、泽口刚雄对乐府游仙诗的研究、《陌上桑》的研究，增田清秀的《乐府の历史的研究》（东京创文社 1975 年版）。

法国汉学界马塞尔·葛兰言的《〈诗经〉中的爱情诗篇》（巴黎，1911 年），以《国风》68 首歌谣为例，从人类学、社会民俗学的视角和“乡野主题”切入，考析了《诗经》中爱情歌唱与古代中国季节和节日的礼仪习俗关联，运用中国古代哲学“阴”“阳”说作哲学观照，

① 郝平、张西平：《他乡有夫子：汉学研究导论》，外语教学与研究出版社 2005 年版。

并联系我国西南流传至今的对歌比赛进行比较论证，从而对这些爱情诗篇作出全新的诠释。

戴密微的《中国古诗选》（巴黎，1962 年）选择了上自《诗经》下至清诗的 374 首诗词，共 204 位中国古代诗人的名篇。它集结了巴黎汉学界老中青三代译介力量，历时数年之久，是 20 世纪法国译介中国古诗的标志性成果。尤其是戴密微为之所写的导论《中国古诗概论》，栩栩如生地论述了中国诗歌的历史沿革和艺术特点，显示了论者对中国诗歌艺术的深刻把握。其收录了《古诗十九首》的全部译文，并称赞它“是汉代流传下来的最优美的诗歌：这种五言诗体保持了民歌特色，且具有完美的艺术技巧”[①]。

桀溺是汉诗研究领域最杰出的学者，他的《古诗十九首》（巴黎，1963 年）是一部专门的研究著作，对《古诗十九首》进行重译并对每首诗详尽注释，并把《古诗十九首》与法国文学作了比较，从古诗的抒情特点、新思想和新风格三方面加以探究，同时贯穿与《诗经》特别是与《楚辞》的渊源关系的考析、比较，从而凸显出古诗的独创性，确实不乏新颖见解，值得重视。《牧女与蚕桑》是其代表性成果，以汉乐府《陌上桑》为突破口，论及此诗，涉猎甚广，开掘很深。对美女采桑这一中国文学题材进行了相当细致的文化研究，并与法国诗人马卡布律的牧女诗进行比较研究，论述了法国牧女诗和中国桑园文学的历史演变及其在各自文学中的地位，进行了平行的比较研究，材料丰富，疏证细密，观点新颖，是极具深度的著作。

国外学者从自己的学术背景出发，探究中国叙事诗，为我们提供了一种方法论的参照，其中不乏新颖之作。再加上 20 世纪 80 年代的结构主义叙事学，为我们研究唐代叙事诗提供了全新的视角与话语言说方式，值得我们重视。

四　有关方法论的论著

（一）西方学者的研究

对叙事文学的研究是一个古老的课题，叙事的研讨在西方文论中有

---

① 王晓路：《西方汉学界的中国文论研究》，巴蜀书社 2003 年版，第 124 页。

悠久的历史。早在古希腊，亚理斯多德的《诗学》就把悲剧的主要成分归纳为情节、性格、言词、思想、形象和歌曲六个方面，情节居于首位，情节就是叙事之事。

当代的叙事研究或者说叙事诗学，与传统的研究方式不同的是在研究的方向上出现了一种明显的分化，一种是语言学诗学，另一种是文化诗学。西方结构主义文论在索绪尔结构语言学的影响和启发下，于20世纪六七十年代应运而生。结构主义对世界采取结构式的、系统式的研究，关注对于结构的感知和描绘，试图通过建立一个关于客体事物的结构模式来达到对于客体的认识。从这一角度看，结构主义具有方法论的性质。他们寻求批评的恒定模式，反对印象派一类的主观批评，要求用相对稳定的模式来把握文学，以达到有理性、有深度的认识。强调文学研究的整体观，他们把文学看成一个整体、强调文学系统和外在于文学的文化系统对具体作品解读的重要性，追寻文学的深层结构。代表人物是列维—斯特劳斯、米歇尔·福柯、阿尔都塞、雅克·拉康、罗朗·巴特、A. J. 格雷马斯、茨维坦·托多洛夫、克劳德·勃瑞蒙、热拉尔·热奈特等人。

结构主义自诞生之日起，就对文学产生了深远的影响。西方的一些学者开始用叙事理论研究中国的文本，诸如美国丁乃通的《中西叙事文学比较研究》（华中师范大学出版社1994年版）、美国蒲安迪的《中国叙事学》（北京大学出版社1996年版）、美国王靖宇的《中国早期叙事文研究》（上海古籍出版社2003年版）、法国列维—斯特劳斯对《救风尘》的研究、法国格雷马斯用符号矩阵对《救风尘》的研究、美国的杰姆逊对《聊斋志异·鸲鹆》进行的研究，等等。

（二）中国学者的研究

自20世纪80年代初叙事学被引入中国以来，国内学者陆续写作、出版了大量导读性、理论建设性和理论探索性的文章。20世纪80年代主要以外国理论资料的翻译为主，90年代初至中叶则以中国学者对西方叙事学的理论系统整理、介绍为主，90年代末期至今，一部分中国学者开始有意识地建设具有中国特色的叙事学理论，还有一些学者在吸纳已有的叙事学研究方法的基础上进行叙事学与具体作品分析相结合的理论研究，与此同时，有些学者则拓宽叙事学研究的理论视野，将叙事与文化的理解、反思相结合。此时期中国学者的理论作品按其理论关注点及研究方法大致分为这样几类：以理论介绍为主的导读性作品，代表作有徐岱的《小说叙事学》（中国社会科学出版社 1992 年版）、傅修延的《讲故事的奥秘——文学叙述论》（百花洲文艺出版社 1993 年版）和罗钢的《叙事学导论》（云南人民出版社 1994 年版）等；从语言学和逻辑学角度研究叙述学，以董小英的《叙述学》（社会科学文献出版社 2001 年版）和王阳的《小说艺术形式分析——叙事学研究》（华夏出版社 2002 年版）为代表；以澄清叙事学理论研究中出现的系列问题（术语概念和某些定论中的分歧）为主，并对叙事学理论的研究范畴进行拓展或纳入新的研究方法的，如胡亚敏的《叙事学》（华中师范大学出版社 1994 年版）、申丹的《叙述学与小说文体学研究》（北京大学出版社 2004 年版）；以建设具有中国特色的叙事学理论为主的著作有杨义的《中国叙事学》（人民出版社 1997 年版）、傅修延的《先秦叙事研究——关于中国叙事传统的形成》（东方出版社 1999 年版）和高小康的《市民、士人与故事：中国近古社会文化中的叙事》（人民出版社 2001 年版）等；注重叙事学与文学作品个案分析相结合的理论研究作品有谭君强的《叙述的力量：鲁迅小说叙事研究》（云南大学出版社 2000 年版）、格非的《小说叙事研究》（清华大学出版社 2002 年版）、胡全生的《英美后现代主义小说叙述结构研究》（复旦大学出版社 2002 年版）和徐岱的《边缘叙事：20 世纪中国女性小说个案批评》（学林出版社 2002 年版）等；注重叙事与文化之间影响关系的作品有谭君强的《叙事理论与审美文化》（中国社会科学出版社 2002 年版）、耿占春的《叙事美学：探索一种百科全书式的小说》（郑州大学出版社 2002 年版）、高小康的《中国古代叙事观念与意识形态》（北京大学出版社 2005 年版）、李春青的《诗与意识形态——西周至两汉诗歌功能的演变与中国诗学观念的生成》（北京大学出版社 2005 年版）和李春青的《在文本与历史之间——中国古代诗学意义生成模式探微》（北京大学出版社 2005 年版）等。[①] 正是在这一大批学者的共同努力下，中国文学被置于非常丰富的世界文学发展脉络之中，为从多种角度加以欣赏和

① 张鹤：《虚构的真迹》，人民文学出版社 2006 年版，第 1—2 页。

分析中国古代叙事诗，开辟出了许多新的视域和途径。

小　结

叙事诗是整个诗歌史的一部分，中国叙事诗同抒情诗一样，在民族诗歌史上占有重要地位。20世纪的中国叙事诗研究取得了可喜的成绩，随着社会文化思想的变革，21世纪的学人在叙事诗的研究方法与研究模式上将会发生新的变化，这必然会带动叙事诗的研究，也必将会产生一批代表21世纪的学术思想的研究著作，促使叙事诗研究向更深更广的领域发展。随着中西文化的交流扩大，西方的叙事研究也会以其新颖的视角给我们以启示，在未来的岁月里，中国叙事诗的研究必将取得更大的成就。

第一章　叙事诗的两个基本问题

任何问题的研究，都必须厘定它的基本问题。先秦汉魏六朝叙事诗研究首先面对的问题是什么是叙事诗，叙事诗的起源与叙事诗的基本特征。本章将通过金文、《周易·卦爻》以及后世的一些典籍的研究，去厘定叙事诗的起源，进而界定叙事诗，对叙事诗的特征作出理性的阐释。

第一节　叙事诗基本特征

美国著名学者 M. H. 艾布拉姆斯在他的著作《镜与灯——浪漫主义文论及批评传统》导论的开头部分曾引用过两个学者的对话来探究诗歌的本质："鲍斯韦尔：'那么，先生，诗到底是什么呢?'约翰逊：'啊，先生，说诗不是什么要容易得多。我们都知道光是什么；但要真正说清楚光是什么，却很不容易。'"① 尽管"诗是什么? 叙事诗是什么?"这样本质性的问题不容易说清，但人们还是在不断地追寻与解答。同样，研究先秦汉魏六朝叙事诗的一个最基本的前提，就是首先明确什么是叙事诗。为了回答这个问题，必须从历时性上进行探寻。

一　叙事诗的内涵和外延

（一）"叙事"的含义

叙事的"叙"在《说文解字》中假"序"为"叙"，曰"序，绪

---

① ［美］艾布拉姆斯：《镜与灯——浪漫主义文论及批评传统》，北京大学出版社 1989 年版，第 1 页。

也”，次第排序谓之叙。“叙”在《国语·晋语三》的解释是“纪言以叙之，述意以导之”[①]，可见“叙”蕴涵“叙说、叙述、记述、记录”之意。

“‘事’，职也；职，记微也”[②]，《玉藻》：“动则左史书之。言则右史书之”[③]，郑注《表记》申之曰：“仕之言事也”[④]，《礼记·大学》谓“物有本末，事有终始”[⑤]。可见“事”蕴涵“从始至终的事情、事件、事实”之意。“叙”与“事”结合在一起，无外有按照顺序叙述事情的意思。

综上所述，在先秦时代出现的“叙”与“事”二字，并无内在的联系，也没有放在一起使用。但是，根据我们从《说文解字》中看到的意义，从语义学和语源学的角度，得出“叙事”有按照时间、空间讲述故事的意思，是可行的。当“叙”与“事”真正联系在一起，作为一个词语出现，就含有了“按照顺序叙述事情”之意，并且开始了对叙事的理性评估。南北朝时刘勰的文学批评巨著《文心雕龙》就有几处提及“叙事”。《文心雕龙·诔碑》有两处提及：“傅毅所制，文体伦序；孝山、崔瑗，辨洁相参，观其序事如传，辞靡律调，固诔之才也。”[⑥] 在这处，刘勰赞誉傅毅等人的四言体诔文，文辞周密而音律调和，深谙叙事的传统。“其叙事也该而要，其缀采也雅而泽，清词转而不穷，巧义出而卓立，察其为才，自然而至矣”[⑦]，此处指出，蔡邕的碑文体现出特殊的叙事才能，简明扼要，颇有骨力。《文心雕龙·哀吊》也有一处提及：“观其虑赡辞变，情洞悲苦，叙事如传，结言摹诗，促节四言，鲜有缓句；故能义直而文婉，体旧而趣新，《金鹿》《泽兰》，莫之或继也。”[⑧] 指出潘岳所撰四言哀文，像传记那样情趣新颖，巧于叙事，思维周密。在《文心雕龙》的时代，我们看到，叙事

---

① 《国语·晋语三》，《国语》（上），上海古籍出版社1978年版，第317页。

② （清）段玉裁注：《说文解字注》，上海古籍出版社1983年版，第116—117页。

③ 同上书，第116页。

④ （汉）郑玄：《礼记正义》（下册），上海古籍出版社2008年版，第2062页。

⑤ 《礼·大学》，《十三经全文标点本》（上），燕山出版社1991年版，第940页。

⑥ 祖保泉：《文心雕龙解说》，安徽教育出版社1997年版，第218页。

⑦ 同上书，第223页。

⑧ 同上书，第236页。

无疑被赋予了新的内涵，作为诗歌这种文体它应该充满情感，同时按照时间、空间讲述故事，诠释情感。唐代刘知几的《史通》共20卷，包括内篇和外篇两部分，各为10卷，其中内篇（卷六第二十二）专列一篇即为叙事篇，篇首写道“夫史之称美者，以叙事为先。至若书功过，记善恶，文而不丽，质而非野，使人味其滋旨，怀其德音，三复忘疲，百遍无斁”①，指明了叙事的功能与作用。“国史之美者，以叙事为工，而叙事之工者，以简要为主”，② 指出叙事是撰史的重要手法，但叙事最避忌繁芜之失。因此，刘知几说：“夫叙事者，或虚益散辞，广加闲说，必取其所要，不过一言一句耳。苟能同夫猎者、渔者，既执而罝钓必收，其所留者唯一筌一目而已，则庶几骈枝尽去，而尘垢都捐，华逝而实存，滓去而瀋在矣。”③ 亦即“华逝而实存，滓去而瀋在”的“尚简”。“然章句之言，有显有晦。显也者，繁词缛说，理尽于篇中；晦也者，省字约文，事溢于句外。然则晦之将显，优劣不同，较可知矣。夫能略小存大，举重明轻，一言而巨细咸该，片语而洪纤靡漏，此皆用晦之道也。”④ 也就是叙事要“用晦”，用晦“省字约文，事溢于句外”，可以达到“一言而巨细咸该，片语而洪纤靡漏”的目的。“昔夫子有云：‘文胜质则史。’故知史之为务，必藉于文。自《五经》已降，《三史》而往，以文叙事，可得言焉。而今之所作，有异于是。其立言也，或虚加练饰，轻事雕彩；或体兼赋颂，词类俳优。文非文，史非史，譬夫乌孙造室，杂以汉仪，而刻鹄不成，反类于鹜者也。”⑤ 主张“虚设不可”的“妄饰”等叙事规范及原则，以及“盖叙事之体，其别有四：有直纪其才行者，有唯书其事迹者，有因言语而可知者，有假赞论而自见者”⑥ 的叙事方法与技巧。刘知几的《史通》既总结前史在叙事方面的好经验，又批评各史存在冗句繁词、雕饰辞藻的问题。从这样的角度看，刘知几已经非常清晰地规范了叙事，尽管是在史学意义上的

① （唐）刘知几撰，黄寿成校点：《史通》，辽宁教育出版社1997年版，第49页。
② 同上书，第50页。
③ 同上书，第52页。
④ 同上。
⑤ 同上书，第55页。
⑥ 同上书，第51页。

规范，但同样适用于文学上的叙事。南宋时期著名的朱子学者真德秀于绍定五年（1232）编纂的诗文选集《文章正宗》共24卷，被认为是南宋理学家为“全面控制文坛而提供的范本”[①]。他首次在文章总集中选录《左传》《国语》中的片段章节，列入辞命、议论两类中，又选录“《左氏》、《史》、《汉》叙事之尤可喜者”[②]，列入叙事类中。《文章正宗》把文章分成四类，第一种叫辞命，也就是皇帝的诏令和大臣的奏章这类官方的文章；第二种叫议论，也就是诸子这类说道理的文章；第三种叫叙事，在这里叙事包括历史的叙事，也包括一些散文的叙事，比如说墓志铭里的叙事；第四种叫诗赋，抒情的文体。到了明清时期，我们的一些小说评点家对叙事文学作出了卓越的贡献。晚明时期的李贽对叙事文学《水浒传》的评点，开始了对小说艺术内部规律的探讨，主要集中于对人物性格的精彩分析上，他认为《水浒传》写人能够“得其意思之所在”，擅长描写人物不同的个性特征，强调《水浒传》刻画人物的成功之处就在于同中有异，能从人物共性中进一步区别个性，这也就是写人物的“传神”。“《水浒传》文字，妙绝千古，全在同而不同处有辨。”“如鲁智深、李逵、武松、阮小七、石秀、呼延灼、刘唐等众人，都是性急的，渠形容刻画来，各有派头，各有光景，各有家数，各有身份，一毫不差，半些不混，读去自有分辨，不必见其姓名，一睹事实，就知某人某人也。”[③] 这已经和西方对叙事文学的至境形态“典型”的理解极为相近了。明清之际的金圣叹系统地评点了《水浒传》在人物塑造、情节结构、细节描写、语言艺术等方面的成就，将中国叙事理论的研究提升到一个新的高度。他最突出的贡献是非常重视人物性格塑造，认为小说艺术的核心就在于创造各具个性的人物形象。关于这一点，黑格尔也说：“性格就是理想艺术表现的真正中心。”[④] 金圣叹说过：“别一部书，看过一遍即休，《水浒传》只是看不厌，无非为他把一百八个人性格都写出来。《水浒传》写一百八个人性格，真是一百八

① 张潆文：《南宋理宗词坛研究》，南开大学出版社2014年版，第38页。

② （宋）真德秀：《文章正宗纲目》，《文章正宗》（《景印文渊阁四库全书》本），卷首。

③ 《容与堂本水浒传》第三回回评，上海古籍出版社1988年版，第48页。

④ ［德］黑格尔：《美学》第一卷，商务印书馆1996年版，第300页。

个样。若是别一部书，任他写一千个，也只是一样，便只写得两个人，也只是一样”，[①]“《水浒传》所叙，叙一百八人，人有其性情，人有其气质，人有其形状，人有其声口”。[②]不仅如此，他还指出《水浒传》在写人时能通过语言和动作来表现人物，达到了人物“传神”和“逼真”的“化境”，并且写出了人物性格的“同中之异”，即刻画出同类人物性格的不同个性。同是粗鲁之人，但还是有差别的，“鲁达粗鲁是性急，史进粗鲁是年少任性，李逵粗鲁是蛮，武松粗鲁是豪杰不受羁，阮小七粗鲁是因为悲愤无处诉说，焦挺粗鲁是气质不好”[③]。同时，还应该表现出结构上的统一性、连贯性、完整性，“《水浒传》七十回，只用一目俱下，便知其两千余纸，只是一篇文字。中间许多事体，便是文字起承转合之法”。[④]作者必须“全局在胸”，因此讲究“过接”“关锁”“脱卸”，要求行文如“月度回廊”，有必然的次第。此外，他还总结出了诸如倒插法、夹叙法、草蛇灰线法、绵针泥刺法、弄引法、獭尾法等全新的创作方法与批评方法。尤为重要的是，他区别了叙事与历史的差异，历史是“以文运事”，即历史是真实的，记录者不可以作任何更改，而叙事是“因文生事”，是可以虚构和创造的。这一点，古希腊的亚理斯多德也有论述，甚至比较了两者的优劣，在这里不再论述，将在后面的西方叙事理论中论及。清代毛宗岗在评点《三国演义》时，在结构、情节、人物等方面都颇有自己的理解。在结构上，他着眼于艺术结构的完整性与整体性，关注叙事结构的美学观念，发掘叙事章法的各种文理安排、赏析叙事文学的文法修辞等，考虑如何将内容进行整体布局与穿插设置，强调叙事时需详略得当、重点突出。他说：“《三国》叙事之佳，直与《史记》相仿，而其叙事之难则有倍难于《史记》者。《史记》各国分书，各人分载，于是有本纪、世家、列传之别。今《三国》则不然，殆合本纪、世家、列传而总成一篇。分则文短而易工，合则文长而难好也。”[⑤]《三国》一书情节发展奇特曲折、变幻莫测且矛

① 曹方人、周锡山标点：《金圣叹全集》第一卷，江苏出版社1985年版，第19页。
② 同上书，第10页。
③ 同上书，第19—20页。
④ 同上书，第18页。
⑤ （明）罗贯中、毛宗岗：《三国演义》毛宗岗批评本，岳麓书社2006年版，第10页。

盾冲突峰回路转，如第四十回评写道：文章之妙。妙在猜不着……若观前事便知其有后事，则必非妙事，观前文便知有后文，则必非妙文。其实毛宗岗在这里强调“叙法变换（幻）”来表达他对叙事行为的一种敏感与关注。在人物塑造上，总结出“以宾衬主”之法。总之，在《三国演义》评点中，毛宗岗更多关注的是艺术上的匠心独运。毛宗岗将叙事批评作为一项重要内容，显示出古代小说叙事理论的成熟与成就。清末，一些学者开始借鉴西方的叙事理论来批评与解读中国的叙事文本，诸如梁启超的《论小说与群治之关系》，王国维借用叔本华的悲剧理论解读中国的古典名著《红楼梦》，等等。总之，明清之际的学者把叙事从历史叙事推广到了小说叙事和戏剧叙事，中国的评点家就超越了史书、小说、历史等文体的具体界限。

可见，中国人是这样看待叙事：叙事学就是头绪学，就是顺序学。中国叙事学以史为源头，以史为重点，它是从史学里发展起来的，然后波及小说、戏剧，它是把空间的分隔换成时间的分隔，然后按顺序重新排列这样一个过程。

西方从古至今就把叙事理解为讲故事。古希腊位于海中群岛的特殊地理环境使古希腊人不会像我们的先人那样过着诗意般的田园农耕生活，而是在与海洋这个随时会带给人类幸运与厄运的环境和谐共处，获得丰收的喜悦、海中作业的艰辛、海外贸易的欣悦，这些无疑铸造了古希腊人乐观、开朗、奔放、勇于冒险的精神品格。谁也无法预知下一秒钟什么事件会来临，这使西方人的生活摇曳多姿、丰富多彩，而叙述与记录下这多姿多彩的生活，成为西方叙事的首选题材。在希腊神话中，主神宙斯与记忆女神谟涅摩叙涅所生的女儿——九个掌管艺术的缪斯女神，就有掌管史诗（叙事诗）的女神卡莉奥帕（calliope），叙事女神遗传于母亲最重要的特质就是“记忆”，这是叙事诗人最基本的创作心理特征。从《荷马史诗》开始，西方的叙事就一脉相承，从题材、内容、情节、结构、人物等都有自己的规范。早在古希腊时期就有关于叙事文学的理论篇章。亚理斯多德的《诗学》就是对西方诗歌的一次理论总结，当然，这也包括对叙事中情节及结构的理解。亚氏认为，诗歌的本质是摹仿，是对人的行动的摹仿。在《诗学》的第三部分（第二十三到第二十四章），它讨论了史诗。它认为叙述体的史诗“应像悲剧的情节那样，按照戏剧的原则安排，环绕着一个整一的行动，有头，有身，有尾，这样它才能像一个完整的活东西，给我们一种它特别能赋予的快感；显然，史诗不应像历史那样建构，历史不能只记载一个行动，而必须记载一个时期，即这个时期内所发生的涉及一个人或一些人的一切事件，它们之间只有偶然的联系。……几乎所有的诗人都这样写作。惟有荷马的天赋才能，如我们所说的，高人一等，从这一点上可以看出：他没有企图把战争整个写出来，尽管它有始有终。因为那样一来，故事就会太长，不能一览而尽；即使长度可以控制，但细节繁多，故事就会趋于复杂。荷马却只选择其中一部分，而把许多别的部分作为穿插。"[①]史诗"也应和悲剧的相同，也必须有'突转'、'发现'与苦难。史诗的'思想'和言词也应当好。……史诗在长短与格律方面与悲剧不同。关于长短，前面所说的限度就算适当了：长度须使人从头到尾一览而尽，如果一首史诗比古史诗短，约等于一次听完的一连串悲剧，就合乎这条件。但史诗有一个非常特殊的方便，可以使长度分外增加。悲剧不可能摹仿许多正发生的事，只能摹仿演员在舞台上表演的事；史诗则因为采用叙述体，能描述许多正发生的事，这些事只要联系得上，就可以增加诗的分量。这是一桩好事［可以使史诗显得宏伟］，用不同的穿插点缀在诗中，可以使史诗起变化［听众］；单调很快就会使人腻烦，悲剧的失败往往由于这一点。至于格律，经验证明，以英雄格最为适宜。如果用其他一种格律或几种格律来写叙事诗，显然不合适。……叙事诗和其他诗体形式也不同；短长格与四双音步长短格很急促，前者适合于表现行动，后者适合于舞蹈……因此，从来没有人用英雄格以外的格律来写长诗。叙事诗的性质，如我们所说的那样，使我们选择适宜的格律。荷马是值得称赞的，理由很多，特别因为在史诗诗人中惟有他知道一个史诗诗人应当怎样写作。史诗诗人应尽量少用自己的身份说话，否则就不是摹仿者了。其他的史诗诗人却一直是亲自出场，很少摹仿，或者偶尔摹仿。荷马却在简短的序诗之后，立即叫一个男人或一个女人或其他人物出场，他们各具有'性格'，没有一个不具特殊的'性

① ［古希腊］亚理斯多德：《诗学》，上海人民出版社2006年版，第83页。

格’。”① 从西方最早对叙事理论的理解可见，叙事无论在文学写作还是在理论方面在西方早期就极为成熟，更为重要的是他区别了诗与历史。“诗人的职责不在于描述已发生的事，而在于描述可能发生的事，即按照或然律或必然律可能发生的事。历史学家与诗人的差别不在于一用散文，一用‘韵文’；希罗多德的著作可以改写为‘韵文’，但仍是一种历史，有没有韵律都是一样；两者的差别在于一叙述已发生的事，一描述可能发生的事。因此，写诗这种活动比写历史更富于哲学意味，更被严肃地对待；因为诗所描述的事带有普遍性，历史则叙述个别的事。所谓‘有普遍性的事’，指某一种人，按照或然律或必然律，会说的话，会行的事。”② 这与金圣叹对叙事与历史的区别异曲同工。贺拉斯在《诗艺》中，也对叙事提出了自己的理解，叙事在形式与内容上都应该坚持“合式”原则。在人物方面，人物的性格要与年龄相符；再现古代作品中的人物，要描写人们熟知的性格。“我们不要把青年写成个老人的性格，也不要把儿童写成个成年人的性格，我们必须永远坚定不移地把年龄和特点恰当配合起来。”③ 而且，描写人物的性格“必须注意从头到尾要一致，不可自相矛盾”④。在人物语言方面要符合各人的身份和遭遇。“神说话，英雄说话，经验丰富的老人说话，青春、热情的少年说话，贵族妇女说话，好管闲事的乳媪说话……其间都大不相同。”⑤ 在结构上要虚实参差、毫无破绽，并要着眼于整体效果。“在艾米留斯学校附近的那些铜像作坊里，最劣等的工匠也会把人像上的指甲、鬈发雕得纤微毕肖，但是作品的总效果却很不成功，因为他不懂得怎样表现整体。我如果想创作一些东西的话，我决不愿仿效这样的工匠，正如我不愿意我的鼻子是歪的，纵使我的黑眸乌发受到赞赏。”⑥ 并且叙事应该把高贵的内容与优雅的形式相结合。这些研究，在叙事文学的人物性格理论发展中具有非常重要的地位。新古典主义时期的布瓦

① ［古希腊］亚理斯多德：《诗学》，上海人民出版社2006年版，第85—86页。
② 同上书，第4页。
③ ［古罗马］贺拉斯：《诗艺》，人民文学出版社2008年版，第134页。
④ 同上书，第132页。
⑤ 同上书，第131—132页。
⑥ 同上书，第128页。

罗在《诗的艺术》中对戏剧叙事提出了自己的见解。他强调创作必须有清晰的思想，就是理性也即人天生的良知，作品在内容上应该叙述英雄的故事，在形式上则要求“艺术地布置剧情的发展；要用一地、一天内完成的一个故事，从开头直到末尾维持着舞台充实”[①]，这就是著名的“三一律”原则。自文艺复兴后直到19世纪，西方叙事理论主要集中于人物性格理论的成熟与深化。法国启蒙主义思想家狄德罗对戏剧这一叙事文学进行了深入研究，他认为艺术摹仿的对象应该是包括物质世界、人的精神世界和人类社会在内的宇宙中的一切现象。他认为戏剧不应该首先着眼于人物性格，而应该首先着眼于情境，着眼于真实地反映现实的社会矛盾，着眼于戏剧的教育作用。“到目前为止，在喜剧里，性格是主要对象，处境只是次要的。今天，处境却应成为主要对象，性格只能是次要的。过去，人们从性格引出情节线索，一般是找些能烘托性格的场合，然后把这些情境串起来。现在，作为作品基础的应该是人的社会地位、其义务、其顺境与逆境等。依我看，这个源泉比人物性格更丰富、更广阔、用处更大。因为只要人物性格渲染过分些，观众心里就会想这个人物并不是我。但他不能不看到在他面前展示的情境正是他的处境；他不能不承认自己的责任。他不能不把耳朵听到的和他自己联系起来。”[②] 这是对亚理斯多德关于情节是叙事文学的基础和灵魂观点的延续与发展。之后，黑格尔的理论也对此继承与发展。19世纪德国哲学家黑格尔的《美学》近四分之一的篇幅是诗论。他说：“诗比任何其他艺术的创作方法都要更涉及艺术的普遍原则。对艺术的科学研究似应从诗开始，然后才转到其他各门艺术根据感性材料的特点而分化成的特殊支派。”[③] 他论述了诗的本质、诗的表现和诗的分类，把诗歌分为三类，即史诗、抒情诗、剧诗，并论述这三类诗的性质和特征及其历史发展。他认为史诗是一个民族的“传奇故事”“书”或“圣经”，“史诗以叙事为职责”。它的主要特点是反映和描写现实生活的客观性，它像其他诗作品一样，也必须构成一个个本身完满的有机体。诗

① 伍蠡甫主编：《西方文论选》（上），上海译文出版社1979年版，第297页。
② ［法］狄德罗：《狄德罗美学论文选》，人民文学出版社1984年版，第107页。
③ ［德］黑格尔：《美学》第3卷下册，朱光潜译，商务印书馆1979年版，第14页。

人作为主体必须从所写对象退到后台，实事求是地描述一个有内在理由的，按照本身的必然规律来实现的世界。史诗的主人公应该是一些一定民族在历史形成过程中涌现出来的英雄人物。[①] 黑格尔强调艺术应该是普遍和特殊、一般和个别的统一，也是理性和感性的统一。“理想所要求的，却不仅要显现为普遍性，而且还要显现为具体的特殊性，显现为原来各自独立的这两方面的完整的调节和互相渗透，这就形成完整的性格，这一性格的理想在于自相融贯一致的主体性所含的丰富的力量。”[②] 他认为“性格是理想艺术表现的真正中心”，艺术理想的人物性格应该具有丰富性、整体性、主导性、明确性、坚定性、决断性。黑格尔的人物性格理论是经典的叙事理论。马克思、恩格斯从人物性格与社会历史背景的关系、人物性格中特殊性与普遍性等方面解释叙事作品中人物的意义和价值的典型理论，并提出“真实地再现典型环境中的典型人物”的命题，“据我看来，现实主义的意思是，除细节的真实外，还要真实地再现典型环境中的典型人物。您的人物，就他们本身而言，是够典型的；但是环绕着这些人物并促使他们行动的环境，也许就不是那样典型了”。[③] 这实际上是狄德罗关于叙事作品中人物与情境关系的一次理论的拓展与深化。

西方在20世纪前对叙事的理解是传统的认知，即用宏大叙事讲述英雄的故事，要有完整的结构等。正如学者浦安迪认为：“叙事文侧重于表现时间流中的人生经验，或者说侧重在时间流中展现人生的履历。任何叙事文，都要告诉读者，某一事件从某一点开始，经过一道规定的时间流程，而到某一点结束。因此，我们可以把它看成是一个充满动态的过程，亦即人生许多经验的一段一段的拼接。”[④] 这里强调了叙事文的人生经验、空间转换和时间流逝等要素。叙事文是一个以人的经历、体验为核心的，有开端、有发展、有结局的“动态的过程”。瑞士学者埃米尔·施塔格尔也说：“在记忆中，时间的以及空间的间隔始终保持

---

① 马新国主编：《西方文论史》，高等教育出版社2008年版，第208—209页。

② ［德］黑格尔：《美学》第1卷，商务印书馆1979年版，第301页。

③ ［德］恩格斯：《致玛·哈克奈斯》，《马克思恩格斯选集》第4卷，人民文学出版社1995年版，第683页。

④ ［美］浦安迪：《中国叙事学》，北京大学出版社1996年版，第6页。

着。遥远的事变成当前，乃至出现在我们的眼前，因此也就站在我们的对面，并且作为另一个奇妙的，更伟大的世界。”①

到了20世纪，索绪尔以共时性置换历时性来分析语言之后，西方理论家随之用语言学的方式来解释叙事学，出现了语法、语式、时态这样一些概念。叙事学的要点就是把握结构、时间、视角。结构主义叙事学力图通过对各类作品的简化、归纳，找到隐藏在一切故事之下的那些基本的叙述结构，由此达到对于不同叙事作品的普遍性的解释。

西方的结构主义叙事学将关注点和注意力从文本的外部转向文本的内部，注重科学性和系统性，着力探讨叙事作品内部的结构规律和各种要素之间的关联，对文学作品的内在结构和功能作出过许多深刻的剖析。其实这和中国对结构的认识是有差别的。《说文解字》对“结”“构”这两个字是这样解释的。“结”，缔也。从纟。吉声。古屑切。十二部。古无髻字。即用此。髟部。② “构”，盖也。此与冓音同义近。冓交积材也。凡覆盖必交积材。从木冓声。以形声包会意。古后切。四部。杜林㠯为椽桷字。杜林用构为桷字。桷古音如榖杜意构造字用冓。椽桷字用构。盖仓颉训纂一篇及仓颉故一篇中语。③（木，冒也。以叠韵为训。月部曰。冒，冢而前也。冒地而生东方之行从屮。下象其根。谓丅也屮象上出。丅象下垂。莫卜切，三部。凡木之属皆从木。④）中国人理解的“结构”无外乎含有顺序之意，并没有20世纪西方结构主义所理解的语法、语式、时态、视角等看法。20世纪90年代西方开始形成了“后经典叙事学”，即新叙事学。出现了一批重要的理论家和著作，诸如美国理论家戴卫·赫尔曼的《新叙事学》⑤、美国理论家J. 希利斯·米勒的《解读叙事》⑥、美国理论家詹姆斯·费伦的《作为修辞

① ［瑞士］埃米尔·施塔格尔：《诗学的基本概念》，胡其鼎译，中国社会科学出版社1992年版，第73页。

② （清）段玉裁注：《说文解字注》，上海古籍出版社1983年版，第647页。

③ 同上书，第253页。

④ 同上书，第238页。

⑤ ［美］戴卫·赫尔曼主编：《新叙事学》，马海良译，北京大学出版社2004年版。

⑥ ［美］J. 希利斯·米勒：《解读叙事》，申丹译，北京大学出版社2004年版。

的叙事》[①]、美国理论家苏珊·S. 兰瑟的《虚构的权威》[②]、英国理论家马克·柯里的《后现代叙事理论》[③]，等等。他们对结构主义叙事学进行了反思、创新和超越。新叙事学不是单一的学科或理论，而是在吸收了经典叙事学的成果基础上发展起来的更加多样化和跨学科互动的叙事学研究潮流。他们对经典叙事学法国结构主义进行了重新审视，使叙事学摆脱了抽象的色彩，变成可操作性的研究工具，并对新技术、新方法论表示关注，同时拓展了叙事研究的范围，从文学的叙事延展到影视叙事、图像叙事等方面。新叙事学旨在强调叙事研究方法的多样性，这些研究基本上将叙事学与其他学科相结合，具有很强的跨学科性。

通过上述对中西叙事简明扼要的考察与梳理，不仅使我们理解叙事理论在中外文论中的重要意义与地位，也使我们看到中西方在叙事的理解上，从源头而言都具有顺序之意。所以说尽管中西方对叙事的理解稍有差异，但大体思路还是一致的。通过中西方对叙事历史的考源，叙事就是按照一定的时间、空间的逻辑顺序去讲述故事。

（二）叙事诗的界定

在对叙事进行了一定的分析之后，有必要对叙事诗给予界定。因为研究先秦汉魏六朝叙事诗无法绕过的一个前提性问题是“什么是叙事诗”，这也是一个争议不断，至今没有达成一致意见的学术问题。就文学体裁而言，叙事诗是诗歌，“‘诗’的本质是记事的”[④]，这是毫无疑问的。诗歌的所有要件，叙事诗则无一例外地都要符合。

在西方，叙事诗指的就是史诗，从《荷马史诗》始，西方叙事诗就运用历史、传说及神话，讲求宏大叙事，构成复杂的长篇，含有戏剧性。在没有文字以前，借口头的传播，把那段历史事件流传下来，直到有文字记载历史以前，叙事诗承担了传达历史的任务，并且把这种传统传承下来。在诗歌的分类中，叙事诗倾向于“事”，以此和倾向于“志”的抒情诗相区别。

在中国，诗论也是较为发达的。《尚书·尧典》说：“诗言志，歌

① ［美］詹姆斯·费伦：《作为修辞的叙事》，陈永国译，北京大学出版社2005年版。

② ［美］苏珊·S. 兰瑟：《虚构的权威》，黄必康译，北京大学出版社2003年版。

③ ［英］马克·柯里：《后现代叙事理论》，宁一中译，北京大学出版社2004年版。

④ 闻一多：《神话与诗》，上海世纪出版集团2006年版，第153页。

永言”；《诗经·大序》说：“诗者，志之所之也。在心为志，发言为诗”；《庄子·天下》说：“诗以道志”；《荀子·儒效》说：“《诗》言是其志也”；班固《汉书·艺文志》说：“《书》曰：‘诗言志，歌永言’，故哀乐之心感，而歌咏之声发”；许慎在《说文解字》中认为“诗，志也，志发于言。从‘言’，‘寺’声”；《广雅》说：“诗，志意也。”闻一多先生在《歌与诗》中说：“志有三个意义：一记忆，二记录，三怀抱”①，“我们说过‘歌’的本质是抒情的，现在我们说‘诗’的本质是记事的”②。中国古代诗论认为“诗性叙事和叙事诗最初是寄生在历史叙事和叙事史学中的”③，“中国的叙事诗论是从诗之外的小说戏剧等写作经验中生长出来的，而小说戏剧的母胎更像是史传而非诗歌。因此，以小说戏剧论的样式而出现的中国叙事诗论的形成史就是既依存又艰难偏离史传叙事理论的历史”④。中国学者长久以来一直认为抒情诗为中国古典诗歌之正宗，诗歌就是书写与表现人类情感的，或直抒己志，或借事抒怀，这是诗歌的最终目的，对叙事诗疏于总结。还是闻一多先生说得中肯，诗歌的本质的确是记事的，没有事的依托，情感从何而来呢，我们应该看到抒情诗与叙事诗都离不开事件与情感，只不过两者的侧重有所不同而已。叙事诗的本质是用诗歌的形式载体去记人记事。《国语·晋语》云“记言以叙之”（“叙，述也”，《说文》“叙，次第也”，“叙”是依次第陈述的意思）。而“事”指的是事情，事件，事务，《大学》云：“物有本末，事有终始。”事是具有时间性，也就是有情节发展的。《春秋纬说题辞》说：“在事为诗，未发为谋，恬淡为心，思虑为志，故诗之为言，志也。”⑤ 可见诗歌、事件与情感三者的关系是密不可分的。就叙事诗而言，它更突出的是事件，抒发情感不是最重要的，讲述故事，让读者聆听故事才是最终目的。

在中国对于叙事诗的定义，大体上有这样几种观点。

---

① 闻一多：《歌与诗》，《神话与诗》，上海人民出版社 2006 年版，第 151 页。

② 同上书，第 153 页。

③ 余虹：《中国文论与西方诗学》，生活·读书·新知三联书店 1999 年版，第 140 页。

④ 同上书，第 141 页。

⑤ 吴建民：《论经学对古代文论的影响》，《徐州师范大学学报》（哲学社会科学版）2007 年第 1 期。

第一种叙事诗就是以记叙事物为主的一种诗（苏添穆：《历代故事选》，台北神州书局 1956 年版）。

第二种狭义的叙事诗则专指记事类诗歌（路南孚：《中国历代叙事诗歌——先秦两汉魏晋南北朝编》，山东文艺出版社 1987 年版）。

第三种叙事诗是诗歌的一种，以写人叙事为主，一般都有比较完整的故事情节和鲜明的人物形象。叙事诗虽然要写人物和事件，但与小说相比较，在人物塑造方面，并不那样精雕细刻，在情节故事方面，并不那样具体、丰富。他在写人记事方面要求更集中、概括、允许跳跃式地展开，在一唱三叹、反复歌咏中塑造形象，表现主题（朱子南《中国文体学辞典》，湖南教育出版社 1988 年版）。

第四种叙事诗包括史诗和叙事诗两大类，指有人物情节并以第三人称进行叙事的韵文或韵散相间的作品。按内容分，叙事诗有创世史诗、英雄史诗、婚姻爱情叙事诗三大类。而以历史为题材的长篇叙事诗就是史诗，史诗一般分广狭二义，广义的史诗包括神话史诗（或称创世史诗）和英雄史诗，狭义的史诗专指后者。各民族的史诗都以自己民族的重大事件为主要题材，以人们爱戴的英雄人物为主要人物（《中国大百科全书·中国文学·I》收录陶立璠所作“叙事诗”定义，中国大百科全书出版社 1986 年版）。

第五种叙事诗是具有较完整的故事情节的韵文或韵散结合的民间诗歌。其中较少神话因素，普遍运用比兴、夸张、排比、拟人、重叠、复沓等修辞手法，而且一般都有鲜明生动的人物形象（姜彬：《中国民间文学大辞典》，上海文艺出版社 1992 年版）。

第六种叙事诗多以个人或家庭的不幸为主要内容，以爱情悲剧为主题，他们的产生晚于创世史诗。在人物塑造上，很少有心理描写，往往用日常生活中的各种事物和人物进行模拟，在简洁的叙述和曲折的情节中，刻画人物性格，使人物性格更接近生活现实（马学良、梁庭望、张公瑾：《中国少数民族文学史》上册，中央民族学院出版社 1992 年版）。

第七种受乐府民歌影响，故事情节的叙述在中国叙事诗中不占主要地位，倒是场面的描写与情感的抒发成了中心。关键是抓住最能体现故事内涵的闪光的一瞬大加渲染，发挥得淋漓尽致。至于故事的具体进程反而无关紧要，尽可匆匆略过。因此，“场面”成了中国叙事诗的基本单位，长篇叙事诗不过是众多场面的剪辑。这种重场面轻过程，重细节轻故事，重抒情轻写实的叙事特点，又可分出三种不同的表现形式：以记言为主；单一场面描写；众多场面的叠印（陈平原：《中国小说叙事模式的转变》，北京大学出版社 2003 年版）。

第八种中国古代叙事诗应该是包括文人叙事诗和民间叙事诗两大组成部分的（陈来生：《史诗·叙事诗与民族精神》，上海社会科学院出版社 1990 年版）。

第九种叙事诗是诗歌的一种，有比较完整的故事情节和人物形象。一般包括史诗、英雄颂歌、故事诗和诗剧等。[①]

综上所述，叙事诗是描写事件、人物、场面、生活片段，有一定的故事和情节，在讲述事件的过程中蕴涵诗人的情感，结构上有所跳跃的诗歌。

二　中国古典叙事诗的特征

客观地讲，先秦汉魏六朝叙事诗不是中国古典叙事诗最成熟与最繁盛的时期，甚至有学者提出在中国诗歌史上叙事诗相对于汗牛充栋的抒情诗来说几乎等于零。[②] 而且，在中国诗歌史上，将中国古典叙事诗作为研究的对象，进行系统的整理与研究，通过对古代叙事诗创作和艺术发展规律的考察与探究，从叙事诗创作及作品的鉴赏中，发现与研究先秦汉魏六朝叙事诗的艺术特征，也不是很成体系的。正是由于研究的匮乏与不完善，才使先秦汉魏六朝叙事诗的研究成为一项极为重要的工作。先秦汉魏六朝叙事诗拥有有别于传统抒情诗的诸多特质。

第一，叙事诗在内容上描写人物、事件、场面，讲述故事。王运熙先生在研究古典叙事诗时说，中国古代文论一向主张“诗以言情”，表现出“对叙事诗（特别是长篇叙事诗）的不够重视”，这“对诗人的创作实践起了指导作用”[③]。任何诗歌都是本民族的生活与精神的写照。

---

① 《辞海》缩印本，上海辞书出版社 1980 年版，第 495 页。

② 余虹：《中国文论与西方诗学》，生活·读书·新知三联书店 1999 年版，第 138—139 页。

③ 王运熙：《中国古代文论管窥》，齐鲁书社 1987 年版，第 85 页。

中华民族最初的文学和最正统的文学是诗歌，诗歌乃文学之母，中国古代文论家一直认为诗歌的内在特点是抒发感情，抒情是诗歌的生命、灵魂，没有抒情，就没有诗歌。叙事诗却别开一种风貌，如果说抒情诗注重的是主观感情的抒发与表达，那么，叙事诗则注重再现生活，反映现实。列宁说："我们的感觉，我们的意识只是外部世界的映象。不言而喻，没有被反映者，就不会有反映，被反映者是不依赖于反映者而存在的。"① 马克思、恩格斯也说："意识一开始就是社会的产物，而且，只要人们还存在着，它就仍然是这种产物。"② 叙事诗在一定意义上，通过描写人物、事件、场面，讲述故事，让我们了解与掌握我们的生活与外部的世界。在编织故事的时候，叙事诗直接展现的是社会生活和历史记忆，这类作品所描写的人物、事件、情景，所表现的思想、感情和意愿等，都与生活紧密相连。实际上，叙事作品也被誉为生活的"镜子"和社会历史的"教科书"。叙事诗在这一点上完全不同于抒情诗，当然也不同于西方的叙事诗。西方社会独特的地理位置，恶劣的自然环境使西方人很早就漂洋过海，自由贸易，创造财富，这样的生活经历使他们重视对客体世界的记录、分析与研究。再现人类的生活和现实世界的叙事诗自然成为西方文学的首选，而且是长篇叙事诗。中国先秦汉魏六朝叙事诗也讲述故事，从内容来看，叙事的内容是社会生活事件过程，即人的社会行为及其结果，叙事的社会意义就在于显示了社会生活的动态过程。但是，较之西方，先秦汉魏六朝叙事诗在再现生活的时候，实际上是更加丰富的，小到闺房蜜语、夫妻对话、劳动场景，大到民族史诗、家族兴衰，远比西方早期只是英雄史诗要丰富多彩得多。同时，先秦汉魏六朝叙事诗在讲述故事时，不太重视故事的逻辑性与连贯性，叙事诗对故事的忽略，与先民对诗歌的朴素认识有关，也反映了我们民族的审美趣味与思维习惯，先民在叙事诗中更多的是表达对生活的理解和希冀，而非对生活事件的客观再现，陈来生先生认为，这是"重实际、黜玄想、重主体的主观意象和直观感受的表达，而不注意对客体的分析

① 《列宁选集》第2卷，人民出版社1995年版，第65页。

② 《马克思恩格斯选集》第1卷，人民出版社1995年版，第35页。

和综合概括的民族性格”[1] 造成的。这样我们就能够理解，我们的先祖缘何没有创造出那么多鸿篇巨制的史诗的缘由。

对于中国先秦汉魏六朝叙事诗而言，叙事和表现相交融，是一种表现型的叙事，先秦汉魏六朝叙事诗虽然也是在叙事，但是这段时期的好多叙事诗都是要有所抒情的，也就是说，为文艺界普遍接受的古典“言志”理论，引起了中国抒情诗的长足发展，也显著影响叙事诗的创作，使得中国古代叙事诗都借事抒情，因情传事，几乎没有纯粹的叙事诗。列夫·托尔斯泰给艺术的定义是“艺术是这样一项人类活动：一个人用某种外在的标志有意识地把自己体验的感情传达给别人，而别人为这些感情所感染，也体验到这些感情”[2]。苏珊·朗格说：“真正的艺术情感不只是个人感情，而是作家认识到的人类的情感。”[3] 艺术的确是人类表达自我的需要的。先秦汉魏六朝叙事诗在讲述故事时，描写人物、事件、场面也是有所选择的，不是所有内容都被诗人选入叙事诗中的。这样看来，先秦汉魏六朝叙事诗在叙事时，也有抒情的，叙述事件过程中蕴藏着诗人的感情，只不过叙事的成分更多而已。

第二，叙事诗在人物塑造上，通过对话、细节等来展示具体生动的人物，但并不太注重浓墨重彩地描述人物，先秦汉魏六朝叙事诗最重要的任务是讲述故事，塑造人物。先秦叙事诗虽然注重对鲜活灵动、栩栩如生的人物的刻画，但对塑造人物确实着墨不多。《静女》在较短的篇制内，刻画了血肉丰满的人物，“爱而不见，搔首踟蹰”。这一细节写尽了男主人公约会时等待心上人时焦灼的心理状态，《鸡鸣》通过简短的对话体记叙了贵族夫妇的一个生活片断，叙述一位贵族男子耽于安逸，妻子不停催促丈夫起床去早朝，丈夫仍然不肯的故事。汉代社会生活的丰富多彩和社会矛盾的尖锐复杂，汉代辞赋的铺陈渲染、极尽夸饰之能事的写法必将对汉乐府产生深刻影响。在人物

① 陈来生：《史诗·叙事诗与民族精神》，上海社会科学院出版社 1990 年版，第 148 页。

② ［俄］列夫·托尔斯泰：《艺术论》，丰陈宝译，人民文学出版社 1958 年版，第 48 页。

③ ［美］苏珊·朗格：《艺术问题》，滕守尧、朱疆源译，中国社会科学出版社 1983 年版，第 25 页。

的描述上，乐府诗往往通过人物的对话和行动来展示人物的性格，有采用对话的形式，如《陌上桑》中罗敷和使君的对话，《上山采蘼芜》中那个妻子和前夫的对话，都能表现出人物机智、勇敢、善良等特性。当然，也有用第一人称让人物直接倾诉的，如《孤儿行》《白头吟》《上邪》等。同时，汉乐府叙事诗也注意人物行动和细节的刻画。如《艳歌行》用“斜柯西北眄”写那个“夫婿”的猜疑；《妇病行》用“不知泪下一何翩翩”写那个将死的病妇的母爱；《陌上桑》用“捋髭须”“著绡头”来写老年和少年见罗敷时的不同神态；《孤儿行》则更是用一连串的生活细节如“头多虮虱”“拔断蒺藜”“瓜车翻覆”等来突出孤儿所受的痛苦。人物形象生动，使人如闻其声，如见其人。魏晋南北朝时代，诗人们对人物的刻画就更加详尽与具体。总之，先秦汉魏六朝叙事诗的人物描写渐次成熟，但真的不像西方叙事诗那样，对人物的性格刻画那么关注。

第三，叙事诗在结构上不求完整，有一定跳跃性，故事情节上线索单纯、情节不十分跌宕。西方叙事诗在西方文化的影响下，主张完整的结构，连贯的情节，讲求宏大叙事，这在西方成了永恒不变的结构范式。中国先秦汉魏六朝叙事诗则完全不同，在结构上不求完整，也不追求情节的连贯与跌宕，对此，浦安迪教授认为“中国美学的原动力里缺乏一种要求‘头、身、尾’连贯的结构原型”①。中国叙事诗虽无曲折的故事情节，完美的结构，但是却灵动无比，是叙事诗史上的宝贵财富。

第四，叙事诗在语言方面，简洁通俗，质朴无华、不用典。法国结构主义理论家罗兰·巴特说：“语言是文学的全部，是文学生存的世界，文学的全部内容都包括在书写活动之中。”② 语言对文学而言，绝不是可有可无的，“文学是借语言来实现物化、获得物质形态的艺术”③，高尔基说：“文学的第一要素是语言”，④ 雷·韦勒克与奥·沃

---

① ［美］浦安迪：《中国叙事诗》，北京大学出版社1996年版，第41—42页。

② ［英］安纳·杰弗森等：《西方现代文学理论概述与比较》，包华富等译，湖南文艺出版社1986年版，第98页。

③ 董学文、张永刚：《文学理论》，北京大学出版社2001年版，第29页。

④ ［苏］高尔基：《论文学》，孟昌等译，人民文学出版社1978年版，第332页。

伦说："每一件文学作品都只是一种特定语言中文字语汇的选择"，① 中西方对语言都有一定的要求，西方早在古希腊时期就注重叙事诗的语言问题。亚理斯多德说："风格的美在于明晰而不流于平淡。最明晰的风格是由普通字造成的，但是平淡无奇。……使用奇字，风格显得高雅而不平凡。"② 所以，我们看到《荷马史诗》中对人物的描写是下足功夫的。到了20世纪，俄国形式主义代表文论家什克洛夫斯基提出了语言"陌生化"的原则，他说："诗歌语言是一种困难的、艰深化的、障碍重重的语言。"③ 可见，西方叙事诗是非常注意语言的运用的。中国诗歌一直以抒情为正统，炼字炼句也成为诗家的追求，但我们知道那是近体诗的产物，中国先秦汉魏六朝叙事诗用四言、五言、杂言来叙事，简洁明快，不像抒情诗那样长于用典，言简意赅、意蕴深远。

中国先秦汉魏六朝叙事诗在叙事模式上体现出了独有的民族特色，以情节简洁、结构跳跃、语言质朴、人物鲜活区别于西方叙事诗，独立于世界诗坛。

第二节　歌谣与叙事诗起源

先秦时代的歌谣是中国诗歌的开端，是中华民族早期的歌唱。在生产力低下的条件下生存下来，成为原始人的第一要务。"人类原始歌唱总是反映改造物质世界的劳动实践。像古老的《弹歌》《葛天氏之乐》固然直接反映了原始狩猎与农业生产活动，即使是甲骨卜辞等记载的具有巫术宗教性质的祈雨、祈年活动的诗篇，也依然间接表现着人们力图征服自然的伟大活动"，④ 伴随生产与生存的一切歌唱无不如此。中国遍地皆诗，孩童们吟诵过，民俗家收集过，农夫们哼唱过。先秦时代的叙事歌谣内容丰富，或叙述先民的生活，或叙述历史

---

① ［美］雷·韦勒克、奥·沃伦：《文学理论》，刘象愚等译，生活·读书·新知三联书店1984年版，第186页。

② ［古希腊］亚理斯多德：《诗学》，上海人民出版社2006年版，第78页。

③ ［苏］什克洛夫斯基：《散文理论》，刘宗次译，百花文艺出版社1994年版，第21页。

④ 赵明等主编：《先秦大文学史》，吉林大学出版社1993年版，第101页。

事件，或叙述帝佐王侯，或叙述里巷歌谣，包含狩猎歌、宗教祭祀歌、历史和民间故事，等等。在艺术上体现为诗歌舞三位一体，语言朴素，结构简洁的特征。

一　叙事诗的起源问题

启蒙主义有一句箴言：懂得了起源便懂得了本质。任何一个生活在现实中的人都是历史的守护者、传承者，又是历史的批评者。任何事物也都有其逻辑的起点，中国叙事诗从远古走到今天，自然有其产生与发展的必然。解读与研究中国叙事诗，就必须从它的起源开始。正如朱光潜先生所说："想明白一件事物的本质，最好先研究它的起源；犹如想了解一个人的性格，最好先知道他的祖先和环境。诗也是如此，许多人在纷纷争论'诗是什么'、'诗应该如何'诸问题，争来争去，终不得要领。如果他们先把'诗是怎样起来的'这个基本问题弄清楚，也许可以免去许多纠纷。"[①] 关于艺术的起源，学说众多，学派纷纭。其中最有影响的主要有摹仿说、巫术说、宗教说、游戏说、劳动说和感物说，等等。关于叙事诗的起源，也不是一句两句就能定论的，下面作简单的剖析。

（一）艺术的起源

第一，摹仿说。摹仿说认为艺术起源于人类的摹仿本能，艺术是摹仿自然和社会人生的，对此，中外许多学者都有过阐释。德谟克利特认为，艺术起源于对自然的摹仿，"从蜘蛛我们学会了织布和缝补；从燕子学会了造房子；从天鹅和黄莺等歌唱的鸟学会了唱歌"[②]。亚理斯多德认为，"一般说来，诗的起源仿佛有两个原因，都是出于人的天性。人从孩提时候起就有摹仿的本能（人和禽兽的分别之一，就在于人最善于摹仿，他们最初的知识就是从摹仿得来的），人对于摹仿的作品总是感到快感。经验证明了这样一点：事物本身看上去尽管引起痛感，但惟妙惟肖的图像看上去却能引起我们的快感，例如尸首或最可鄙的动物

---

① 朱光潜：《诗论》，江苏文艺出版社 2008 年版，第 1 页。

② 伍蠡甫主编：《西方文论选》上卷，上海译文出版社 1979 年版，第 5 页。

形象。”[1] 苏珊·朗格认为，“原始艺术的动力就是想去摹仿一种自然形式，在这种形式中发现了某种具有表现力的东西”[2]。摹仿说不仅主张艺术是对自然的摹仿，而且也强调艺术是对社会人生包括人的真实情感的摹仿。柏拉图在《法律篇》中指出：音乐“（摹仿）善或恶的灵魂”。亚理斯多德认为：“音乐的节奏和旋律反映了性格的真相——愤怒与和顺的形象，勇毅和节制的形象以及一切和这些相反的形象；其他种种性格或情操的形象——这些形象在音乐中表现得最为逼真。”[3] 中国古代也有太昊“师蜘蛛而结网”（《抱朴子》），伶伦“作律，有凤凰之鸣，以别十二律”（《吕氏春秋》）的记载。在人类社会早期，人作为主体还未得到充分的发展，在自然面前，主体还十分弱小，对自然总是十分的崇拜与虔诚，还没有想超越客体的奢望，更多的是想摹仿它、学习它，这是文艺起源于摹仿的重要原因。古代人不仅把原始艺术的起源，而且把人类的一切智慧和能力的发生，都看作是受自然的启迪和对自然的摹仿。

第二，巫术说。巫术说认为人类的创作都包含着巫术的意义，是原始巫术的直接表现，由于巫术思维才促成了艺术的诞生。其代表人物为爱德华·泰勒和弗雷泽。泰勒认为：“野蛮人的世界观就是给一切现象凭空加上无所不在的人格化的神灵的任性作用……古代的野蛮人让这些幻想来塞满自己的住宅，周围的环境，广大的地面和天空。”[4] 这就是原始人思维中的“万物有灵”论和巫术信仰。弗雷泽在《金枝》一书中，从研究狄安娜女神崇拜的古俗和神话入手，提出了各原始部落的风俗、神话、仪式和信仰都起源于巫术的理论。他认为：“巫术所依据的思想原则基本可分解为二种。一是所谓同类相生，或谓结果可以影响原因。第二是凡接触过的物体在接触以后仍然可以继续互相发生作用。前者称之为相似律；后者称之为接触律或感染律。根据相似律，通过模仿，就可以产生巫术施行者所希望达到的任何效果。而根据接触律，巫术施行者可利用与某人接触过的任何一种东西对他施加影响。这种东西可以是他身体的一个组成部分，也可以不是他身体的一个组成部分。前

① ［古希腊］亚理斯多德：《诗学》，上海人民出版社2006年版，第24页。
② ［美］苏珊·朗格：《艺术问题》，中国社会科学出版社1983年版，第91页。
③ ［古希腊］亚理斯多德：《政治学》，商务印书馆1979年版，第420页。
④ 朱狄：《艺术的起源》，生活·读书·新知三联书店1988年版，第131页。

一种巫术称之为模仿巫术，后一种巫术称之为交感巫术。”[①] 萨罗蒙·赖纳许认为，在原始人的意识中，动物的图形与动物的实体之间有一种神秘的互渗联系，原始人相信描绘动物就能够影响和占有动物。他们由此认定，文学艺术起源于人类早期的巫术活动。

第三，游戏说。游戏说认为艺术与游戏一样，是一种非功利性的纯粹审美的生命活动，艺术起源于人类摆脱物质与精神束缚、追求自由天地的游戏本能。其代表人物是席勒和斯宾塞。后继者格罗斯等人又从不同方面对此作了修正、补充和发展。席勒提出：“野蛮人以什么现象来宣布他达到的人性呢？不论我们深入多么远，这种现象在摆脱了动物状态的奴役作用的一切民族中间总是一样的，对外观的喜悦，对装饰和游戏的爱好。”[②] 卢梭说过人生而自由，但又无时不在枷锁之中，摆脱枷锁就得依赖艺术活动。人在维持和延续生命之外，还要发泄剩余精力，进行游戏活动，艺术在实质上就是种游戏。

第四，感物说。钟嵘等人认为文学是作者心灵有感于外物的触发，与外物彼此整合的结果。《乐记》云：“凡音之起，由人心生也，人心之动，物使之然也。感于物而动，故形于声；声相应，故生变；变成方，谓之音；比音而乐之，及干戚羽旄，谓之乐。乐者，音之所由生也，其本在人心之感于物也。”[③] 陆机《文赋》说：“遵四时以叹逝，瞻万物而思纷；悲落叶于劲秋，喜柔条于芳春……慨投篇而援笔，聊宣之乎斯文。”[④] 刘勰在《文心雕龙·物色》中说：“春秋代序，阴阳惨舒，物色之动，心亦摇焉……岁有其物，物有其容；情以物迁，辞以情发。”[⑤] 钟嵘《诗品序》说：“气之动物，物之感人，故摇荡性情，形诸舞咏。”[⑥] 这些都是在说主体心灵与客观景物之间相互作用是产生文学的重要条件。

第五，劳动说。劳动说认为艺术起源于劳动，原始艺术是适应着劳

① ［英］弗雷泽：《金枝集》（缩写本），中国民间文艺出版社 1987 年版，第 19 页。

② ［德］席勒：《美学书简·第 26 封信》，见《古典文艺理论译丛》1963 年第 5 期。

③ 李建中主编：《中国古代文论》，华中师范大学出版社 2002 年版，第 85 页。

④ 同上书，第 168 页。

⑤ 祖保泉：《文心雕龙解说》，安徽教育出版社 1997 年版，第 905 页。

⑥ 曹旭：《诗品集注》，上海古籍出版社 1994 年版，第 1 页。

动的需要并在劳动实践过程中产生的。劳动提供了文学活动的前提条件，产生了文学活动的需要，构成了文学描写的主要内容，制约了早期文学的形式。毕歇尔认为，原始人“在其发展的最初阶段上，劳动、音乐和诗歌是极其紧密地互相联系着的，然而这三位一体的基本的组成部分是劳动，其余的组成部分只具有从属的意义”①。普列汉诺夫在《没有地址的信》一书中说：“拜尔顿说，在他所知道的非洲黑人那里，音乐的听觉发展得很差，但是他们对于节奏却敏感得令人吃惊：‘划桨人配合着桨的运动歌唱，挑夫一面走一面唱，主妇一面舂米一面唱。’卡沙里对于他作了很好的研究的巴苏陀部落的卡雯尔人也是这样说的：‘这个部落的妇女手上戴着一动就响的金属环子。他们往往聚集在一起用手磨磨自己的麦子，随着手臂有规律的运动唱起歌来，这些歌声是同她们的环子的有节奏的响声十分谐和的’。”② 原始艺术是适应着劳动的需要并在劳动实践过程中产生的，与原始人的劳动生活和生产斗争有着非常密切的联系，并带有强烈的节奏感。“对于一切原始民族，节奏具有真正巨大的意义。对于节奏的敏感，正如一般的音乐能力一样，显然是人类的心理和生理本性的基本特质之一。……人的觉察节奏和欣赏节奏的能力，是原始社会的生产者在自己劳动的过程中乐意服从一定的拍子，并且在生产性的身体运动上伴以均匀的唱的声音和挂在身上的各种东西发出的有节奏的响声。但是，原始社会的生产者所服从的拍子又是由什么决定的呢？为什么在他的生产性的身体运动中恰好遵照着这种而非另一种的节奏呢？这决定于一定生产过程的技术操作性质，决定于一定的生产技术。在原始部落那里，每种劳动有自己的歌，歌的拍子总是十分精确地适应于这种劳动所特有的生产劳动的节奏。……毕歇尔深信，诗歌的产生是由精力充沛的具有节奏感的身体动作，特别是我们称之为劳动的身体所引起的；这不仅在诗歌的形式上是正确的，而且在内容上也是如此。”③ 鲁迅在《门外文谈》中说：“我们的祖先原始人，原是连话也不会说的，为了共同劳作，必需发表意见，才渐渐的练出复

① ［俄］普列汉诺夫：《没有地址的信（艺术与社会生活）》，人民文学出版社 1962 年版，第 40 页。

② 同上书，第 37—38 页。

③ ［俄］普列汉诺夫：《论艺术（没有地址的信）》，三联书店 1962 年版，第 34—37 页。

杂的声音，假如那时大家抬木头，都觉得吃力了，却想不到发表，其中有一个叫道‘杭育杭育’，那么，这就是创作；大家也要佩服，应用的，这就等于出版；倘若用什么记号留存了下来，这就是文学……”[①] 艺术来源于劳动的说法，多年来在我国一直占据了主导地位。[②] 诗歌是在劳动过程中产生的，这一点毋庸置疑。

叙事诗作为一种文学样式，它的产生是复杂的，它的来源不能简单地归结为以上任何一种，任何一种单一的来源说，都不足以说明叙事诗的缘起。实际上，原始先民最初是靠口舌言事传事，而后“结绳而治”“刻木为契”，用话语以外的手段来叙事记事。后来发明了文字，而汉字的创造“完全是按叙事要求来构形的，它是一种为叙事而诞生的文字，在表事方面比世界上任何主要文字都来得直接”[③]。从来源上看，人类早期的诗歌基本上是叙事的，原始先民在劳动过程中，为了增加力量、统一动作、增强劳动效果、减轻疲劳，进而进行歌唱。在巫术媚神的过程中，载歌载舞，也不单纯是抒发情感，谄媚于神灵，其终极目的还是为了最终的劳动生产以及人类生存与发展。故而，人类早期的诗歌与其说是在表述情感，毋宁说是在用最朴素的语言、最简洁的方式、最适合的节奏、最通俗的韵律、最集体的吟唱来展示先民们的最原初的生活与渴望。“人类原始歌唱总是反映人类改造物质世界的劳动实践。像古老的《弹歌》《葛天氏之乐》固然直接反映了原始狩猎与农业生产活动，即使是甲骨文等记载的具有巫术宗教性质的祈雨、祈年活动的诗篇，也依然简洁表现着人们力图征服自然的伟大活动。”[④] 具体而言，叙事诗的兴起，应该是现实生活的需要。中华民族由于特殊的自然环境和人文环境，早期大多没有文字，更少文人创作，于是歌唱成为他们传情达意乃至日常交往记事的基本手段：青年男女谈情说爱、通信、通报、求爱，记载历史、宗教、哲学、约法规章、风俗礼仪等，无不借助于此。这种经常性的现实需求，很自然地促成叙事成分的不断加强，而叙事又会引出人物。如此，叙事诗的基本要素逐渐具备，在许多民族早

① 鲁迅：《门外文谈》，《鲁迅全集》第6卷，人民文学出版社1981年版，第94页。
② 童庆炳：《文学概论》，武汉大学出版社2000年版，第576页。
③ 董乃斌：《中国古典小说的文体独立》，中国社会科学出版社1994年版，第59页。
④ 赵明等主编：《先秦大文学史》，吉林大学出版社1993年版，第101页。

期叙事诗歌中都可以找到这样的例子。

总而言之，诗歌是最早的一种文学样式，是人类生存过程中不可或缺的精神需求，叙事诗伴随着人类的劳动而产生，伴随着人类的成长而成熟。它记录着原始先民简朴的生活，表述着原始先民丰富的内心情感，传递着原始先民对生活的美好希冀。

（二）叙事诗的起源

上面我们探究了艺术的起源，叙事诗作为艺术，当然符合艺术的起源，但是它又不是简单的话语所能表述明白的事情。关于叙事诗的起源问题，是叙事诗研究中一个无法绕开的问题，但的确又是很难说清楚的问题。“艺术起源的问题在逻辑上应该包含以下三个层面：艺术何时发生（When）？艺术如何（How）发生？艺术何以（Why）发生？”① 但要回答这些问题，就目前的研究条件来看，是很难解决的。朱狄认为，自 20 世纪初以来，“对艺术起源的研究不外乎三种途径：第一就是从史前考古角度对史前艺术遗迹的分析研究；第二就是从现代残存的原始部族的艺术进行分析研究；第三就是从儿童艺术心理学方面所进行的分析研究。为了使艺术起源的研究建立在历史事实的基础上，第一种方式无疑是最重要的。其他的两种只有某种从属的意义。因为只有史前遗留下来的艺术作品，才构成艺术在起源阶段时唯一可靠的证据，现代原始部族的艺术往往只能提供一种类比或旁证，至于儿童心理学方面的研究，实际上关系更为疏远，几乎只能提供某些心理学上的假设。史前考古学的主要目的就在于去重建文字记载尚未出现前那段时期的人类历史，实际上，相对于真正发生过的历史而言，所谓重建只可能是挂一漏万的重建，史前史学家力图通过残存的各种人工制品（其中只有很小的部分才能称之为艺术作品）来了解人类的过去，重建史前的文化形态和艺术形态，解释文化和艺术的创建过程。这样，史前的文化遗留物就处于非常重要的地位”②。尽管朱狄强调第一种途径很重要，但实际上我们知道这三种方法都很难解决先秦时代叙事歌谣的起源问题。格罗塞说：“艺术的起源，就在文化起源的地方。不过历史的光环还只照到

① 郑元者：《艺术之根：艺术起源学引论》，湖南教育出版社 1998 年版，第 17 页。
② 朱狄：《艺术的起源》，中国青年出版社 1999 年版，第 27 页。

人类跋涉过来的长途中最后极短的一段，历史还不能给予艺术起源文化起源以什么端倪。”① 康有为先生说过：“上古茫昧无稽考。”② 基于此，赵敏俐先生才提出了艺术起源于人类的精神需求的提法。而劳动说、巫术说等在研究人类艺术实践方面所做出的切实努力是值得尊重的，因为他们分别描述了人类在不同阶段和不同实践情况下艺术所呈现的基本形态。③ 先秦时代叙事歌谣源于人类的精神需求是有道理的。闻一多在《歌与诗》中指出：“想像原始人最初因情感的激荡而发出有如‘啊’‘哦’‘唉’或‘呜呼’‘噫嘻’一类的声音，便是音乐的萌芽，也是‘孕而未化’的语言。声音可以拉得很长，在声调上也有相当的变化，所以是音乐的萌芽。那不是一个词句，甚至不是一个字，然而代表一种颇复杂的涵义，所以是孕而未化的语言。这样界乎音乐与语言之间的一声‘啊……’便是歌的起源。”④ “至于‘诗’字最初在古人的观念中，却离现在的意义太远了。……我们说过‘歌’在本质上是抒情的，现在我们说‘诗’的本质是记事的，诗与歌根本不同之点，这就完全明白了。再进一步的揭露两者之间的对垒性，我们还可以这样说：古代歌所据有的是后世所谓诗的范围，而古代诗所管领的乃是后世史的疆域。……《诗》本是记事的，也是一种史。”⑤ 可见，中华民族最早的诗歌就是歌谣。至于最早的歌谣分别载于金文、《周易·卦爻》以及《吴越春秋》《左传》《吕氏春秋》《说苑》等古代典籍，从时间上看，可以追溯到神农时的《蜡辞》、黄帝时的《弹歌》等。

先秦时代歌谣本身就在简洁朴素的口头传唱，是原始先民素朴生活的真实叙述。实际上，先秦时代歌谣本身就是叙述人类早期生活并赞美生活的诗篇，是原始先民自发的天籁之音，是中国最早的叙事诗。

二　史上的叙事歌谣

先秦时代，歌谣是一笔宝贵的财富，它的题材与内容也是较为丰富

---

① ［德］格罗塞：《艺术的起源》，商务印书馆 2005 年版，第 26 页。

② 康有为：《康有为全集》，上海古籍出版社 1992 年版，第 2 页。

③ 赵敏俐等：《中国古代歌诗研究》，北京大学出版社 2005 年版，第 2 页。

④ 闻一多：《神话与诗·歌与诗》，上海世纪出版集团 2006 年版，第 148 页。

⑤ 同上书，第 151、153—154 页。

的。据路南孚在《中国历代叙事诗歌——先秦两汉魏晋南北朝编》中的观点，先秦歌辞分别选自《吴越春秋》《左传》《吕氏春秋》《说苑》等十三种典籍，内容多记先秦事。先秦叙事歌谣在一些典籍中，都存在关于它起源的一些记录。

实际上，先秦歌谣产生的具体时间，很难说清楚。我们不能按照时代先后的不同去考察，因为原始歌谣也不是按照时间先后成熟的，在古代典籍中，它们的出现并没有明显的时间差异，我们只能按照叙事歌谣在不同典籍中的成熟程度、形式的完善程度来研究与推断叙事歌谣的来源。具体在金文、《周易·爻辞》和一些典籍中逐渐地成熟起来。

（一）金文记载的叙事歌谣

金文是指铸刻在商周青铜器上的铭文，也叫铭文、钟鼎文。金文不是为了叙事，而是为了记史，即“在于足以征史”①。金文的出现给史家提供了无数新的史料。在此前的甲骨文虽然也是记事，但只是一种简单的占卜，又加上甲骨文这种书写载体空间的限制，使之和真正意义上的叙事还有很大的差距。到了金文，情况有所不同了。“铭文的叙事性大为增强，在铭文中出现了正式的叙事文体。据统计，西周铭文共有徽记、祭辞、册命、训诰、记事、追孝、约剂、律令、媵辞、乐律等10来种格式，这些格式除徽记外全都具有较多叙事成分，其中训诰、记事、追孝、约剂等近于纯粹的叙事文。前已提到，殷墟卜辞严格地说只能算作卜事问事，而铭文的功能则是叙事，训诰、记事等格式的铭文更是地地道道的叙事……铭文记载的事件，涉及社会活动的各种类别，可谓形形色色的史事都在青铜上留下了痕迹……史墙盘铭等铭文证明，中国正式的叙事文始见于铭文。”② 金文作为最早的叙事文，它是以简洁的语言方式出现的，所以，它也应该是早期的叙事诗。在结构上，出现了叙事诗的基本特征，按照时间、空间顺序，描写事件与人物。叙事已经较为完整了，诸如驹父盨铭：“唯王十又八年正月，南仲邦父命驹父殷南诸侯率高父，见南淮夷，厥取厥服，堇夷俗，豢不敢不敬畏王命，逆见我，厥献厥服。我乃至于淮，小大邦亡敢不剨具逆王命。四月，还

① 傅修延：《先秦叙事研究》，东方出版社1999年版，第53页。

② 同上书，第54—55页。

至于蔡，作旅盨，驹父其万年永用多休。”[①] 清晰地记载了驹父征讨南淮夷的经过。又如，颂鼎铭记载：

1. 时间：惟三年五月既死霸甲戌，
2. 地点：王在周康邵官，
3. 即位：旦，王格大室，即位。
4. 候命：宰引右颂入门，立中廷。
5. 授册：尹氏授王命书，
6. 宣命：王呼史虢生册命颂。
7. 命官：王曰：“命汝官司成周贮廿家……
8. 赏赐：锡汝玄衣……
9. 勉励：用事。”
10. 受命：颂拜稽首，受命册，佩以出，
11. 纳瑾璋：返纳瑾璋。
12. 称扬：颂敢对扬天子丕显鲁休，
13. 作器：用作朕皇考龚叔、皇母龔姒宝尊鼎，
14. 祝愿：用追孝，……颂其万年眉寿无疆，霝冬，子子孙孙永宝用。[②]

这种叙事的要素是健全的，叙事过程是连贯的。而更为重要的是，金文中的叙事不仅仅是记史，它的文学性也是相当强烈的。尤其是在形式上，尽管音韵简约，但已经出现了韵语与《诗经》套语，像“子子孙孙，万年无疆”与《诗经·七月》中的套语“称彼兕觥：万寿无疆!”完全一脉相承，可见金文的叙事对后世的深远影响。

（二）《周易·爻辞》的古歌

《周易》就是《易经》，成书于周初的《周易》，它的文字来源分为以韵文的形式表现出来的远古歌谣和无韵的占辞两种。《周易》中成就最高的，就是那些以韵文形式出现的古歌，古歌充满叙事诗的要素，

---

① 傅修延：《先秦叙事研究》，东方出版社 1999 年版，第 56 页。
② 同上书，第 60—61 页。

在讲述故事的时候，运用象征、赋比兴等《诗经》中常见的手法，语言简明扼要、朴素无华，存在大量套语，对《诗经》产生了深远的影响。

黄玉顺说："《易经》里的引语和占辞。从文献成分分析，《易经》文字来源有二：一是引语，是作《易》者所引用的既有材料，基本上是韵文，多为远古歌谣；二是占辞，是作《易》者所创作的文字，如'亨'、'利'、'吉'、'凶'、'悔'、'吝'、'有孚'、'无咎'之类，表示吉凶祸福判断，并不用韵，更非古歌。《易经》的编著，基本上是这样一种体例：现引古歌，类似'比兴'；再作占辞，加以判断。如噬嗑九四：'噬乾胏，得金矢。利艰贞，吉。'贲六五：'贲于丘园，束帛戋戋。吝，终吉。'无妄六二：'不耕获，不菑畬。则利于攸往。'当然，也有变体：或先占后引，如咸九四：'贞吉，悔亡。憧憧往来，朋从尔思。'或引占错杂，如未济上九：'有孚。于饮酒。无咎。濡其首。有孚失是。'或有引无占，如贲六四：'贲如皤如，白马翰如，匪寇，婚媾。'或有占无引，如大有上九：'自天祐之，吉，无不利。'总之，《易经》编撰体例为古歌与占辞相参互。"① "《易经》筮辞中用韵的和不用韵的，在性质上有显著的区别。凡用韵的地方，筮辞内容往往是关于叙事描写的，是一些生动具体的形象，并且往往采用类似民歌的一些手法，如排比、反复等；凡不用韵的地方，往往是关于吉凶祸福的断语，是一些笼统抽象的判断，并且反复使用一些大致相同的术语。古人称前者为'象'或'象辞'，称后者为'占'或'占辞'……结果令我确信：《易经》中隐藏着一部比《诗经》还古老的诗集。"②

通过以上文字，我们可以了解，《易经》中的六十四卦都是古歌，这些古歌就是早期的叙事诗。古歌是叙事的，关于这一点，早在 1929 年，顾颉刚先生就发表了《周易卦爻辞中的故事》（《燕京学报》1919 年第 6 期），提出《周易》记录了历史故事，郭沫若的《中国古代的社会生活·〈周易〉时代的社会生活》也认为周易的卦爻辞"除强半是极抽象、极简单的观念之外，大抵是一些现实社会的生活。这些生活在

① 黄玉顺：《易经古歌的发现和开掘》，《文学遗产》1993 年第 5 期，第 4 页。
② 黄玉顺：《易经古歌考释》，巴蜀书社 1995 年版，第 2 页。

当时一定是现存着的。所以如果这些表示现实生活的文句分门别类地划分出他们的主从出来，我们可以得到当时的一个社会生活的状况和一切精神生产的模型”[1]。的确如此，在《周易》中存在大量的有情节的有叙事因素的古歌。像《屯·六二》“屯如邅如，乘马班如，匪寇婚媾”，就写了一个男子求亲的歌谣。《贲》“贲其趾，舍车而徒。贲其须。贲如濡如。贲如皤如，白马翰如，匪寇，婚媾。贲于丘园，束帛戋戋，无咎”，描写了新郎经过一番精心打扮，去迎娶新娘的经过。“鼎·九四”“鼎折足，覆公疏，其形渥”，描写鼎足折了，把自己淋湿的一个场景。客观地说，虽然《周易》古歌是以叙事的形式去阐释哲理，但古歌的确是以诗歌的形式在讲述故事，塑造人物。所以，《周易》古歌确乎是早期的叙事诗，从形式上来看也是这样的。

《周易》在形式方面也彰显着叙事诗的要素。高亨在《周易卦爻辞的文学价值》中用朱熹总结的“赋比兴”艺术手法解析《易经》古歌，得出这样的结论：“由《周易》中的短歌到《诗经》民歌，也显示出由《周易》时代到《诗经》时代，诗歌的创作艺术逐步提高的过程。如果我们说《周易》中的短歌是《诗经》民歌的前驱，似乎也接近事实。”[2] 李镜池先生也从韵语、句式等方面解读古歌，剖析比兴的传统。傅道彬先生的《〈周易〉爻辞诗歌的整体结构分析》一文指出，鉴于前人对古歌的分析过于简单，缺乏整体系统的把握，故而傅先生从整体上对《周易》的结构进行剖析，寻找《周易》与《诗经》的内在联系。并以《坤》和《同人》两卦为例，指出“原来这里竟隐藏着音韵铿锵诗意盎然的古代歌谣。《坤》卦爻辞描绘的是一个霜天寥廓的秋天的景色，一个行人走在刚刚落霜的大地上，一眼望去大地坦荡无垠，丰收的田野多姿多彩，人们穿着黄色衣衫，忙着把丰收的果实装进口袋。两条奈何不了寒冷的蛇撕咬起来，地上流出了淋漓的鲜血。用如此简洁的笔墨勾画如此开阔明净的秋天景色。欣赏之余我们不得不佩服诗人创造的和谐的音韵美和丰富的语言感染力。《同人》这首歌谣记录了一次攻城克敌的战斗过程。先把军队集合于城门之下，然后到宗庙进行战前祭

---

① 刘宁、张新科：《中国叙事传统溯源》，《社会科学家》2006年第1期，第179页。

② 黄玉顺：《易经古歌考释》，巴蜀书社1995年版，第6页。

祀，战斗开始前人们埋伏在草丛之中，登上有利地形。战斗打响了，勇敢的将士们冲上城墙。可惜出现了被动情况，士兵中有人号啕起来。但终于有了转机，于是哭泣的人破涕为笑，胜了的士兵们举行郊祀庆祝胜利，从这绘声绘色的描摹中我们依稀可以听到古老的杀伐之音，看到那些攻城将士们奋勇的身影以及他们失败的悲哀和胜利的喜悦……语言形式上，《易》爻辞简短而形式多样，爻辞以三言、四言为主，各占百分之四十左右，其余二言、五言、七言、八言不等，从四言渐多的趋势来看已向《诗经》整齐的四言形式靠近……在语义上卦辞存在着上下一贯的内在逻辑联系……在写作手法上，《易》爻辞已用比兴”①。

以上学者的论述，从各种角度说明了一个事实：《周易·爻辞》中的古歌，已经在讲述完整的故事了，且有一定的情节，创制了各种艺术手法，风格上与《诗经》的雅、颂联系巨大，语言简短，象征、隐喻、赋比兴等都直接影响着后代的《诗经》。

（三）后代典籍中的叙事诗

在金文、《周易·卦爻》古歌之后，后世典籍中也存在大量的叙事诗，而且内容更为丰富，为《诗经》准备了大量的内容材料。

第一类记原始先民之生活，如《弹歌》《击壤歌》《士女歌》等，叙述了我们先祖的生活、劳动、巫术等活动。

东汉赵晔编写的《吴越春秋》中《勾践阴谋外传》中的《弹歌》“断竹，续竹；飞土，逐肉”，就是一幅原始先民的狩猎图，记叙了上古时代人们狩猎的场面，表现了原始先民用弓箭追逐猎物的过程，展示了狩猎的全过程。歌谣节奏为二二节奏，这是劳动过程中手脚自然运动的节奏，这种节奏随人体运动而有着强弱变化、反复连接和起伏回应，是劳动的最基本节奏，也是诗歌的最基本节奏。杨公骥先生说：“在原始社会，生产过程的技术性质比较单纯，生产技术比较幼稚，从而劳动动作也比较简单，其节奏大多是一反一复。由于对一反一复动作的适应，所以在原始诗歌中最初的大多是二拍子节奏。这种二拍子诗，是诗的原始型，曾出现于各民族的原始文学中。我国的《诗经》中的诗大

① 傅道彬：《〈周易〉爻辞诗歌的整体结构分析》，《江汉论坛》1988 年第 10 期，第 50—53 页。

多袭用着二拍子节奏。”[①] 本诗以二字成诗句，以二二节奏成歌声，正是原始诗歌的古朴形式，显得自然明快、铿锵有力。

《礼记·郊特牲》中的《蜡辞》“土，反其宅！水，归其壑！昆虫，勿作！草木，归其泽！”是带有巫术性质的叙事诗。山陵上的土不要崩溃，河流里的水不要决堤，昆虫不要飞过来为害，薮泽里的野草不要长在田地里。这些都典型地反映了以农耕为主要生产方式的氏族部族中，人们祈求神灵保佑土地肥沃、风调雨顺、害虫不起、五谷丰登的美好愿望。在人类社会早期，先民相信“万物有灵”，这是因为当时人作为主体还未得到充分的发展，在自然面前，主体还十分弱小，对自然总是十分的崇拜与虔诚，为了五谷丰登，为了种姓延续，更为了生存，原始社会先民唱起了祭歌与咒语，这也正与文学起源的巫术说相呼应。许慎《说文解字》说：“巫，祝也。依韵会本。三字一句。按祝乃觋之误。巫觋皆巫也。故觋篆下总言其义。示部曰。祝、祭主赞辞者。周礼祝与巫分职。二者虽相须为用。不得以祝释巫也。女能事无形，以舞降神者也。无舞皆与巫迭韵。周礼女巫无数。旱暵则舞雩。许云，能以舞降神。故其字象舞袖。象人两袖舞形。太史公曰：韩子称长袖善舞。不言从工者。工小篆也。巫，小篆之仍古文者也。古文不从小篆也。不言工象人有规矩者。已见上文工下矣。式、巧、何以从工。式、巧之古文本从工也。巨，何以从工也。巨下云从工，犹云相规矩也。与工同意。此当云与工同意。说见工下。武扶切，五部。古者巫咸初作巫。凡巫之属皆从巫。”[②]（觋，能齐肃事神明者。楚语。精爽而不携贰者，而又能齐肃衷正。其知能上下比义。其圣能光远宣朗。其明能光照之。其总能听彻之。如是则明神降之。在男曰觋，在女曰巫。是使制神之处位次主。而为之牲器时服。韦注，齐，一也。肃，敬也。巫觋见鬼者。今《说文》齐作肃。非，国语神明作明神，非。在男曰觋，在女曰巫。此析言之耳。统言则周礼男亦曰巫。女非不可曰觋也。诗谱曰：陈大姬无子，好巫觋祷祈鬼神歌舞之乐。民俗化而为之。从巫见。见鬼者也。故

① 杨公骥：《中国文学》第一分册，吉林人民出版社 1980 年版，第 8 页。

② （清）段玉裁注：《说文解字注》，上海古籍出版社 1983 年版，第 201 页。

从见。胡狄切，十六部。)[①] 可见，这首歌辞是先民为了生存而祈求神灵的带有巫术性质的叙事歌谣。弗雷泽在《金枝》中说："古代巫术正是宗教的基础。虔诚的、要想获得神的恩惠的人，除非双手抓住神，否则就没有成功的机会。而这只有通过一定数量的典仪、祭品、祷词和赞歌等等才能得到。神自己也启示过，只有这样对待他，才能使他去做那些要求他去做的事。"[②] 可见古代诗、歌、舞是三位一体的，巫的表演，总是伴随着歌唱。这样看来，先秦时代的歌谣都含有巫术的性质。巫术不是科学，是与知识、真理相违背的，正如马林诺夫斯基所言，"人们只有在知识不能完全控制处境及机会的时候才有巫术"[③]。当然，对于上述歌谣的认识，也有不同的意见。达尔文在《人类的由来与性选择》中说，创作艺术作品是人类的一种本能，"人类的所有种族，甚至未开化人都有这等才能，虽然是处于很原始的状态……无论人类的半动物祖先是否像能够歌唱的长臂猿那样具有产生音乐调子，因而无疑具有欣赏调子的能力，我们知道人类在非常远古的时期就有这等才能了。拉托特描述两支由骨和驯鹿制成的长笛，这是在洞穴中发现的，其中还有燧石具以及灭绝动物的遗骸。歌唱和跳舞的艺术也是很古老的，现在所有或几乎所有人类最低等的种族都会唱歌和跳舞。诗可以视为由歌产生的，它也是非常古老的，许多人对于诗产生在有史可稽的最古时代都感到惊讶"。[④] 他把原始的歌唱看成是人类的本能。不管如何理解，都有其合理性。其实，与其说这是原始先民的祭歌与咒语，莫不如说，这就是原始先民生活的叙述。

《击壤歌》所载"日出而作，日入而息，凿井而饮，耕田而食"，是一幅原始公社末期的作息时间表，是上古先民劳动情景的叙述。马克思说人类文化初期，"外界自然条件"具有"决定性的意义"[⑤]，普列

① （清）段玉裁注：《说文解字注》，上海古籍出版社1983年版，第201—202页。

② ［英］弗雷泽：《金枝》，徐育新等译，中国民间文艺出版社1987年版，第81页。

③ ［英］马林诺夫斯基：《文化论》，中国民间文艺出版社1987年版，第53页。

④ ［英］达尔文：《达尔文进化论全集》第六卷，叶笃庄、杨习之译，科学出版社1996年版，第614—615页。

⑤ ［德］马克思：《资本论》第1卷，见《马克思恩格斯全集》第四十四卷，人民出版社2001年版，第586页。

汉诺夫也说："自然界本身，亦即围绕着人的地理环境，是促进生产力发展的第一推动力。"① 中华民族从地理位置上来看，离海洋相对偏远，季风气候也为农业发展带来了雨露的惠泽，辽阔的内陆腹地，丰富的地域资源，制约着人们的物质生产方式，塑造着人们的生活方式。农耕成为中国人生存下去的最好选择。日出而作、日入而息的生活方式在这首歌谣中得到了最好的诠释。

《士女歌》中的"士刲羊，亦无血也；女承筐，亦无实也"，则是一幅诙谐生动的牧场短歌，男的在剪羊毛，女的用筐在接。剪羊毛时像用刀割在羊的身上，却不见血，可见技术之熟练，接羊毛时，筐里却没有分量，可见羊毛之轻柔。全诗短短十字，精练到不能再精练了，展现了原始先民割羊毛的劳动场景，传达了先民劳动时的喜悦之情。历史虽然会远去，但会留下无数的记忆，记录下在这片土地上居住过、生活过、劳动过的人们的一切，《士女歌》正是这一生活的再现。男女共同在乡野劳作，这在后来的汉乐府《陌上桑》中也可见妇女在田间采桑的情景。

第二类述历史事件，如《渔父歌》《申包胥歌》《穷劫曲》《采葛妇歌》《河梁歌》《宋城者讴》《晋童谣》《龙蛇歌》《琴女歌》《灵宝谣》《箕山操》《河激歌》《郑白渠歌》《越人歌》《忼慨歌》等。《申包胥歌》记叙申包胥秦庭乞师的故事，《渔父歌》记叙了渔父欲渡伍子胥过江的故事，《河梁歌》记叙了越王勾践伐秦事。历史事件在先秦时代歌谣中，为后世叙事长篇提供了内容与题材。

第三类写帝佐王侯，如《拘幽操》《楚人颂子文歌》《石鼓文》等。《拘幽操》记叙周文王被拘羑里的故事，《楚人颂子文歌》记叙楚人子文不徇私枉法、大义灭亲的故事，据路南孚考辨《石鼓文》原载于《古文苑》与《风雅逸篇》，本唐人所录，真实地记载了帝王的渔猎活动，其年代众说纷纭，加之唐人所录，疵误颇多，十章之中，字迹多有灭者，故未必能完全相信。这类题材的歌谣在先秦时代叙事歌谣中数量不多，而且不占主流。

---

① ［俄］普列汉诺夫：《普列汉诺夫哲学集》第 2 卷，生活·读书·新知三联书店 1974 年版，第 277 页。

第四类录里巷歌谣，如《莱人歌》《楚童谣》《攻狄谣》《段干木歌》《郰民歌》《子产诵》等，无所不载。《楚童谣》记叙楚昭王得萍实的故事，《攻狄谣》记叙齐将田单攻狄而不克的故事，《段干木歌》记叙魏文侯敬重贤者段干木的故事。此类题材对以后的民间文学产生了重大影响。

先秦时代歌谣其辞篇制一般较短，叙事精练，对于研究叙事诗之起源或有补益。但路南孚先生认为其诗多属后人追记，其中真伪莫辨，谬误纷呈，如《击壤歌》所描绘的生活，绝非唐尧时代，整齐的七言《穷劫曲》，也不可能出现在春秋战国之际。但无论如何，它的大部分歌谣是可信的，是后代文献追载的中国最早的叙事诗。

三　歌谣的叙事模式

先秦时代歌谣作为中华民族最早的叙事诗，基本都是记载上古先民的生活、劳动和历史事件的，生活的简单决定了形式的选择，中国早期叙事诗无论从内容上还是形式上都是相对简单的，体现出早期叙事诗的独有特征。正是由于它的简单，所以一定要概括出它的艺术特征，也是不易把握的，但这又是不能回避的问题，姑且论之。

首先，内容务求实际，人物不求生动，只以说清楚一事为主。先秦时代歌谣，写帝王、写大臣、写平民、写农耕、写渔猎、写战事、写水利、写事功、写家庭、写人物、写场面、写事件，应该说，上自王公大臣，下至平民百姓，大到国事，小到家事，无不描述，内容可谓丰富，但是在所谓的丰富中，贯穿着一个线索，那就是一切以人为内核。瑞士学者安·邦纳说过："全部希腊文明的出发点和对象是人。它从人的需要出发，它注意的是人的利益和进步。为了求得人的利益和进步，它同时既探索世界也探索人，通过一方探索另一方。在希腊文明的观念中，人和世界都是对另一方的反映，都是摆在彼此对立面的、相互照应的镜子。"[①] 先秦时代歌谣也是以人为主的，无论写什么，都离不开人这一主题。生存下去比什么都重要，所以在内容上这些歌谣不会写远离人生

① ［苏］鲍·季·格里戈里扬：《关于人的本质的哲学》，汤侠声等译，生活·读书·新知三联书店1984年版，第28—29页。

活与生存的内容。在人物塑造上，也没有多少后世常见的技巧，人物的雕琢绘饰基本不存在，它的目的就是紧紧围绕人的生活与生存，这是先秦时代歌谣的唯一选择，所以歌唱最早不是为了抒怀，而是为了生存，具有极强的功利色彩。

其次，形式结构松散，情节缺少跌宕，篇幅大多短小。生活的简单决定了思维的简单，先秦时代歌谣没有严格的结构要求，或几句成篇，或几行成篇，没有从头至尾的严密布局，也缺乏跌宕起伏的情节安排，简单质朴，叙事粗糙。在艺术上没有精雕细琢的痕迹，也看不到精心准备的样式，几乎全是即兴、随意而为之作。正是由于这种简单，所以这些歌谣是否是真正意义上的叙事诗，众说纷纭，有人质疑先秦时代歌谣缺少叙事诗必备的诸多要件，只是含有叙事的因素，当然，以赵敏俐为代表的大部分学者还是承认这些歌谣就是中国最早的歌诗。不管怎样说，笔者始终认为不能因为先秦时代歌谣的叙事要件不健全，就否定它是叙事诗。更重要的一点是，它对中国传统诗论来说是一次真正的反拨。中国传统诗论力主“诗言志”，而我们从先秦时代歌谣，中国最早的叙事诗歌来看，它基本没有抒情之处，就是记叙先民朴素的生活，所以说，通过先秦叙事歌谣，我们可以对“诗言志”说进行一定的反省。

最后，语言稚嫩，质朴无华，字数无定规。先秦时代叙事歌谣，或两字，或四字，或杂言，无一定之规。一方面表明了当时生产力的低下，不仅物质不发达，精神层面也相对单一，就连精神的载体语言也处于蒙昧时期。另一方面也说明当时还没有社会分工，所以也没有专门从事创作的文人，大多为集体创作，才会在语言及艺术技巧上略显粗糙。

小　结

本章主要探讨叙事诗的两个基本问题。通过金文、《周易·卦爻》古歌、后世的典籍寻找叙事诗起源的可行性论证，以此确定叙事诗与中国叙事诗的特征。表现为内容务求实际，人物不求生动，只以说清楚一事为主。形式结构松散，情节缺少跌宕，篇幅大多短小。语言稚嫩，质朴无华，字数无定规。诗歌舞三位一体，具有简洁朴素的语言节奏，多为集体性的口头歌唱，具有较强的实际功用，对后世叙事诗歌产生重大影响，无论在题材内容方面还是艺术手法方面，都为后世叙事诗提供了范型模式。

第二章 《诗经》与叙事史诗

《诗经》是中国第一部诗歌总集，也是中国叙事诗发展长河的滥觞。《诗经》中的叙事诗篇主要是“大雅”中的周人史诗和短小精练的民间叙事诗。《诗经》奠定了中国叙事诗的最基本特征，叙事诗讲述故事、刻画人物，在此过程中，寄托诗人的情志，对后代的叙事诗产生了深远影响。本章围绕《诗经》中的叙事诗，从叙事史诗和短小的叙事诗篇两方面来剖析《诗经》中的叙事诗。

第一节 《诗经》史诗的论争

史诗可以看作“一个民族的族徽”。史诗问题的研究，是研究中国叙事诗不能回避的话题。“史诗”这个概念，是亚理斯多德在《诗学》中首先提出来的，[①]“史诗”源自希腊文，本意为平话或故事，后泛指人类童年时期歌颂民族英雄的叙事诗。在《辞海》中对史诗是这样界定的：“史诗，指古代叙事诗中的长篇作品。反映具有重大意义的历史事件或以古代传说为内容，塑造著名英雄的形象，结构宏大，充满着幻想和神话色彩。著名史诗如古代希腊的《伊里亚特》和《奥德赛》。”[②]史诗问题的讨论始于20世纪初，“二十世纪初叶，西风东渐，西方式的文学史观念也随之传入中土，文学修史之风一时兴起。作为西方文学、哲学始祖的希腊，其文学的源头当然是它的神话、史诗。尤其是史诗，长篇铺叙，讲述本民族的神话、英雄人物和上古史迹，将想象和现

① ［古希腊］亚理斯多德：《诗学》，上海世纪出版集团2006年版，第83—87页。

② 辞海编辑委员会：《辞海》，上海辞书出版社1989年版，第724页。

实融化在宏大的叙事框架之内。史诗的题材、人物、修辞、风格以及叙事方式，都对后来的文学产生了广泛的影响。西方文学孕育于伟大的史诗，这应该是无可争辩的。因此讲西方文学，一律从神话、史诗讲起，这已成了不易的定式”①。西方文学肯定是有史诗的。

中国有无史诗，学术界历来颇多争议。大体来说，分为两派，一派以王国维、鲁迅、胡适、郑德坤、卫聚贤、茅盾、马学良、钟敬文、刘大杰、饶宗颐、张松如、程相占、刘俊阳等人为代表，认为中国无史诗，或者即便有史诗，也不发达，或者销歇了。另一派以陆侃如、冯沅君、郑振铎、汪涌豪、骆玉明、张应斌等人为代表，认为中国有史诗。我们认为中国有史诗，就是《诗经》中的“周人史诗”，本节将对这一问题进行剖析。

一 主张无史诗的理由

西方早期没有叙事诗的概念，但有叙事性质的诗歌，他们称之为史诗，并界定为规模宏伟、篇幅较长，再现了一定历史时期的生活面貌的诗；在古代民间流行的众多歌谣的基础上，经过集体编制而最后形成大型诗篇。以西方的史诗视角为剪裁标准，黑格尔断定中国是没有史诗的。“中国人却没有民族史诗。因为他们的关照方式基本上是散文性的，从有史以来最早的时期就已形成一种以散文形式安排的井井有条的历史实际情况，他们的宗教观点也不适宜于艺术表现，这对史诗的发展也是一个大障碍。”②

以国学大师王国维为代表的前辈学者也以自己的方式认同了黑格尔的论断，他按照西方文学理论的惯例，将文学分为抒情和叙事两类，赞扬中国文学的抒情传统，但认为“至叙事的文学（谓叙事传、史诗、戏曲等，非谓散文也），则我国尚在幼稚之时代。元人杂剧，辞则美矣，然不知描写人格为何事。至国朝之《桃花扇》，则有人格矣，然他戏曲则殊不称是，要之，不过稍有系统之词，而并失词之性质者也。以

① 林岗：《二十世纪汉语“史诗问题”探讨》，《中国社会科学》2007年第1期，第131页，下文关于史诗部分内容参阅林岗此文。

② ［德］黑格尔：《美学》第3卷，商务印书馆1981年版，第170页。

东方古文学之国，而最高之文学，无一足以与西欧匹者，此则后此文学家之责矣"[①]。

鲁迅借鉴日本汉学家盐谷温的看法（由地理环境和儒家的观念去解释中国上古神话零碎散亡的原因），[②]也认为自古以来，中国未有长篇史诗。"自古以来，终不闻有荟萃融铸为巨制，如希腊史诗者，第用为诗文藻饰，而于小说中常见其迹象而已。"[③]并把原因归为"中国神话之所以仅存零星者，说者谓有二故：一者华土之民，先居黄河流域，颇乏天惠，其生也勤，故重实际而黜玄想，不更能集古传以成大文。二者孔子出，以修身齐家治国平天下等实用为教，不欲言鬼神，太古荒唐之说，俱为儒者所不道，故其后不特无所光大，而文有散亡。然详案之，其故殆尤在神鬼之不别。天神地祇人鬼，古者虽若有辨，而人鬼亦得为神祇。人神淆杂，则原始信仰无由蜕尽；原始信仰存则类于传说之言日出而不已，而旧有者于是僵死，新出者亦更无光焰也"[④]。之后，他又在《中国小说的历史的变迁》中提出是环境恶劣与"易于忘却"，使得中国上古神话零散。

胡适也赞成上古没有叙事诗。"故事诗（Epic）在中国起来的很迟，这是世界文学史上一个很少见的现象。要解释这个现象，却也不容易。我想，也许是中国古代民族的文学确是仅有风谣与祀神歌，而没有长篇的故事诗，也许是古代本有故事诗，而因为文字的困难，不曾有记录，故不得流传于后代；所流传的仅有短篇的抒情诗。这二说之中，我却倾向于前一说。'三百篇'中如《大雅》之《生民》，如《商颂》之《玄鸟》，都是很可以作故事诗的题目。然而终于没有故事诗出来。可见古代的中国民族是一种朴实而不富于想象力的民族。他们生在温带与寒带之间，天然的供给远没有南方民族的丰厚，他们需要时时对天然奋斗，不能像热带民族那样懒洋洋地睡在棕榈树下白日见鬼，白昼做梦……所以我们很可以说中国古代民族没有故事诗，仅有简单的祀神歌

① 王国维：《王国维文学论著三种》，商务印书馆 2010 年版，第 220—221 页。

② ［日］盐谷温：《支那文学概论讲话》，东京大日本雄辩会出版 1919 年版。

③ 鲁迅：《中国小说史略》，东方出版社 1996 年版，第 11—12 页。

④ 同上书，第 12 页。

与风谣而已。”①

郑德坤认为：“《山海经》是地理式、片断式的记载，不像荷马的《史诗》或印度的《黎俱吠陀》（RigVeda）、《加撒司》（Gathas）或希伯来人的《旧约》之美丽生动。在文艺上诚天渊之差，但在内质上，读者如能运用自己的想象力，追溯原人的想象，便可以得到《山海经》神话艺术上的真美处。”②

卫聚贤在《中国神话考古》中说：“中国的国民，因有尚功利，而且重常识的倾向，故神话终未得充分的发达。”③

茅盾不同意中国人缺乏天惠，民生勤劳，故不善想象，以及孔子实用为教，导致神话销歇的见解，认为不是不曾有，而是已经销歇了。“中国古代（北方）民族之曾有丰富的神话，大概是无疑的；问题是这些神话何以到战国时就好像歇灭了。”并提出了解释“中国北部神话之早就销歇，一定另有其原因。据我个人的意见，原因有二：一为神话的历史化，二为当时社会上没有激动全民族心灵的大事件以引诱‘神代诗人’的产生”④。马学良在《云南土民的神话》中，认同鲁迅和胡适的说法，但他更赞成茅盾的中国神话历史化是神话僵死最大原因的说法。⑤

钟敬文先生也认为中国神话所以零碎，乃是因为“散亡”，“中国的过去，因为种种的关系，在比较古老的一些文献上，仅保存了若干断片的、简略的神话和传说。一些欧洲的和东方的学者，由此便形成了一个共同的见解，认为中国文化史上没有产生过象古代希腊、罗马或北欧等那种比较有体系的或情节完整的神话和传说。这种见解的正确性，我觉得是颇可怀疑的。中国比较古老的文献上所保存的神话和传说，有着过于缺略或破碎之嫌，这是不容否认的事实。但因此断定中华民族的文化史上，必不会产生比较有体系的或情节完整的神话和传说，那光就理

① 胡适：《白话文学史》，上海古籍出版社 1999 年版，第 47 页。

② 马昌仪：《中国神话学文论选萃》上编，中国广播电视出版社 1994 年版，第 182—183 页。

③ 同上书，第 240 页。

④ 茅盾：《茅盾说神话·中国神话研究 ABC》，上海古籍出版社 1999 年版，第 8 页。

⑤ 马昌仪：《中国神话学文论选萃》上编，中国广播电视出版社 1994 年版，第 240 页。

论上讲，也不是很通顺的吧”[①]。之后的一些编写文学史的著作，诸如中国社会科学院文学研究所编的《中国文学史》[②]，刘大杰的《中国文学史》[③]，论及中国神话的时候，也采取了“散亡”说。

饶宗颐以文献为本，依据实证，认为古代中国没有史诗，“古代中国长篇史诗，几付阙如。其不发达之原因，据我推测，可能由于：(一)古汉语文篇造句过于简略，(二)不重事态之描写(非 Narrative)。但口头传说，民间保存仍极丰富。复因书写工具之限制及喜艺术化，刻划在甲骨上，铸造于铜器上，都重视艺术技巧，故记录文字极为简省。即施用于竹简长条上，亦不甚方便书写冗长辞句，不若闪族之使用羊皮可作巨幅，及至缣帛与纸絮发明以后，方可随意抄写长卷”[④]。

张松如根据马克思的亚细亚社会理论认为古代中国没有史诗。马克思认为，史诗的产生“主要乃是基于城郭经济的高涨与城邦的政治民主制，是由始战与蓄奴的自由城邦生活所造成”[⑤]，而中国古代社会奴隶制社会发育的夏商时期，“由于‘早熟’与‘维新’，生产力相对的低，商品生产和交换不发达，有着浓厚的公社残存，没有个体的私有经济，自由民阶层很薄弱，城市和乡村不可分离的统一，没有作为经济中心的城市”[⑥]。加上精神生产的分工水平低下，“凡此一切，都说明中国的奴隶制社会是不够典型的。这就决定了中国奴隶制社会中文明的光芒还未能照透‘人神杂糅’的迷雾，而更多地保留了原生社会的模糊性与混融性”[⑦]。因此，中国只有祭歌与乐歌，而没有如希腊史诗那样的诗歌体裁的产生。

程相占认为中国古代无史诗，原因在于周人追忆先王功业的诗篇主要用于以史为鉴，训诫天子，没有串成长篇的必要。周人“尚用不尚艺”的文艺观，“尚德不尚力”的历史、政治观，“尚人不尚神”的宗

---

① 钟敬文：《钟敬文民间文学论集》下册，上海文艺出版社 1985 年版，第 494 页。

② 中国社会科学院文学研究所编：《中国文学史》，人民文学出版社 1962 年版。

③ 刘大杰：《中国文学史》，上海古籍出版社 1982 年版。

④ 饶宗颐：《澄心论萃》，上海文艺出版社 1996 年版，第 38 页。

⑤ 张松如：《论史诗与剧诗》，《文学遗产》1994 年第 1 期。

⑥ 同上。

⑦ 同上。

教观，极大地限制了诗歌内容的取舍，使最富情节性的战争经过在诗歌中无法充分体现。①

刘俊阳认为中国叙事诗不发达，汉民族也没有史诗。并剖析原因，认为中国叙事诗不发达的原因：（1）古代文体有散文与韵文之分，叙事的工作由散文分担；（2）中国诗论主张言志抒情，不重叙事；（3）封建文人不重视。《大雅》中的10首叙事诗篇幅短小、缺少完整的形象和故事情节；不能称为史诗。中国古代汉民族没有史诗的原因是：（1）儒家文化的限制；（2）中国诗论的影响；（3）文明早期的汉字不适于记录；（4）中国古代宗教观亦是一大障碍。②

上面理论家的论述，从根本上否定了《诗经》中存在史诗。

二 认为有史诗的依据

与《诗经》不存在史诗意见相左的一些学者认为，中国是有史诗的，那就是《诗经·大雅》里的“周人史诗”，以陆侃如、冯沅君、郑振铎、汪涌豪、骆玉明、张应斌等为代表，他们是认为中国有民族史诗的肯定派。

陆侃如、冯沅君认为中国诗歌开端于《诗经》中《大雅》的某些篇章，是叙事体的史诗。“尤其是《生民》《公刘》《绵》《皇矣》及《大明》五篇……把这几篇合起来，可成一部虽不很长而亦极堪注意的‘周的史诗’。周代历文烝武、成康之盛，到前10世纪以后，便渐渐衰落下来。在前9世纪末年，宣王号称中兴。《大雅》中叙宣王朝的史迹者，如《崧高》写申伯，《烝民》写仲山甫，《韩奕》写韩侯，《江汉》写召虎，《常武》写南仲等，也都是史诗片段的佳构。这十篇所记大都是周室大事，东迁以前的史迹大都备具了。我们常常怪古代无伟大史诗，与他国诗歌发展情形不同。其实这十篇便是很重要的作品。它们的作者也许有意组织一个大规模的‘周的史诗’，不过还没有贯穿成一个长篇。这位作者也许就是吉甫，作诗的年代大约在前8世纪初年。”③

---

① 程相占：《中国古代无史诗公案求解》，《文史哲》1996年第5期，第59页。

② 刘俊阳：《论雅诗中的叙事诗及中国古代叙事诗与史诗之不发达》，《国际关系学院学报》2004年第4期，第52页。

③ 陆侃如、冯沅君：《中国诗史》，百花文艺出版社2008年版，第27页。

郑振铎尽管没有亲自提出中国有史诗的观点，但是他的言语中却时时透露出中国有史诗的信息。他在学术研究初期不认同中国有史诗，后期成为肯定派。郑振铎在《史诗》一文，开首便说："史诗是叙事诗的一种"，"中国可以说没有史诗——如果照严格的史诗定义说起来，所有的仅零星的叙事诗而已"①。在《中国古典文学中的诗歌传统》，他又说："中国古代可以说没有史诗，在《诗经》中虽有几篇类似的东西，但和印度、希腊的史诗还很不相同。中国叙事诗的产生是比较晚的……"② 之后，在《研究中国文学的新途径》中，他说："有人说，中国没有史诗；弹词可真不能不算是中国的史诗。我们的史诗原来有那末多呢！"③ 他又撰《宋金元诸宫调考》，文中说："唐五代的诸变文，是绝代的创作，宋、金间的各诸宫调，也是足以一雪我们不会写伟大的'史诗'或'叙事诗'之耻的。"④

汪涌豪、骆玉明主编的《中国诗学》谈到《诗经》时，尽管认同这些诗歌"并没有发展成为真正的史诗，其本身还是一篇篇乐歌和祭歌"。但还是取了"雄浑昂扬的周族史诗"这样的标题。⑤

张应斌认为中国文学中有史诗，但一直处于被忽略的地位，这是因为周族史诗较为零散简略，除了原始史诗的审美传统等原因外，主要是受现实功用和祭祀情境的束缚，因祭神对象的区别，使史诗从整体中分裂为短章，因祭神需要形成了轻史诗重颂诗的祭祀格局。但中国文学中有史诗，并且周族史诗有独特结构，同时史诗具有零散性。⑥

以上学者的争辩与论述都围绕一个前提，那就是以规模是否宏伟、篇幅是否较长的史诗为评判中国是否具有叙事诗的标准，由于中国早期没有篇幅较长的史诗就认定中国早期没有叙事诗，显而易见是不妥的。笔者认为中国有史诗，只不过与西方不同而已，我们不可以以西方的标

---

① 郑振铎：《郑振铎全集》第15册，花山文艺出版社1998年版，第362—365页。

② 郑振铎：《郑振铎文集》第七卷，人民文学出版社1988年版，第14页。

③ 郑振铎：《中国文学论集》，岳麓书社2011年版，第17页。

④ 郑振铎：《郑振铎文集》第6册，人民文学出版社1998年版，第73页。

⑤ 汪涌豪、骆玉明主编：《中国诗学》，东方出版中心1999年版，第12页。

⑥ 张应斌：《史诗问题和周族的史诗——论〈诗经〉中的史诗》，《嘉应大学学报》2000年第1期，第59—64页。

准去衡量中国的叙事诗。

三 《诗经》中存在史诗

实际上，《诗经》中是存在史诗的，那就是“大雅”中的“周人史诗”。马克思认为史诗应该具备七个要素：歌谣、传说、神话、创作时代（人类初期）、形象、情节、叙述的方式。汉民族史诗虽不像其他民族史诗那样以百科全书式的鸿篇巨制见长，却以单篇的有重点的形式叙述民族历史发展的重要线索。在这点上，周民族史诗与《荷马史诗》在本质上是完全一致的，周人史诗完全符合马克思对史诗作出的判定。马克思说：“野蛮时代高级阶段的全盛时期，我们在荷马的诗中，特别是在《伊利亚特》中可以看到。发达的铁制工具、风箱、手磨、陶工的辘轳、榨油和酿酒、成为手工艺的发达的金属加工、货车和战车、用方木和木板造船、作为艺术的建筑术的萌芽、由设塔楼和雉堞的城墙围绕起来的城市、荷马的史诗以及全部神话——这就是希腊人由野蛮时代带入文明时代的主要遗产。”[①] 从创作时代看，周人史诗与《荷马史诗》一样，都产生于野蛮时代高级阶段到文明时代的过渡时期，这是人类的初期。周人史诗以诗歌这一载体，从周先祖后稷的出生写起，后稷之母姜嫄奇异的感孕，后稷神奇的降生弃而不死，创立周族，以及周祖的迁徙、发展、强大的过程。这样的开篇充满神话色彩，是传说时代的产物。诗作叙述人类早期的故事，集中塑造了后稷、公刘、古公亶父、太王、太伯王季、文王这样一批熠熠生辉的著名英雄人物，它们从后稷发明农业开始，经过公刘、古公亶父的开拓创业，文王征伐的武功，直到武王灭商的全部过程，是周部族历史发展的形象再现。周人史诗一改原始叙事诗在讲述故事时，不太重视故事逻辑性与连贯性、对故事忽略的特点，在延续传统叙事方式的基础上有所创新。五篇史诗各自成篇，又先后串联，构成了一个民族发祥、创业与兴盛的历史。原始歌谣都是比较短小的，而周人史诗可谓内容复杂，叙事宏大，非三言两语即可完成的。在结构上也改变了先秦歌谣不求完整，有一定跳跃性，故事情节上线索单纯、情节不十分跌宕的特点，开始注重艺术形式，情节与结构力

① 《马克思恩格斯选集》第4卷，人民文学出版社1972年版，第22页。

求完美，有“头、身、尾”连贯的整体结构。不论从哪方面说，周人史诗也都完全符合马克思对史诗的界定。由此，我们认为，《诗经》中是有史诗的，那就是“周人史诗”，尽管它不像《荷马史诗》那样连贯，但是它确实是一部周人的历史。

“史诗问题”是西方话语挟持其强势进入中国而产生的问题。“如果要从‘史诗问题’的检讨得到什么有益的启示，那就是对西方话语要有足够的清醒和自觉，尤其要认真分辨什么是它本身具有的意义，什么是它被作为新知传播过来时赋予的附加意味。这样说并不是要抵抗新知的介绍和传播，也不是要在知识领域强分中西，而是要还西方话语以本来面目。因为我们在二十世纪中国学术史里发现，西方学术思想和见解被当成不加质疑的‘学艺天秤’是屡见不鲜的现象。它导致了严重的学术‘殖民地心态’。如果我们的学术前辈多少由于条件所限而对西方话语缺乏反省，那么今天这种状况当加以改变。”[①] 今天探究《诗经》中的“史诗问题”，意义也正在于此。

第二节　周人史诗与先周历史

《诗经》不是历史史实，实际上，《诗经》就是一部诗史。闻一多曾说：“汉人功利观念太深，把三百篇做了政治课本；宋人稍好点，又拉着道学不放手——一股头巾气；清人较为客观，但训诂学不是诗。近人囊中满是科学方法，真厉害。无奈历史——唯物史观的与非唯物史观的，离诗还是很远。明明一部歌谣集，为什么没人认真的把它当文艺看呢！”[②] “《诗经》固然是经，但同时在可能范围内，最好也是诗。”[③] 胡适也说过：“《诗经》不是一部经典。从前的人把这部《诗经》都看得非常神圣，说它是一部经典，我们现在要打破这个观念；假如这个观念不能打破，《诗经》简直可以不研究了。因为《诗经》并不是一部圣经，确实是一部古代歌谣的总集，可以做社会史的材料，可以做政治史

① 林岗：《二十世纪汉语“史诗问题”探讨》，《中国社会科学》2007年第1期，第142页。

② 闻一多：《神话与诗》，上海世纪出版集团2006年版，第279页。

③ 闻一多：《卷耳》，《大公报》1935年9月15日。

的材料，可以做文化史的材料。万不可说它是一部神圣经典。”① 先哲们的论述已经渗透了《诗经》具有的各种意义。

我们不得不承认，《诗经》和真正意义上记录历史的史实还是有很大差距的，它并不像史实那样按照编年体或其他体例完整叙事。它只是通过民间采风，来传达民众的心声。但是，以《诗》来说史的观念还是比较早的，《诗经》成了后代史家记录历史的重要来源。司马迁在《史记·周本纪》中对于后稷、公刘、古公亶父、季历、文王、武王等人事迹的记载，是直接取自《诗经·大雅》中的“周人史诗”的。《史记·周本纪》对后稷和公刘作了这样的叙述：“周后稷，名弃。其母有邰氏女，曰姜原。姜原为帝喾元妃。姜原出野，见巨人迹，心忻然说，欲践之，践之而身动如孕者。居期而生子，以为不祥，弃之隘巷，马牛过者皆辟不践；徙置之林中，适会山林多人，迁之；而弃渠中冰上，飞鸟以其翼覆荐之。姜原以为神，遂收养长之。初欲弃之，因名曰弃。弃为儿时，屹如巨人之志。其游戏，好种树麻、菽、麻、菽美。及为成人，遂好耕农，相地之宜，宜谷者稼穑焉，民皆法则之。帝尧闻之，举弃为农师，天下得其利，有功。帝舜曰：‘弃，黎民始饥，尔后稷播时百谷。’封弃于邰，号曰后稷，别姓姬氏。后稷之兴，在陶唐、虞、夏之际，皆有令德。……公刘虽在戎狄之间，复修后稷之业，务耕种，行地宜，自漆、沮度渭，取材用，行者有资，居者有畜积，民赖其庆。百姓怀之，多徙而保归焉。周道之兴自此（后）［始］，故诗人歌乐思其德。”这实际上就是《诗经·大雅·生民》和《诗经·大雅·公刘》的主要内容。陈桐生说：“司马迁取材于《诗》，弥补了上古时期史料不足的缺陷，使他在最大程度上使用了当时所能见到的史料。”② 可见，“周人史诗”可以帮助我们理解先周历史。

下面通过对《诗经·大雅》中《生民》《公刘》《绵》《皇矣》《大明》这五篇“周人史诗”的分析，具体了解一下中国的周人史诗与先周历史。

---

① 章太炎、朱自清等著，郭万金选编：《诗经二十讲》，华夏出版社 2009 年版，第 14 页。

② 陈桐生：《史记与诗经》，人民文学出版社 2000 年版，第 13 页。

一　《生民》：周的起源

周人史诗是周祖的发祥史，它记录了以农业起家的周人的建国过程，它有文学的意义，也有文献的价值。周人史诗可以帮助我们更好地了解先周的历史。

厥初生民，时维姜嫄。生民如何，克禋克祀，以弗无子。履帝武敏歆，攸介攸止，载震载夙，载生载育，时维后稷。

诞弥厥月，先生如达。不坼不副，无菑无害。以赫厥灵。上帝不宁，不康禋祀，居然生子。

诞置之隘巷，牛羊腓字之。诞置之平林，会伐平林。诞置之寒冰，鸟覆翼之。鸟乃去矣，后稷呱矣。实覃实吁，厥声载路。

诞实匍匐，克岐克嶷。以就口食。蓺之荏菽，荏菽旆旆。禾役穟穟，麻麦幪幪，瓜瓞唪唪。

诞后稷之穑，有相之道。茀厥丰草，种之黄茂。实方实苞，实种实褎。实发实秀，实坚实好，实颖实栗。即有邰家室。

诞降嘉种，维秬维秠，维穈维芑。恒之秬秠，是获是亩。恒之穈芑，是任是负，以归肇祀。

诞我祀如何？或舂或揄，或簸或蹂。释之叟叟，烝之浮浮。载谋载惟。取萧祭脂，取羝以軷，载燔载烈，以兴嗣岁。

卬盛于豆，于豆于登。其香始升，上帝居歆。胡臭亶时。后稷肇祀。庶无罪悔，以迄于今。

《生民》叙述了周人的始祖后稷传奇性的孕育和出生经历，讴歌了他对农业做出的杰出贡献。“《生民》所体现的不仅是周人对先祖的崇敬，更是中华先民对在农耕经济发展中做出巨大贡献者的歌颂，是对农业技术的发明创造者的歌颂，是对农业英雄和农业智慧的歌颂，是对农业文明的歌颂，这些英雄和智者既被先民推为人王，又被奉为天神，人王、天神在他们身上重合为一，是农业文明的必然文化模式……与其说是对后稷的歌颂、礼拜，不如说是农业民族对自己生活的颂赞和追求。”①

全诗共八章七十二句。第一章写后稷之母姜嫄奇异的感孕。后稷的母亲姜嫄有一天和同伴们一起去野外玩，忽然看到路上有一个巨大的脚印，她不由自主地把自己的脚踩在了大脚印上，于是感孕。这章实际上表明了该诗产生的时代与社会性质以及周族的始祖后稷的出生情况。关于该诗产生的时代与社会性质问题，詹子庆先生认为：“古老的姬姓周部族，始祖名弃。传说弃乃有邰氏（今陕西武功）姜嫄因践巨人足迹而生，它反映了弃以前还处于‘知其母而不知其父’的母系氏族社会，从弃开始进入父系社会。尧尊弃为农师，舜推弃为后稷（农官名），周族加入了尧舜的部族联盟。”② 这是学术界主流声音。但也有不同意见，“《诗·大雅·生民》……所反映的历史内容应是氏族外婚制度变异下的一种祈子求生之俗。以往有将此解释为母系氏族社会子女归母方抚养的史影，其实不然。黄河中游地区的先民，在龙山文化时期已普遍进入父权制社会，后稷时代即使上推到夏初，也离母系社会已远。姜嫄当已随男方氏族有其家室，其夫族很可能即上文提到的‘自夏以上祀之’的稷，生下的乃是‘周弃继之’的稷……故姜嫄出野祈子事象，并不足以决定其社会形态”③。综合上述两派意见相左的观点，曹书杰师认为：“姜嫄、后稷的传说反映当时的先周族其氏族内部正处于母系、父系社会交替时期，男人出任公职是人类学研究证明的。而这个氏族则处居于一个父系部族联盟的军事民主制向早期国家过渡的区域内，正是这种大的社会环境中，其氏族组织迅速完成了向父权制的过渡。”④ 关于后稷的出生情况，曹书杰师在他的专著《后稷传说与稷祀文化》中提出了全新的具有创构性的见解，“后稷不仅是一位周人情感记忆中的历史传说人物，他已经衍生为一种特殊的历史文化现象，对中华民族的农业文明、封建国家的政治生活、底层社会的民俗生活、文学艺术的审美心理，乃至中华民族性格的形成，都具有重大的影响。从这一意义上

① 曹书杰：《后稷传说与稷祀文化》，社会科学文献出版社 2006 年版，第 116、117 页。

② 詹子庆：《中国古代史》，高等教育出版社 1997 年版，第 52 页。

③ 李学勤主编：《中国古代文明与国家形成研究》，中国社会科学出版社 2007 年版，第 489—490 页。

④ 曹书杰：《后稷传说与稷祀文化》，社会科学文献出版社 2006 年版，第 106 页。

讲，后稷是历史人物还是神话人物已经没有多大意义，因为后稷已经成为农耕文明的象征，农业精神的象征，农业丰收的象征，农业经济的象征，后稷应该是周人情感记忆中比较遥远的曾为农业种植、部族生存有着伟大贡献的祖先（始祖），后人对他无限感激崇敬，世代相传，不断神化，成为具有无限感染力的祖先原型。到了《生民》时代，方经过一定的历史化后被文字记录下来，《生民》也成了后稷早期传说的最可靠的文献记录。"[①] 后稷既没有延期，也没有难产，而是平安降生，以至于惊动了上帝，这个小孩必会有不同寻常的经历。第三章写后稷被弃而不死的奇迹。由于后稷出生时胎衣不破，母亲姜嫄把他放到狭窄的小巷，想让走过的成群牛羊踩死他，可是，牛羊走过小巷时，却十分小心地避开他；母亲姜嫄把他丢弃在平地的树林里，恰逢有伐木的樵夫；母亲姜嫄把他放置在寒冰上，鸟用翅膀盖住。鸟飞走了，后稷呱呱啼哭，洪亮无比，响彻道路。李炳海先生认为："后稷出生后被放置在危险的地方，是对他命运和自然生命力的考验。后稷是幸运的，他的自然生命力是顽强旺盛的，通过对他哭声所做的描写，暗示这位新生儿所潜藏的生命活力。以哭声判断新生儿的健康状况和年寿的长短，是古代相儿术的重要方式，《生民》的相关描写，可以说是相儿术的肇端。"[②] 第四章写后稷自幼就表现出超凡的农艺才能。当后稷刚刚学会爬行时就能自求食物，稍稍长大就会种大豆、植禾苗、艺麻麦，任何作物，一经他手，就迅速生长。第五、六章写后稷对农业生产的伟大贡献。他种植农作物有自己的办法，播撒良种，去掉杂草，大获丰收，然后就在邰地定居。收割到来，把粮食运回家中以备祭祀。中国是一个农耕形态的国度，作为一个农业国，不仅仅是因为这块土壤适合农业，还因为周人是一个以农德自重的部族。徐中舒认为，约在仰韶文化时代的黄河流域产生过农业人群与游牧人群的分化，"一条是由低等农业发展到较高等的农业，这是姜姓民族的情况；另一条是由低等农业受到游牧民族的影响，发展了马、牛、羊的畜养游牧生产，这便是羌族的道路"[③]。相对于游牧民

① 曹书杰：《后稷传说与稷祀文化》，社会科学文献出版社 2006 年版，第 5、84—85 页。

② 李炳海：《〈诗经〉解读》，中国人民大学出版社 2008 年版，第 415 页。

③ 徐中舒：《先秦史论稿》，巴蜀出版社 1992 年版，第 5 页。

族，周族先人躬耕垅亩，不仅仅是政德的表现，也是周族早期社会分工不分明、阶级区分不森严的表现。周人重农的背后隐藏着深层意蕴，周人克殷之际，既看到了殷商农事的发达，又看到了殷商精神的堕落，先祖躬身劳作的行为便又有了更深层的道德色彩。农耕对周人而言，就不再是单纯的农业，它是政治，也是维系周族统治地位的不可或缺的手段。周人的重农，也就不仅仅是对业已熟悉的生存方式的沿袭，而且有着新的历史原因。第七、八章写祭祀的场面。首先准备丰盛的祭品，祭祀上天，祈求来年。

诗歌是人类精神的遗迹。在《生民》诗中，向我们传递了诸多信息。全诗作为“周人史诗”之首篇，不同于早期叙事诗，内容丰富，展示了周人先祖后稷从出生到恩泽于民的全过程，尤其是种植过程、谷物的品种，让后人看到周族艰辛创业的历史，为了生存，不畏艰险、努力发展农业生产的可贵精神。同时“结篇完整，意淳辞质”[①]。诗歌按照时间的顺序叙事，结构严谨，首尾呼应，篇幅宏大，完全符合史诗的要件。

二 《公刘》：迁至豳地

司马迁的《史记·周本纪》对公刘是这样记载的：“公刘虽在戎狄之间，复修后稷之业，务耕种，行地宜，自漆、沮度渭，取材用，行者有资，居者有畜积，民赖其庆。百姓怀之，多徙而保归焉。周道之兴自此始，故诗人歌乐思其德。”而《诗经》中的《公刘》这样叙述：

笃公刘，匪居匪康。乃埸乃疆，乃积乃仓；于橐于囊。思辑用光，弓矢斯张；干戈戚扬，爰方启行。

笃公刘，于胥斯原。既庶既繁，既顺乃宣，而无永叹。陟则在巘，复降在原。何以舟之？维玉及瑶，鞞琫容刀。

笃公刘，逝彼百泉。瞻彼溥原，乃陟南冈。乃觏于京，京师之野。于时处处，于时庐旅，于时言言，于时语语。

笃公刘，于京斯依。跄跄济济，俾筵俾几。既登乃依，乃造其

① 程俊英、蒋见元：《诗经注析》，中华书局1991年版，第800页。

曹，执豕于牢，酌之用匏。食之饮之，君之宗之。

笃公刘，既溥既长。既景乃冈，相其阴阳，观其流泉。其军三单，度其隰原。彻田为粮，度期夕阳。豳居允荒。

笃公刘，于豳斯馆。涉渭为乱，取厉取锻，止基乃理。爰众爰有，夹其皇涧。溯其过涧。止旅乃密，芮鞫之即。

《公刘》叙述周族祖先公刘率周族迁移，最终定居豳地的事迹。公刘是周族的英雄祖先，这首诗围绕迁豳这一重大事件，从多方面表现了公刘的业绩及其才能与品德。郭沫若说："周人的诗歌《公刘》描写了公刘带领族人迁居于豳的情景，当时周人满装着干粮，携带弓矢干戈，一路观察地形，选定了豳这个有丰富水源的沃野，开垦耕地，从事农牧。从此以后，周人的社会生产日益增长，社会分工日渐扩大，阶级分化过程便开始了。……周人迁到岐山定居下来之后，在古公亶父的率领下……开始从原始社会跨入阶级社会，逐渐强大起来。"[①] 孙作云则认为："原始社会是没有军队的（在原始社会，倘有战争，则全体氏族成员参加，无专门的军队），军队是阶级社会统治人民、防御敌人的工具。从这里可见：公刘之世已有国家，公刘本人是一位国王。"[②] 李亚农说："《公刘》篇首选叙述公刘在夏后氏政衰之后，被迫西迁。……生活安定之后，公刘便时时聚族燕乐，藉以加强氏族的团结。所谓'食之饮之，君之宗之'，应当就是这样的内容。为了保障部族的安乐生活，又成立了三军，于是不得不向各家族征收实物以为军粮。即诗中说的'其军三单，度其隰原，彻田为粮'的意思。根据《公刘》篇所描写的情况，我们同样可以看出周族还是处于氏族制时代，不过家族和私有制已经出现，为了公共的事务，得向各族征收实物来作公共事业的费用。无论根据《史记·匈奴列传》的资料，或根据《公刘》篇描写的情况，周族的生活在灭毁以前，都还是处于氏族制的阶段。"[③] 尽管各位学者对《公刘》产生的文化背景各有见解，但是笔者还是倾向于

① 郭沫若：《中国史稿》第一册，人民文学出版社 1976 年版，第 216 页。
② 孙作云：《诗经与周代社会研究》，中华书局 1979 年版，第 28 页。
③ 李亚农：《李亚农史论集》上册，上海人民出版社 1978 年版，第 18—19 页。

《公刘》产生于氏族、部落阶段向国家过渡的时期。第一章叙述周族为迁移所作的准备及开始迁移的情况，展示公刘的深谋远虑。在迁移之前，公刘率领周族先民精心经营农业，有了充足的储备，为迁移奠定了坚实的物质基础。在迁移过程中，带足口粮，并且全副武装，高度戒备，保证迁徙的安全。第二章叙述公刘寻找定居地点的情况，他巡视了整个豳地，或上或下，不辞辛劳。公刘又是威武的，他佩戴美玉和精心装饰的刀，是众人瞩目的对象。第三章讲述定居点确定在一座土山下，搭建起临时住房。“于时言言，于是语语”，传达出周族先民到达新定居点之后的喜悦。第四章展示的是野餐的画面。周族先民在新的定居地点聚集一堂，人员众多而井然有序。公刘吩咐伙伴从圈里取出猪宰杀，用葫芦瓢舀酒喝，充满了热闹喜庆的气氛。这个举措使公刘的凝聚力更加强大，众人把他看作自己可以依赖的族长和首领。第五章叙述周族先民在豳地的发展和建设规划。公刘率领族人在豳地定居之后，开始测量，根据地势驻扎了三支军队。开始垦荒，发展农业，最后决定在豳地高处建立永久定居的宫殿房舍。第六章叙述为修建宫殿房舍进行备料的举措，并且具体交代定居地点的方位。《公刘》作为“周人史诗”的第二篇，它继续了周人的历史，成为周开国历史上第二位伟大人物，周的勃兴也的确有赖于公刘迁豳后的开拓与发展，它和《生民》一起构成了周族的发祥史。

总之，诗篇通过一系列具体事件按时间顺序依次描述周的这次迁徙，把公刘的远见卓识、勤政务实、细致周到、平易近人等优秀品质和杰出才能充分展示出来，是周族先民衷心拥戴的首领。在此过程中，运用大量特殊的句式，表现动作的多样性和连续性，富有生活气息。①

三 《绵》：迁至岐山

公刘之后，周过了一段安静的生活，史料对他们并无记载，直到《绵》，才描述古公亶父因避难率领部族迁至岐山，营筑宫殿的史实。

绵绵瓜瓞。民之初生，自土沮漆。古公亶父，陶复陶穴，未有

① 李炳海：《〈诗经〉解读》，中国人民大学出版社2008年版，第420—421页。

家室。

古公亶父，来朝走马；率西水浒，至于岐下。爰及姜女，聿来胥宇。

周原朊朊，堇荼如饴。爰始爰谋，爰契我龟，曰止曰时，筑室于兹。

乃慰乃止，乃左乃右，乃疆乃理，乃宣乃亩。自西徂东，周爰执事。

乃召司空，乃召司徒，俾立室家。其绳则直，缩版以载，作庙翼翼。

捄之陾陾，度之薨薨，筑之登登，削屡冯冯。百堵皆兴，鼛鼓弗胜。

乃立皋门，皋门有伉。乃立应门，应门将将。乃立冢土，戎丑攸行。

肆不殄厥愠，亦不陨厥问。柞棫拔矣，行道兑矣。混夷駾矣，维其喙矣！

虞芮质厥成，文王蹶厥生。予曰有疏附，予曰有先后。予曰有奔奏，予曰有御侮！

《绵》叙述周族祖先古公亶父率领周人迁到岐山一带艰苦创业的事迹。周人以农业立国，农业文明成了安土重迁的民性。而古公亶父迫于当时形势，又不得不率族群离开原来的住地，另辟发展空间，这对他而言是个严峻的挑战和考验。诗中首先叙述古公亶父率周人迁徙到杜、沮、漆水流域的艰苦状况。没有房屋可栖息，只能住窑洞。在这种情况下，古公亶父当机立断，来到岐山脚下，“来朝走马”把他的果决、高效生动地展示出来。诗中记述的建筑过程，在建筑史上是非常有价值的。勘察选址、丈量土地、设计施工、拉绳吊线、填土夯实、削墙整平、建造宫殿与民居，从此周人彻底告别了穴居生活，重新过上安居生活，周人的那份喜悦感与初次建造宫室的新奇感交织在一起，诗篇中交代了古公亶父时期，周的国家性质和周的祭祀活动。恩格斯曾经说过，新的稳固的城市周围都围以高峻的墙壁，它们的广阔的壕沟成为氏族制度的坟墓，而它们的尖塔已经耸入文明了。按照恩格斯的理论，本诗中的周已经由氏族社会向国家过渡。

这首诗按时间顺序叙述古公亶父在岐山的创业经历。定居地点选定之后，首先是划分疆界、开荒种田，通过连续运用疆、理、宣、亩几个词语，把农耕活动依次呈现。建筑宫室共享，用三章加以叙述，写得生动传神，所用的词语准确而形象，把劳动程序、场面、气氛全方位地加以展现，从中可以感觉到周族先民对新生活的热爱，以及古公亶父的调度有方。捄、度、筑、削，所叙述的是不同阶段的劳动方式，陾陾、薨薨、登登、冯冯，是不同的动作方式所发出的各异的声响。上述词语都运用得恰当传神，使人如闻其声，如见其人，并且受到劳动气氛的感染。诗的作者对劳动流程及规则极其熟悉，讲述起来显得很内行。古公亶父是迫于戎狄的侵扰而率族众迁移，诗的后三章展示的是周族日益强大的景象。宫室建筑已成规模，为国人提供了安全的居住场所。在此基础上，边患解除，以拔除柞棫暗示除掉边患。通过与虞和芮的结盟，使得周族有可以依傍的屏障。疏附、先后、奔奏、御侮，四组词语看似平列，实则层层递进，把周族的日益强大之势叙述得非常到位。诗的第七章结尾两句是“乃立冢土，戎丑攸行”，堆起土台作祭坛，大众祈祷排成行。在这里，写了周人隆重的祭祀活动，这也是中国叙事诗史上第一次对祭祀的活动进行正面的细节描写。张光直说：“中国远古时代的祭仪，由考古资料及文献记录所示，最重要的可分两组：与生业（农、渔、猎）有关而以村落之福祉为念的祭祀，及以村落内个别的亲属集团的团结与福祉为念的祭仪；前者可统称为祭社，后者可统称为祭祖。……在农业社会开始村落生活初立的仰韶期新石器时代，……则祭祖的证据突然普遍出现。……到了龙山期及殷商时代，祭祖与祭社同有绝顶的重要性，而且在主祭的人物上，也许互相符合；但这也许是因为中国古代社会中主持祭祀人物的双重性格而来：他们一方面是村落或王国的政治首领，一方面也是亲属某团的代表。因此，祖祭与社祭在龙山期及殷商时代，也许有同一个主祭，在同一地点或邻近举行，但它们所代表的社会群及祈求福祉的对象既不同，且由更早的仰韶期的资料所示，可能有不同的来源。”① 从第七章可见，到古公亶父时期，祭社已

① 张光直：《中国考古学论文集》，生活·读书·新知三联书店1999年版，第134—135页。

经有了新的意义，社神已经与现实政治权力结合，神权与政权的结合，使周的先祖拥有了宗教意义上的合理性与合法性，周人完成了一个隐含着物质仪式的精神仪式。诗的最后，写到文王驱逐混夷，威震四方。本诗在叙事中已经开始讲求宏大的结构，涉及重大的事件，塑造鲜明的人物，另外，细节与场景描写都十分到位。

四　《皇矣》：创业史诗

《皇矣》是“周人史诗”中篇幅最长的，全诗八章九十六句，是一首周人的创业史诗。

> 皇矣上帝，临下有赫。监观四方，求民之莫。维此二国，其政不获。维彼四国，爰究爰度。上帝耆之，憎其式廓。乃眷西顾，此维与宅。
>
> 作之屏之，其菑其翳。修之平之，其灌其栵。启之辟之，其柽其椐。攘之剔之，其檿其柘。帝迁明德，串夷载路。天立厥配，受命既固。
>
> 帝省其山，柞棫斯拔，松柏斯兑。帝作邦作对，自大伯王季。维此王季，因心则友。则友其兄，则笃其庆，载锡之光。受禄无丧，奄有四方。
>
> 维此王季，帝度其心。貊其德音，其德克明。克明克类，克长克君。王此大邦，克顺克比。比于文王，其德靡悔。既受帝祉，施于孙子。
>
> 帝谓文王，无然畔援，无然歆羡，诞先登于岸。密人不恭，敢距大邦，侵阮徂共。王赫斯怒，爰整其旅，以按徂旅。以笃周祜，以对于天下。
>
> 依其在京，侵自阮疆。陟我高冈，无矢我陵。我陵我阿，无饮我泉，我泉我池。度其鲜原，居岐之阳，在渭之将。万邦之方，下民之王。
>
> 帝谓文王，予怀明德，不大声以色，不长夏以革。不识不知，顺帝之则。帝谓文王，询尔仇方，同尔弟兄。以尔钩援，与尔临冲，以伐崇墉。

临冲闲闲，崇墉言言。执讯连连，攸馘安安。是类是祃，是致是附，四方以无侮。临冲茀茀，崇墉仡仡。是伐是肆，是绝是忽。四方以无拂。

《皇矣》是一首周人的创业史诗。诗篇从太王受命、太伯王季让国，叙述到文王姬昌兴起及其伐密伐崇的胜利，歌颂了文王的丰功伟绩。我们知道，周初的政治文化建设奠定了整个封建社会的基石。殷商时代诸侯们对中央政权只是强迫下的服从，而完全没有道义上的责任和义务。周王开始以血缘为纽带、以亲情关系为基础的道德伦理来代替直接的政治控制。郭沫若说："这种敬德的思想在周初的文章中，就像一个母题的合奏曲一样，翻来覆去地重复着，这的确是周人特有的思想。"[①]"敬德"就是谨慎小心于自己的德行，"尚德"而不"尚武"也成为深入中国人灵魂深处，甚至熔铸到中国人血液里的一种精神品格。可以这样说，没有周王的贡献，就没有周代的文化，没有周代的文化，也就没有在中国古代两千余年间居主导地位，至今依然影响着中国人心灵的儒家文化。第一章交代周族崛起的原因。皇天感于夏商的暴虐，选定周族让它崛起。这实际上是中国"尚德"精神的重要体现，因为"尚德"，皇天选定品德高尚的周族治理天下，因为"尚德"，诗篇追述周人先祖之德而舍去战争的描写，这就是中国早期的叙事诗不同于西方之处，这也能够使我们明白为什么中国的叙事诗对富有情节冲突的战争较少涉猎。第二章写周族披荆斩棘、筚路蓝缕、艰苦创业的情景。此章运用大量的动词，造成强烈的动态效果。第三、四章歌颂太伯王季一代的伟大功业。太伯谦让、王季和善，国泰民安，传至文王。第五章至第八章歌颂了文王的丰功伟绩。招安小国、抗击敌国、伐密伐崇、建功立业。《皇矣》中在对文王的丰功伟绩进行歌颂的同时，一再强调"尚德"精神，这种精神对后世儒家基本文化性格乃至整个士人阶层的文化性格都产生巨大影响。徐复观说："周人革掉了殷人的命（政权），成为新的胜利者；但通过周初文献所看出来的，并不像一般的民族战胜

① 郭沫若：《先秦天道观之进展》，《郭沫若全集·历史编》第一册，人民文学出版社 1982 年版，第 335 页。

后的趾高气扬的气象，而是《易传》所说的‘忧患’意识。忧患意识，不同于作为原始宗教动机的恐怖、绝望。……‘忧患’与恐怖、绝望的最大不同之点，在于忧患心理的形成，乃是从当事者对吉凶成败的深思熟考而来的远见；在这种远见中，主要发现了凶吉成败与当事者行为的密切关系，及当事者在行为上所应负的责任。忧患正是由这种责任感来的要以己力突破困难而尚未突破时的心理状态。”① 这种忧患意识经过无数儒家文人的继承与发展，成为一种文化基因深深积淀于中华民族文化的血液之中，为历代文人阶层所恪守，至今依然发挥着重要的作用。《皇矣》在篇幅上跨度极大，篇幅较长，人物的刻画也不像上面几篇那样，以一个人物为主角，本诗却刻画了几个帝王的群英图，同时以时间的流淌为线索，首尾圆合，结构谨严。

五　《大明》：周的建立

《大明》叙述从王季时代到武王伐商这个阶段的先周历史，以歌颂周文王为主，兼及王季和武王。

明明在下，赫赫在上。天难忱斯，不易维王。天位殷适，使不挟四方。

挚仲氏任，自彼殷商，来嫁于周，曰嫔于京。乃及王季，维德之行。大任有身，生此文王。

维此文王，小心翼翼。昭事上帝，聿怀多福。厥德不回，以受方国。

天监在下，有命既集。文王初载，天作之合。在洽之阳，在渭之涘。文王嘉止，大邦有子。

大邦有子，伣天之妹。文定厥祥，亲迎于渭。造舟为梁，不显其光。

有命自天，命此文王。于周于京，缵女维莘。长子维行，笃生武王。保右命尔，燮伐大商。

殷商之旅，其会如林。矢于牧野，维予侯兴。上帝临女，无贰

① 徐复观：《中国人性论史》，华东师范大学出版社2005年版，第14页。

尔心。

牧野洋洋，檀车煌煌，驷骠彭彭。维师尚父，时维鹰扬。凉彼武王，肆伐大商，会朝清明。①

《大明》体现出周人敬天与崇德相结合的理念，通过一系列重大的历史事件加以表现。诗的首章出现的是明察人间是非善恶的上天，它由人间的是非善恶决定王朝的兴衰存亡。它为了惩罚殷商王朝后期君主的过失，决定让他灭亡。那么，让谁来接替殷商王朝作为天下共主呢？于是，周文王之父王季出现了："乃及王季，维德之行。"王季的美德懿行，为周族的兴盛创造了契机。接着是本诗主要歌颂的对象周文王，通过叙述周文王的功绩，集中反映了周人敬天崇德相统一的观念。"维此文王，小心翼翼，昭事上帝，聿怀多福"。文王是智慧的化身，他知道如何恭谨地服侍上帝，因此迅速得到了满意的回报，上帝把一系列的福祉赏赐给他。首选是"以受方国"，使各方诸侯听从他的统辖，成为西伯，即西方诸侯的首领。其次，上帝又为他指定了婚配的对象，先娶殷王帝乙之妹，续娶有莘氏之女。最后，上帝又把文王和大姒所生的武王指定为伐商的盟主，实际上是把天下交付给了周人。这首诗一开始就把上帝推到至尊的地位，直到牧野之战，武王又以上帝垂鉴激励士气，对于天帝的尊崇在诗中可谓一以贯之。与此同时，又相继歌颂了王季、文王的美德，是他们的美德赢得了上天的信任，最后把天下交给了周人，武王很大程度上是承受了王季、文王美德所获得的回报。蒋立甫说："我们从中仿佛看到了纣军指挥失灵，乱作一团；看到了武王誓师时的严肃与兴奋；看到了吕望指挥若定的神气；看到了周军勇猛冲锋陷阵；也看到了殷军全线崩溃。"②《大明》对于文王迎娶帝乙之妹一事作了比较铺张的叙述，具体交代了迎娶的地点和方式。文王对于帝乙之妹无比欣赏，把她视为天帝之妹。他在前往迎娶时在渭水造舟为梁，排场很大，极其隆重，

① 金启华等主编：《诗经》，安徽文艺出版社2003年版，第560—562页。

② 蒋立甫：《诗经选注》，北京出版社1986年版，第264页。

从中可以看出他对这门亲事的高度重视。而对于续娶大姒，则突出这位女性的结实健壮，体现的是对生命力和生殖力的崇拜。①

以上《诗经·大雅》中《生民》《公刘》《绵》《皇矣》《大明》这五篇“周人史诗”，尽管不像西方荷马史诗那样规模宏大、情节跌宕、人物鲜明，但先周英雄史诗较全面地记述了周族起源、迁徙、发展、壮大、鼎盛的历史，虽然它们与其他国家的史诗有别，却基本上具备了史诗的性质，可以说是中国化的史诗。

六　周人史诗的叙事模式

《诗经·大雅》中的《生民》《公刘》《绵》《皇矣》《大明》这一组古老的诗篇，用简朴的诗歌形式记载了我们祖先周人发祥和创业的历史，歌颂了周民族沿着黄河流域开垦土地，建立家园的光辉事迹。它们历来被称作我们伟大民族的古老“史诗”。它们记叙了从后稷发明农业开始，经过公刘、古公亶父的开拓创业，文王征伐的武功，直到武王灭商的全部过程，是周部族历史发展的形象再现。这组古诗在艺术上有较高的价值，并对后世产生了深远的影响。事实上，在中国叙事诗包括史诗、故事诗、英雄颂歌和诗剧等，不论篇章的长短都叫叙事诗（当然，史诗也是叙事诗的一种），中国不仅有叙事诗，而且具有特别鲜明的中国特色。

首先，内容创新、叙事宏大。在内容方面，周人史诗一改原始叙事诗在讲述故事时，不太重视故事逻辑性与连贯性、对故事忽略的特点，在延续传统叙事方式的基础上有所创新。五篇史诗各自成篇，又先后串联，构成了一个民族发祥、创业与兴盛的历史。原始歌谣都是比较短小的，而周人史诗可谓内容复杂，叙事宏大，非三言两语就能完成。他们客观与真实地反映和描写了现实生活乃至整个世界的广阔背景，而且可以说在这种叙事中几乎见不到抒情的影子，创业艰辛的劳苦，功业有成的欢欣，所有的情感都是那么隐晦而不直言。中国传统的“言志”的

① 李炳海：《〈诗经〉解读》，中国人民大学出版社2008年版，第398—400页。

理论，“文以载道”说造就了中国早期带有抒情性质的叙事诗的独有品格。而在周人史诗中准确地说，就是纯粹的叙事，几乎没有抒情的踪迹。

其次，传奇人物、群体英雄。周人史诗在人物塑造上，调动各种手段，运用细节、场景等来展示具体生动的人物，注重对鲜活灵动、栩栩如生人物的刻画，而且周人史诗中的主角都是英雄，而不是先秦歌谣中的普通先民。这弥补与回击了中国缺失史诗的观点。按照黑格尔的观点，史诗是一个民族的“传奇故事”“书”或“圣经”。我们不是一定要按照西方的观点去剪裁中国文学，但是就是按照他的观点，从周人史诗来看，中国也是不缺史诗的。史诗诗人作为叙事主体已经退到了后台，以一种潜在的作者身份实事求是地描述一个有内在理路的、按照本身的必然规律来实现的世界。周人史诗的主人公是周在历史形成过程中涌现出来的民族英雄人物，没有这些人物，就不会有历史上的周民族。“从诗的掌握和创作的角度来看，每一个部分和每一个细节都有独立的兴趣和生动性，所以诗总是喜欢在个别特殊事物上低徊往复，流连不舍，带着喜爱的心情去描写他们，把它们看成各自独立的整体。”① 周人史诗将富有特征的、生气勃勃的形象整体显现出来。

再次，情节连贯、结构完整。周人史诗在结构上也改变了前秦歌谣不求完整，有一定跳跃性，故事情节上线索单纯、情节不十分跌宕的特点，开始注重艺术形式，情节与结构力求完美，有“头、身、尾”连贯的整体结构，笔者在本书的导言部分论述过由于中西文化与价值取向差异，导致了叙述情节的迥异。中国叙事诗的叙述者往往更加关注现实，关注人生，叙事诗重视载道的功用，重视歌功颂德。它们都没有过多地注重艺术形式，不在意情节与结构的完美，缺乏“头、身、尾”连贯的结构，这无疑影响了对最富情节冲突的事件的叙述，但也形成了中国叙事诗情节的跳跃性与短小精悍的特质。而西方的叙事诗张扬人物个性，大胆恣意的幻想，浪漫主义的色彩使之更注重结构的巧妙与完整，情节的有机统一整体，更讲究宏大的叙事，这在西方成了永恒不变

---

① ［德］黑格尔：《美学》第3卷下册，商务印书馆1979年版，第31—32页。

的结构范式。而周人史诗则为我们提供了另一种首尾圆合的结构，两者相互弥补，相映成趣。

最后，语言简洁、质朴无华。周人史诗在语言的使用上，尽管依然简洁通俗，质朴无华，但每篇都由若干章节构成，每一章节都已经非常的齐整了。以四言为主，配以较少的杂言，清新流畅，回环往复，重叠复沓，讲求形式完美对仗，这无疑对语言有了更高的要求。而且开始修饰词句，运用一连串的动词和象声词来叙事。在《诗经·大雅》中的五篇“周人史诗”虽然没有什么跌宕的情节，但它还是完整地讲述了周族始祖从诞生到一统天下的过程。于是，有学者认为《诗经·大雅》中的《生民》《公刘》《绵》《皇矣》《大明》五篇作品，应当看作中国式的上古史诗。“上古时代的中国具有早熟的文明形态，它确乎未曾产生类似古希腊史诗那样规模宏大、情节曲折、人物众多、性格鲜明的史诗，但也确乎出现了《生民》等具备相当史诗因素的作品，它们以多个作品的——尽管是未必自觉的——组合方式，在客观上完成了对周族恢弘历史的铺叙，称之为具有中国特色的上古史诗，是丝毫不算过分的。这里，特别值得注意的是，作为周族史诗之首的《生民》，它所显示的结构完整、层次明确、脉络清晰、布局合理的特征，是与其‘史诗’的性质不可分的，也就是说，这一结构特征的形成，不是出于个别文人的天才或灵感，而是在漫长流传过程中集许多代人的群体智慧、适应着祭神仪式的特殊需要而逐渐创造出来的。因而，它在结构上不仅迥异于重章叠句的一般民歌，也与后来篇幅较长的贵族文人之作有着很大的不同。”① 这里透露了这样一个意思，即中国上古存在不同于重章叠句的一般民歌的史诗，但这种史诗应被看作中国式的上古史诗。五四之后，许多学者逐渐认可这种观点，当然也有学者提出把五篇合在一起，就是完美的史诗的观点。实际上，抛去“周人史诗”是否为中国式的这一特定限制，笔者倒是觉得，“周人史诗”就是中华民族早期的史诗，它反映了周人也即我们的先祖出生、成长、兴盛的历史，这是不容置疑的。比对西方史诗的定义，史诗是指“古代叙事诗中的长篇作品。反映具有重大意义的历史事件或以古代传说为内容，塑造著名英雄

① 郭杰：《古代思想与诗的世界》，中国社会科学出版社 2008 年版，第 91 页。

的形象，结构宏大，充满着幻想和神话色彩”①。我们看“周人史诗”，在诗中刻画了后稷、公刘、古公亶父、太王、太伯王季、文王这样一批熠熠生辉的著名英雄人物，他们出生奇异、肩负重任、智慧超群、勇于牺牲，他们的经历无不充满着幻想和神话色彩，像《生民》中后稷初生被弃、大难不死，他不论是被弃于隘巷之内、平林之中、寒冰之上，都有颇具灵性的牛、羊、鸟等动物的保护，使之不至于冻死饿死，而顽强地生存下来。这样的描述本身就有相当浓重的神话色彩，这样的描述在史诗中比比皆是，这里不一一列举。描写了他们从发祥、创业、立国、拓疆、翦商的全部过程，这些都是有重大意义的历史事件。在结构上也较为宏大完整，“大史诗并不是故事的简单堆积。它是在一篇史诗的基础上加工的，而且它所经过的修订也是为了某种目的要求它更加完整和丰富的。因此，整个说来，它的结构是完整的，故事情节是有骨干而且有血有肉的”②。的确，虽然“周人史诗”没有什么曲折跌宕的情节变化，但丝毫不影响它按照时间与时间发展的顺序完整地叙事，西方要求史诗具有的所有要件，它都完全符合，毋庸置疑，中国早期存在史诗。至于有学者以单篇篇幅不是长篇为由，提出质疑说，也未见得能站住脚，篇幅的长与短都是相对的，没有绝对的短长。况且，从人物、事件、结构等诸多方面而言，“周人史诗”中的任何一篇都是中国早期叙事诗中的杰作，都是中国存在史诗的最好证明。自从20世纪史诗问题被提及以来，历经一个世纪的风雨，我们今天还不能绕开这个问题，很重要的原因就是在西方话语不断冲击的当下，我们对西方话语缺乏足够的认识与反省，以西方话语为治学的准绳，言必称希腊，恰恰缺失了我们民族最可宝贵的治学原则，一方面，我们要还西方话语以本来面目，它是在西方疆域中生长的学术范式，不可强加于中国；另一方面，借鉴西方理论，创构中国自己的民族叙事学理论，研究中国独有的叙事形态与范式，也是当下中国学人刻不容缓的任务与责任，这也就是今天我们必须研究中国史诗问题的关键所在。

① 《辞海（文学分册）》，上海辞书出版社1981年版，第15页。

② 金克木：《梵语文学史》，人民文学出版社1964年版，第87页。

第三节 《诗经》叙事短篇研究

《诗经》中除了《大雅》的史官唱事之外，还存在大量民间唱事的叙事诗。李泽厚先生谈到《诗经》时说："它们不同于其他民族的古代长篇叙事史诗，而是一开始就以这种虽短小却深沉的实践理性的抒情艺术感染着、激励着人们。它们从具体艺术作品上体现了中国美学的民族特色。"① 《诗经》不仅抒情诗短小深沉，叙事诗也短小精练。在《诗经》中，除了《大雅》中的"周人史诗"外，《国风》还存在大量的短小精练的叙事诗。

一 繁多复杂的题材类型

《诗经》是一幅巨型的画卷，它记录了周初到春秋中叶的各个方面的社会现实。诗作内容丰富，包括农事活动、征战岁月、爱情婚姻、政治讽喻、神话传说、民族史诗、王室事迹、祭祀活动，等等。下面简单就两种题材加以剖析。

第一类，爱情婚姻。恩格斯说："人与人之间的、特别是两性之间的感情关系，是自从有人类以来就存在的"，② 爱情婚姻是人类亘古不变的母题，《诗经》中的爱情婚姻诗作，内容丰富，数量众多，既有男女相恋相爱相慕相思的情歌，也有反映婚姻家庭生活的诗作，还有对后世产生重大影响的弃妇诗。下面通过对《诗经·国风》中《静女》《女曰鸡鸣》《鸡鸣》这样的三章成篇之作和《溱洧》《葛屦》这样两章成篇之作以及《氓》的分析，了解一下《诗经》中的短小精练的叙事诗。

《氓》：

氓之蚩蚩，抱布贸丝，匪来贸丝，来即我谋。送子涉淇，至于

---

① 李泽厚：《美学三书》，安徽文艺出版社1999年版，第61—62页。

② ［德］恩格斯：《路德维希·费尔巴哈和德国古典哲学的终结》，《马克思恩格斯全集》第4卷，人民出版社1972年版，第227页。

顿丘。匪我愆期，子无良媒。将子无怒，秋以为期。

乘彼垝垣，以望复关。不见复关，泣涕涟涟。既见复关，载笑载言。尔卜尔筮，体无咎言。以尔车来，以我贿迁。

桑之未落，其叶沃若。于嗟鸠兮，无食桑葚。于嗟女兮，无与士耽。士之耽兮，犹可说也；女之耽兮，不可说也。

桑之落矣，其黄而陨。自我徂尔，三岁食贫。淇水汤汤，渐车帷裳。女也不爽，士贰其行；士也罔极，二三其德。

三岁为妇，靡室劳矣，夙兴夜寐，靡有朝矣。言既遂矣，至于暴矣。兄弟不知，咥其笑矣。静言思之，躬自悼矣。

及尔偕老，老使我怨。淇则有岸，隰则有泮。总角之宴，言笑晏晏。信誓旦旦，不思其反，反是不思，亦已焉哉。

《国风·氓》是《诗经》中最为独特的一篇，较之西方的重视个体，先秦叙事诗非常重视群体，所以在西方叙事诗中主人公的名字相当完备，而先秦叙事诗中主人公少有名字，像《氓》这样直接出现主人公名字的篇章较少。《氓》是《诗经》叙事诗中的长篇，全诗以女主人公的口吻叙述她与男主人公氓从订婚、结婚到被抛弃的全过程，也创立了一种相遇、定情、失和与别离这一类型的爱情主题。全诗六章成篇，第一章写两人初恋订婚时的情景，用“蚩蚩”这样的语汇来形容男主人公的情态，塑造人物可谓活灵活现、惟妙惟肖，春秋时节是中国人认为的婚配的最好季节，春女感阳气思男，秋男感阴气思女。本章中的女主人公和氓正是春天相会，秋天婚配。这章的史料价值非常明显，让我们在叙事中感知了一段逝去的历史。第二章写结婚的经过，对女主人公的心理描写出神入化，为后世叙事诗的人物描写提供了范例。第三章写女主人公总结自己当年耽于情网，深感后悔。在结构上承上启下，标示中国叙事诗已经开始注意情节的跌宕问题。在叙事中也大量融入抒情，在叙事中议论，可谓中国叙事诗的又一特色。第四章写女主人公被抛弃后的幽怨之情。这一章中融入了场景的描写，用环境渲染气氛。第五章倾诉婚后的痛苦生活。第六章女主人公表达了自己决绝的态度。作为《诗经》中最优秀的叙事诗代表，《氓》运用倒叙的手法，在对比和回忆中展开情节，情节完整自然，并且着力塑造了两个鲜明的形象，女主人公痴情、勤劳、善良，男主人公虚伪、自私、卑鄙。《氓》的出现不仅为后世的弃妇与婚姻题材提供了内容、题材方面的借鉴，在形式结构、艺术手法上也堪称典范，在结构上，《氓》篇幅较长，采取多章成篇的艺术方式叙事诗歌，这类叙事诗标志着中国叙事诗的渐次成熟。

《氓》在中国叙事诗歌史上还有一个最重要的意义，它开创了一种题材，即“弃妇”母题，成为一种影响后世的原型。原型理论的鼻祖是英国人类学家爱德华·泰勒。他认为，原始人思维的方式与现代人有很大的不同，对原始人来说，周围的世界异常陌生和神秘，令人敬畏。原始人思维的最主要特点是万物有灵。山川草木、鸟兽虫鱼，在原始人看来都是有灵的，并且都可以与人交感。之后，英国著名人类学家弗雷泽的具有划时代意义的人类学巨著《金枝》，成为原型理论的奠基之作。瑞士学者荣格提出了著名的“集体无意识”理论，他认为原型对于所有民族、所有时代和所有人都是相通的，它们是人类早期社会生活的遗迹，是重复了亿万次的那些典型经验的积淀和浓缩。他说：“原型是领悟的典型模式，每当我们面对普遍一致和反复发生的领悟模式，我们就是在与原型打交道。”[①]“人生中有多少典型情境就有多少原型，这些经验由于不断重复而被深深地镂刻在我们的心理结构之中”，[②]“伟大的诗篇从人类生活汲取力量，假如我们认为它来源于个人因素，我们就是完全不懂它的意义。每当集体无意识变成一种活生生的经验，并且影响到一个时代的自觉意识观念，这一事件就是一种创造性行为，它对于每个生活在那个时代的人，就都具有重大意义。一部艺术作品被生产出来后，也就包含着那种可以说是世代相传的信息”[③]。弗莱的《批评的剖析》的问世，标志着“原型批评”的理论与研究在文学批评领域的崛起，使原型批评的理论得到系统化的阐释。他认为原型就是文学作品中“典型的即反复出现的意象”。《氓》中的女主人公就开创了“弃妇”这一原型母题。这一原型的出现与父系社会取代母系社会、男权

---

① ［瑞士］荣格：《荣格文集》，生活·读书·新知三联书店1987年版，第5页。

② ［美］霍尔等：《荣格心理学入门》，冯川译，生活·读书·新知三联书店1987年版，第44页。

③ ［瑞士］荣格：《心理学与文学》，冯川等译，生活·读书·新知三联书店1987年版，第138页。

专制有关。“在历史上出现过的最初的阶级对立，是同个体婚制下的夫妻间的对抗的发展同时发生的，而最初的阶级压迫是同男性对女性的奴役同时发生的。”[①] 当男权与封建社会相结合后，原始诗意般的生活方式悄然退场，女性在原始歌谣时代的爱情婚姻的自由与理想荡然无存。女性完全处于附庸地位，一旦被抛弃，爱情悲剧就出现了，“爱情的悲剧是情感冲突和社会冲突的一种特殊形式，是一个人的高尚追求同反对这种高尚追求的外部力量、某种重大的客观障碍之间的深刻特殊冲突的一种特殊形式”[②]。悲剧的结果必然出现“弃妇”，并产生“弃妇”母题。《诗经》时代的弃妇诗大多表现出“怨而不怒”的风格，女主人公被弃后，对丈夫充满怨恨，但是这些怨妇却无力反抗。《氓》开创了这种题材，并影响着后世文学。在汉乐府《上山采蘼芜》等诗篇中我们又看到了善良的弃妇，此后，唐传奇《莺莺传》《霍小玉传》中的弃妇已经开始了反抗，宋代的《张协状元》《赵贞女蔡二郎》等篇中的弃妇或重归于好或成功复仇。明代的话本、拟话本中更是大量出现弃妇形象，《杜十娘怒沉百宝箱》《金玉奴棒打薄情郎》等，这时的弃妇被弃原因则是个人以情感为内核的爱情与社会以门第观念金钱地位为内核的社会道德价值的冲突。当然，也有个体情感价值本身的变异。明清之后，这一母题依然延续着。在这一原型母题中，女性一直处于被动地位，由于中国文化中一直以来对弱者同情的心态，所以弃妇一致被描写得兼具外在的美与心灵的美，她们由怨到怒到复仇，一条中国女性的成长之路历历在目，而这一切都源起于《诗经》的《氓》，它的开创意义不言而喻。

《诗经》的爱情诗篇中，还有《静女》《女曰鸡鸣》《鸡鸣》这样的三章成篇之作和《溱洧》《葛屦》这样两章成篇之作。

《女曰鸡鸣》：

女曰：“鸡鸣。”士曰：“昧旦。”“子兴视夜，明星有烂。”

① ［德］马克思、恩格斯：《马克思恩格斯选集》第四卷，人民出版社1977年版，第61页。

② ［保加利亚］瓦西列夫：《情爱论》，三联书店1986年版，第376页。

"将翱将翔，弋凫与雁。"

"弋言加之，与子宜之。宜言饮酒，与子偕老。琴瑟在御，莫不静好。"

"知子之来之，杂佩以赠之。知子之顺之，杂佩以问之。知子之好之，杂佩以报之。"

本篇选自《诗经·郑风》，描写了夫妻的一个有趣的片段。余冠英先生评析说："这篇是夫妇的对话。第一章妻说：'鸡叫了'。夫说：'天将亮未亮'。妻说：'你起来看看天吧，启明星那么亮。'夫说：'那我要去射凫雁了。'第二章妻说：射的凫我为你制肴下酒。愿我们和乐偕老。第三章夫答：'我知道你是和我同心，衷心爱我的，我将这杂佩送给你，表示我的报答。'"[①] 恩格斯曾说：当事人双方的互相爱慕应当高于其他一切而成为婚姻基础。这首叙事诗选择的生活片段完全没有后世所宣讲的男尊女卑的迂腐之气，夫妻双方自由平等，琴瑟和谐，这是人类最原始最本真的生存理想，拥有最永恒的价值，是人类亘古不变的亲情、友情、爱情母题的源头。本诗从内容而言，是上古时代情歌对唱的延续，而且全诗采用对话的艺术方式，因为对唱是需要回答的，一方期待、一方准备，这就使作品流畅自然，格调清新，语言生动。在结构上，采用三章成篇的方式，灵动跳跃，并没有交代事情的结局，但一切尽在不言中。短短三章，展示了妻子对丈夫的劝勉和鼓励，呈献给读者的是生活的真实样貌，富有醇厚而深远的意味。

《鸡鸣》：

"鸡既鸣矣，朝既盈矣。""匪鸡则鸣，苍蝇之声。"
"东方明矣，朝既昌矣。""匪东方则明，月出之光。"
"虫飞薨薨，甘与子同梦。""会且归矣，无庶予子憎。"

本篇选自《诗经·齐风》。它以对话体记叙了贵族夫妇的一个生活片断。叙述一位贵族男子耽于安逸，妻子不停催促丈夫起床去早朝，丈

① 余冠英：《诗经选》，人民文学出版社 1979 年版，第 84 页。

夫仍然不肯的故事。余冠英先生说：“这诗全篇是一夫一妇的对话。丈夫留恋床第，妻怕他误了早朝，催他起身。”[①] 诗歌依然采用对话体，但已经省去了对话双方的提示语。直接继承古老的情歌对唱方式，表现了中国诗歌的历史承继性。

《静女》：

> 静女其姝，俟我于城隅。爱而不见，搔首踟蹰。
> 静女其娈，贻我彤管。彤管有炜，说怿女美。
> 自牧归荑，洵美且异。匪女之为美，美人之贻。

本篇选自《诗经·邶风》，记叙了一对青年男女的约会情景。本诗三章成篇，第一章写男主人公和恋人相约见面，但女主人公却故意躲起来，使男主人公抓耳挠腮、心慌意乱。第二章写女主人公出现了，并赠给男主人公以定情信物。第三章写这对恋人从城角走到郊野，双方心心相印。本诗的独到之处在于，诗人以男主人公的口吻和视角去串联故事，使故事一气呵成，不枝不蔓。在叙述中，对人物形象有特殊的处理，《诗经》大部分作品都不在意人物的塑造，而本篇却独树一帜，在较短的篇制内，刻画了血肉丰满的人物，甚至写出人物的心理和感情，比如男主人公约会时等待心上人时的焦灼的心理状态，女主人公的聪颖活泼，这种描写可谓新颖，这种构思可谓灵巧。这是中国叙事诗逐步成熟的一个昭示，也是后世叙事诗不断承继与发扬之处。同时，“这些古老的歌谣令人深以为奇的是，里边看不到任何个人的感情。……诗歌中的恋人仿佛都相似，他们同样都表达了自己的感情。没有个人特点的描绘；一个代词，‘君子’一词，一些固定的词组，如：美人，淑女，所想念的那个静女，淑姬，就足以代表所爱的人，几乎没有例外。如果对第二人称谈话，第二人称单数几乎都可理解为复数；而往往运用最不确定的词组，姑娘，小伙子，无疑也是集体名词的说法。”[②] 这再一次印

① 余冠英：《诗经选》，人民文学出版社1979年版，第99页。

② ［法］马塞尔·葛兰言：《〈诗经〉中的爱情诗篇》，钱林森译，见钱林森编《法国汉学家论中国文学》，外语教学与研究出版社2007年版，第60—61页。

证了中国早期诗歌集体创作的特点。

《溱洧》：

溱与洧，方涣涣兮。士与女，方秉蕑兮。女曰："观乎？"士曰："既且。"

"且往观乎。洧之外，洵吁且乐。"维士与女，伊其相谑，赠之以勺药。

溱与洧，浏其清矣。士与女，殷其盈矣。女曰："观乎？"士曰："既且。"

"且往观乎！""洧之外，洵吁且乐。"维士与女，伊其将谑，赠之以勺药。

本篇选自《诗经·郑风》，记叙了春日溱洧河岸的一次男女聚会的盛况，是一首郑地风俗诗。"郑国之俗，三月上巳之日于两水上，招魂续魄，拂除不祥，故诗人愿与所说（悦）者俱往观之。"（《尚书》）诗歌采取两章成篇的形式，不像上面《鸡鸣》《女曰鸡鸣》这样的诗作——全诗皆为对答之体，而是采取局部对话的方式伴以客观叙述。在诗里，诗人对故事发生的时间（春天）、地点（溱水与洧水）、景物（溱水与洧水美丽的风光）、对话（男女主人公的交谈）、动作都进行了精心设计，应该说，本诗较之《诗经》中的其他民间唱事之作，在情节安排上有许多独到与开创之功。诗中讲述故事的时候，从立意、构思、讲故事的方式都是一次进步。它摆脱了早期两章成篇的简单写法，把故事交代得清楚明白，情节完整自然，人物真切灵动，是叙事诗史上的一次突破。

第二类，农事劳动。《诗经》时代，农事活动在这个以农业为主的国度里，是异常重要的。农事诗中既有对劳动与丰收场面的描写，也有下层人民对压迫的不满与反抗。它们对研究周代的社会、经济、文化等方面都有史料价值。

《七月》：

七月流火，九月授衣。一之日觱发，二之日栗烈。无衣无褐，何以卒岁？三之日于耜，四之日举趾。同我妇子，馌彼南亩。田畯至喜。

七月流火，九月授衣。春日载阳，有鸣仓庚。女执懿筐，遵彼微行，爰求柔桑。春日迟迟，采蘩祁祁。女心伤悲，殆及公子同归。

七月流火，八月萑苇。蚕月条桑，取彼斧斨。以伐远扬，猗彼女桑。七月鸣鵙，八月载绩。载玄载黄，我朱孔阳，为公子裳。

四月秀葽，五月鸣蜩。八月其获，十月陨萚。一之日于貉，取彼狐狸，为公子裘。二之日其同，载缵武功。言私其豵，献豜于公。

五月斯螽动股，六月莎鸡振羽。七月在野，八月在宇，九月在户，十月蟋蟀入我床下。穹窒熏鼠，塞向墐户。嗟我妇子，曰为改岁，入此室处。

六月食郁及薁，七月亨葵及菽。八月剥枣，十月获稻。为此春酒，以介眉寿。七月食瓜，八月断壶，九月叔苴，采荼薪樗。食我农夫。

九月筑场圃，十月纳禾稼。黍稷重穋，禾麻菽麦。嗟我农夫，我稼既同，上入执宫功。昼尔于茅，宵尔索绹，亟其乘屋，其始播百谷。

二之日凿冰冲冲，三之日纳于凌阴。四之日其蚤，献羔祭韭。九月肃霜，十月涤场。朋酒斯飨，曰杀羔羊，跻彼公堂。称彼兕觥，万寿无疆！

《国风·七月》也是典型的叙事诗，全诗按照时间顺序，讲述农奴所见到的一年四季的物候及他们的生产、生活情况。说明此时的诗歌已经从独语、对话发展到完整叙事。

全诗八章成篇。第一章写播种，第二章写采桑，第三章写养蚕织布，第四章写狩猎，第五章写修缮房屋，第六章写采集食物，第七章写服劳役，第八章写祭祀宴饮，展示了当时的礼仪和风俗。本诗最可贵之处在于对当时生活的全景式展示，是农家的百科全书。清人姚际恒在《诗经通论》中评价说："鸟语、虫鸣、草实、木实，似《月令》。妇子入室，茅绹升屋，似风俗书。流火寒风，似《五行志》。养老慈幼，跻堂称觥，似庠序礼。田官、染织、狩猎、藏冰、祭献执功，似国家典制书。其中又有采桑图，田家乐园，食谱、谷谱、酒经，一诗之中无不俱备，洵天下之至文也。”① 叙事文学应该展示全景式的生活，这是叙事文学必须承担的职责。恩格斯在谈到巴尔扎克时也说：“他在《人间喜剧》里给我们提供了一部法国‘社会’，特别是巴黎上流社会的卓越的现实主义历史，他用编年史的方式几乎逐年地把上升的资产阶级在1816—1848年这一时期对贵族社会日甚一日的冲击描写出来……他汇编了一部完整的法国社会的历史，我从这里，甚至在经济细节方面（诸如革命以后动产和不动产的重新分配）所学到的东西，也要比从当时所有职业的史学家、经济学家和统计学家那里学到的全部东西还要多。”② 护花主人评《红楼梦》时说：“一部书中，翰墨则诗词歌赋，制艺尺牍，爰书戏曲，以及对联匾额，酒令灯谜，说书笑话，无所不精。技艺则琴棋书画，医卜星相，及匠作构造，栽种花果，蓄养禽鸟，针黹烹调，巨细无遗。人物则方正阴邪，贞淫顽善，节烈豪侠，刚强懦弱，及前代女将，外洋诗人，仙佛鬼怪，尼僧女道，倡妓优伶，黠奴豪仆，盗贼邪魔，醉汉无赖，色色皆有。事迹则繁华筵宴，奢纵宣淫，操守贪廉，宫闱仪制，庆吊盛衰，判狱靖寇；以及讽经设坛，贸易钻营，事事皆全。甚至寿终夭折，暴亡病故，丹戕药误，及自刎被杀，投河跳井，悬梁受逼，并吞金服毒，撞阶脱精等事，亦件件俱有，可谓包罗万象，囊括无遗。”③ 叙事文学就应该讲述生活中发生的种种故事，包罗万千世界。《国风·七月》在中国叙事诗史上，首次选择全景式的生活进行描述，对后世文学的影响不言自明。

《诗经》中还有一些含有叙事成分的诗歌，但是由于它们的抒情因素太浓厚，我们不把它们归入研究之列，这里不再赘述。

《诗经》作为古代优秀的文化遗产，对中国文化的影响是深远而又悠长的。闻一多先生说：“《三百篇》的时代，确乎是一个伟大的时代，

① 姚际恒：《诗经通论》，中华书局1958年版。

② ［德］恩格斯：《致玛·哈克奈斯》，见《马克思恩格斯文集》第十卷，人民出版社2009年版，第570页。

③ 曾祖荫、黄清泉等：《中国小说历代序跋选注》，长江出版社1982年版，第229页。

我们的文化大体上是从这一刚开端的时期就定型了。文化定型了，文学定型了，从此以后二千年间，诗——抒情诗，始终是我国文学的正统的类型，甚至除散文外，它是唯一的类型。赋、词、曲是诗的支流，一部分散文，如赠序，碑志等，是诗的副产品，而小说和戏剧又往往以各自不同的方式夹杂些诗。诗，不但支配了整个文学领域，还影响了造型艺术，它同化了绘画，又装饰了建筑（如楹联、春帖等）和许多工艺美术品。”① 实际上，《诗经》尽管有许多抒情诗，但多与事迹、政事、职事、生活有着紧密的联系，都以一定的事件作为背景，不仅抒情诗篇，《诗经》中的叙事诗篇无论是史官唱事的长篇的周人史诗，还是短小精练的民间吟唱，也都对后世文学产生影响。《诗经》中的叙事诗，开中国诗歌“叙事”之先河。以叙史为主的庄严沉着的类型和叙述下层贫民生活的民间唱事类型，各领风骚，各有所长，形成了中国叙事诗的优良传统，推动中国叙事诗向前发展。《诗经》“男女有所怨恨，相从而歌。饥者歌其食，劳者歌其事”（《春秋公羊传解诂》）的现实主义精神，包罗万千世界的内容，鲜活灵动、栩栩如生的人物，生动形象、质朴洗练的语言，跳跃的结构等，无不对汉乐府以及后代的叙事诗产生深远影响，它的意义无以言说。

二 《诗经》短篇的叙事模式

爱德华·比奥先生针对《诗经》写道：“这部作品是东亚传给我们的最出色的风俗画之一，同时也是一部真实性最无可争辩的文献。《诗经》并非像人们可能以为的那样是一首有关某一历史题材的诗，而是一部诗集。它不是很有条理地汇聚了公元前7世纪之前的歌谣。这些歌谣传诵在中国的乡村城镇，犹如欧洲最早期诗人的诗歌流传在古希腊一样。这些古诗文体简朴，主题多种多样，总是不断变化。实际上这是中国最早期的民歌。这句话足以说明，为什么人们特别重视阅读《诗经》，为什么人们把这种阅读看作是研究古代中国风俗习惯的必要途径。这部诗集以古朴的风格向我们展示了上古时期的风俗民情。东方大多数史诗中使用的宏伟壮丽场面的修饰和夸张在《诗经》中是丝毫也

① 闻一多：《神话与诗·文学的历史动向》，上海世纪出版集团2006年版，第165页。

找不到的。”[1]《诗经》短篇的叙事模式表现为如下特点：

首先，在内容上，民间唱事多选择与歌颂英雄传奇的史诗完全不同的内容，描述人们（多为下层百姓）的日常生活，他们的爱情与婚姻、他们的生产与劳作，他们去服兵役、投身战争、从事祭祀。生活中凡此种种，无不入诗。先秦时代是中国诗歌史上口耳相传、群体歌诵的时代，是百家争鸣、思想解放的时代。与后来占统治地位的孔子的“温柔敦厚”不同，像婚姻自由等这样的思想在当时还没有完全占主流地位。但是，恩格斯在《路德维希·费尔巴哈和德国古典哲学的终结》中说：“人与人之间的，特别是两性之间的感情关系，是自从有人类以来就存在的。”[2]朱熹在《诗集传》中也指出：“凡《诗》之所谓《风》者，多出于里巷歌谣之作，所谓男女相与咏歌，各言其情也。”[3]大量的爱情婚姻题材还存在于《诗经》的《国风》中。此时，人们对诗歌中所传递的内容的重视远远超过对诗歌形式的重视，诗歌就是为了讲述一个故事，而不着力塑造人物。故而，《诗经》中的民间唱事都缺少对人物精雕细刻的描述，就是告诉我们先祖们的生活故事。

其次，在形式上，多选择对话体作为主要的表现方式。原始歌谣就经常采用选择韵味隽永的对话体作为主要的艺术表现方式，这是因为原始歌谣诞生于人类早期的生产劳动中。《淮南子·道应训》：“今夫举大木者，前呼邪许，后亦应之，此举重劝力之歌也。”[4]这既说明原始歌谣的起源，也说明原始歌谣应该是原始先民集体劳作时彼此交流的对话，而不是先民作为思想者沉思默想的独思。《尚书·皋陶谟》也曾说过这样的意思：“帝庸作歌曰：‘敕天之命，惟时惟几。’乃歌曰：‘股肱喜哉，元首起哉，’……皋陶拜手稽首扬言曰：‘念哉！率作兴事，慎乃宪，钦哉！屡省乃成，钦哉！’乃赓载歌曰：‘元首明哉，股肱良哉，庶事康哉！’又歌曰：‘元首丛脞哉，股肱惰哉，万事堕哉！’”皋陶和虞舜既相互对话，又彼此对歌，这是中国古代典籍中有关对歌的最

---

① ［法］爱德华·比奥：《根据〈诗经〉探讨古代中国的风俗民情》，《亚洲学报》1843年11月。

② 《马克思恩格斯选集》第4卷，人民出版社2012年版，第240页。

③ （宋）朱熹：《诗集传》，中华书局2011年版，第10页。

④ 王瑶：《中国诗歌发展讲话》，江苏文艺出版社2008年版，第1页。

早记录，它反映了远古时代的歌咏方式，即一方歌咏后，对方要加以回应，采用的是对唱的方式。备受马克思推崇的德国哲学家费尔巴哈曾说："问与答，是最初的思维活动。在原始时，要思维，就必得有两个人。……在一切古老的和感性的民族那里，思维和说话是一回事；他们只有在说话时才思维，他们的思维，仅仅是交谈罢了。"① 对答之体最初多用于男女情爱的歌唱中，后来有所发展，通过对话或相互问答的对唱来抒发情感、表达思想。"村寨里，山林里，男女一对或成群的相对了，热情激发了他们的想象或灵感，他们带点比赛性质似的运用他们的才智，汲取悠久的民族的记忆，唱个不休，达到互相求爱的目的。"② 关于民间歌谣的内容和形式，近代学者做过大量的研究工作，朱自清先生在《中国歌谣》一书中就收录了丰富的史料，并进行了精当的分析。③ 如果说，诗歌——其初始形态当然就是原始时代的歌谣——是最早出现的文学样式，那么对答之体显然是诗歌艺术中最古老的表现方式之一，正如金克木先生所言："从文学形式的发展来看，对话体是很早就被应用于文学方面的。"④

最后，在结构上，篇幅较长，多采取多章成篇的艺术方式叙事。虽然相对于后世的叙事诗它的篇制不算很长，但相对于原始歌谣，它还是篇幅较长的。每篇作品多达六到八章。诸如《氓》《六月》《出车》《楚茨》《常武》《江汉》等六章成篇之作，《七月》《崧高》等八章成篇之作。社会结构的变化，社会生活的复杂，叙事的要求都决定了叙事诗的多章结构。人们要想把故事讲清楚，讲明白，就绝非三言两语即可，于是，较之原始歌谣，章节的增加就不奇怪了。多章的文本形态与结构范式，与原始歌谣相比，无疑内容更为丰富、叙事更加完整，也说明《诗经》时代人们的生活远比原始先民的生活丰富充实、充满情趣。

---

① ［德］费尔巴哈：《基督教的本质》，荣震华译，商务印书馆 1984 年版，第 126 页。

② 袁家骅：《阿细民歌及其语言》，科学出版社 1995 年版，第 5 页。

③ 朱自清：《中国歌谣》，金城出版社 2005 年版，第 297 页。浦江清在跋语中评价说，该书"材料通乎古今，也吸收了外国学者的理论，别人没有这样做过，可惜没有写成，但就这六章，已足见他知道的广博，用心的细密了"。

④ 金克木：《论梨俱吠陀的阎摩和阎蜜的对话诗》，《比较文化论集》，生活·读书·新知三联书店 1984 年版，第 108 页。

《诗经·国风》的叙事诗多为此种叙事模式。在《诗经》中有的叙事诗也采用和抒情诗一致的三章成篇或两章成篇的结构模式，在叙事诗中，重章叠句、结构短小成为了《诗经》的典型范式。诸如《静女》《女曰鸡鸣》《鸡鸣》《黄鸟》这样的三章成篇之作和《溱洧》《葛屦》这样的两章成篇之作。《诗经·国风》多数作品采用三章成篇的结构模式，这是周代礼乐文明浸润的结果，是受周公制礼以三为节的影响。"《诗经》最初编订者是周王朝的乐官，他们是周代礼乐文明的身体力行者，是主流文化的重要代表，是周代礼乐文明的结晶，是周公制礼的间接产物，是把礼仪上以三为节的规则扩展到歌诗的创作和演唱领域。三章成篇结构方式是周代礼乐文明的积淀，两章成篇体现的则是民歌属性，属于非主流文化。"[①] 应该说，三章成篇或两章成篇的结构模式，多存在于《诗经》的抒情诗中，在叙事诗中并不多见，但这恰恰构成了《诗经》叙事诗的独有特质。

第四节 《诗经》叙事模式考察

作为中国叙事诗的源头，包括原始歌谣、《诗经》在内的先秦叙事诗用简朴的诗歌形式记录了我们先祖的生活，是中国民族历史发展的形象再现，"读者应把这些诗中所展示的细小画面看成是从现实事物中提取出来的成千上万的意象。你们会从这些景象中看到所展现出来的人类的全部生活，它是通过一种奇妙的艺术再现出来的；这种艺术的表现手法是严谨的、精巧的，它的题材与自然界紧密相联。你们会随时透过那些含义始终是具体的词语，发现中国浩瀚无垠的疆土、与人类相适应的宇宙，以及从心灵深处发出来的超越语言的低沉的回响。你们会在一个一切都是宁静、纯朴、悠逸的世界里发现自我，你们会感到与这相比，其他的一切诗歌似乎都有些过于啰嗦"，[②] 戴密微先生的话精准地概括了中国先秦叙事诗的特征。正是在艺术上表现出的较高价值，才对后世

---

① 李炳海：《〈诗经·国风〉的篇章结构及其文化属性和文本形态》，《中州学刊》2006年第4期，第192—193页。

② ［法］戴密微：《中国古诗概论》，见钱林森编《法国汉学家论中国文学》，外语教学与研究出版社2007年版，第Ⅴ页。

产生了深远的影响。

一 题材多样、内容丰富

穿越时空的隧道，掀开尘封的记忆，回到先祖生活的时代，我们看到了金戈铁马、儿女情长，听到了战时的号角、夫妻的呢喃、农人的高歌，这一幕幕，这一曲曲的歌唱让人荡气回肠，至今回响在我们后辈的心中。《诗经》叙事诗，向我们讲述了一段逝去的历史，悠远而绵长！作为中国文学史上最早也是最成熟的文学样式的诗歌，它是人类文明的硕果。从原始歌谣、《诗经》叙事诗为我们勾勒了一幅人类早期的全景图。从神话传说、祭祀颂歌、农事活动、战争徭役、婚姻爱情、政治讽喻、欢聚宴饮、民俗风习等无不入诗。先秦时代的歌谣，写帝王、写大臣、写平民、写农耕、写渔猎、写战事、写水利、写事功、写家庭、写人物、写场面、写事件，应该说，上自王公大臣，下至平民百姓，大到国事，小到家事，无不描述，内容可谓丰富。《诗经》时代既有反映一个民族发祥、创业与兴盛的周人史诗，又有与歌颂英雄传奇的史诗完全不同的民间唱事，描述人们（多为下层百姓）的日常生活，他们的爱情与婚姻、他们的生产与劳作，他们去服兵役、投身战争、从事祭祀。战国时期的叙事诗融入了个体精神、家国的忧患意识。内容丰富的先秦叙事诗与西方早期叙事诗只写英雄形成鲜明的对照。法国学者埃尔维—圣—德尼就此曾说：“《伊里亚特》是西方最古老的诗，唯有这首诗能用来与《诗经》作比较，以便评价位于有人口居住的陆地两端，在极为不同的条件下平行发展着的两种文明。一边是战争频繁，无休止的围城攻坚，相互挑衅的斗士，是激励着诗人和他的英雄的胜利光荣感，在这个世界里，人们感到自己置身于疆场之上。而另一边则是对家庭生活的眷恋，是一位登山远眺父亲土屋的年轻士兵和他的怀乡之情，是一位斯巴达人定会要扔出墙外的母亲，和一位叮嘱离家人不要顾念光宗耀祖而首先要尽早返回故里的兄长。在这边，人们感到自己置身于另一个世界，置身于一种说不出的安逸的田园生活的氛围之中。理由很简单，我在前面已经指出。在荷马时代，希腊先后被征服过三四次，因此希腊人大概也变得同他们的入侵者一样好战。而中国人则是地球上最美好的那部分土地上的无可争议的主宰。因此他们像原始时期的垦荒者一样，爱好和平。”①

中国先秦叙事诗从一开始就丰富多彩，绚烂多姿。歌德说：“世界是那样广阔丰富，生活是那样丰富多彩，你不会缺乏做诗的动因。但是写出来的必须全是应景即兴诗。也就是说，现实生活必须提供诗的机缘，又提供诗的材料。一个特殊具体的情境通过诗人的处理，就变成带有普遍性和诗意的东西。我的全部诗都是应景即兴的诗，来自现实生活，从现实生活中获得坚实的基础。我一向瞧不起空中楼阁的诗。不要说现实生活没有诗意。诗人的本领，正在于他有足够的智慧，能从惯见的平凡事物中见出引人入胜的一个侧面。”② 的确，诗歌源于现实生活，诗人从现实生活中会获得全部的题材与激情。题材的多样、内容的丰富一方面让我们理解了我们民族的文化之根，另一方面也直接影响了后代的诗歌，产生了后世诸如边塞诗、田园诗等诗歌题材与类型，这都要归功于先秦叙事诗。

二　形象简洁、少有夸饰

叙事诗的首要任务是讲述故事，塑造人物。先秦时代的叙事诗中的人物形象简洁，少夸饰。原始歌谣在人物塑造上，没有多少后世常见的技巧，人物的雕琢绘饰基本不存在，它的目的就是紧紧围绕人、人的生活与生存，才是先秦时代歌谣的唯一选择，所以歌唱不是为了抒怀，而是生存，具有极强的功利色彩。《诗经》时代的周人史诗在人物塑造上，调动各种手段，运用细节、场景等来展示具体生动的人物，注重对鲜活灵动、栩栩如生人物的刻画，而且周人史诗中的主角都是英雄，而不是先秦歌谣中的普通先民。这就回击了中国缺失史诗的观点。在民间唱事中，人们对诗歌中所传递的内容的重视远远超过对诗歌形式的重视，诗歌就是为了讲述一个故事，而不着力塑造人物。故而，《诗经》中的民间唱事都缺少对人物精雕细刻的描述，就是告诉我们先祖们的生活故事。当然，较之以前的叙事诗加入了多种叙事成分，充实而饱满。

---

①［法］埃尔维—圣—德尼：《中国的诗歌艺术》，邱海婴译，见钱林森编《法国汉学家论中国文学》，外语教学与研究出版社 2007 年版，第 8 页。

②［德］爱克曼辑录：《歌德谈话录》，朱光潜译，人民文学出版社 1978 年版，第 6 页。

记叙事件，描述人物时，运用了心理描写、场面描写、外貌描写等，开始在叙事诗中运用写作技巧。而且，人物从群体化开始有了自己的性格，“自上古起口头流传的诗歌与《诗经》……这些诗构成汉语诗最古老的文献。热爱和平，热爱劳动，热爱家庭，服从君王，敬重长者，在生活的大小场合都很严肃，温顺而坚韧不拔，毅力坚强，勇于自卫而不图寻衅，这些就是这段时期中国人最主要的性格特征”①。这种简单质朴的人物塑造，给后世的人物塑造留下了广阔的空间。

三 结构自由、情节松散

《诗经》时代，叙事诗在结构上是不圆熟的，恰恰是这种跳跃与不圆熟才构成了先秦叙事诗的独有特点。原始歌谣诞生于人类早期基于生存实践所必须的交往活动中，形式结构松散，情节缺少跌宕，篇幅大多短小。生活的简单决定了思维的简单，先秦时代歌谣没有严格的结构要求，或几句成篇，或几行成篇，没有从头至尾的严密布局，也缺乏跌宕起伏的情节安排，简单质朴，叙事粗糙。在艺术上没有精雕细琢的痕迹，也看不到精心准备的样式，好像就是即兴、随意而为之作。《诗经》中诗歌的结构布局颇为出色，但它们的整一性只在于节律而非内容含义。《诗经》时代的周人史诗在结构上也改变了先秦歌谣不求完整，有一定跳跃性，故事情节上线索单纯、情节不十分跌宕的特点，开始注重艺术形式，情节与结构力求完美。《诗经》的民间唱事在形式上，继承了原始歌谣经常采用选择韵味隽永的对话体作为主要的艺术表现方式，多选择对话体作为主要的表现方式。在结构上，篇幅较长，多采取多章成篇的艺术方式叙事。虽然相对于后世的叙事诗它的篇幅不算很长，但相对于原始歌谣，它还是篇幅较长的。每篇作品多达六到八章。社会结构的变化，社会生活的复杂，叙事的要求都决定了叙事诗的多章结构。人们要想把故事讲清楚，讲明白，就绝非三言两语能说明白，于是，较之原始歌谣，章节的增加就不是什么奇怪的事情了。多章的文本形态与结构范式，与原始歌谣相比，无疑内容更为丰富、叙事更

① ［法］埃尔维—圣—德尼：《中国的诗歌艺术》，邱海婴译，见钱林森编《法国汉学家论中国文学》，外语教学与研究出版社2007年版，第8页。

加完整，也说明《诗经》时代人们的生活远比原始先民的生活丰富充实、充满情趣。在《诗经》中有的叙事诗也采用和抒情诗一致的三章成篇或两章成篇的结构模式，在叙事诗中，重章叠句、结构短小成为《诗经》的典型范式。战国时代的叙事诗在句式、结构等艺术形式上都有变化与发展，讲求严谨与整一。

四 语言质朴、叠句对称

海德格尔说："语言是存在的家。人以语言之家为家。思的人们与创作的人们是这个家的看家人。"① 他认为语言的本质就是言说，"人说话。我们在清醒时说，我们在梦中说。我们总是在说。哪怕我们根本不吐一字，而只是倾听或者阅读，这时，我们也总在说。甚至，我们既没有专心倾听也没有阅读，而只是做某项活计，或者悠然闲息，这当儿，我们也总在说。我们总是不断以某种方式说"②。语言是我们认识诗歌的重要物质载体。先秦叙事诗的语言质朴无华，从四言向五言、六言、七言、杂言发展。原始歌谣适应着劳动的节奏，以二言的形式，用简练的语言和单纯的形式反映原始人的生活。这一方面表明了当时生产力的低下，不仅物质不发达，精神方面也相对滞后，就连精神的载体语言也处于蒙昧时期。另一方面也说明当时还没有社会分工，所以也没有专门从事创作的文人，大多为集体创作，才会在语言及艺术技巧上略显粗糙。先秦时代叙事歌谣语言稚嫩，质朴无华，字数无定规，或两字，或四字，或杂言，无一定之规。发展到《诗经》时代，在语言的使用上，尽管依然简洁通俗，质朴无华，但每篇都由若干章节构成，每一章节都已经非常的齐整了，以四言为主，配以较少的杂言，清新流畅，回环往复，重叠复沓，讲求形式完美对仗，这无疑对语言有了更高的要求。而且开始修饰词句，运用一连串的动词和象声词来叙事。战国时期的叙事诗在句式、结构、语言等艺术形式上都有变化与发展。在句式上，突破《诗经》时代整齐划一的四言，变成五言、六言、七言、杂言，多种句式相结合。句法

① 孙周兴编：《海德格尔选集》（上），上海三联书店1996年版，第358页。
② ［德］海德格尔：《在通向语言的途中》，商务印书馆1999年版，第1页。

参差错落，灵活多变；句中句尾多用“兮”字，以及“之”“于”“乎”“夫”等虚词，用来协调音节，造成起伏回宕、一唱三叹的韵致，在方言入诗的同时，讲求技巧，绘饰文辞，战国时期的叙事诗开始走出简朴的原始风貌，辞采绚烂、流光溢彩。

戴密微为《中国古诗选》撰写的长篇导论《中国古诗概论》里说：“人们采用只有二十个音节的四行诗的形式是不可能创作出伟大的诗篇的。……然而，这些音节中的每一个音节本身就是一个小小的世界，它宛如变化多端的胚胎一样，是一个充满着辐射性涵义的语言单位。它能够在听觉上和视觉上产生强烈的共鸣，因为它是用本身就是艺术作品的图画似的文字写出来的，它的发音含有能在韵律上发生作用的音调的变化；它能通过一些以继承的方式训练出来的心理重心去触及美学上的敏感性，而我们的心理学和生理学却不能使人产生这种类似的心理重心。所以，近三千年来，一个最平凡而又最灵敏的民族能够用这种诗歌来沟通感情，她把这种诗歌看成是自己智慧的最高表现。她依靠这些诗歌营养而获得新生；她在诗中寻找鼓励和慰藉，追求一种近于酒醉、中魔或狂喜的心摇神荡的境界。”① 马塞尔·葛兰言也说：“在这种歌谣中，我们看不到可以显示一个作者的艺术才能的文学手法。艺术在这儿都是自发的：诗人不注重语言技巧的运用；至于隐喻和比较，可以说很缺乏：对事物的描绘常常是平铺直叙。当然，简洁形象的运用和纯真感情的抒发给作品添了诗歌魅力，但这种手法不是艺术效果，不是有心地建立起来的，缺乏一种自觉性，它只不过是事物本身的结果而已，可谓‘缘事入诗一成不变’，人们无法觉察相近词组的牵引线索，是句型、词序、反语使读者感到事物的关键所在；我们并不觉得这是有意而为的句子。有时通过某些虚词的重复，就达到了对称的效果，这可说是最高的技巧。然而，这真是技巧吗？那些本来就是自然对应的词句，难道就不应该自然而然地出现在诗句中吗？两种很相似的思想本应用在平行句型中：词组的平衡，自然产生于事物的对称；形象的两两组合无疑产生字句的平行。而作者舍弃刻意求工，往往倒是最精美的艺术的证明。我们

① 钱林森编：《法国汉学家论中国文学》，外语教学与研究出版社 2007 年版，第Ⅳ—Ⅴ页。

已有非常充足的理由认为，这些歌谣不是出自博学家之手，但我们也不至于相信其艺术手法是完全原始的。此甚至早于隐喻之法。诗中的联想很少讲求技巧；都来自一种自然的和谐，运用的是最基本的手法，即对称的手法。对称是歌谣写作最基本的方法。其形式一般十分简单，由数段组成，通常每段都有一定数量的诗句，一般是四句或六句，大多数是三句或四句一首。……叠词不仅仅要模仿声响，还要力求模拟动作。叠词（联绵字）中描写颜色的单字，也是常用语中表现色彩的字。《诗经》给人的多样感觉，特别是动作的描绘，都与字音有关联。这种现象，如果不是因为歌唱者的动作帮助了他们发出歌声，那又怎么解释呢？而手势又是歌声的传达。那么，难道不应该认为这些歌谣产生于舞蹈的节奏吗？"① 先秦叙事诗正是这样一步步由质朴向雕饰转化，直至汉代才完成了叙事诗华美的转身。

《诗经》时代的诗歌开辟了中国文学现实主义的传统，它所蕴藏的丰富内容和深刻思想对后世产生重要影响，闻一多先生说："《诗经》时代是一个朴质的农业时代，《三百篇》的艺术效果虽低，但那里艺术与教育是合一的。到了战国，商业资本起来了，艺术遂随着贵族生活的骄奢淫逸，而与教育脱节，变成了少数人纵欲的工具，因之艺术工作者也就变成了为少数人制造这种工具的工具。这现象在《诗经》时代是没有的。屈原的功绩，就是在战国时代进步的艺术效果之基础上，恢复了《诗经》时代的教育意义，那就是说，恢复了《诗经》时代艺术的健康性，而减免了它的朴质性"②，这段话虽然是为了评价屈原的，但真实地说明了《诗经》时代叙事诗的价值与意义。至于《诗经》叙事诗表现出来的"赋""比""兴"的手法等，前辈学者做过许多论述，这里不再论及。

先秦叙事诗的意义之巨大，影响之深远，艺术手法的开创，远非笔者上面的归纳所能照顾与把握的，本书只是在努力地尝试而已。

---

① 钱林森编：《法国汉学家论中国文学》，外语教学与研究出版社 2007 年版，第 61—63 页。

② 闻一多：《神话与诗》，上海世纪出版集团 2006 年版，第 209 页。

小 结

在我国诗歌史上，没有一位诗人不受到《诗经》的良好熏陶，没有一代诗歌不受到《诗经》的全方位影响，在中国诗歌史上，乃至人类诗歌史上，从来没有一部文学作品像《诗经》那样拥有那么崇高的地位，产生那么深远的影响。圣人孔子云："小子何莫学乎诗？诗可以兴，可以观，可以群，可以怨，迩之事父，远之事君，多识于鸟兽草木之名",[①] "不学《诗》，无以言"。梁启超说它"现存先秦古籍，真赝杂糅，几于无一书无问题；其精金美玉、字字可信可宝者"[②]。他们都把《诗经》放在一个极高的位置加以膜拜。

抛开《诗经》被后人强加于它的国学经典的政治含义，《诗经》确确实实是展示我们先祖的生活经历和审美体验的诗歌经典。《诗经》中的叙事诗篇既有史官唱事的长篇的周人史诗，又有短小精练的民间吟唱，当然，作为早期叙事诗，它略显稚嫩，语言质朴，情节单一，结构跳跃，奠定了中国叙事诗的特色，《诗经》是中国诗歌现实主义的光辉起点，对后世的汉乐府、建安诗歌、唐代及其以后的现实主义叙事诗都产生了深远的影响。

① 木斋：《中国古代诗歌流变》，京华出版社 1998 年版，第 37 页。

② 梁启超：《饮冰室合集》第九册，中华书局 1989 年版，第 69 页。

第三章 《楚辞》与神话叙事诗

战国时期以《楚辞》为代表的诗歌是中国诗歌史上最为奇特也最为浪漫的文化现象，它以悲壮激越的情感和独立不羁的精神冲击着温柔敦厚的诗歌传统。《楚辞》中的神话叙事诗引领了后世的神话叙事诗文本，在叙事诗中间以抒情，在四言中间以五言，都是这一时期神话叙事诗的特征。但真要总结战国时期的叙事诗，以本人的学术背景，的确是困难重重的，但在先秦汉魏六朝叙事诗的研究中，战国这段时期是无法回避的，楚辞无论如何是绕不过去的，但愿这种尝试，不管是经验还是教训，都能给后人提供一点启发，从这个意义上说，这种工作才有意义。

第一节 神话叙事诗的滥觞

神话叙事诗是比较古老的叙事诗。它在叙事诗史上独树一帜。早期叙事诗产生于人类蒙昧时期，故而大多是神话。

一 原始神话的产生

若从神话的起源来看，神话是生产力低下时期的产物。“原始初民因生产力水平很低，缺乏科学知识，认识不了外在世界，只能用幻想的神话去解释日月星辰、天地湖海、春夏秋冬、飞禽走兽、白昼黑夜、风雨雷电，甚至连婚丧嫁娶、喜怒哀乐、生死予夺、爱恨好恶等等精神和感情领域的种种现象，也被神化了。”[①] 从这个意义而言，“古代神话，

---

① 郑克鲁主编：《外国文学史》，高等教育出版社2008年版，第17页。

是全民口头传承的原始文化结晶，它的起源、发展和人类语言的发展、叙事能力的增长是同步并进的。而新石器时代的人类，正在经历一个前所未有的语言发展高潮。人们开始讲述‘故事’，讲他们自己的希望和恐惧、讲部落的来历，讲它的禁忌和为什么必须遵循禁忌，讲这个充满奇异的世界以及这个世界是怎样诞生的……叙事的能力随着词汇的扩大而日益增长，故事越来越复杂，越来越从旧石器时代个人幻想的狭小圈子里走出来，成为讲述集体意识和部落传统的工具，成为维系氏族、增强部落意识、沟通人与人之间的灵魂、思想、感情的语言手段。”[①] 应该说，“任何神话都是用想象和借助想象以征服自然力，支配自然力，把自然力加以形象化；因而，随着这些自然力实际上被支配，神话也就消失了”[②]。诞生于人类早期的神话，就像人类早期的各种艺术形式一样，是稚嫩质朴的，在艺术上相对不成熟。英国学者安德烈·兰认为：“最初的原始形式的神话，必十分简陋；后经古代诗人引用，加以修改藻饰，方乃谲丽多趣。但那些正是代表原始人民之思想与生活之荒谬不合理的部分，古代诗人虽憎厌之，而因是前人所遗，亦不敢削去，仅略加粉饰而已。这便是文明民族如希腊、北欧、中国的神话里尚存有不合理部分的原因。”[③] 这说明，原始神话与我们今天看到的古代神话文献之间是有区别的，神话以一种自见的方式言说人类早期历史，但它绝非真正的历史。中国神话大多是叙述奇异怪事以及人类先祖对祖先的歌颂、尊崇与怀念。对此，鲁迅说得十分清楚，“志怪之作，庄子谓有齐谐，列子则称夷坚，然皆寓言，不足征信。《汉志》乃云出于稗官，职惟采集而非创作，‘街谈巷语’自生于民间，固非一谁某之所独造也，探其本根，则亦犹他民族然，在于神话与传说。昔者初民，见天地万物，变异不常，其诸现象，又出于人力所能以上，则自造众说以解释之：凡所解释，今谓之神话。神话大抵以一‘神格’为中枢，又推演为叙说，而于所叙说之神、之事，又从而信仰敬畏之，于是歌颂其威灵，致美于坛庙，久而愈进，文物遂繁。故神话不特为宗教之萌芽，美

① 谢选骏：《神话与民族精神》，山东文艺出版社 1987 年版，第 1 页。

② ［德］马克思：《马克思恩格斯选集》第 2 卷，人民文学出版社 1995 年版，第 29 页。

③ 茅盾：《神话研究》，百花文艺出版社 1981 年版，第 13 页。

学所由起，且实为文章之渊源。惟神话虽生文章，而诗人则为神话之仇敌，盖当歌颂记叙之际，每不免有所粉饰，失其本来，是以神话虽托诗歌以光大，以存留，然亦因之而改易，而销歇也”①，“迨神话演进，则为中枢者渐近于人性，凡所叙述，今谓之传说。传说之所道，或为神性之人，或为古英雄，其奇才异能神勇为凡人所不及，而由于天授，或有天相者，简狄吞燕卵而生商，刘媪得交龙而孕季，皆其例也”②。

中国神话虽然存在，但中国神话并不像西方神话那样丰富，甚至存在大量的系统化的神的谱系，中国神话是零星的。中国神话零星存在的原因，鲁迅在他的《中国小说史略》中列举了三点：“一是因为中国民族的祖先居住在黄河流域，大自然的恩赐不丰，很早便以农耕为业，生活勤苦，所以重实际，轻玄想，不能把往古的传说集合起来熔铸成为鸿文巨制。二又兼孔子出世，讲究的是修身、治国、平天下的一套实用的教训，上古荒唐神怪的传说，孔子和他的学生们都绝口不谈，因此后来神话在以儒家思想为正统的中国，不但未曾光大，反而又有散亡。三是神鬼不分的结果。古代的天神、地祇、人鬼，看来虽然有分别，实际上人鬼也可以化作神祇，人神混杂，原始的信仰便无从蜕尽，原始的信仰保存，新的传说便经常出现，旧传说受了排挤僵死了，新传说正因为‘新’，也发生不出光彩来，实在是两败俱伤。……神话转化做历史，大都出于‘有心人’的施为，儒家之流要算是作这种工作的主力军。他们为了要适应他们的主张学说，很费了一点苦心地把神来加以人化，把神话传说来加以理性的诠释。这样，神话就变做了历史。一经写入简册，本来的面目全非，人们渐渐就只相信记载在简册上的历史，传说的神话就日渐消亡了。”③ 今天看来，正是儒家的排斥，使得中国神话没能很好地传承，在后世越来越衰微的主要原因。

中国神话与传说，辑录成书的并不多，这些资料的缺失，为我们的研究工作带来了诸多的困难，但是辑有神话的作品还是不少的，“中国之神话与传说，今尚无集录为专书者，仅散见于古籍，而《山海经》

① 鲁迅：《中国小说史略》，东方出版社 2003 年版，第 7 页。
② 同上书，第 8 页。
③ 袁珂：《中国古代神话》，华夏出版社 2004 年版，第 4—5 页。

中特多。《山海经》今所传本十八卷，记海内外山川神祇异物及祭祀所宜，以为禹益作者固非，而谓因《楚辞》而造者亦未是；所载祠神之物多用糈（精米），与巫术合，盖古之巫书也，然秦汉人亦有增益"①。除《山海经》《楚辞》外，早期神话还大量存在于《诗经》《左传》《国语》《逸周书》《穆天子传》《庄子》《孟子》《墨子》《韩非子》《吕氏春秋》《淮南子》等著作中。

二 《楚辞》前的神话诗

在已出土的远古资料中，我们发现中国在远古时代存有丰富的神话与传说。诸如，创世神话、始祖神话、洪水神话、战争神话、发明创造神话等类型。像《诗经》中的《商颂·玄鸟》和《大雅·生民》就记录了商部族始祖契和周部族始祖后稷诞生的神奇经历。下面对《楚辞》之前的叙事诗作简单的介绍。

《玄鸟》：

> 天命玄鸟，降而生商，宅殷土芒芒。古帝命武汤，正域彼四方。方命厥后，奄有九有。商之先后，受命不殆，在武丁孙子。武丁孙子，武王靡不胜。龙旂十乘，大糦是承。邦畿千里，维民所止，肇域彼四海。四海来假，来假祁祁。景员维河，殷受命咸宜，百禄是何。

《诗经·商颂·玄鸟》据魏源、皮锡瑞、王先谦、王国维等的考证，认为《商颂》就是《宋颂》，是春秋时代的作品，产生于宋首都河南商丘地带。陆侃如、冯沅君《中国诗史》说《商颂》"一仿《周颂》，一仿《二雅》"②，是宋君祭祀歌颂祖先的乐歌。《毛序》"玄鸟，祀高宗也"，朱熹说："此亦祭祀宗庙之乐，而追叙商人之所由生，以及其有天下之初也。"③ 诗作叙述了宋国诸侯祭祀殷高宗武丁，追述了

① 鲁迅：《中国小说史略》，东方出版社 2003 年版，第 8—9 页。

② 陆侃如、冯沅君：《中国诗史（上）》，安徽教育出版社、时代出版传媒股份有限公司 2011 年版，第 45 页。

③ （宋）朱熹：《诗集传》，中华书局 2011 年版，第 326 页。

殷商民族的始祖和开国君主成汤的丰功伟绩，赞颂了殷商高宗武丁努力复兴殷商，使国泰民安、四方来朝的情况，表现出庄严肃穆的祭祀氛围和真挚虔诚的美好祝愿。

商族是具有悠久历史的部族，关于它的起源，几千年来人们一直在探究。《玄鸟》故事成为后代史家记录历史的重要来源。司马迁在《史记·殷本纪》中对殷商人先祖事迹的记载，是直接取自《诗经·商颂·玄鸟》的。《史记·殷本纪》这样记载："殷契，母曰简狄，有娀氏之女，为帝喾次妃。三人行浴，见玄鸟堕其卵，简狄取吞之，因孕，生契。契长而佐禹治水有功。帝舜乃命契曰：'百姓不亲，五品不训，汝为司徒而敬敷五教，五教在宽。'封于商，赐姓子氏。契兴于唐、虞、大禹之际，功业著于百姓，百姓以平。"可见，商族人自己认为他们是由玄鸟坠卵而生。《毛传》："春分玄鸟降，汤之先族有娀氏女简狄，配高辛氏帝，帝率与之祈于郊谋而生契。"《诗经·长发》："有娀方将，帝立子生商。"郑笺："禹敷下土之时，有娀氏之国亦始广大，有女简狄，吞鸟乙卵而生契。"《楚辞·离骚》："望遥台之偃蹇兮，见有簪氏之佚女。"又《楚辞·天问》："简狄在台，喾何宜？玄鸟至贻，女何嘉？"《吕氏春秋·季夏纪》："有娀氏有二佚女，为之九成之台，饮食必以鼓。帝令燕往视之，鸣若谥隘。二女爱而争搏之，覆以玉筐，少选，发而视之，燕遗二卵，北飞，遂不反，二女作歌，一终，曰'燕燕往飞'，实始作为北音。"可见，从上述文献记载来看，随着时间的推移，故事情节从简到繁，逐步演化，但始终没有改变"玄鸟生商"的主题，也就是说，商族人自认为他们的祖先是由于上天命令玄鸟而生的，玄鸟是他们的图腾。《玄鸟》乃是庙堂祭祀之歌，是神话叙事诗。诗作前半部分追述了商王朝开创的历史，他神性的出生，在神意下，他的部族逐渐强大。诗作后半部分叙述商后代的文治武功。在商代先祖前仆后继的努力下，商王朝天下一统，繁荣昌盛。诗作刻画了商部族先祖的形象，栩栩如生，在艺术手法上，诗作打破了《诗经》的四言传统，四言间以杂言，深深影响了后代六朝的杂言诗歌以及后世的词。这类神话叙事诗在历史学、文化学、神话学上，都有不可替代的意义与价值。

《楚辞》以前的神话叙事诗，还体现在《生民》这个重要的诗篇中，由于本书前一章已经进行了分析，在此不再赘述。

第二节 《楚辞》与神话叙事诗

《离骚》精神就是战国时期诗歌的精神。战国时期是以抒情诗为主流的，叙事诗却是末流，虽然如此，战国时期的叙事诗也是存在的，刘刚纪说："在南方楚地的艺术中，包含着为北方周秦艺术所难及的一些重要特点。这些特点，后来融入了中国艺术的大流之中，并被儒家思想所吸收与同化，未能获得充分独立的发展。而这些特点，在今天看来，是更易于通向现代的。"① 下面，我们将对战国时代的神话叙事诗加以剖析。

一 神话叙事诗诞生的主要因素

战国时期的诗歌产生在一个特殊的楚文化的大背景下，进入战国时代，历史发展的大一统趋势，必然要求文化上的融合与统一。在这种要求下，楚国也通过大力地吸收中原文化，取得辉煌成就。在文学上，通过学习《诗经》和"新声"带来了诗歌的繁荣，在学术思想上，楚人为了摆脱被中原人称为荆蛮的落后状态，也不断吸收北方文化，形成南方文化精神，产生了楚辞这样独有的诗歌样式。

首先，地域影响。自西周以来，楚民族一直生活在长江与汉水流域，这里疆域广袤、重峦叠嶂、江湖纵横、物产丰富、经济发达，产生在这里的楚文学不能不浸染地域文化的因子。刘师培于《南北文学不同论》中说："大抵北方之地，土厚水深，民生其间，多尚实际。南方之地，水势汪洋，民生其际，多尚虚无。民尚实际，故所作之文，不外记事、析理。民尚虚无，故所作之文，或为言志、抒情之体。"② 梁启超说："北地苦寒跷瘠，谋生不易，其民族销磨精神日力以奔走衣食、维持社会，犹恐不给，无余裕以驰骛于玄妙之哲理，故其学术思想，常务实际，切人事，贵力行，重经验，而修身齐家治国利群之道术，最发

① 刘刚纪：《楚艺术美学五题》，见梁启超、王国维等著，胡晓明选编《楚辞二十讲》，华夏出版社 2009 年版，第 321 页。

② 刘师培：《南北文学不同论》，见《刘申叔先生遗书》上册，上海古籍出版社 1997 年版，第 560 页。

达焉。……南地则反是。其气候和，其土地饶，其谋生易，其民族不必惟一身一家之保暖是忧，故常达于世界以外。初而轻世，既而玩世，既而厌世。不屑于实际，故不重礼法；不拘拘经验，故不崇先王。”① 王国维在《屈子文学之精神》中说：“我国春秋以前，道德政治上之思想可分之为两派：一帝王派，一非帝王派……前者入世派，后者遁世派；……前者国家派，后者个人派，前者大成于孔子、墨子，后者大成于老子，故前者为北方派，后者为南方派。……北方派之理想，在改作旧社会；南方派之理想，在创造新社会。……南人长于思辨而短于实行……北方之人，则往往以坚忍之志、强毅之气，持其改作之理想，以与当日之社会争。……此诗歌的文学，所以独产于北方学派中，而无与南方学派者也。南人想象力之伟大丰富，胜于北人远甚。……由此观之，北方人之感情，诗歌的也，以不得想象之助，故其所作遂止于小篇。南方人之想象，亦诗歌的也，以无深邃之感情之后援，故其想象亦散漫而无所丽，是以无纯粹之诗歌。而大诗歌之出，必须俟北方人之感情与南方人之想象合而为一，即必通南北之驿骑而后可，斯即屈子其人也。”② 上述学者的论述已经清晰地表明了地域造成了南北文学的差异，北方现实主义文学居多，南方浪漫主义文学为主。

其次，风俗熏染。上面论述了北方由于地理环境恶劣，旷野广阔，农耕生产单调，使得北方人讲求厚重、实在，追崇理性精神，诞生了“史官文化”，南方气候和暖，环境优美，激发了人们的审美诉求，山灵水秀，使得南方人追崇神灵鬼怪，诞生了“巫觋文化”。楚国独特的地方文化是楚辞产生的根本基础。楚文化保存了较浓重的原始宗教文化的色彩，“信巫鬼，重淫祀”，保留着歌舞娱神的巫风，这种原始宗教文化的神奇浪漫的色彩，直接滋养了楚辞创作的浪漫主义精神。

再次，时代需要。从周到战国，历史发生了惊人的巨变，《诗经》时代的简短民间吟唱已经无法适应这个伟大变革的时代和面对这个时代的诗人内心深处的复杂的情感涌动。“人生的经验已经太复杂地摆在面前，特别是散文的发达就更传播了这些经验，诗歌因此必须面对着人生

① 梁启超：《新史学》，商务印书馆 2014 年版，第 18—19 页。

② 胡晓明选编：《楚辞二十讲》，华夏出版社 2009 年版，第 1—3 页。

的忧患，社会的矛盾，通过更复杂的思想感情来表现这一个时代。”① 用诗歌记录这个风云变幻的时代，用诗歌倾诉自己的内心情怀，成了这个时代的主旋律。

最后，艺术传统。楚国的地方民歌和音乐直接影响了楚辞的艺术形式。楚辞诗人的思想都不同程度地吸纳了北方中原文化的诸子思想的影响，同时《诗经》的比兴艺术和战国纵横家铺张扬厉、辞采飞扬的散文艺术也可资借鉴，在这一特殊背景下产生的战国时期叙事诗，叙事中浸染情感，抒情时不忘叙事，浪漫主义与现实主义水乳交融。

二 《楚辞》中的主要神话叙事诗

李泽厚先生说过：“由于实践理性对情感发展经常采取克制、引导、自我调节的方针，所谓以理节情，‘发乎情止乎礼仪’，这也就使生活中和艺术中的情感经常处在自我压抑的状态中，不能充分地痛快地倾泄表达出来。……只是由于老庄道家和楚骚传统作为对立的补充，才使中国古代文艺保存了灿烂光辉。”② 这是在言明楚辞的抒情性质。的确，战国时期包括《山鬼》《国殇》《哀郢》《渔父》《卜居》这样的叙事诗是较少的，下面简述之。

《山鬼》：

若有人兮山之阿，被薜荔兮带女萝；既含睇兮又宜笑，子慕予兮善窈窕；

乘赤豹兮从文狸，辛夷车兮结桂旗；被石兰兮带杜衡，折芳馨兮遗所思；

余处幽篁兮终不见天，路险难兮独后来；表独立兮山之上，云容容兮而在下；

杳冥冥兮羌昼晦，东风飘兮神灵雨；留灵修兮憺忘归，岁既晏兮孰华予；

采三秀兮于山间，石磊磊兮葛蔓蔓；怨公子兮怅忘归，君思我

① 林庚：《中国文学简史》，北京大学出版社1995年版，第60页。

② 李泽厚：《中国思想史论》（上），安徽文艺出版社1999年版，第42页。

兮不得闲；

山中人兮芳杜若，饮石泉兮荫松柏；君思我兮然疑作；

雷填填兮雨冥冥，猨啾啾兮狖夜鸣；风飒飒兮木萧萧，思公子兮徒离忧。

《山鬼》是祭祀山鬼的祭歌。陆侃如、冯沅君在《中国史诗》中说："旧注大都以为是山中的鬼怪，惟顾天成《楚辞九歌解》持异说。顾书今逸，《四库提要》说：又《山鬼》篇云：楚襄王游云梦，梦一妇人，名曰瑶姬；通篇辞意，似指此事。则又归之于巫山神女（卷一四八《楚辞》类存目）。山鬼是神而非怪，这不能不说是顾天成的创见；但若指为巫山神女，则未免蛇足。我们知道鬼神二字同义，在古书中二字本来常常连用，如《论语》（《雍也》）'敬鬼神而远之'、《吕氏春秋》（《顺民》）'使上帝鬼神伤民之命'、《礼记》'临诸侯畛于鬼神'（《曲礼》）、'幽则有鬼神'（《兵记》）、'列于鬼神'（《礼运》）、《大戴记》（《曾子天圆》）'为鬼神主神'、《淮南子》'役使鬼神'（《精神训》）、'祷鬼神'（《时则训》），而《易·十翼》中尤屡见不鲜。因此，这二字在意义上也相通。《论语》（《为政》）'非其鬼而祭之'集解引郑注'人神曰鬼'，《广雅》（《释天》）也说'物神谓之鬼'。所以汉《郊祀歌》中的'鬼'字，如《朱明》'百鬼迪尝'、《天马》'化若鬼'，其实即是'神'字（《天马》颜师古注'言其变化若鬼神'）。那么，《九歌》中的'山鬼'，当即'山神'，与湘之有君、河之有伯一样，而旧注以鬼怪来解释的错误，是显而易见的了。"① 闻一多说："顾天成《九歌解》主张《山鬼》即巫山神女，也是《九歌》研究中的一大创获。详孙君作云《九歌山鬼考》。我们也完全同意。然则山鬼也是楚神。"② 楚国神话中有巫山神女的传说，本篇所描写的即是这样的神女形象。《国语·楚语》说楚国"民神杂糅，不可方物。夫人作享，家为巫史"，《吕氏春秋·侈乐》说："宋之衰也，作为千钟。齐之衰也，作为大吕。楚之衰也，作为巫音"，王逸《楚辞章句·九歌序》说：

① 陆侃如、冯沅君：《中国诗史》，百花文艺出版社 2008 年版，第 58—59 页。

② 闻一多：《神话与诗》，上海人民出版社 2006 年版，第 223 页。

“《九歌》者，屈原之作也。昔楚国南郢之邑，沅、湘之间，其俗信鬼而好祠。其祠必作歌乐鼓舞以乐诸神。屈原放逐窜伏其域，怀忧苦毒，愁思沸郁，出见俗人祭祀之礼，歌舞之乐，其词鄙陋，因为作《九歌》之曲。”而朱熹在《楚辞集注》（卷二）也说：“荆蛮陋俗，词既鄙俚，而其阴阳人鬼之间，又不能无亵慢荒淫之杂。原既放逐，见而感之，故颇为更定其词，去其泰甚。而又因彼事神之心，以寄吾忠君爱国眷恋不忘之意。”赵明说：“《九歌》是宗教（神话）与文学（诗歌）的结合，神性因素与人性因素的混合，民族群体精神与时代个体意识的杂糅，从而是文化继承与革新中的艺术创造。给人以凄迷隐约、意蕴难穷之感的《九歌》，实际上反馈着其自身混沌、杂糅的特质。”① 郭杰说：“在诗歌的创作中，屈原继承了远古神话传说的超现实想象”，并说楚辞“诞生于荆楚巫风大盛的特定文化心理氛围中，它以浓重的神性因素，对古老而丰富的远古神话传说进行了最精当的吸收”②。以上学者的论述清楚地阐释了《山鬼》产生的可能性。诗歌首先从各方面描绘了山鬼的美好，接着写山鬼在约定处焦急等待爱人的情景，最后写她不见爱人到来，开始心生疑惧，并且有所怨愤。山鬼形象甚是突出，她披戴着薜荔、女萝、石兰和杜衡，乘着赤豹拉的辛夷车，车上插着桂枝编织的旗，身边跟着长有花纹的花猫，这种细节描写、外貌描写在以往的叙事诗中是不多见的，“杳冥冥兮羌昼晦，东风飘兮神灵雨”的景物描写也异常细腻。诗作叙事线索清晰，情节简单而完整。诗人善于借助景物描写、外貌描写、心理描写来烘托、渲染女主人公的情感变化，诗人以多种方式塑造了山鬼的美好形象，将幻想与现实、人与神交织在一起，具有浓郁的现实主义色彩与浪漫情怀。梁启超在《屈原研究》中说：“我常说：若有美术家要去画屈原，把这篇所写那山鬼的精神抽显出来，便成绝作。他独立山上，云雾在脚底下，用石兰、杜仲种种芳草庄严自己，真所谓‘一生儿爱好是天然’，一点尘都染污他不得。然而他的‘心中风雨’，没有一时停息，常常向下界‘所思’的人寄他万斛情爱。那人爱他与否，他都不管；他总说‘君是思我’，不过‘不得闲’罢

① 赵明主编：《先秦大文学史》，吉林大学出版社 1993 年版，第 438 页。

② 郭杰：《屈原新论》，吉林大学出版社 1994 年版，第 72、113 页。

了，不过‘然疑作’罢了。所以他十二时中的意绪，完全在‘雷填填雨冥冥，风飒飒木萧萧’里头过去。”① 这既交代了本诗是爱情诗篇，又有所喻指。在叙事诗史上，它的确是篇奇文。《山鬼》对后世的影响是巨大的，“既含睇兮又宜笑，子慕予兮善窈窕”是《诗经》“巧目倩兮，美目盼兮”的延续，“风飒飒兮木萧萧，思公子兮徒离忧”被杜甫在《登高》中化为“无边落木萧萧下，不尽长江滚滚来”。承前启后，其功大矣。

《国殇》：

操吴戈兮被犀甲，车错毂兮短兵接。旌蔽日兮敌若云，矢交坠兮士争先。

凌余阵兮躐余行，左骖殪兮右刃伤。霾两轮兮縶四马，援玉枹兮击鸣鼓。

天时怼兮威灵怒，严杀尽兮弃原野。出不入兮往不反，平原忽兮路超远。

带长剑兮挟秦弓，首身离兮心不惩。诚既勇兮又以武，终刚强兮不可凌。

身既死兮神以灵，魂魄毅兮为鬼雄。

《国殇》分为两段。先描绘交战的激烈场面。写楚军士兵的武器装备，写两军相接，写敌人的疯狂，写楚军士兵的英勇。写得层次分明，形象具体，突出了战斗的残酷、士兵的无畏。接着写楚方寡不敌众，全部战死的悲壮场面，敌人极度疯狂，楚方受创惨重，然而士兵们却英勇无畏，宁死不屈。“援玉枹兮击鸣鼓”，楚方将士英勇顽强、视死如归的形象栩栩如生，跃然纸上。然后，是对为国战死者的赞颂。先讴歌战士们远离家乡、誓死报国、义无反顾的决心，最后赞美战士们刚强勇武、视死如归、宁死不屈的精神。感情是凝重、真诚而沉痛的。本诗共18句，每句7字，共126个字。用凝练的词句再现了楚军将士奋勇杀敌、为国捐躯的情景，塑造了一群爱国将士的英雄图，形成了独特的艺

① 胡晓明选编：《楚辞二十讲》，华夏出版社2009年版，第7页。

术风格。首先，取材于现实生活，内容严肃。《国殇》属于《九歌》，但又与《九歌》的其他篇章不同，《九歌》的其他篇章大多抒情，而且写神、写幻想、浪漫气息浓重，《国殇》却是诗人根据现实生活而创作，真实地记录了楚人的一次战争，描写关系楚国命运的大事，熔铸了诗人全部的爱国感情，完全是现实主义的，不带幻想和奇特的色彩，是战国时期叙事诗歌的典范。其次，结构严谨而完整，场面宏大，有重点有层次。从两军交战开始写起，“操吴戈兮被犀甲，车错毂兮短兵接。旌蔽日兮敌若云，矢交坠兮士争先”。这场战争的场面极为宏大，在动态过程中描述战争的大场面，在叙事中有抒情。后半部分主要抒情，“身既死兮神以灵，子魂魄兮为鬼雄”，这是对为国捐躯者的最高礼赞，但在抒情中又有叙述，“带长剑兮挟秦弓，首身离兮心不惩”，抒情不空泛，有叙事作依托，叙事与抒情水乳交融、互为补充在本诗中完美地体现了出来。最后，语言凝练流畅，感情色彩浓烈，运用场面描写、动态描写、静态描写去写人叙事，用一连串的动词，文采飞扬，辞气沉痛，悲壮哀伤，精当而形象的语言，与场面的刻画、感情的咏叹相配合，道尽了捐躯者的伟大与崇高，写尽了诗人的情思与敬意。《国殇》的风格是独特的，情调是悲壮的，对后世的影响也是深远的，“身既死兮神以灵，子魂魄兮为鬼雄”化为李清照的“生当作人杰，死亦为鬼雄”，千百年来影响着一批批爱国志士。

《哀郢》：

> 皇天之不纯命兮，何百姓之震愆？民离散而相失兮，方仲春而东迁。
>
> 去故乡而就远兮，遵江夏以流亡。出国门而轸怀兮，甲之朝吾以行。
>
> 发郢都而去闾兮，怊荒忽其焉极？楫齐扬以容与兮，哀见君而不再得。
>
> 望长楸而太息兮，涕淫淫其若霰。过夏首而西浮兮，顾龙门而不见。
>
> 心婵媛而伤怀兮，眇不知其所跖。顺风波以从流兮，焉洋洋而为客。

凌阳侯之泛滥兮，忽翱翔之焉薄。心绖结而不解兮，思蹇产而不释。

将运舟而下浮兮，上洞庭而下江。去终古之所居兮，今逍遥而来东。

羌灵魂之欲归兮，何须臾而忘反。背夏浦而西思兮，哀故都之日远。

登大坟以远望兮，聊以舒吾忧心。哀州土之平乐兮，悲江介之遗风。

当陵阳之焉至兮，淼南渡之焉如？曾不知夏之为丘兮，孰两东门之可芜？

心不怡之长久兮，忧与愁其相接。惟郢路之辽远兮，江与夏之不可涉。

忽若去不信兮，至今九年而不复。惨郁郁而不通兮，蹇侘傺而含戚。

外承欢之汋约兮，谌荏弱而难持。忠湛湛而愿进兮，妒被离而鄣之。

尧舜之抗行兮，瞭杳杳而薄天。众谗人之嫉妒兮，被以不慈之伪名。

憎愠惀之修美兮，好夫人之慷慨。众踥蹀而日进兮，美超远而逾迈。

乱曰：曼余目以流观兮，冀一反之何时？鸟飞反故乡兮，狐死必首丘。

信非吾罪而弃逐兮，何日夜而忘之？

《哀郢》在《九章》中最为突出的是其结构特色。诗作用了倒叙法，先从自己被放逐，随百姓一起流亡写起，后面抒写作诗当时的心情。这就使诗人被放以来铭心难忘的那一幅幅悲惨画面，一幕幕夺人心魄、感人肺腑的情景得到突出的表现，倒叙的优点就是要吸引读者，造成悬念。诗作先回忆，接着抒发作者当时的心情，最后是对造成国家、个人悲剧之原因的思考。语重意深，极为感人。全诗章法谨严，浑然一体。本诗在结构上表现了很大的独创性，开头并未交代是回忆，给读者以身临其境之感，留下深刻的印象。语言上的特点是骈句多，如“去故乡而就远，遵江夏以流亡”“过夏首而西浮，顾龙门而不见”“背夏浦而西思，哀故都之日远”等，既富有对偶美，也有助于加强感情力度。在风格上，徐焕龙《楚辞洗髓》谓之“于《九章》中最为凄惋，读之实一字一泪也”[①]，并把叙事、抒情、议论完美相结合。

《渔父》：

> 屈原既放，游于江潭，行吟泽畔，颜色憔悴，形容枯槁。渔父见而问之曰：“子非三闾大夫与！何故至于斯?”屈原曰：“举世皆浊我独清，众人皆醉我独醒，是以见放。”渔父曰：“圣人不凝滞于物，而能与世推移。世人皆浊，何不淈其泥而扬其波？众人皆醉，何不餔其糟而歠其醨？何故深思高举，自令放为?”屈原曰：“吾闻之，新沐者必弹冠，新浴者必振衣；安能以身之察察，受物之汶汶者乎？宁赴湘流，葬于江鱼之腹中。安能以皓皓之白，而蒙世俗之尘埃乎!”渔父莞尔而笑，鼓枻而去，乃歌曰：“沧浪之水清兮，可以濯吾缨；沧浪之水浊兮，可以濯吾足。”遂去，不复与言。

《渔父》本文以简短而凝练的文字塑造了屈原和渔父两个人物形象。渔父是一个懂得与世推移、随遇而安、乐天知命的隐士形象。他看透了尘世的纷纷扰扰，但绝不回避，而是恬然自安，将自我的情操寄托到无尽的大自然中，在随性自适中保持自我人格的节操。屈原是作为渔父的对面存在的，面对社会的黑暗、污浊，屈原则显得执着、决绝，他始终追求高洁的人格精神，宁愿舍弃生命，也不与污浊的尘世同流合污，虽然理想破灭了，但至死不渝。无怪刘勰说：“《渔父》寄独往之才，故能气往轹古，辞来切今。”[②] 诗作对人物的描述，已经告别了《诗经》时代的原始质朴，不事雕琢。屈原一出场，就来了一句形象的

---

① 钱仲联等：《中国文学大辞典（修订本）（上、下册）》，上海辞书出版社2000年版，第66页。

② 祖保泉：《文心雕龙解说》，安徽教育出版社1993年版，第82页。

描写“颜色憔悴，形容枯槁”，把一个心灵焦灼挣扎、痛苦煎熬的诗人形象塑造得惟妙惟肖，而渔父“莞尔而笑，鼓枻而去，乃歌曰”用一连串的动词，尽传渔父的神韵。这一切都是通过简洁的对话实现的，一问一答这是对原始对歌的延续与继承。可以说，诗作情节上不跌宕，没波澜，结构上就是一个生活的片段。但语言简省中传神，质朴中雕饰。《渔父》更重要的价值是在叙事诗中向我们传达了一个重要的哲学理念，它创造了一个文化符号，一个原型意象，“渔父”的形象。自从姜太公钓鱼始，渔父形象就存在于文学史上，影响后世文人。在儒道互补的文化语境中，“渔父”成了文人们的必然选择，无论是进是退，是处江湖之远还是居庙堂之高，都割舍不掉那份渔父的情怀，正所谓“进亦忧、退亦忧”。于是，我们看到了一个个渔父：“青箬笠，绿蓑衣，斜风细雨不须归”的张志和；“曲岸深潭一山叟，驻眼看钩不移手。世人欲得知姓名，良久向他不开口”的高适；“人生在世不称意，明朝散发弄扁舟”的李白；“孤舟蓑笠翁，独钓寒江雪”的柳宗元；“小舟从此逝，江海寄余生”的苏东坡；“一蓑一笠一扁舟，一丈丝纶一寸钩；一曲高歌一樽酒，一人独钓一江秋”的朱敦儒。“渔父”成了中国传统文化中不可或缺的文化因子，“达则兼济天下，穷则独善其身”的文人们，要不断地拷问自己的良知，要不断地坚守自己的信念，渔父则成为他们人生必然的选择。

《卜居》：

> 屈原既放，三年不得复见。竭知尽忠，而蔽障于谗。心烦虑乱，不知所从。乃往见太卜郑詹尹曰：“余有所疑，愿因先生决之。”詹尹乃端策拂龟曰：“君将何以教之？”屈原曰：“吾宁悃悃款款，朴以忠乎，将送往劳来，斯无穷乎？宁诛锄草茅以力耕乎？将游大人以成名乎？宁正言不讳以危身乎，将从俗富贵以偷生乎？宁超然高举以保真乎，将哫訾栗斯，喔咿嚅唲以事妇人乎？宁廉洁正直以自清乎，将突梯滑稽，如脂如韦，以潔楹乎？宁昂昂若千里之驹乎，将氾氾若水中之凫与波上下，偷以全吾躯乎？宁与骐骥亢轭乎，将随驽马之迹乎？宁与黄鹄比翼乎，将与鸡鹜争食乎？此孰吉孰凶？何去何从？世溷浊而不清：蝉翼为重，千钧为轻；黄钟毁

弃，瓦釜雷鸣；谗人高张，贤士无名。吁嗟默默兮，谁知吾之廉贞？”詹尹乃释策而谢曰：“夫尺有所短，寸有所长；物有所不足，智有所不明；数有所不逮，神有所不通。用君之心，行君之意。龟策诚不能知此事！”

《卜居》虚设了太卜郑詹尹与诗人自己的对话，采用问答体的形式，表现了诗人内心与俗世的对抗，表达了屈原的坚贞与执着。刘勰说：“《卜居》标放言之致。”①诗作全篇用问答体，以第三人称的方式叙事，重重叠叠错落有致，无呆板凝滞之感。后世辞赋杂文中宾主问答之体，实滥觞于此。在语言形式上，诗作突破了《诗经》以四字句为主的格局，每句五、六、七、八、九字不等，也有三字、十字句的，句法参差错落，灵活多变；句中句尾多用“兮”字，以及“之”“于”“乎”“夫”“而”等虚字，用来协调音节，造成起伏回宕、一唱三叹的韵致。总之，他的作品从内容到形式都有巨大的创造性。除了上述神话叙事诗，《天问》也是学者们不断提到的诗篇，袁珂说：“神话的片段，还赖有有诗人和哲学家这两种人加以保存。可是他们保存的神话，其目的原不在神话的本身。诗人赋诗以见志，运用神话资料在他的诗篇中，不过是使那‘志’表达得更为深透，在命意行文的时候，不免就有所润饰和修改。所以鲁迅先生称‘诗人为神话之仇敌’，不是没有缘故的。……但虽说如此，我国零星片段的神话，赖诗人和哲学家以保存下来的确也不少。屈原《离骚》、《九歌》、《天问》、《远游》……这些瑰丽的诗篇里，遗留给我们多么丰富的神话和传说的资料啊！尤其是《天问》一篇，陆离光怪，上天下地，无所不包。惜乎限于诗体的形式，又全是问语，索解为难。”②《天问》几乎集合了中国上古时代神话的全部内容，记事的内容是毋庸置疑的。但是，由于它们没有连贯为一个完整的故事，所以诗歌史上大多把它归为抒情诗歌，这里我们也就不在神话叙事诗中去研究它了。

战国时期的叙事诗是不多的，就是我们今天认为的上述叙事诗依然

---

① 祖保泉：《文心雕龙解说》，安徽教育出版社1993年版，第82页。
② 袁珂：《中国古代神话》，华夏出版社2004年版，第6—7页。

有大量抒情的成分存在，我们只能简单地去归纳。

三 《楚辞》的主要叙事模式

鲁迅在《汉文学史纲要》中说《离骚》：“逸响伟辞，卓绝一世。……较之于《诗》，则其言甚长，其思甚幻，其文甚丽，其旨甚明，凭心而言，不遵矩度。”[①] 梁启超说：“吾以为凡为中国人者，须获有欣赏楚辞之能力，乃为不虚生此国。”[②] 以楚辞为代表的战国时期的叙事诗，是中国诗歌史上浪漫主义文学光辉起点和无可比拟的典范，在艺术上取得了突出的成就。

首先，内容上融入了深刻的个体色彩，结束了《诗经》时代诗歌的集体歌唱。当然，《诗经》大雅中也有一些贵族的个体创作，但是在献诗的情况下，个体意识是不可能得以彰显的，群体歌唱压倒了一切，成为那个时代的最强音。同时，战国叙事诗中表现出了以前叙事诗所没有的个性气质、忧国忧民的爱国情怀、悲剧意识。朱光潜说：“它始终渗透着深刻的命运感，然而从不畏缩和颓丧；它赞扬艰苦的努力和英勇的反抗。它恰恰在描绘人的渺小无力的同时，表现人的伟大和崇高。悲剧毫无疑问带有悲观和忧郁的色彩，然而它又以深刻的真理、壮丽的诗情和英雄的格调使我们深受鼓舞。它从刺丛之中为我们摘取美丽的玫瑰。”[③]《诗经》虽然也是社会生活的描写，但是悲剧精神、忧国忧民的情怀彰显不足。《国殇》《哀郢》这样的诗篇正是传达出这样的情怀，这成为了后代文人竞相选择的题材，并把这种家国之爱扩展到最大。

其次，人物较之以前的叙事诗加入了多种叙事成分，充实而饱满。记叙事件、描述人物时，运用了心理描写、场面描写、外貌描写等，开始在叙事诗中运用写作技巧。像《渔父》中对屈原的外貌描写“颜色憔悴，形容枯槁”，更能使读者了解诗歌主人公的内心的痛苦与煎熬，这在《诗经》时代的叙事诗中基本找不到这样的叙述。《渔父》中“渔父莞尔而笑，鼓枻而去”，这串动词一气呵成，惟妙惟肖。《山鬼》还

---

① 鲁迅：《鲁迅全集》第八卷，人民文学出版社 1957 年版，第 274 页。

② 胡晓明选编：《楚辞二十讲》，华夏出版社 2009 年版，卷首。

③ 朱光潜：《悲剧心理学》，人民文学出版社 1983 年版，第 261 页。

运用了内心独白，塑造了一位美丽、率真、痴情的少女形象，“被薜荔兮带女萝”的外貌描写，“岁既晏兮孰华予”的心理描写都具有一定效果。《国殇》中对激烈战争场面的描写都在以往的叙事诗中很难找到，通过这些叙述技巧使形象栩栩如生，跃然纸上。

最后，在句式、结构、语言等艺术形式上都有变化与发展。在句式上，突破《诗经》时代整齐划一的四言，变成五言、六言、七言、杂言，多种句式相结合。句法参差错落，灵活多变；句中句尾多用“兮”字，以及“之”“于”“乎”“夫”等虚字，用来协调音节，造成起伏回宕、一唱三叹的韵致。篇幅上较长。语言上，在方言入诗的同时，讲求技巧，绘饰文辞。鲁迅在《汉文学史纲要》中说：“楚虽蛮夷，久为大国，春秋之世，已能赋诗，风雅之教，宁所未习，幸其固有文化，尚未沦亡，交错为文，遂生壮采。”① 刘勰在《文心雕龙·辨骚》中也说《楚辞》“惊采绝艳，难与并能”，“惊才风逸，壮采烟高”②。战国时期的叙事诗开始走出简朴的原始风貌，辞采绚烂、流光溢彩。

客观地说，战国时期的诗歌还是以抒情为主流的，但是叙事诗虽然数量不多，却具有开创性。浪漫主义和现实主义相结合。在叙事中夹杂抒情，虽为抒情，叙事却成为了诗歌描述的重点。以《楚辞》为代表的神话叙事诗以其独有的魅力和极大的艺术感染力，使中国文化保有了一个精神的家园，在中国文学史上占有一席之地，并产生深远影响。

第三节　神话叙事诗的意义与影响

李泽厚先生说：“《离骚》把最为生动鲜艳、只有在原始神话中才能出现的那种无羁而多义的浪漫想象，与最为炽烈深沉、只有在理性觉醒时刻才能有的个体人格和情操，最完满地溶化成了有机整体。”③ 神话叙事诗的意义和价值正在这里。

---

① 鲁迅：《鲁迅全集》第八卷，人民文学出版社 1957 年版，第 276 页。

② 祖保泉：《文心雕龙解说》，安徽教育出版社 1993 年版，第 82、88 页。

③ 李泽厚：《美学三书》，安徽文艺出版社 1999 年版，第 73 页。

一　神话叙事诗的意义

首先，神话叙事诗为史家提供了丰富的文献资料。神话叙事诗的许多内容和故事，为史家提供了写史的素材，这从《玄鸟》被司马迁加工写在《史记·殷本纪》中，《生民》被司马迁加工写在《史记·周本纪》中，可见一斑。将神话历史化，使得神话文人化，一方面使得神话能被更广泛地记忆，当然，另一方面，也使神话销歇了。

其次，丰富了叙事诗的类型。先秦汉魏六朝叙事诗创立了各种题材、各种类型的诗歌。神话叙事诗萌芽于先秦，《诗经》中的《生民》《玄鸟》等篇目，都是早期神话叙事诗的代表。诗歌是人类历史的记忆，它以生动、鲜活的形象，给人们以历史和现实生活的知识，提高人们对自然、社会、人生以及自己的深刻了解，以期帮助人类认识社会、认知自己。神话叙事诗人通过对神怪故事的描写，让我们了解了人类的昨天和前天，从这个意义上看，神话叙事诗有着史料上的价值和浪漫的色彩。神话叙事诗对于我们这个务实的民族，对于这个民族的社会经济与社会政治生活都有着无法比拟的意义。

二　神话叙事诗的影响

以《楚辞》为代表的神话叙事诗，开创了我国浪漫主义诗歌的传统，鲁迅在《汉文学史纲要》中说："其影响于后世之文章，乃甚或在三百篇以上。"① 其对文学史的影响是深远而巨大的。

首先，浪漫主义诗歌传统的确立，直接影响着后世的浪漫主义文学。如果说《诗经》开创了中国现实主义的诗歌传统的话，那么《楚辞》则开创了中国浪漫主义的文学传统。在诗歌史上，许多诗学家认为屈原时代是没有真正意义上的叙事诗的，原因就在于它的情感过于浓烈奔放。后世的浪漫主义文人深受其影响，李白、李商隐等唐代浪漫主义诗人，唐代李朝威的《柳毅》，还有一大批明清小说也无不洋溢着浪漫主义的情怀，像《西游记》《聊斋志异》《镜花缘》《封神演义》《红楼梦》，等等。这样，在诗歌史上，至《楚辞》时代，现实主义与浪漫

① 鲁迅：《鲁迅全集》第八卷，人民文学出版社1957年版，第274页。

主义两大创作方法都齐备了。

其次，原型意象的确立，直接影响了后代的民族精神。原型是人类心理活动的基本范型，是一种先天性的直觉形式。荣格说："伟大的诗篇从人类生活汲取力量，假如我们认为它来源于个人因素，我们就是完全不懂它的意义。每当集体无意识变成一种活生生的经验，并且影响到一个时代的自觉意识观念，这一事件就是一种创造性行为，它对于每个生活在那一时代的人，就都具有重大意义。一部艺术作品被生产出来后，也就包含着那种可以说是世代相传的信息。"①《楚辞》中的神话诗创造了大量的原型，神话叙事诗的主人公，尽管有着世人所不及的神异成分，但是这些主人公更接近于人。作为部族始祖与英雄，他们的智慧、勇敢、拥有不可更易的信念和抗争精神，他们的精神正是这个民族代代相传的信息。

小　结

本章以《楚辞》为主要诗体样式，讨论了神话叙事诗。这一类型的诗歌，内容奇异神灵，从语言形式上来看，在四言为主的基础上，间以五言，为后世的杂言诗及词的产生奠定基础，并开创了浪漫主义诗风，完善了中国诗歌的创作手法。

---

① ［瑞士］荣格：《心理学与文学》，冯川等编译，生活·读书·新知三联书店 1987 年版，第 138 页。

第四章　汉乐府与民间叙事诗

汉代诗歌分为赋类和歌诗类，歌诗类中蕴藏着大量的叙事诗。汉代叙事诗分为文人诗和乐府诗，都体现出一种全新的“诗缘事”的叙事传统，表现出“感于哀乐，缘事而发”的独有诗歌品格。汉乐府叙事诗以一种写实的方式再现了汉代的社会现实、人生百态，立足于客观现实，正视现实、忠于生活，为民间叙事诗的发展作出巨大贡献。文人五言诗也取得了相当的成就，本章将对汉代的乐府诗与文人诗进行研究。

第一节　汉代叙事诗综论

汉代是一个经济文化高度发达的时代，是一个社会关系空前复杂的时代，也是一个社会矛盾剧烈冲突的时代，在这样一个时代，汉民族逐渐形成，并形成了自己的民族心理与民族精神。李泽厚先生在《中国美学史》中论及两汉时曾说：“如果不单纯从理论角度而更为广泛地从审美意识的形式发展上就更加重要。楚文化与先秦北国文化的交融结合是在汉代完成的，由此而打破了南北文化很少联系接触的状态，形成了统一的汉民族的文化心理结构。作为这个文化心理结构的一个部分，中国古代艺术的基本特征是在汉代完全形成，并成为汉民族的久远的传统。这也是后来佛教艺术大量输入，但却不能根本改变中国艺术的特征的重要原因。”① 中国文艺第一次在一个广大的范围内展示汉代的社会人生，直接面对各种剧烈的矛盾冲突，并且毫不避讳地去反映它。以乐府诗、文人诗为代表的汉代叙事诗，异常广阔地展现了这一时代的伟大特征。

---

① 李泽厚：《中国美学史》（先秦两汉编），安徽文艺出版社 1999 年版，第 428 页。

李泽厚先生在《美的历程》中说："其实，汉文化就是楚文化，楚汉不可分。尽管在政治、经济、法律等制度方面，'汉承秦制'，刘汉王朝基本上是承袭了秦代体制。但是，在意识形态的某些方面，又特别是在文学艺术领域，汉却依然保持了南楚故地的乡土本色。汉起于楚，刘邦、项羽的基本队伍和核心成员大都来自楚国地区。项羽被围，'四面皆楚歌'；刘邦衣锦还乡唱《大风歌》；西汉宫廷中始终是楚声作主导，都说明这一点。楚汉文化（至少在文艺方面）一脉相承，在内容和形式上都有其明显的继承性和连续性，而不同于先秦北国。楚汉浪漫主义是继先秦理性精神之后，并与它相辅相成的中国古代又一伟大艺术传统。它是主宰两汉艺术的美学思潮。不了解这一关键，很难真正阐明两汉艺术的根本特征。"[①] 李泽厚先生精准地看到了汉文化对楚文化的继承与沿革，但这只是汉文化的一个侧面，它还不能全面公允地概括汉文化，包括汉代叙事诗在内的汉代文学并不仅仅是某种文化的延伸，由于时代政治、经济条件、文化思潮等因素，汉代文学体现出一种全新的"诗缘事"的叙事传统。最早总结诗歌言事特点的何休在《春秋公羊传解诂》卷十六《宣公十五年》中就提到"男女有所怨恨，相从而歌。饥者歌其食，劳者歌其事"，已经明确表达了汉代对诗歌叙事功用的认识与理解。本节将对汉代叙事诗产生的原因、发展历程、艺术特征进行梳理与研究，以把握汉代叙事诗的整体面貌。

一　民间叙事诗歌成为可能

汉代是中国历史上继秦之后第一个大一统的帝国，汉代创造了中国历史上第一个真正意义上的盛世，即我们常说的汉唐盛世的汉代。盛世的文学自然是恢弘的，汉代诗歌和散文都取得了骄人的成绩，就诗歌而言，汉代诗歌分为赋类和歌诗类。歌诗类中蕴藏大量的叙事诗。汉代叙事诗分为诗骚体、文人诗和乐府诗，它们的产生与勃兴是与这特定的历史时代紧密相连的。

首先，经济的高速发展，国力的空前强大，需要与之相配的文化来表现与张扬。在经历了秦末的战乱动荡后，百废待兴的情况促使汉代王

---

① 李泽厚：《美学三书》，安徽文艺出版社 1999 年版，第 74—75 页。

室励精图治，汉朝迅速崛起。辽阔无垠的疆域、一望无际的牧场、鳞次栉比的房屋、意气风发的武士、个性张扬的市民，依依杨柳、皑皑白雪、神奇鬼怪、天地神灵，无一不在展示汉代恢弘的气度，张扬汉代积极奋发的精神，汉人的主体意识也越来越明晰，贵族王室的优越感也越来越强烈。膨胀的王室为了炫耀自己的文治武功，特别需要配套的文化来张扬它的气势。为了政治的需要，不能够仅仅沿袭高祖旧制，必须重新制礼作乐。同时，“借助宗教神学，来加强自己的中央集权统治，这也是乐府设置的一个重要的思想文化背景”，[①] 为了显示自己受神眷爱的天子的地位与神威，就要借助宗教祭祀，在祭祀的过程中，需要歌舞音乐等的配合，这样一来，乐府就义不容辞地担当起了这个重任。从音乐人才的选拔与培养，到诗歌的搜集、整理、保存、配乐、表演都需要乐府。话说回来，汉乐府的产生也不能简单地归结为宗教祭祀的需要，汉王室好大喜功，他们实际上也希望听到来自王公大臣以及下层百姓的赞歌，所以，汉王室设置乐府，并不仅仅是宗教祭祀的目的，他们也在不自觉地效仿先秦的典章制度与习惯，到各地去采集歌谣与诗歌，达到观民风民俗的目的，关于这一点，班固《两都赋·序》说：“大汉初定，日不暇给。至于武宣之世，乃崇礼官，考文章，内设金马石渠之署，外兴乐府协律之事。以兴废继绝，润色鸿业。”[②] 班固的《汉书·礼乐志》说：“至武帝定郊祀之礼……乃立乐府，采诗夜诵，有赵、代、秦、楚之讴。以李延年为协律都尉，多举司马相如等数十人造为诗赋，略论律吕，以合八音之调，作十九章之歌。”[③] 这说明乐府的规模在扩大。而“采诗夜诵”，范文澜先生在《文心雕龙·乐府》中谈了自己的理解：“细审语意，‘采诗夜诵’谓采取百姓讴谣而夜诵之……窃案《说文》夕部‘夜从夕，夕者相绎也’，夜绎音同义通，是夜诵即绎诵矣……反复推演之谓之绎。”[④] 这里的“夜诵”已经明确表示了乐府从民间采集诗歌，然后协以声律的事实。班固在《汉书·艺文志》中

---

① 赵敏俐、吴相洲等：《中国古代歌诗研究》，北京大学出版社 2005 年版，第 183 页。

② （梁）萧统编，（唐）李善注：《文选》卷 1，上海古籍出版社 1986 年版，第 1—3 页。

③ 曹道衡：《两汉诗选》，中华书局 2005 年版，第 7—8 页。

④ 范文澜：《文心雕龙注》，人民文学出版社 1998 年版，第 106—107 页。

说："自孝武立乐府而采歌谣，于是有代赵之讴，秦楚之风，皆感于哀乐，缘事而发，亦可以观风俗，知厚薄云。"再一次予以说明。"观风俗，知厚薄"其实对于气势恢弘的汉王室来说，更多的是希望听到讴歌与礼赞，但是我们从后来的汉乐府的内容来看，情况却远非汉初统治者所希望与憧憬的那样。汉乐府成了汉代诗歌的代表，这里既有对汉代王室宏图大业的无尽讴歌与赞美，也有对汉代强大帝国的极力渲染与张扬，更有为建立这个庞大帝国征兵役、服徭役、流血流汗的最普通的下层百姓的切身感受与抒怀，有他们的血与泪、他们的苦与乐、他们的爱与恨、他们的愤懑与不平……而后者正是乐府诗歌的精华。而文人对乐府诗的学习与模仿，也使文人诗的内容越来越丰富。

其次，时代的变化，使雅俗观发生了重大变异，俗乐逐渐取代了雅乐。"雅"与"俗"是中国文学史上一对相互关联没法完全分开的话题，它们是文学不可或缺的两翼，"如同薪与火，刀与锋，形与影那般难以简单剥离"①。"雅"指主流文化与精英文化的正统的雅正的审美意趣。"俗"指大众文化的通俗浅显、质朴粗犷、自然本色。就"乐"本身而言，是无所谓雅俗的。"乐者，乐也，人情之所必不免也，故人不能无乐。乐则必发于声音，形于动静，而人之道声音动静性术之变尽是矣，故人不能不乐。"（《荀子·乐论》）"耳之于声也，有同听焉；目之于色也，有同美焉。"（《孟子·告子上》）"口之于味也，目之于色也，耳之于声也，鼻之于臭也，四肢之于安佚也，性也。"（《孟子·尽心下》）对"乐"的欣赏与追求是人的本性。人"有夫妇之别，父子兄弟之序。……有君臣之分，尊卑之节。"（《无能子》卷上《圣过》第一）同时，作为审美需要的"乐"也有"雅乐""俗乐""先王之乐"和"世俗之乐""雅颂之声"与"郑卫之声""阳春白雪"与"下里巴人"等不同的审美意趣和审美追求。"雅乐"又称"先王之乐""雅颂之声""阳春白雪"，是指正统的音乐，即符合礼乐规范，能体现儒家所极力称颂，和统治阶级的文化精神一脉相承的表现政治伦理教化功能及审美观念的宫廷音乐。② 这种音乐一般都在祭祀活动和朝会仪式中演

① 孔庆东：《超越雅俗》，重庆出版社 2008 年版，第 3 页。

② 曹顺庆、李天道：《雅论与雅俗之辨》，百花洲文艺出版社 2005 年版，第 4—5 页。

奏。它兴起于西周初年，和周代的礼乐制度分不开，当时武王去世，年幼的成王即位后无法摄政，其叔父周公旦帮助他“制礼作乐”，就是将“礼”“乐”制度化。目的在于辨别、规定等级区分，使人与人之间的等级关系有序化，并要求人们自觉遵守等级秩序。在中国古代哲人看来，圣人立乐和制礼一样，“礼”更多地表现为对人的行为的规范，“雅乐”更多地是对人内心思想情感的陶冶，《礼记·乐记》说：“乐由中出，礼自外作。乐由中出，故静；礼自外作，故文。大乐必易，大礼必简。乐至则无怨，礼至则不争。揖让而治天下者，礼乐之谓也。”[①]《礼记·文王世子》也说：“凡三王教世子，必以礼乐。乐所以修内也，礼所以修外也。”“乐”主要通过对人心灵的陶冶，以净化人的心灵，并由此而使人获得心灵的和谐，社会的安定和谐。孔子曾说：“吾自卫反鲁，然后乐正，《雅》《颂》各得其所。”（《论语·子罕》）“乐者，通伦理者也”，“声音之道与政通矣”。“雅乐”体现着道德伦理、政治教化的精神。《国语·周语下》说：“政象（表现）乐。”儒家学者认为“治世之音安以乐”“乱世之音怨以怒”“亡国之音哀以思”（《乐记·乐本》）。“安以乐”的“乐”，是“雅乐”，也即“治世之音”；而“乱世之音”、“亡国之音”则是“俗乐”。《乐记·乐本》云：“郑卫之音，乱世之音也，比于慢矣。桑间濮上之音，亡国之音也，其政散，其民流，诬上行私而不可止也。”“俗乐”会“乱世”，并导致“亡国”；《乐记·魏文侯》云：“今夫古乐，进旅退旅，和正以广；弦匏笙簧，会守拊鼓。始奏以文，复乱以武，治乱以相，讯疾以雅。君子于是语，于是道古，修身及家，平均天下。此古乐之发也。”又云：“今夫新乐，进俯退俯，奸声以滥，溺而不止，及优侏儒，獶杂子女，不知父子。乐终不可以语，不可以道古。此新乐之发也。”[②] 孔子是重视雅乐的，因为其时在“礼崩乐坏”的社会背景下，周礼所代表的文化传统日渐没落，“郑卫之音”的影响日益扩大，并有逐渐取代“雅乐”的趋势。对此，孔子提出“乐则《韶》、《武》，放郑声，远佞人。郑声淫，佞人

① 李建中主编：《中国古代文论》，华中师范大学出版社 2002 年版，第 110 页。

② 王秀臣：《礼仪兴象〈礼记〉之文学理论形态研究》，社会科学文献出版社 2014 年版，第 216 页。

殆”（《论语·卫灵公》）。“郑声”是产生于郑地的民歌，是当时一种流行乐调歌曲，是“俗乐”，一般情思比较放浪，节奏比较浮靡，不符合“乐而不淫”的标准，使听者为之沉湎，多为情歌。孔子说闻《韶》，三月不知肉味，而对来自民间的明朗、欢快、活泼的新乐，他斥之为“淫”。孔子对“俗乐”的贬斥，都集中在“淫”。就是说“俗乐”不合五声，不中音律，不符合“雅正”审美规范，不合“乐而不淫，哀而不伤”的“中和”审美标准。孔子论诗也尚雅贬俗，他说：“《诗》三百，一言以蔽之，曰：‘思无邪’。”（《论语·为政》）就是指诗歌无论在思想感情方面还是艺术特色方面都要符合审美要求，这是孔子崇尚“雅正”思想的体现。荀子认为：“乱世之征：其服组，其容妇，其俗淫，其志利，其行杂，其声乐险，其文章匿而采，其养生无度，其送死瘠墨，贱礼义而贵勇力，贫则为盗，富则为贼。”（《荀子·乐论》）在荀子看来，必须对“乐”进行审美规范，使其符合先王圣人的“立乐之道”和“立乐之术”，也即符合“雅乐”规范。他在《荀子·乐论》中指出：“乐则不能无形，形而不为道（导），则不能无乱。先王恶其乱也，故制雅颂之声以道之，使其声足以乐而不流，使其文足以辨而不諰，使其曲直、繁省、廉肉、节奏足以感人之善心，使夫邪污之气无由得接焉，是先王立乐之方也。”《荀子·乐论》云：“乐也者，和之不可变者也；礼也者，理之不可易者也。乐合同，礼别异。礼乐之统，管乎人心矣。”“乐”的目的就是“管乎人心”。宋玉在《对楚王问》中提出了“曲高和寡”之说。这就是中国雅俗文艺史上所谓《阳春》《白雪》和《下里》《巴人》的由来。“楚襄王问于宋玉曰：‘先生其有遗行与？何士民众庶不誉之甚也？’宋玉对曰：‘唯，然有之。愿大王宽其罪，使得毕其辞。客有歌于郢中者，其始曰下里、巴人，国中属而和者数千人；其为阳阿、薤露，国中属而和者数百人；其为阳春、白雪，国中风而和者不过数十人；引商刻羽，杂以流徵，国中属而和者不过数人而已。是其曲弥高，其和弥寡。……夫圣人瑰意琦行，超然独处；夫世俗之民，又安知臣之所为哉？’”[①]《文选》李周翰注云：“《下里》、《巴人》，下曲名也；《阳春》、《白雪》，高曲名也。”这里的“下

① 江从镐：《宋玉考释》，岳麓书社2014年版，第154—156页。

里”就是指“俗”文艺的里巷歌谣、民间俗曲。“雅”与“俗”是既相互对立，又可以转化，同时还能相互统一的。孟子提倡“雅俗并举”，“世俗之乐犹先王之乐”。屈原的雅俗观表现在诗歌创作方面，则主张化俗为雅，他对“俗”文艺的神话传说、民间乐歌，钟爱有加。汉代辞赋理论家王逸为《天问》作序说，屈原在流放中“见楚有先王之庙及公卿祠堂，图画天地山川神灵，琦玮僪佹，及古贤圣怪物行事，周流罢倦，休息其下，仰见图画，因书其壁，“呵而问之，以泄愤懑，舒泻愁思”①。俗文学向来是不能登大雅之堂的，但一些“雅”的文艺作品最初都是纯粹的“俗”文艺。“俗”文艺的审美特征正在于它的民族化、大众化、世俗化，其强大生命力也正在于“俗”，是俗文学哺育了一代又一代的文人，是“俗”不断地向“雅”输送着新鲜的血液。综上所述，雅俗观念转变的原因，是由于经济的发达，使得城市发展起来，城市人需要娱乐，这自然带动了音乐的繁荣。到汉代，雅乐传统式微，一方面下层民众本来对源自他们身边的耳熟能详的俗乐就万分喜欢，另一方面由于统治阶级盛世情结，滋生了其享乐的心态，表现为对世俗音乐的喜欢，甚至于在朝廷郊祭天地诸祠的音乐都用新声俗乐，从这种意义上说，汉乐府设立的主要目的并不仅仅是“采歌谣”，而是为了制造新的颂神曲为自己的政治统治服务，同时也是为了满足自己的艺术享乐需求。②

最后，社会的高度兴盛与富足，使一部分人脱离劳动，成为专业的诗人，群众参与诗歌创作的人数也在不断增加。先秦时代，诗歌作为一种文学样式，它有自己的存在方式，原始社会物质的匮乏，生产力的低下，生存成为第一要务，全员都要为了生存去劳作，没有能力也没有精力专门从事诗歌创作。社会没有明确的分工，人人都可以在劳动时或者休闲时，有感而发，载歌载舞，人人都是劳动者，人人又都是现成的诗人。后来，随着社会的发展和进步，社会也开始有了分工，专职诗人开

① 柳诒徵：《中国文化史》，中国文史出版社 2015 年版，第 399 页。

② 关于此问题，许多学者已经做过研究，具体见赵敏俐、吴相洲等《中国古代歌诗研究》，北京大学出版社 2005 年版，第 188 页；赵敏俐《汉代诗歌史论》，吉林教育出版社 1995 年版，第 142—151 页；张永鑫《汉乐府研究》，江苏古籍出版社 1992 年版，第 57—69 页。

始出现，这在先秦诸如《左传》《吕氏春秋》等篇章中都有记载。到了汉代，国家的空间统一、生产力的飞速发展、社会的极度富足，使专业歌咏、吟唱的艺术人才越来越多，一方面创立乐府，在乐府从事创作与整理歌诗的就是专职的文人，另一方面，皇亲国戚、达官显贵、富商大贾、社会名流的消费要求越来越强烈，这又在一定程度上促使从事艺术生产与表演的人越来越多，文人阶层的加入无疑会促进诗体的进步与成熟。

汉代叙事诗的产生与发展是离不开汉代这个广阔的历史大舞台的，特定的时代、文化、思想铸就了汉代叙事诗“感于哀乐，缘事而发”的独有品格。

二 汉代叙事诗的整体观照

诗歌是历史的，也是时代的。不同的时代有不同的文学，诗人都生活在一定的时代之中，不能不感受到时代气息的浸染。时代的精神特点、审美要求、审美理想无不对诗人的世界观、人生观、价值观、创作兴趣、创作视野、创作手法产生重大的指导意义。繁华的汉代经济促进了汉代文学的繁荣，汉代主要文学样式为赋、散文与诗歌，汉赋为汉代代表文学样式，“铺采摛文，体物写志”，但它反映的生活多为贵族生活，缺少对汉代社会生活的整体把握。以《汉书》《史记》为代表的散文在汉代也取得了不俗的成绩，对后世传记文学产生极大影响，但它除了文学的意义外，最重要的是它的史料意义。这样看来，汉代诗歌的成就不可忽略。汉代诗歌分为赋类和歌诗类。歌诗类分为诗骚体、文人诗和乐府诗，歌诗类中存在大量的叙事诗，主要集中于汉乐府和文人诗中。

郑振铎曾说：“汉高祖刘邦原来是一个无赖子；溺儒冠，乱骂人，‘为天下者不顾家’，‘幸分我一杯羹’，处处都表现其为一个无教育的人物。所以，他不会欣赏古典的东西的。他喜欢楚歌，爱看楚舞，他自己也会作楚歌。而楚歌，乃是当时流行的民歌，大约是随了楚兵的破秦而大流行于世的。”① 汉初高祖起于楚，楚声自然为高祖所喜爱，也自

① 郑振铎：《中国俗文学史》，上海人民出版社2006年版，第36页。

然成了汉代最流行的歌诗载体。关于这个问题，鲁迅《汉文学史纲要·司马相如与司马迁》有“汉兴好楚声”之说，《汉文学史纲要·汉宫之楚声》也有“楚汉之际，《诗》教已息，民间多乐楚声”之说。《汉书·高祖纪》记载：“上还过沛，留置酒沛宫，悉召故人父老。子弟佐酒，发沛中儿，得百二十人，教之歌。酒酣，上击筑，自歌曰‘大风起兮云飞扬。威加海内兮归故乡。安得猛士兮守四方?’令儿皆和习之。上乃起舞，慷慨伤怀，泣数行下。”[①]之后的汉武帝也是一个歌诗爱好者，创立乐府，乐府诗歌就是用楚声为主的流行曲调演唱诗歌，乐府不仅组织文人创作乐府诗，还从民间广泛搜集各地歌谣。武帝还身体力行，自创诗歌。这些汉代帝王的喜爱和推动，使汉乐府这种叙事诗达到了很高的水准。

汉代以乐府诗为代表的叙事诗扩大了叙事诗的内容，使叙事诗在汉代达到一个新的高度。就叙事诗而言，描述一个国家或民族的兴亡，反映具有重大意义的历史事件或以古代传说为内容，塑造著名英雄的形象，这都是叙事诗的重要功能。世界各民族早期都有这样的叙事史诗。中国先秦时代的叙事诗既有表现民族起源、政治军事、宗教等重大事件的周人史诗，也有表现社会各阶层生活的民间吟唱。到了汉代，汉乐府叙事诗没有反映家国大事的史诗，有的只是那些反映社会各阶层日常生活的叙事诗。汉乐府一改先秦时代的群体意识，从个体的角度出发反映时代的风貌，叙写个人的生活。失意的文人、别离的夫妻、卖艺的歌女、采桑的妇人、戍边的士卒、骄横的军官、飨宴的贵族、荡游的浪子、贫困的农人，尽数入诗。他们的悲欢离合、喜怒哀乐成了诗家所钟情的题材，平民化、世俗化、生活化、娱乐化是汉代乐府叙事诗的重要表征。

除了汉乐府，汉代叙事诗还有文人五言诗，文人叙事诗的诞生与文人在汉代的境遇有着密切的联系。战国时代兴起的“士”阶层即知识分子阶层，大多出身于社会底层，他们有远大的理想和伟大的抱负，都希望靠自己的绝顶才华和非凡的能力去谋求仕进，出谋划策，辅佐君王，进而实现自身的社会价值和自我价值。于是，这个特殊的阶层一直

① 胡适：《白话文学史》，上海三联书店2014年版，第15页。

把学而优则仕当作自己人生的终极理想。的确，出身寒门的士子要想摆脱自己的命运，不可能像贵族那样靠世袭，只有通过读书，才能仕进，只有仕进，才能加入统治集团，改变自己的命运。这样的理想在汉代这样一个宏阔的时代，在文人中表现得更为强烈。以智慧报国、献策于帝王、建功立业、名垂青史，这是何等恢弘的理想、志向与豪情。这种理想与豪情激励着文人去进取，这种积极入世的态度，使他们的叙事诗作呈现出浓重的浪漫情怀，抒情意味十足。我们应该看到，虽然汉代文人热衷于功名利禄，希望得到这些功名利禄以及社会的认同，以显示自己存在的社会价值。但文人在汉代的际遇是普遍失意的，他们的仕途并非文人想象得那么顺畅，而是充满艰辛的。在功名利禄的角逐中，贵族权臣为了自己的利益，设置了重重的羁绊，考取与未考取对于文人来讲都是极其痛苦与艰辛的。况且考取功名者毕竟是少数，大部分文人背井离乡、漂泊异处、有家难归，在功名利禄的追逐中，他们付出巨大的自我牺牲，个体人格的压抑、青春生命的煎熬、夫妻别离的痛苦。更有甚者，大多数人的巨大牺牲并未得到应有的报偿，仕途功名不过是一个虚无缥缈的海市蜃楼，是人生历程中一场可望不可即的美梦。落魄困顿之际，人生苦难之时，他们内心的苦楚自然无以复加，官僚政体对个体人格的摧残与个性的觉醒，构成了二律悖反，使文人生活在更加痛苦的思想矛盾中，人生无常、珍惜生活、重男女情、及时行乐等各种个人主义思想开始抬头。转瞬即逝的青春光阴、真挚无比的男女情爱、幸福安稳的世俗生活都成为文人记录自己的生活与情感的选择。在这种特殊的背景下，汉代文人诗的产生是汉代诗歌告别了先秦时代的重要表征，我们知道先秦诗歌一直是集体吟唱的，虽然战国时代以屈原为代表的楚辞开始了个体创作，但我们知道那是不完善的，还不是真正意义上的个体创作，因为从事诗歌创作的诗人是很少的，诗歌数量也不多，完全形成不了潮流，而汉代文人诗歌几乎占据了汉代诗坛的半壁江山，现实主义色彩尤为突出。

以《古诗十九首》为代表的汉代文人叙事诗选择男女相思、人生短促等作为自己的主选内容。以男女相思别离为题材的文人诗是汉代社会追求世俗享乐，感叹人生短促这种社会思潮在文人中的一种特殊表现。他们在个体人生价值的追求中抒写他们的情感，表达他们的真实感受，这使汉代文人诗更具有现实精神。

三 汉代叙事诗的叙事模式

汉代是中国诗歌发展史上一个承前启后的时代，是中国叙事诗走向繁荣的时代，无论是诗人群体、诗歌数量、诗歌内容、艺术风格等方面都呈现出前所未有的繁荣，如果说《诗经》是经典，经得起推敲的话，那么，汉代叙事诗摆脱了《诗经》中史诗的完整叙事，也脱离了神话诗的神秘缥缈，走向市井贫民，开创了中国诗歌史上的新纪元。

首先，人物刻画生动。叙事诗最重要的任务就是讲述故事，塑造人物。在汉代之前的叙事诗，虽然也注重对鲜活灵动、栩栩如生的人物的刻画，但先秦叙事诗就是为了讲述一个故事，而对塑造人物确实着墨不多。《诗经》中的民间唱事都缺少对人物精雕细刻的描述，就是告诉我们先祖们的生活故事。汉代诗歌在这方面则有所发展与突破，当然，这也是有深刻的社会原因的。汉代社会生活的丰富多彩和社会矛盾的尖锐复杂，汉代辞赋的铺陈渲染、极尽夸饰之能事的写法不能不对汉代诗歌产生深刻影响。在人物的描述上，无论汉乐府还是文人诗，诗人很少出现自己的情感评价，正如福楼拜所言："艺术家不应在他的作品里露面，就像上帝不该在生活里露面一样。"[①] 这也是现实主义诗歌最重要的表征。汉乐府叙事诗所描写的人物有的通过语言，有的通过动作，都是栩栩如生的。马克思在给《致斐·拉萨尔》的信中提道："我感到遗憾的是，在人物个性的描写方面看不出什么特色。"[②] 实际上，马克思在这里提出了一个典型的重要原则就是它的特征性。在《诗经》时代我们看到，人物的描写还初显稚嫩与不成熟，汉乐府则非常注重对人物的描绘，着力于在人物的外在形象与内心世界的塑造与描述上下功夫。《羽林郎》中的胡姬，穿一件腰系两条对称连理罗带的长襟，外面的罩衫是一件袖子宽大，绣着合欢图案的短袄，头上戴着蓝田美玉做的首饰，发簪两端挂着两串大秦国的宝珠，一直下垂到耳后，高高地挽着的两个环形发髻更是美不胜收，简直是世间少有，漂亮的发髻，也要价值

① 童庆炳主编：《文学理论教程》，高等教育出版社 2013 年版，第 181 页。

② 《马克思恩格斯选集》第 4 卷，人民出版社 1955 年版，第 555 页。

千万。这里运用了白描、夸张、骈俪、借代等多种艺术手法，从胡姬的年龄、环境、服装、首饰、发髻等方面着力描述，极尽铺陈、夸张之能事，烘托胡姬的美丽动人。《陌上桑》中的罗敷头上梳着倭堕髻，耳上挂着明月珠，杏黄的绫罗做裙子，紫色的绫罗做短袄，这样的美丽让人惊艳。这种对人物外表的精致描写，在汉代之前的叙事诗中鲜有出现。

其次，情事完美交融。汉代叙事诗情节曲折、故事生动，虽然没有对事件做首尾圆和的整体叙述，但还是选择了有代表性的题材、场面来凸显故事。人物与其生活环境之间的关系是密不可分的。狄德罗说过“人物的性格要根据他们的处境来决定”[①]，左拉也论及“要使真实的人物在真实的环境中活动”[②]。恩格斯在《致玛·哈克奈斯》的信中也说：“据我看来，现实主义的意思是，除细节的真实外，还要真实地再现典型环境中的典型人物。您的人物，就他们本身而言，是够典型的；但是环绕着这些人物并促使他们行动的环境，也许就不是那样典型了。”[③]这里传递着这样一个信息，人物必须生活在一定的与之相关联的典型环境中，在汉乐府中，我们随时看到人物生存与活动环境的交代。《陌上桑》故事发生在一个明媚的春日，情节还未展开，就对女主人公罗敷采用烘托、侧面描写等方式描述她外在的美丽，极尽比喻、铺陈、夸张之能事。随着使君的出场，立踟蹰，遣吏询问，罗敷走上前来答话，应该说，场面极为集中，在没有结局之前就先对环境进行渲染，并在一连串的动词运用中，展开情节，而且情节跌宕。罗敷对使君的回答可谓出乎我们所有人的意料，也许大家会想到她的婉拒，但是，却想不到她回绝得如此精妙，竟然以使君不及自己夫婿优秀作为回绝的理由，着实让人料想不到，在叙事诗史上刻下了浓墨重彩的一笔。《上山采蘼芜》记叙了女主人公上山采蘼芜偶遇前夫，并与前夫之间的简短对话。对于女子被弃的原因等事件都缺少交代，可谓此时无声胜有声，被弃的原因不仅不言自明，而且在这里也显得不那么重要了，因为通过俩人的对

---

① ［法］狄德罗：《论戏剧艺术》（上），陆达成等译，见伍蠡甫主编《西方文论选》，上海译文出版社 1979 年版，第 363 页。

② ［法］左拉：《论小说》，柳九鸣译，见《古典文艺理论译丛》第 8 册，人民文学出版社 1964 年版，第 122 页。

③ 《马克思恩格斯选集》第 4 卷，人民出版社 1995 年版，第 683 页。

话，我们已经对人物和事件有了更清晰的把握，女主人公的宽容、善良、仁忍与刚毅决绝的性格一览无余。只选择山上偶遇这一特定的场景，既简省笔墨，又利于表现主题、刻画人物、叙述事件。《羽林郎》中交代了故事发生的地点酒肆，人物是霍家奴冯子都和年方十五春日独当垆的胡姬，在酒肆这一特定的场景展开故事，男女主人公刻画得惟妙惟肖，男主人公的无耻，女主人的美丽、机智、不畏强权，性格塑造得都非常鲜明。本诗并无曲折的情节，离奇的故事，但还是在集中的场景中完成了一次较好的叙事。这些汉代叙事诗都不太讲求细节的真实与情节的完整，但突出对场景、环境、事件的描绘，多采用夸张、排比与铺陈的手法，较之先秦尽管叙事中仍有抒情，但抒情成分在减少，叙事要素不断增加，更加完美地体现了叙事的特质。汉代叙事诗多为铺叙，叙事以见情。以《古诗十九首》为代表的文人诗偏重于抒情，但不是抛开叙事，而是以情融事，在叙事中抒情，在抒情中叙事。从情感上说，《古诗十九首》感情纯真诚挚，没有矫揉造作；从艺术表现上说，它的语言好像都是信手拈来，没有错采镂金式的加工，却是出水芙蓉般的自然诗境。《古诗十九首》所描写的景物、情境与情思非常切合，往往通过或白描或比兴或象征等手法形成情景交融、浑然圆融的艺术境界，叙事与抒情完美地结合。

再次，语言精练质朴。叙事诗的主要表达媒介是语言。汉代乐府诗与文人诗在语言上都凝练质朴。马克思、恩格斯在《德意志意识形态》中提出："语言是思想的直接现实……无论思想或语言都不能独自组成特殊的王国，它们只是现实生活的表现。"① 汉代叙事诗在语言上摒弃了汉大赋的辞藻繁复、堆掌用典，诗中鲜有华美的辞藻、迤逦的铺排，语言浅白易懂、质朴无华。胡应麟说："汉乐府歌谣，采摭闾阎，非由润色；然而质而不俚，浅而能深，近而能远，天下至文，靡以过之！后世言诗，断自两汉，宜也。""矢口成言，绝无文饰，故浑朴真至，独擅古今。"（《诗薮》卷一）汉代叙事诗的语言一般都是源自民间的，朴素自然，在质朴的乡土气息中饱含着人们的感情。汉乐府叙事诗的作者在叙述故事的时候，常常抒情，并以叙述为终极目的，做到语言形式极

① 《马克思恩格斯论文学与艺术》，人民文学出版社 1982 年版，第 72 页。

好地为叙事内容服务。实际上，在先秦的叙事诗中，我们还能看到为了语言形式的对仗，而耗费笔墨去抒情、去铺垫。汉乐府叙事诗中简省了笔墨，完美地弥补了这一缺憾。在《诗经》时代，诗歌多为四言，随着时代的发展和生活的复杂，四言的弊端愈加明显，应运而生的五言诗不仅拓展了诗歌的形式而且丰富了诗歌的内容，“诗歌是有节奏的，有韵律的语言的加强形式”①，使用叠字，或描绘景物，或刻画形象，或叙述情境，无不生动传神，也增加了诗歌的节奏美和韵律美。四言诗歌发展到五言，从二节拍到三节拍的发展，不仅形成了新的音乐美，而且增加了容量，关于这个问题，上面已经论及，这里不再赘述。以《古诗十九首》为代表的文人五言诗语言精练又朴素自然，我们分明已经可以看到炼字锻句、谋篇布局的种种迹象，用皎然的话来说是“始见作用之功”；但这种雕饰不同于汉赋的雕琢铺张，肤廓无真意，又不同于后世的“炼字”和“推敲”，而始终如诗、骚一样以情意之表作为创作的中心。你不能说诗中哪一句或哪一个字最好，但诗中任何一个字也都没法替代，遣词用语非常浅近明白，“平平道出，且无用功字面，若秀才对朋友说家常话”②，却涵咏不尽，自然和谐，传神达意，意味隽永，浑然一体。这是民间非文人创作的诗歌所无法比拟的。“不可句摘、章法浑成、句意联属，通篇高妙。”③ 费锡璜也说：“《三百篇》后，汉人创为五言，自是气运结成，非人力所能为。故古人论曰：苏、李天成，曹、刘自得。天成者，如天生花草，岂人剪裁点缀所能仿佛；如铸就钟镛，一丝增减不得，解此方可看汉诗。”“有谓‘东风摇百草’，‘秋草萋以绿’已逗六朝门径；又有耑取‘古欢’、‘新心’等字以为生别，不知古诗浑浑浩浩，纯是元气结成，若以字句求之，真是呓语。”④ 语言精练、浑然天成是文人五言诗的精准定位与评价。

最后，结构自由跳跃。汉代叙事诗结构跳跃，没有固定的章法、句法，长短随意，整散不拘，多为五言体与杂言体。先秦时代的叙事诗诸

① 杨公骥：《中国文学》第一分册，吉林人民出版社 1980 年版，第 7 页。

② （明）谢榛：《四溟诗话》，中华书局 1985 年版，第 39 页。

③ （明）胡应麟：《诗薮》卷二，上海古籍出版社 1979 年版，第 32 页。

④ （清）费锡璜：《汉诗总说》，《清诗话》下册，上海古籍出版社 1978 年版，第 943、948 页。

如《诗经》多为四言，像《溱洧》这样的杂言叙事诗很少。随之而来的汉代叙事诗，虽有少数作品还沿用《诗经》古老的四言体，但绝大多数都是以杂言或者五言的形式出现的，这是继先秦之后，叙事诗的又一次革命与发展。汉乐府叙事诗一改先秦时代没有完整的五言诗的局面，绝大多数为五言，像《上山采蘼芜》《羽林郎》《白头吟》《十五从军行》《陌上桑》等这样完美的长篇五言叙事在汉乐府中随处可见。钟嵘在《诗品序》中说："五言居文词之要，是众作之有滋味者也，故云会于流俗。岂不以指事造形，穷情写物，最为详切者耶！"① 刘勰也说："四言正体，则雅润为本；五言流调，则清丽居宗。"② 陆时雍在《诗镜总论》中也说："五言在汉，遂为鼻祖。"③ 五言体叙事较之四言，包容的生活更广泛复杂、传递的信息更详尽充实、表述的情感更浓烈真挚。杂言体在汉乐府中也大量存在，像《上邪》《战城南》《有所思》这样的诗篇，一篇之中，由一二字到八九字乃至十字的句式都有，而《铙歌十八曲》全都是杂言。长短随意，整散不拘的杂言，一方面使诗歌的形式更加丰富多彩，另一面也更有助于表述复杂的思想内涵。也许今天我们会质疑，不就是增加了一个字或者句式变为长短不一了吗？但情况绝非如此简单，任何的变革，包括语言的变革，都是非常不容易的，都是值得自豪的创举，而汉代叙事诗正是完成了这一伟大的转型。《古诗十九首》以其独特的叙事与抒情之道，在五言诗的发展上有重要地位，也在中国诗史上占据相当重要的地位，它的题材内容和表现手法为后人所效法，对后世诗歌的创作与批评产生重要影响，为后世文人诗树立了楷模与典范，在它的推动下，文人诗取得了辉煌的成绩。

第二节　民间乐府诗考察

汉代叙事诗的代表是汉乐府诗。余冠英先生在《乐府诗选·序》中说："中国文学的现实主义精神虽然早就表现在《诗经》，但是发展

① 李建中主编：《中国古代文论》，华中师范大学出版社 2002 年版，第 177 页。

② 祖保泉：《文心雕龙解说》，安徽教育出版社 1997 年版，第 110 页。

③ 蔡守湘、江风编：《历代诗话论两汉诗赋》，武汉出版社 1993 年版，第 164 页。

成为一个延续不断的，更丰富，更有力的现实主义传统，却不能不归功于汉乐府。”汉代乐府诗既是对《诗经》以来民间叙事诗作的继承与发展，又给后来的文人叙事诗作提供了典范的借鉴。它是我国叙事诗长河中的第一个高潮。它标志着我国古典叙事诗在内容和形式上都达到相当完美的程度，直接影响六朝“拟乐府”诗作和唐代的“新乐府”运动。可以说，在中国诗歌史上，汉乐府的出现才真正形成叙事诗的滚滚洪流。一部叙事诗史，是汉乐府精神的继承与发扬。

一　乐府机构的确立与演进

乐府这一机构在秦代就已经设置，为朝廷的音乐机构。1977 年在秦始皇陵附近出土了一件秦代错金甬钟，钟柄上面镌刻秦篆“乐府”二字。[①] 1999 年春，秦陵考古队又在陵园封土东南部内外城墙之间出土了十一件彩绘半裸百戏陶俑，形态各异，[②] 这些都有力地说明了秦代歌舞水平的高超和秦设乐府的事实。秦代乐府机构的具体职能情况尚不得完全知道，但《宋书·乐志》言“秦缺采诗之官，歌咏多因前代”，说明秦时乐府仍是担任歌唱乐歌的任务。汉代承秦制，《史记·乐书》言：“高祖过沛，诗三侯之章，令小儿歌之。高祖崩，令沛得以四时歌舞宗庙。孝惠、孝文、孝景无所更增，于乐府习常肄旧而已。”班固《汉书·百官公卿表》中说：“奉常，秦官，掌宗庙礼仪，有丞。……属官有太乐。”“少府，秦官，掌山海池泽之税，以给供养。……属官有……乐府。”由此推断，汉代就有音乐官署，分属奉常和少府两个部门。《汉书·礼乐志》中说：“高祖时，叔孙通因秦乐人制宗庙乐。大祝迎神于庙门，奏《嘉至》，犹古降神之乐也。皇帝入庙门，奏《永志》，以为步行之节，犹古《采荠》、《肆夏》也。干豆上，奏《登歌》，独上歌，不以管弦乱人声，欲在位者遍闻之，犹古《清庙》之歌也。《登歌》再终，下奏《休成》之乐，美神明既飨也。皇帝就酒东厢，坐定，奏《永安》之乐，美礼已成也。又有《房中祠乐》，高祖唐山夫人所作也。周有《房中乐》，至秦名为《寿人》。凡乐，乐其所生，

---

① 寇效信：《秦汉乐府考略》，《陕西师范大学学报》1978 年第 1 期，第 35 页。

② 《北京晚报》1999 年 10 月 18 日第 9 版。

礼不忘本。高祖乐楚声，故《房中乐》，楚声也。孝惠二年（前193），使乐府令夏侯宽备其箫管，更名《安世乐》。”可见，汉朝一建国就开始进行朝廷音乐机关的建设。这里有属于奉常的宗庙祭祀用的歌曲，也有属于少府的既用于祭祀又用于燕乐宾客的，诸如《房中乐》等歌曲。[①] 汉武帝即位后，“搢绅之属皆望天子封禅改正度也”。也正是在这个时候，“亳人谬忌奏祠太一方，曰：‘天神贵者太一，太一佐曰五帝。’”于是汉武帝开始“令太祝立祠长安东南郊，常奉祠如忌方”，并亲自进行郊拜太一之礼［汉武帝定郊祀之礼，实际也是一个很长的过程，大体上说，亳人谬忌奏祠太一方是在汉元光二年（前133），汉武帝初立太一祠郊祭是在元鼎三年（前114）］。这在许多史料中都可以找到佐证。《史记·武帝本纪》和《史记·封禅书》有如是记载：“上遂郊雍，至陇西，西登崆峒，幸甘泉。令祠官宽舒等具太一祠坛，祠坛放薄忌一坛，坛三垓。五帝坛环居其下……”“十一月辛巳朔旦冬至，昧爽，天子始郊拜太一。朝朝日，夕夕月，则揖；而见太一如雍郊礼。其赞飨曰：‘天始以宝鼎神策授皇帝，朔而又朔，终而复始，皇帝敬拜见焉。’而衣上黄。其祠烈火满坛，坛帝烹炊具。有司云‘祠上有光焉’。公卿言‘皇帝始郊见太一云阳，有司奉瑄玉嘉牲荐飨。是夜有美光，及昼，黄气上属天。’太史公、祠官宽舒等曰：‘神灵之休，佑福兆祥，宜因此地光域立太畤坛以明应。令太祝领，秋及腊间祠。三岁天子一郊

---

① 萧涤非：《汉魏六朝乐府文学史》，人民文学出版社1984年版，第34—35页。《房中乐》为何，前人多有误解。对此，萧涤非考之甚详。他说：按：《周礼·磬师》云：“教缦乐燕乐之钟磬。”郑玄注云：“燕乐，房中之乐。”是知所谓房中乐者，盖即燕乐。《磬师》又云：“凡祭祀飨食，奏燕乐。”又云：“凡祭祀宾客，舞其燕乐。”则知此种燕乐，原有两用：一用于祭祀，为娱神之事，一用之飨食宾客，为娱人之事。而其分别，则在有无钟磬之节。郑注“教缦乐、燕乐之钟磬”云：“二乐皆教其钟磬。”是燕乐（即房中乐）可以有钟磬之节矣。而其注《仪礼·燕礼》“与四方之宾燕，有房中之乐”则云：“弦歌《周南》《召南》之诗，而无钟磬之节。”二注适相反。故贾公彦释之曰：“房中乐得有钟磬者，待祭祀而用之，故有钟磬也，房中及燕，则无钟磬也。”据此，则知房中乐用之宾燕时，但有弦而无钟磬，用之祭祀时则加钟磬，而汉房中乐适与此相合。《汉书·礼乐志》谓孝惠二年始使夏侯宽其箫管，则当高祖时，房中歌亦属弦歌而无吹可知。（郑玄《周礼》注：“弦，谓琴瑟也。歌依咏，诗也。”）又今歌有：“高张四悬，乐充宫廷”之文，四悬谓四面悬，即宫悬，盖钟磬之属，则是亦有钟磬之节与周房中乐同又可知。意汉高既乐楚声，此歌当亦不专用之祭祀，四时宾燕，亦复施用，既兼燕祠之二义，故沿袭周名而曰“房中祠乐”，班固或言“房中乐”者，“房中祠乐”之简称耳。

见’……”“其春，既灭南越，上有嬖臣李延年以好音见。上善之，下公卿议，曰：‘民间祠尚有鼓舞乐，今郊祀而无乐，岂称乎？’公卿曰：‘古者祠天地皆有乐，而神祇可得而礼。’或曰：‘太帝使素女鼓五十弦瑟。’于是塞南越，祷祠太一、后土，始于乐舞，益召歌儿，作二十五弦及空侯琴瑟自此始。”《汉书·礼乐志》也说：“至武帝定郊祀之礼，祠太一于甘泉，就干位也；祭后土于汾阴，泽中方丘也。乃立乐府，采诗夜诵，有赵、代、秦、楚之讴。以李延年为协律都尉，多举司马相如等数十人造为诗赋，略论律吕，以合八音之调，作十九章之歌。以正月上辛用事甘泉圜丘，使童男女七十人俱歌，昏祠至明。夜常有神光如流星止集于祠坛，天子自竹宫而望拜，百官侗祠者数百人皆肃然动心焉。”1984 年，广州南越王墓有铜铙一套八件出土，皆铭刻“文帝九年乐府工造”字样，这里“文帝”指南越文帝，“九年”指西汉元光六年（前 129 年）。[①] 这再一次证明汉乐府在武帝定郊祭之前就存在，到武帝时，汉乐府的职能、规模都已扩大。

以上史料具体翔实地说明了汉乐府的演进过程。当然，后来把乐府所采的诗也叫乐府。

二　反映时代气象的汉乐府

汉乐府叙事诗是汉代气象万千的生活的写照和缩影，它一扫先秦叙事诗的政治伦理色彩，全力展示汉人丰富多彩的社会生活图景与画卷。余冠英说：“假如把最能见汉乐府特色的叙事诗单提出来说，像《陌上桑》、《陇西行》、《孤儿行》、《孔雀东南飞》那样，相应着社会人事和一般传说文学的发展而发展起来的曲折淋漓的诗篇，当然更不是诗经时代所能有。”[②] 明代徐祯卿在《谈艺录》中也说：“《乐府》往往叙事，故与《诗》殊。”[③] 一语中的，叙事诗发展到汉代，从内容题材到艺术特色已经相当完备。当然，也有学者提出不同意见，郑振铎说：“汉代

① 广州象岗汉墓发掘队：《西汉南越王墓发掘初步报告》，《考古》1984 年第 3 期，第 222—230 页。

② 余冠英：《汉魏六朝诗论丛》，商务印书馆 2010 年版，第 10 页。

③ 何文焕：《历代诗话》，中华书局 1981 年版，第 769 页。

乃是诗思最销歇的一个时代。”[1] 余冠英说：“汉乐府民歌被搜集的时候正当诗歌中衰的时代，那时文人的歌咏是没有力量的。”[2] “《诗经》以后400年左右的汉代，正是中国诗坛中衰和落寞的时代”[3] 但事实绝非如此，汉乐府诗是汉代社会生活的百科全书，它时时传达着对破坏家庭生活的征战徭役、吏政败坏、民生困顿的不满，对纯美的爱情婚姻、真挚情感等理想生活的向往。可以说，汉乐府诗的题材内容是广博的，现实生活中的各色人等，诸如横行的权贵、失意的文人、戍边的士卒、远行的游子、贫困的农夫、卖艺的歌姬、被遣的妇人无不入诗，尤其是对下层百姓的关注，他们的喜怒哀乐、悲欢离合，他们的爱情、婚姻、饮酒、求仙、游乐、歌舞也无不记录。下面仅从几个方面简单论及。

首先，爱情婚姻。美国学者宇文所安说：“诗歌可以唤起我们心中渴望迷失的那一部分。”[4] 汉代繁盛的社会现状是用不断的战事换回来的，多少士卒连年征战、别离家人、战死疆场，多少文人为了功名抛家舍业、漂泊异乡，个中滋味，杂陈于心。对美好爱情、婚姻、家庭的渴望愈加强烈。爱情婚姻题材在汉代叙事诗歌中是最为成功与最引后人重视的内容。诗歌是人们感情的表现，亲情、友情、爱情更是人类亘古不变的母题，在《诗经》中婚姻爱情题材就占据很大的比例，汉代继承了这一传统，汉乐府中的爱情诗大多是采自民间的诗作，反映了百姓的情感世界，这里有对恋人思念、爱情坚贞、爱情悲剧等内容的叙述。《上邪》《江南》这样的诗作反映了美好的恋情，恋人之间嬉戏打闹，缠绵相依；《饮马长城窟行》则是讲述了恋人的思念之情；《有所思》《白头吟》《上山采蘼芜》等诗作讲述女主人公无端被抛弃的爱情悲剧；《陌上桑》《孔雀东南飞》则是歌颂反抗礼法、忠于爱情的篇章。汉代的爱情叙事诗之所以有别于《诗经》时代爱情诗的自由活泼、俏皮灵动、生机盎然，是由于汉代“罢黜百家，独尊儒术”的实施，封建礼教逐渐开始影响人们的生活，随着社会现实的变化，人们的思想、爱情

---

① 郑振铎：《中国俗文学史》，作家出版社1954年版，第46页。

② 余冠英：《汉魏六朝诗论丛》，商务印书馆2010年版，第10页。

③ 杨生枝：《乐府诗史·傅庚生序》，青海人民出版社1985年版，第2页。

④ ［美］宇文所安：《迷楼：诗与欲望的迷宫》，程章灿译，生活·读书·新知三联书店2014年版，第13页。

婚姻观念等发生了转变，余英时说："儒家教义的实践性格及其对人生的全面涵盖使它很自然地形成中国大传统中的主流。"[①] 正是在这种意识影响下，汉代的爱情叙事诗较之其他时代的爱情诗少了份浪漫，多了份沉重，少了份虚妄，多了份现实，体现出别一样的叙事诗风。大体看来，汉代的爱情叙事诗分为礼赞忠贞不渝的爱情和弃妇悲剧题材两类。

第一类，礼赞忠贞不渝的爱情，诗人站在女性的立场，描写她们美丽的外表与美好的心灵，为后世的爱情叙事诗提供了从题材内容到表现手法的借鉴。

《上邪》：

> 上邪！我欲与君相知，长命无绝衰。山无陵，江水为竭，冬雷震震，夏雨雪，天地合，乃敢与君绝！

《上邪》见于郭茂倩的《乐府诗集·鼓吹曲辞》。[②] 关于鼓吹曲辞，在《乐府诗集》卷第十六鼓吹曲辞的题解中这样写道：

> 鼓吹曲，一曰短箫铙歌。刘瓛定军礼云："鼓吹，未知其始也，汉班壹雄朔野而有之矣。鸣笳以和箫声，非八音也。骚人曰'鸣篪吹竽'是也。"蔡邕《礼乐志》曰："汉乐四品，其四曰短箫铙歌，军乐也。黄帝岐伯所作，以建威扬德、风敌劝士也。"《周礼·大司乐》曰："王师大献，则令奏恺乐。"《大司马》曰："师有功，则恺乐献于社。"郑康成云："兵乐曰恺，献功之乐也。"《春秋》曰："晋文公败楚于城濮。"《左传》曰："振旅恺以入。"《司马法》曰："得意则恺乐、恺歌，以示喜也。"《宋书·乐志》曰："雍门周说孟尝君：'鼓吹于不测之渊。'说者云：'鼓自一物，吹自竽籁之属，非箫鼓合奏，别为一乐之名也。'然则短箫铙歌，此时未名鼓吹矣。应劭《汉卤簿图》，唯有骑执箛，箛即笳，不云鼓吹。而汉世有黄门鼓吹。汉享宴食举乐十三曲，与魏世鼓吹长箫

---

① 余英时：《士与中国文化》，上海人民出版社1987年版，第143页。

② （宋）郭茂倩编撰：《乐府诗集》，上海古籍出版社1998年版，第201页。

同。长箫短箫，《伎录》并云：'丝竹合作，执节者歌。'又《建初录》云：'《务成》、《黄爵》、《玄云》、《远期》，皆骑吹曲，非鼓吹曲。'此则列于殿庭者名鼓吹，今之从行鼓吹为骑吹，二曲异也。又孙权观魏武军，作鼓吹而还，此应是今之鼓吹。魏、晋世，又假诸将帅及牙门曲盖鼓吹，斯则其时方谓之鼓吹矣。"按《西京杂记》："汉大驾祠甘泉、汾阴，备千乘万骑，有黄门前后部鼓吹。"则不独列于殿庭者名鼓吹也。汉《远如期曲》辞，有"雅乐陈"及"增寿万年"等语，马上奏乐之意，则《远期》又非骑吹曲也。《晋中兴书》曰："汉武帝时，南越加置交趾、九真、日南、合浦、南海、郁林、苍梧七郡，皆假鼓吹。"《东观汉记》曰："建初中，班超拜长史，假鼓吹麾幢。"则短箫铙歌，汉时已名鼓吹，不自魏、晋始也。崔豹《古今注》曰："汉乐有黄门鼓吹，天子所以宴乐群臣也。短箫铙歌，鼓吹之一章尔，亦以赐有功诸侯。"然则黄门鼓吹、短箫铙歌与横吹曲，得通名鼓吹，但所用异尔。汉有《朱鹭》等二十二曲，列于鼓吹，谓之铙歌。及魏受命，使缪袭改其十二曲，而《君马黄》、《雉子斑》、《圣人出》、《临高台》、《远如期》、《石留》、《务成》、《玄云》、《黄爵》、《钓竿》十曲，并仍旧名。是时吴亦使韦昭改制十二曲，其十曲亦因之。而魏、吴歌辞，存者唯十二曲，馀皆不传。晋武帝受禅，命傅玄制二十二曲，而《玄云》、《钓竿》之名不改旧汉。宋、齐并用汉曲。又充庭十六曲，梁高祖乃去其四，留其十二，更制新歌，合四时也。北齐二十曲，皆改古名。其《黄爵》、《钓竿》，略而不用。后周宣帝革前代鼓吹，制为十五曲，并述功德受命以相代，大抵多言战阵之事。隋制列鼓吹为四部，唐则又增为五部，部各有曲。唯《羽葆》诸曲，备叙功业，如前代之制。初，魏、晋之世，给鼓吹甚轻，牙门督将五校悉有鼓吹。宋、齐已后，则甚重矣。齐武帝时，寿昌殿南阁置《白鹭》鼓吹二曲，以为宴乐。陈后主常遣宫女习北方箫鼓，谓之《代北》，酒酣则奏之。此又施于燕私矣。按《古今乐录》，有梁、陈时宫悬图，四隅各有鼓吹楼而无建鼓。鼓吹楼者，昔箫史吹箫于秦，秦人为之筑凤台。故鼓吹陆则楼车，水则楼船，其在庭则以簨簴为楼也。梁又有鼓吹熊罴十二案，其乐器有龙头大棡鼓、中鼓、独揭小鼓，亦随品秩给赐焉。周武帝每元正大会，以梁案架列于悬间，与正乐合奏。隋又于案下设熊罴貙豹，腾倚承之，以象百兽之舞。唐因之。[①]

可见，作为乐府的一种，鼓吹曲辞主要流行于汉至唐代，它使用一些由北方羌胡等少数民族传入的乐器演奏，富有塞外音乐的特点，另有一些是文人的制作，内容较为庞杂，《上邪》采用民间里巷的歌谣，表达了女子大胆追求爱情、矢志不渝的自誓之词。清代张玉谷《古诗赏析》卷五评此诗说："首三，正说，意言已尽，后五，反面竭力申说。如此，然后敢绝，是终不可绝也。迭用五事，两就地维说，两就天时说，直说到天地混合，一气赶落，不见堆垛，局奇笔横。"沈德潜《古诗源》说："'山无陵'下其五事，重叠言之，而不见其排，何笔力之横也。"[②] 清人庄述祖《汉铙歌句解》说："《上邪》与《有所思》'当合为一篇'，是'叙男女相谓之词'。"闻一多在《乐府诗笺》中说："细玩两诗，不见问答之意。反之，以为皆女子之辞，弥觉曲折反复，声情顽艳。"[③] 明胡应麟在《诗薮·内编》中称《上邪》为"短章中之神品"。诗中女子为了表示对男子的爱，列出了自然界根本不可能出现的五种自然现象，山变平地、江水枯竭、冬天响雷、夏天下雪、天地合一。明知其不可能出现，但却以此来表达对爱情的忠贞，这被后世的爱情诗所采纳。诗歌采用杂言方式，语言质朴、参差不齐、全无修饰，跌宕顿挫，既带着先秦时代诗歌的质朴与粗陋，又是对先秦诗歌的一种突破。

《饮马长城窟行》：

青青河畔草，绵绵思远道。远道不可思，宿昔梦见之。
梦见在我旁，忽觉在他乡。他乡各异县，展转不相见。
枯桑知天风，海水知天寒。入门各自媚，谁肯相为言！

① （宋）郭茂倩编撰：《乐府诗集》，上海古籍出版社 1998 年版，第 195—197 页。
② （清）沈德潜：《古诗源》，中华书局 2006 年版，第 63 页。
③ 曹旭：《古诗十九首与乐府诗选评》，上海古籍出版社 2002 年版，第 80 页。

客从远方来，遗我双鲤鱼。呼儿烹鲤鱼，中有尺素书。
长跪读素书，书中竟何如？上有加餐食，下有长相忆。

《饮马长城窟行》最早见于徐陵的《玉台新咏》，[①] 归于蔡邕名下。郭茂倩在《乐府诗集·相和歌辞》中收录，并归为古辞。《乐府诗集》卷第二十六对相和歌辞题解这样解释：《宋书·乐志》曰："相和，汉旧曲也，丝竹更相和，执节者歌。本一部，魏明帝分为二，更递夜宿。本十七曲，朱生、宋识、列和等复合之为十三曲。"其后晋荀勖又采旧辞施用于世，谓之清商三调歌诗，即沈约所谓"因弦管金石造歌以被之"者也。《唐书·乐志》曰："平调、清调、瑟调，皆周房中曲之遗声，汉世谓之三调。"又有楚调、侧调。楚调者，汉房中乐也。高帝乐楚声，故房中乐皆楚声也。侧调者，生于楚调，与前三调总谓之相和调。《晋书·乐志》曰："凡乐章古辞存者，并汉世街陌讴谣，《江南可采莲》、《乌生十五子》、《白头吟》之属。"其后渐被于弦管，即相和诸曲是也。魏晋之世，相承用之。永嘉之乱，五都沦覆，中朝旧音，散落江左。后魏孝文、宣武，用师淮汉，收其所获南音，谓之清商乐，相和诸曲，亦皆在焉。所谓清商正声，相和五调伎也。凡诸调歌词，并以一章为一解。《古今乐录》曰："伧歌以一句为一解，中国以一章为一解。"王僧虔启云："古曰章，今曰解，解有多少。当时先诗而后声，诗叙事，声成文，必使志尽于诗，音尽于曲。是以作诗有丰约，制解有多少，犹诗《君子阳阳》两解，《南山有台》五解之类也。"又诸调曲皆有辞、有声，而大曲又有艳、有趍、有乱。辞者其歌诗也，声者若羊吾夷伊那何之类也，艳在曲之前，趍与乱在曲之后，亦犹吴声西曲前有和，后有送也。又大曲十五曲，沈约并列于瑟调。今依张永《元嘉正声技录》分于诸调，又别叙大曲于其后。唯《满歌行》一曲，诸调不载，故附见于大曲之下。其曲调先后，亦准《技录》为次云。[②] 而对于《饮马长城窟行》，在《乐府诗集卷第三十八·相和歌辞·瑟调曲（三）》的题解中说：一曰《饮马行》。长城，秦所筑以备胡者。其下有

---

① （南朝）徐陵：《玉台新咏》（上），华夏出版社1998年版，第32—33页。
② （宋）郭茂倩编撰：《乐府诗集》，上海古籍出版社1998年版，第309—310页。

泉窟，可以饮马。古辞云：“青青河畔草，绵绵思远道。”言征戍之客，至于长城而饮其马，妇人思念其勤劳，故作是曲也。郦道元《水经注》曰：“始皇二十四年，使太子扶苏与蒙恬筑长城，起自临洮，至于碣石。东暨辽海，西并阴山，凡万余里。民怨劳苦，故杨泉《物理论》曰：‘秦筑长城，死者相属。’民歌曰：‘生男慎勿举，生女哺用脯。不见长城下，尸骸相支拄。’其冤痛如此。今白道南谷口有长城，自城北出有高坂，傍有土穴出泉，挹之不穷。歌录云：‘饮马长城窟’，信非虚言也。”《乐府解题》曰：“古词，伤良人游荡不归，或云蔡邕之辞。若魏陈琳辞云：‘饮马长城窟，水寒伤马骨。’则言秦人苦长城之役也。”《广题》曰：“长城南有溪坂，上有土窟，窟中泉流。汉时将士征塞北，皆饮马此水也。按赵武灵王既袭胡服，自代并阴山下至高阙为塞。山下有长城，武灵王之所筑也。其山中断，望之若双阙，所谓高阙者焉。”《古今乐录》曰：“王僧虔《技录》云‘《饮马行》，今不歌。’”

《饮马长城窟行》是写妻子对丈夫思念的最具代表性的诗篇。闻一多说：“沧海桑田，高下异处，喻夫妻远离不能会合。枯桑喻夫，海水自喻，天风天寒，喻孤栖独宿，危苦凄凉之意。见叶落而知木受风吹，见冰洁而知水感天寒。枯桑无叶可落，海水经冬不冰，一似不知风寒者，非真不知之，人不见其知之迹象耳。以喻夫妻久别口虽不言而心自知苦。”① 诗作开始以春草起兴，由青草及远道，到梦见亲人。接着改变叙述方式，叙述收到鲤鱼及素书的惊喜。诗作中塑造了一个对爱情执着的思妇形象，她会因无人说话而感到寂寞，会因思念至深而忧愁满腹，并只能在梦中实现自己的愿望，这种思念已经达到了无以复加的程度。两汉四百年，战乱不断，妻离子散、夫妻别离、魂断沙场都变成平常之事。诗作以思妇第一人称自叙的口吻写出，选择生活中的事件入诗，多处采用比兴的手法，语言清新通俗，不假雕琢，而且全诗波澜叠起、跌宕生姿。作为汉乐府中的爱情叙事诗，诗篇不仅情节曲折连贯，而且对人物的刻画可圈可点，甚至于人物的心理、梦境都有所涉猎，拓

① 闻一多：《闻一多全集·楚辞编·乐府诗编 5》，湖北人民出版社 2004 年版，第 757 页。

展了叙事诗的叙述手法。

《羽林郎》：

昔有霍家奴，姓冯名子都。依倚将军势，调笑酒家胡。
胡姬年十五，春日独当垆。长裾连理带，广袖合欢襦。
头上蓝田玉，耳后大秦珠。两鬟何窈窕，一世良所无。
一鬟五百万，两鬟千万余。不意金吾子，娉婷过我庐。
银鞍何昱耀，翠盖空踟蹰。就我求清酒，丝绳提玉壶。
就我求珍肴，金盘脍鲤鱼。贻我青铜镜，结我红罗裾。
不惜红罗裂，何论轻贱躯！男儿爱后妇，女子重前夫。
人生有新故，贵贱不相逾。多谢金吾子，私爱徒区区。

《羽林郎》最早见于徐陵的《玉台新咏》,[①] 为辛延年所作。郭茂倩在《乐府诗集》中把此诗归为杂曲歌辞，在题解中说，《宋书·乐志》曰："古者天子听政，使公卿大夫献诗，耆艾修之，而后王斟酌焉。然后被于声，于是有采诗之官。周室下衰，官失其职。汉、魏之世，歌咏杂兴，而诗之流乃有八名：曰行，曰引，曰歌，曰谣，曰吟，曰咏，曰怨，曰叹，皆诗人六义之馀也。至其协声律，播金石，而总谓之曲。若夫均奏之高下，音节之缓急，文辞之多少，则系乎作者才思之浅深，与其风俗之薄厚。当是时，如司马相如、曹植之徒，所为文章，深厚尔雅，犹有古之遗风焉。自晋迁江左，下逮隋、唐，德泽寖微，风化不竞，去圣逾远，繁音日滋。艳曲兴于南朝，胡音生于北俗。哀淫靡曼之辞，迭作并起，流而忘反，以至陵夷。原其所由，盖不能制雅乐以相变，大抵多溺于郑、卫，由是新声炽而雅音废矣。昔晋平公说新声，而师旷知公室之将卑。李延年善为新声变曲，而闻者莫不感动。其后元帝自度曲，被声歌，而汉业遂衰。曹妙达等改易新声，而隋文不能救。呜呼，新声之感人如此，是以为世所贵。虽沿情之作，或出一时，而声辞浅迫，少复近古。故萧齐之将亡也，有《伴侣》；高齐之将亡也，有《无愁》；陈之将亡也，有《玉树后庭花》；隋之将亡也，有《泛龙

① （南朝）徐陵：《玉台新咏》，华夏出版社 1998 年版，第 22—23 页。

舟》。所谓烦手淫声，争新怨衰，此又新声之弊也。杂曲者，历代有之，或心志之所存，或情思之所感，或宴游欢乐之所发，或忧愁愤怨之所兴，或叙离别悲伤之怀，或言征战行役之苦，或缘于佛老，或出自夷虏。兼收备载，故总谓之杂曲。自秦、汉已来，数千百岁，文人才士，作者非一。干戈之后，丧乱之馀，亡失既多，声辞不具，故有名存义亡，不见所起，而有古辞可考者，则若《伤歌行》、《生别离》、《长相思》、《枣下何纂纂》之类是也。复有不见古辞，而后人继有拟述，可以概见其义者，则若《出自蓟北门》、《结客少年场》、《秦王卷衣》、《半渡溪》、《空城雀》、《齐讴》、《吴趋》、《会吟》、《悲哉》之类是也。又如汉阮瑀之《驾出北郭门》，曹植之《惟汉》、《苦思》、《欲游南山》、《事君》、《车已驾》、《桂之树》等行，《磐石》、《驱车》、《浮萍》、《种葛》、《吁嗟》、《鰕䱇》等篇，傅玄之《云中白子高》、《前有一樽酒》、《鸿雁生塞北行》、《昔君》、《飞尘》、《车遥遥篇》，陆机之《置酒》，谢惠连之《晨风》，鲍照之《鸿雁》，如此之类，其名甚多，或因意命题，或学古叙事，其辞具在，故不复备论。”[①] 关于《羽林郎》，在题解中写道：《汉书》曰：“武帝太初元年，初置建章营骑，后更名羽林骑，属光禄勋。又取从军死事之子孙，养羽林官，教以五兵，号羽林孤儿。”颜师古曰：“羽林，宿卫之官，言其如羽之疾，如林之多。一说羽所以为主者羽翼也。”《后汉书·百官志》曰：“羽林郎，掌宿卫侍从，常选汉阳、陇西、安定、北地、上郡、西河六郡良家补之。”《地理志》曰：“汉兴，六郡良家子选给羽林”是也。又有《胡姬年十五》，亦出于此。[②]

诗作写一卖酒女子不畏强权，反抗霍家奴的故事。诗作开始人物出场，并交代了事件的起因，霍家奴倚仗主人将军的权势，调戏酒家女胡姬，接着描写了女主人公胡姬的美丽，穿一件腰系两条对称的连理罗带长襟，外面的罩衫是一件袖子宽大、绣着合欢图案的短袄，头上戴着蓝田美玉做的首饰，发簪两端挂着两串大秦国的宝珠，一直下垂到耳后。她那高高挽着的两个环形发髻更是美不胜收，世间少有。这里运用了白

---

① （宋）郭茂倩编撰：《乐府诗集》，上海古籍出版社 1998 年版，第 677—678 页。

② 同上书，第 694 页。

描、夸张、骈俪、借代等多种艺术手法，从胡姬的年龄、环境、服装、首饰、发髻等方面着力描述，极尽铺陈、夸张之能事，烘托胡姬的美丽动人。沈德潜在《古诗源》中说："骈丽之词。归宿却极贞正。风之变而不失其正者也。"[1] 费锡璜在《汉诗总说》中评价此诗也说："诗家之正则，学者所当揣摩。"作为叙事诗中的名篇，它句式整齐，已经由先秦时的四言和杂言转向了整齐的五言，情节连贯，不再像《诗经》时代那样简单对话。叙事便是讲故事，从此诗可见汉乐府已经可以完整地讲述故事，后世所要求的叙事的人物、环境、情节等齐备。人物形象亦十分鲜明与突出，对人物开始精雕细刻，铺垫渲染，这都是前代叙事诗所不及之处，也必将对后世叙事诗产生重要影响。

《陌上桑》：

> 日出东南隅，照我秦氏楼。秦氏有好女，自名为罗敷。
> 罗敷善蚕桑，采桑城南隅。青丝为笼系，桂枝为笼钩。
> 头上倭堕髻，耳中明月珠。缃绮为下裙，紫绮为上襦。
> 行者见罗敷，下担捋髭须；少年见罗敷，脱帽著帩头。
> 耕者忘其犁，锄者忘其锄。来归相怒怨，但坐观罗敷。
> 使君从南来，五马立踟蹰。使君遣吏往，问是谁家姝。
> "秦氏有好女，自名为罗敷。"
> "罗敷年几何？""二十尚不足，十五颇有馀。"
> 使君谢罗敷："宁可共载不？"
> 罗敷前置辞："使君一何愚！使君自有妇，罗敷自有夫。"
> 东方千馀骑，夫婿居上头。何用识夫婿，白马从骊驹。
> 青丝系马尾，黄金络马头。腰中鹿卢剑，可直千万馀。
> 十五府小史，二十朝大夫。三十侍中郎。四十专城居。
> 为人洁白皙，鬑鬑颇有须。盈盈公府步，冉冉府中趋。
> 坐中数千人，皆言夫婿殊。

《陌上桑》最早见于南朝沈约编撰的《宋书·乐志》，题为《艳歌

---

[1] （清）沈德潜：《古诗源》，中华书局2006年版，第55页。

罗敷行》。南朝徐陵编辑的《玉台新咏》也收载了该诗，题为《日出东南隅行》。[①]

郭茂倩的《乐府诗集》，将该诗收入《相和歌辞》。诗歌题解说：一曰《艳歌罗敷行》。《古今乐录》曰："《陌上桑》歌瑟调古辞《艳歌罗敷行》'日出东南隅'篇。"崔豹《古今注》曰："《陌上桑》者，出秦氏女子。秦氏邯郸人，有女名罗敷，为邑人千乘王仁妻。王仁后为赵王家令。罗敷出采桑于陌上，赵王登台见而悦之，因置酒欲夺焉。罗敷巧弹筝，乃作《陌上桑》之歌以自明，赵王乃止。"《乐府解题》曰："古辞言罗敷采桑，为使君所邀，盛夸其夫为侍中郎以拒之。"与前说不同。若陆机"扶桑升朝晖"，但歌美人好合，与古词始同而未异。又有《采桑》，亦出于此。[②]

《陌上桑》是汉乐府叙事诗中的杰出诗篇。余冠英说："这诗叙述一个太守侮弄一个采桑女子遭到抗拒的故事。诗中揭露了上层统治阶级荒淫无耻的面目，同时刻画了一个坚贞美丽的女性形象。"[③] 游国恩先生说："充分地体现了人民反压迫、反剥削的斗争精神。"[④] 其实这只是站在现代立场以特定阶级的视角去解读这首诗歌，总结得不甚科学。诗作只是叙述了美丽的秦罗敷婉拒太守的故事。第一段写罗敷的美貌。她头上梳着倭堕髻，耳上挂着明月珠，杏黄的绫罗做裙子，紫色的绫罗做短袄，这样的美丽让人惊艳。第二段写使君觊觎罗敷的美色，罗敷智斗使君。由罗敷的容貌转为表现她的性情与内涵，从她流利得体同时又带着调皮嘲弄的答语中，展现了她开朗、活泼、大方、机警、纯洁、刚毅、端正的品格以及她不慕荣华的美好的内心世界。在这节中，诗歌延续了先秦诗歌的对话体，但不是为了对话而对话，而是为了情节的发展，为了人物形象的塑造。第三段，罗敷拒绝使君，并盛赞自己的夫婿，他威仪赫赫、荣华富贵，仕途通达、青云直上，品貌兼优、才华横溢。我想，罗敷在这里与其说是在夸耀丈夫拒绝太守，莫不如说是罗敷的爱情誓言与坚守。其实在中国古代社会，在男尊女卑的原则下，绝大

① （南朝）徐陵：《玉台新咏》（上），华夏出版社 1998 年版，第 7—8 页。
② （宋）郭茂倩编撰：《乐府诗集》，上海古籍出版社 1998 年版，第 334 页。
③ 余冠英：《汉魏六朝诗选》，人民文学出版社 1997 年版，第 28 页。
④ 游国恩主编：《中国文学史》第一册，人民文学出版社 1963 年版，第 162 页。

多数女性是没有任何地位的，从事采桑这样的田间劳动、从事纺织这样的手工劳作和其他家务成了她们必修的功课，再平常不过，罗敷就是千千万万她们中的一员，但《陌上桑》中的罗敷又的的确确与她们不同。

桑园成了一个重要的母题，桑女形象也成为了中国文学中最重要的一个原型意象，均始于《陌上桑》。法国著名汉学家桀溺说：

> "罗敷"一诗承担了，也概括了一个悠长的过去，以及一个最有原始想象和基本冲突的领域。桑树和桑园在引发礼仪风习、神话传说或者是道德思辨的繁荣间，展现了一幅中国文化初始阶段的画图。《陌上桑》继承了这一遗产，并或多或少地表现出其矛盾之处。可以说，它既集中了一切传统的成果，同时作为新诗体的样板，又是一个新的起点。而马卡布律的牧女诗在西方似乎也占据着同样的地位，请汉学家们对它类似的形势稍事注意。但是，在中国方面的事实或者终能看得更清楚些。我们之所以承认罗敷诗在以桑园为主题的诗歌中的卓越地位，并非仅仅由于它的文学价值。它是代表一个过渡时期的典型作品。在这个时期，古典诗歌的体系开始从民间抒情诗的思想及语言方式中脱离出来，同时从那时起，两千年的帝国政治和社会基础也奠定下来。如果想在汉代文学中寻找这一发展的标志，那就没有比罗敷诗更有力的证据了：确实是它把同样丰富、标志着中国文化两个时代的前后作品连接起来。①

我们知道，中国古代主要的农业生产无外乎耕种、渔猎、植桑、养蚕，尤以耕种与植桑为主，就是我们常说的男耕女织的社会形态。桑园是农事活动的重要场所之一，春日大地复苏，人们在桑园开始了劳动。同时桑园也是男女幽会的地方，和春日一起复苏的还有人们激荡的春心，在桑园人们彼此约会、谈情说爱、举行婚礼。这样的情况就使桑园充满了神秘与浪漫，使人浮想联翩，所有的艳遇、诱惑与故事都发生在那里。传统的道德家视桑园为淫乱之所，斥责桑女的堕落，而大多数人

① 钱林森编：《法国汉学家论中国文学》，外语教学与研究出版社 2007 年版，第 313 页。

则对桑园的张扬生命与青春飞扬予以礼赞，赞美桑女的美好。这种不可调和性在汉代桑女罗敷身上完美地统一在一起。对于这个问题，西方许多汉学家也试图去研究，其中尤以法国汉学家桀溺为最重要代表。桀溺在他的《牧女与蚕娘——中国文学的一个主题》（1977）中，把中国的桑园文学与晚于其一千多年的中世纪的法国牧女诗进行了跨文化的中西比对，认为此类诗歌都经历了这样的发展阶段：第一阶段为民间传说阶段，"牧女诗与采桑女同是春日狂热哺育下的诗意盎然的女儿"，桑园成了反对自由恋爱的场所与象征。第二阶段就是道德家反对阶段，中国道德家把桑园看成"淫风"的标志，谴责伤风败俗的桑女，西方的牧女诗被斥之为"魔鬼的歌，堕落的色情歌"。第三阶段是牧女诗和桑园诗平行发展阶段，两者势均力敌。第四阶段是道德化阶段，汉代道德家塑造了新的主人公来对抗自己厌恶的人物，牧女诗则用道德说教严词斥责骑士，体现了大自然春天唤醒了的压抑不住的生命活力。第五阶段为缓和阶段，此时，牧女无疑是信守贞操的，但又有着微妙的色情色彩。在中国是汉代乐府诗《陌上桑》，采桑女罗敷"她特有的、令人欲进不能、欲远不舍的魅力，使风流俊俏和苛守贞操的两种采桑女的性格浑然一体"[①]。桀溺的研究应该说是很有建树的。它使我们不仅了解了中西的差异，而且看到了人类道德史、宗教史与文明史。中国的桑园诗除了桀溺的研究之外，我们也应该看到，它也有自己的民族特点。张松如评价《陌上桑》说："整个诗篇都表现着市民的审美趣味，并折光地反映着市民的生活理想。"[②] 我觉得这种论断着实值得商榷，暂且不论罗敷是不是市民，桑园母题的创立本身并非反映着市民的生活理想那般简易，而是和中国社会的乡土性有很大的关联。中国社会是乡土性的，费孝通早就论述过，中国是典型的农业王国，中国人对土地的那份眷恋与执着、虔诚与信仰是世界上任何民族、任何地域的人都无法理解与企及的。"农业和游牧或工业不同，它是直接取资于土地的。游牧的人可以逐水草而居，飘忽无定；做工业的人可以择地而居，迁移无碍；而种地

① 钱林森编：《法国汉学家论中国文学》，外语教学与研究出版社 2007 年版，第Ⅺ—Ⅻ页。

② 张松如：《中国诗歌史论》，吉林大学出版社 1985 年版，第 158 页。

的人却搬不动地，长在土里的庄稼行动不得，伺候庄稼的老农也因之像是半身插入了土里，土气是因为不流动而发生的。”[①] “乡土社会在地方性的限制下成了生于斯、死于斯的社会。常态的生活是终老是乡。假如在一个村子里的人都是这样的话，在人和人的关系上也就发生了一种特色，每个孩子都是在人家眼中看着长大的，在孩子眼里周围的人也是从小就看惯的。这是一个‘熟悉’的社会，没有陌生人的社会。”[②] 农业社会，植桑养蚕，纺织家园，就是我们先祖的生活，此生活贯穿整个封建社会。罗敷这位美丽的采桑女就是我们熟悉的邻家女孩，就是田间采桑的勤劳妇人，就是不慕荣华的美丽女性。桑园母题与桑女原型倾注了更多我们这个民族的内涵，它既是这个古老民族道德的化身，又是这个古老民族崇尚生命的礼赞。从《诗经》时代开始，诸如《七月》等篇章中，就有着对田间劳作妇人的描写，发展到汉乐府，以《陌上桑》为代表的桑园题材，可以说一脉相承，到元杂剧《秋胡戏妻》则广为人知，成为中国古典文学史上一个重要的题材类型。《陌上桑》在艺术上，注重环境的渲染，人物塑造中采用烘托、侧面描写等方式，并运用比喻、铺陈、夸张等艺术手法在塑造人物、讲述故事。在叙事诗史上已经摆脱了《诗经》时代三言两语的对话体例，成为情节跌宕、叙述完整、人物鲜明的叙事诗，并充分调动了民歌中常用的铺叙手法，写得文辞飞动，酣畅淋漓。诗歌语言清新活泼，字里行间蕴涵着一种幽默俏皮的情韵，千百年来传诵不绝。沈德潜评价说：“铺陈秾至，与辛延年《羽林郎》一副笔墨。此乐府体别于古诗者在此。‘但坐观罗敷’，坐，缘也，归家怨怒室人，缘观罗敷之故也。‘谢使君’四语，大义凛然。末段盛称夫婿，若有章法，若无章法，是古人入神处。篇中韵脚，三头字，二隔字，二余字，二夫字，二须字。”[③] 因其完整与成熟，在诗歌史上占有举足轻重的地位。

以上的爱情叙事诗，尽管角度不同，但都选择女性的视角，表达女性对爱情的忠贞不渝，她们都形象俏美、打扮时尚、谈吐得体，更重要

① 费孝通：《乡土中国》，上海人民出版社2007年版，第7页。

② 同上书，第9页。

③ （清）沈德潜：《古诗源》，中华书局2006年版，第66页。

的是她们都拥有高尚的道德，金子般的心灵，她们不慕荣华富贵、不畏官吏强权。她们信守爱情的誓言，渴求爱情的忠贞、憧憬理想的爱情，为后世的爱情叙事诗提供了从题材内容到表现手法的借鉴。

第二类，汉乐府中的爱情叙事诗除了这种类型之外，还有表现女主人公面对被抛弃的境况，面对突如其来的厄运，尽管也很痛苦与悲伤，但她们不抱怨、不屈服、不妥协，依然对爱情充满期冀与憧憬，表现出刚毅不屈的性格，下面的篇章即是描写这些弃妇的。

《有所思》：

有所思，乃在大海南。何用问遗君，双珠玳瑁簪，用玉绍缭之。
闻君有他心，拉杂摧烧之。摧烧之，当风扬其灰。
从今以往，勿复相思！相思与君绝！
鸡鸣狗吠，兄嫂当知之。妃呼豨！秋风肃肃晨风飔，东方须臾高知之。

《有所思》收录于郭茂倩《乐府诗集·鼓吹曲辞》，《乐府解题》曰："古词言'有所思，乃在大海南。何用问遗君？双珠玳瑁簪。闻君有他心，烧之当风扬其灰。从今已往，勿复相思而与君绝'也。"按《古今乐录》汉太乐食举第七曲亦用之，不知与此同否。若齐王融"如何有所思"，梁刘绘"别离安可再"，但言离思而已。宋何承天《有所思篇》曰："有所思，思昔人，曾、闵二子善养亲。"则言生罹荼苦，哀慈亲之不得见也。[①] 这是《汉铙歌十八曲》之一。铙歌本为"建威扬德，劝士讽敌"的军乐，然今传十八曲中内容庞杂，叙战阵、记祥瑞、表武功、写爱情者皆有。清人庄述祖云："短箫铙歌之为军乐，特其声耳；其辞不必皆序战阵之事"（《汉铙歌句解》），诗歌以女子的口吻，用第一人称的方式陈述，当女主人公知道一往情深的恋人背叛了自己之后，立刻由热烈的爱转变为愤怒与仇恨，恩格斯曾说，爱情就其本性来说是排他的。的确，女主人公本打算要给远在大海南的恋人送上珍贵的礼物，浓情蜜意都倾注在那精心准备的礼物上，双珠玳瑁簪还要缀以宝

① （宋）郭茂倩编撰：《乐府诗集》，上海古籍出版社1998年版，第200页。

玉，可是当她一旦听闻对方有他心之后，马上毁掉自己倾注心血准备的礼物，并且表示从今以后，不再思念。描写女子热恋、失恋、眷恋的心理三部曲，层次清晰而又错综，感情跌宕而有韵致。通过典型的行动细节描写（选赠礼物的精心装饰，摧毁礼物的连贯动作）和景物的比兴烘托，女子的刚烈形象跃然纸上。在诗中，诗人用了一连串的动词，来叙述女主人公愈来愈强烈的感情，这无疑对后世叙事诗歌情节的连贯产生一定影响。沈德潜评价说："怨而怒矣。然怒之切。正望之深。末段余情无尽。此亦人臣思君而托言者也。"①

《上山采蘼芜》：

上山采蘼芜，下山逢故夫。长跪问故夫："新人复何如？"

"新人虽言好，未若故人姝。颜色类相似，手爪不相如。"

"新人从门入，故人从阁去。"

"新人工织缣，故人工织素。织缣日一匹，织素五丈馀。将缣来比素，新人不如故。"

《上山采蘼芜》，最早见于徐陵的《玉台新咏》。② 诗作叙述了女主人公上山采蘼芜偶遇前夫并与前夫之间的简短对话。余冠英先生认为："她的命运决定于丈夫一时的好恶。"③ 游国恩等人主编的《中国文学史》中也有这样一段文字：故人"因无辜被弃，对喜新怨旧的'故夫'提出了责难"④。其实，它就是一首来源于民间的弃妇诗。胡应麟《诗薮》说："《上山采蘼芜》一篇，章旨浑成，特为神妙，第稍与古诗不同，是当时乐府体。""随语成韵，随韵成趣，辞藻气骨，略无可采，而兴象玲珑，意致深婉，真可以泣鬼神、动天地。""闾巷口语，而用意之妙，绝出千古。"陆时雍在《诗镜总论》中也说："古乐府多俚语，然韵甚趣甚。后人视之为粗，古人出之自精，故大巧者若拙。"⑤ 本诗

① （清）沈德潜：《古诗源》，中华书局2006年版，第63页。

② （南朝）徐陵：《玉台新咏》，华夏出版社1998年版，第1页。

③ 余冠英选注：《汉魏六朝诗选》，人民文学出版社1959年版，第80页。

④ 游国恩主编：《中国文学史》，人民文学出版社1963年版，第163页。

⑤ 丁福保：《历代诗话续编》，中华书局1983年版，第1404页。

之所以获得后人诸多赞许，其神妙之处在于诗人不从正面描述弃妇的悲哀与忧伤，而写故夫对被弃的女主人公与新妇之间的比较，尽管她比新妇美丽漂亮，比新妇勤劳能干，但还是不幸被抛弃。诗歌较之其他汉乐府叙事诗更多地承继着先秦时代诗歌的对话体式，在汉乐府中，此篇倒是一特例，但运用对话体式丝毫也没有影响故事的叙述。诗歌还用象征、对比等艺术手法来完成。

《白头吟》：

皑如山上雪，皎若云间月。闻君有两意，故来相诀绝。
今日斗酒会，明旦沟水头。躞蹀御沟上，沟水东西流。
凄凄复凄凄，嫁娶不须啼。愿得一心人，白头不相离。
竹竿何嫋嫋，鱼尾何蓰蓰。男儿重意气，何用钱刀为！

《白头吟》收录于徐陵的《玉台新咏》，题为《皑如山上雪》，[①] 标注为卓文君所作。此诗以女子口吻叙述其被用情不专的丈夫抛弃后而表示出的决绝态度。徐师曾《乐府明辨》评价此诗说："格韵不凡，托意婉切，殊可讽咏。后世多有拟作，方其简古，未有能过之者。"[②] 后世不能超过它的重要原因，在于诗歌中对女主人公的着力描写。全诗十六句四节，第一节以白雪等起兴，点明决绝的原因是"君有两意"。第二节写两人斗酒分别。第三节写女主人公对美好爱情的希冀与憧憬，"愿得一心人，白头不相离"。第四节对三心二意的男子进行谴责。这首诗塑造了一位个性鲜明的弃妇形象，不仅反映了封建社会妇女的婚姻悲剧，而且着力歌颂了女主人公对于爱情的高尚态度和她的美好情操以及她刚毅的性格。她皎洁如雪如月，对爱情忠贞无比；她重视情义，鄙夷金钱，当她了解到丈夫感情不专之后，既没有丝毫的委曲求全，也没有疯狂的诅咒和软弱的乞求，表现出了妇女自身的人格尊严。"弃妇"题材自《诗经·氓》开创以来，经由以上汉代乐府诗歌的发展，直接影响着后世文学。像唐传奇《莺莺传》《霍小玉传》中的弃妇已经开始了

① （南朝）徐陵：《玉台新咏》，华夏出版社 1998 年版，第 13—14 页。
② 邬国平：《汉魏六朝诗选》，上海古籍出版社 2005 年版，第 40 页。

反抗，宋代的《张协状元》《赵贞女蔡二郎》等篇中的弃妇或重归于好或成功复仇。在上一章中，我们已经论及，这里不再赘言。

其次，征战徭役。汉代四百年间，战争不断。所以反映战乱、戍边、死亡、悲苦的内容在汉乐府中占有很大的比例。战争带来的兵役徭役使亲人分别变成了平常之事，使生离死别变成了永久的悲歌。

《战城南》：

> 战城南，死郭北，野死不葬乌可食。为我谓乌："且为客豪！野死谅不葬，腐肉安能去子逃！"水深激激，蒲苇冥冥。枭骑战斗死，驽马徘徊鸣。
>
> 梁筑室，何以南梁何北！禾黍不获君何食？愿为忠臣安可得！
>
> 思子良臣，良臣诚可思：朝行出攻，暮不夜归。

《战城南》收录于郭茂倩的《玉台新咏·鼓吹曲辞》,[①] 是一首悼念为国捐躯的战士的哀歌。诗中并没有描述刀光剑影、你死我活的厮杀场面，却集中笔墨描写了战斗结束后尸横荒野，乌鸦群飞，流水呜咽，蒲苇萧瑟的战场，薄暮中围着旧日主人徘徊的驽马扬声悲鸣等景象。第一段诗人假设阵亡将士对乌鸦说话，死亡的惨事，用豪放慷慨的话语言说，产生了一种强烈悲愤的艺术效果，把悲剧气氛渲染得更加浓烈。第二段集中描写战场的凄惨阴森景象。第三段一连用了几个问句，含蓄、深沉、有力，包含着极其深刻的思想内容，发人深省。最后一段是作者对战死者的怀念。全诗笼罩着一种悲烈惨淡的气氛。横刀立马、杀敌报国、建功立业，本是好男儿的壮志雄心。在本诗产生的时代，霍去病曾发出过"匈奴未灭，何以家为"的豪言壮语。但是，战争也带来了无穷的灾难，田园荒废、城池倾颓、夫妻别离、壮志捐躯。本诗选材角度奇巧，虽然没有正面控诉，却把征战徭役带来的伤痛叙述得淋漓尽致。在叙事的过程中间以抒情，在汉乐府诗歌中较为突出。沈德潜说："太白云：'野战格斗死、败马嘶鸣向天悲。'自是唐人语，读'枭骑'十

① （宋）郭茂倩编撰：《乐府诗集》，上海古籍出版社1998年版，第198—199页。

字，何等简劲！末段思良臣，怀颇慕之意也。”①

《十五从军征》：

十五从军征，八十始得归。道逢乡里人，家中有阿谁？
遥望是君家，松柏冢垒垒。兔从狗窦入，雉从梁上飞。
中庭生旅谷，井上生旅葵。烹谷持做饭，采葵持作羹。
羹饭一时熟，不知贻阿谁？出门动向望，泪落沾我衣。

《十五从军征》《古今乐录》《古诗源》等均作古诗。郭茂倩《乐府诗集》卷第二十五将它列入“梁鼓角横吹曲”，题为《紫骝马歌辞》，在“十五从军征”前多出“烧火烧野田”等八句。这首诗描绘了一个十五服兵役，八十才归家的老兵形象，少小离家，迟暮归来，看到的是坟茔累累，院舍荒芜，连一个共话凄凉的人都没有了，他只能老泪纵横。这是一首叙事诗，诗歌选取了老兵重返故里这一片段，随着场景的变化，老兵的情感也在变化。全诗运用白描手法绘景写人，层次分明，语言质朴，选择代表性的场景来象征，运用动作凸显老兵的极度悲哀，催人泪下。在此类叙事题材中，承上启下，有着不容忽视的影响。从诗经时代的《出车》《六月》《东山》等战争题材到楚辞时代的《国殇》再到汉乐府中的征战诗歌，以及三国曹操《步出夏门行》、唐代杜甫《无家别》等与战争有关的诗作，都传递着一脉相承的现实主义传统，控诉战争、渴望和平。沈德潜评价说：“遥望二句。乃乡人答词。下从征者入门之词。古人诗每灭去针线痕迹。通章用支微韵。而‘烹谷持做饭，采葵持作羹’二句，不入韵中。最是摇曳之至。非古人不能用韵也。”②

汉乐府题材广泛，内容众多，它展示了汉代多姿多彩、气象万千的社会生活。以上仅以两种类型为代表，管中窥豹，其他类型不再赘述。

三　乐府诗的叙事模式探究

汉乐府叙事诗以一种写实的方式再现了汉代的社会现实、人生百

① （清）沈德潜：《古诗源》，中华书局2006年版，第62页。
② 同上书，第82页。

态，它立足于客观现实，正视现实、忠于生活、直面矛盾、触及社会人生。鲁迅曾说过文学的目的应该是“为人生”，韦勒克也诠释过现实主义“它排斥虚无飘渺的幻想、排斥神话故事，排斥寓意与象征，排斥高度的风格化，排除纯粹的抽象与雕饰，它意味着我们不需要虚构，不需要神话故事，不需要梦幻世界”①。卢卡契也认为：“艺术的任务是对现实整体进行忠实和真实的描写。”② 别林斯基也说：“现实性的诗歌”的“显著特点，在于对现实的忠实，它不再造生活，而是把生活复制、再现，像凸面玻璃一样，在一种观点之下把生活的复杂多彩的现象反映出来，从这些现象里面汲取那构成丰满的、生气勃勃的、统一图画时所必需的种种东西”③。

汉乐府叙事诗最突出、最基本的艺术特色就是它的现实主义和叙事性。正是它不可替代的叙事特质，才使它在叙事诗史上占有举足轻重的地位。在汉乐府叙事诗中，出现了许多有一定性格的人物形象和比较完整的情节，如《陌上桑》《羽林郎》等作品，诗的故事性、戏剧性、叙事性，比之《诗经》中那些作品都大大地加强了。在《诗经》中除了“周人史诗”外，虽然拥有某些具有叙事成分的作品，像《国风》中的《氓》《静女》等诗篇，但还是通过作品主人公的倾诉来表达的，仍然缺乏比较完整的人物和情节，缺乏对一个中心事件的集中描绘，只是截取片段。到了汉乐府，则有较大突破。因此，明代徐祯卿在《谈艺录》中说：“《乐府》往往叙事，故与《诗》殊。”④ 这种不同恰恰是它的叙事性。在我国文学史上，汉乐府叙事诗标志着叙事诗的一个新的更趋成熟的发展阶段。

首先，内容丰富、人物突出。汉代是一个生机勃勃的时代，是一个丰富多彩的时代。适逢这样的时代，汉代叙事诗歌体现出了别样的风

① ［美］韦勒克：《批评的诸种概念》，丁泓等译，四川文艺出版社 1988 年版，第 230—231 页。

② ［匈］卢卡契：《卢卡契文学论文选》第 1 卷，中国社会科学出版社 1980 年版，第 288 页。

③ ［俄］别林斯基：《论俄国中篇小说和果戈理君的中篇小说》，见《别林斯基选集》第 1 卷，上海译文出版社 1979 年版，第 154 页。

④ （明）徐祯卿：《谈艺录》，何文焕《历代诗话》，中华书局 1981 年版，第 769 页。

情。包罗大千世界、百态人生，塑造万千人物、鲜活形象。生活的复杂必将带来文学从题材到内容上的丰富。繁盛的大汉帝国带给汉代诗人的是欣喜与自豪，辽阔的疆域、华美的宫殿、繁华的都市、丰富的物产、富庶的生活、享乐的贵族，甚至是战场上的舍命厮杀、为国捐躯都那样的悲壮与绝美，都让人自豪。另外，连年征战又带来士卒的怀乡情结和厌战情绪，战争的拖累又使无数人的生活陷入贫困，文人的仕进之路也是举步维艰。失意的文人、佩剑的游子、贫苦的农人、采桑的妇女、卖酒的歌女，这一切又为汉代叙事诗歌平添了一丝悲情与哀伤。凡此种种，决定了汉代叙事诗歌内容上的丰富多彩，人物上的鲜活灵动。汉乐府叙事诗在讲述故事，塑造人物时注重对人物的刻画，使其鲜活灵动，栩栩如生。先秦叙事诗就是为了讲述一个故事，对塑造人物着墨不多。诗经时代的叙事诗缺少对人物细致入微的整体把握与描述。在《诗经》时代，我们看到，人物的描写还初显稚嫩与不成熟，汉乐府则非常注重对人物的描绘，着力于在人物的外在形象与内心世界的塑造与描述上下功夫。比如对《羽林郎》中的胡姬，《陌上桑》中的罗敷头的描写。这种对人物外表的细致描写，在汉乐府之前的叙事诗中鲜有出现。汉代叙事诗丰富的内容加深了我们对汉代社会的深刻了解，人物形象的传神刻画体现了叙事诗的最终目的。

其次，感于哀乐、缘事而发。汉乐府叙事诗产生于汉代社会这一特定的历史时期。先秦的叙事诗是主张温柔敦厚的、和谐中庸的，是“乐而不淫，哀而不伤”的。《诗经》时代的正统的儒家道德伦理观念，在汉代随着先秦社会制度的土崩瓦解而烟消云散。汉代社会人与人的关系已经摆脱了宗法、礼制的束缚，人的个性得以极大地张扬。个人的喜怒哀乐、悲欢离合表现得更突出与真切，这种“感于哀乐、缘事而发”的创作贯穿于汉代叙事诗歌中。汉乐府叙事诗在叙述时直陈其事、直写其意，并不在客观事物和人物上浪费笔墨，就是抒情也不是直接抒情，而是由事而抒情。并紧紧围绕事件展开，情节曲折、故事生动，虽然没有对事件做首尾圆和的整体叙述，但还是选择了有代表性的题材、场面来凸显故事。在叙事的时候，有一定的情节，对事件、环境、场面有相当把握。《陌上桑》故事发生在一个明媚的春日，情节还未展开，就对女主人公罗敷采用烘托、侧面描写等方式描述她外在的美丽，极尽比喻、铺陈、夸张之能事。随着使君的出场，立踟蹰，遣吏询问，罗敷走上前来答话，应该说场面极为集中，在没有结局之前，就先对环境进行渲染，并在一连串的动词运用中展开情节，而且情节跌宕，罗敷对使君的回答出乎所有人的意料，在叙事诗史上刻下了浓墨重彩的一笔。《上山采蘼芜》记叙了女主人公上山采蘼芜偶遇前夫并与前夫之间的简短对话。诗对女子被弃的原因等事件都缺少交代，但此时无声胜有声，被弃的原因不仅不言自明，而且在这里也显得不那么重要了，因为通过俩人的对话，我们已经对人物和事件有了更清晰的把握，女主人公的宽容、善良、仁忍与刚毅的性格一览无遗。只选择山上偶遇这一特定的场景，既简省笔墨，又利于表现主题刻画人物叙述事件。《羽林郎》中交代了故事发生的地点酒肆，人物是霍家奴冯子都和年方十五春日独当垆的胡姬，在酒肆这一特定的场景展开故事，男主人公的无耻、女主人的美丽、机智、不畏强权，性格塑造得都非常鲜明。全诗并无曲折的情节，离奇的故事，但还是在集中的场景中完成了一次较好的叙事。这些汉乐府叙事诗都不太讲求细节的真实与情节的完整，但突出对场景、环境、事件的描绘，多采用夸张、排比与铺陈的手法，较之先秦叙事尽管叙事中仍有抒情，但抒情成分在减少，叙事要素不断增加，更加完美地体现了叙事的特质。

最后，形式自由、语言质朴。汉乐府叙事诗在形式上不拘一格，结构跳跃，没有固定的章法、句法，长短随意、整散不拘，多为五言体与杂言体。先秦时代的叙事诗多为四言。汉代叙事诗绝大多数都是以杂言或者五言的形式出现的，这是继先秦之后，叙事诗的又一次革命与发展。汉乐府叙事诗一改先秦时代没有完整的五言诗的局面，绝大多数为五言。五言体叙事较之四言，包容的生活更广泛复杂、传递的信息更详尽充实、表述的情感更浓烈真挚。长短随意，整散不拘的杂言，一方面使诗歌的形式更加丰富多彩，另一方面也更有助于表述复杂的思想内涵。也许有人会认为不就是增加了一个字或者句式变为长短不一了吗？但事情绝非如此简单。任何的变革，包括语言的变革，都是非常不容易的，都是值得自豪的创举，而汉乐府叙事诗正是完成了这一伟大的转型。汉乐府叙事诗在语言上摒弃了汉大赋的辞藻繁复、堆掌用典，诗中鲜有华美的辞藻、迤逦的铺排，语言浅白易懂、质朴无华。汉乐府叙事诗的语言一般都是源自民间的，朴素自然，在质朴的乡土气息中饱含着人们的感情。在叙述中抒情，并以叙述为终极目的，做到语言形式极好地为叙事内容服务。实际上，在先秦的叙事诗中，我们还能看到为了语言形式的对仗，而耗费笔墨去抒情、去铺垫。汉乐府叙事诗中简省了笔墨，完美地弥补了这一缺憾。

汉代是中国历史上第一个幅员辽阔、繁荣强盛的大一统帝国，汉乐府诗也以其鲜明的艺术特质傲立诗坛。究其原因，许多学者都做过精辟阐释。金春峰在《汉代思想史》中说："广阔的心胸，雄浑、粗犷的气势、力量，使汉代的哲学、文学、美学、绘画，无不反映出天人合一、天人相与、人神不分、人兽竞力的场景，奠定在天人一体的巨大规模与基础之上。"① "这是一个幅员广大、人口众多、第一次得到高度集中统一的中华帝国的繁荣时期的艺术。辽阔的现实图景、悠久的历史传统、邈远的神话幻想的结合，在一个琳琅满目五色斑斓的形象系列中，强有力地表现了人对物质世界和自然对象的征服主题。这就是汉代艺术的特征本色。"② "因为靠行动、动作、情节而不是靠细微的精神面容、声音笑貌来表现对世界的征服，于是粗轮廓的写实，缺乏也不需要任何细部的忠实描绘，便构成汉代艺术的'古拙'外貌"，汉代艺术"给予人们以后代空灵精致的艺术所不能替代的丰满朴实的意境。……相比于后代文人们喜欢的空灵的美，它更使人感到饱满和实在。与后代的巧、细、轻相比，它确乎显得分外的拙、粗、重。然而，它不华丽却单纯，它无细部而洗炼。它由于不以自身形象为自足目的，就反而显得开放而不封闭。它由于以简化的轮廓为形象，就使粗犷的气势不受束缚而更带有非写实的浪漫风味。但它又根本不同于后世文人浪漫艺术的'写意'。它是因为气势与古拙的结合，充满了整体性的运动、力量感而具有浪漫风貌的，并不同于后世艺术中个人情感的浪漫抒发。当时民间艺术与文人艺术尚未分化，从画像石到汉乐府，从壁画到工艺，从陶俑到隶书，汉代艺术呈现出来的更多是整体性的民族精神。如果说，唐代艺术更多表现了中外艺术的交融，从而颇有'胡气'的话；那么，汉代艺术却更

---

① 金春峰：《汉代思想史》，中国社会科学出版社 1997 年版，第 3 页。

② 李泽厚：《美学三书》，安徽文艺出版社 1999 年版，第 83 页。

突出地呈现着中华本土的音调传统：那由楚文化而来的天真狂放的浪漫主义，那人对世界满目琳琅的行动征服中的古拙气势的美。”① 正如以上学者所论述的那样，汉代乐府诗最重要的特质就是它的现实主义的古朴的品格，正如余冠英在《乐府诗选序》中说的：“中国诗史上有两个突出的时代，一是建安到黄初，二是天宝到元和。也就是曹植、王粲的时代和杜甫、白居易的时代。董卓之乱和安史之乱使这两个时代的人饱经忧患。在文学上这两个时代有各自的特色，也有共同的特色。一个主要的共同特色就是‘为时而著，为事而作’的现实主义精神。‘为时为事’是白居易提出的口号。他把自己为时为事而作的诗题做‘新乐府’，而将作诗的标准推源于《诗经》。现在我们应该指出，中国文学的现实主义精神虽然早就表现在《诗经》，但是发展成为一个延续不断的，更丰富、更有力的现实主义传统，却不能不归功于汉乐府。”② 当然，汉乐府诗歌在质朴中也传递着浪漫，现实主义与浪漫主义的完美结合，对后世文学产生深远的影响。

第三节　文人叙事诗探究

在中国诗歌史上，较之后世的唐宋诗歌，汉代诗歌算不上最灿烂辉煌，但汉代诗歌作为上古诗歌的结束，中古诗歌的开始，在中国诗歌史上占有重要地位。汉代叙事诗歌除了上面讨论的乐府诗外，文人五言诗也是其杰出代表。马茂元说：“古诗和乐府除了在音乐意义上有所区别外，实际是合二而一的东西。现存乐府古辞中，假如某一篇失去了当时和乐的标题，无所归类，则我们也不得不泛称之古诗；同样，现存古诗中，假如某一篇被我们发现了原来和乐的标题，则它马上又会变成乐府歌辞了，当然这并不是说，所有的古诗都曾入乐，但其中确曾有部分入过乐的。像《古诗十九首》中有好几篇唐宋引用时明明成为‘古乐府’。朱乾《乐府正义》甚至说：‘《古诗十九首》，古乐府也。’即其例证。后人辑录汉代诗歌，乐府和古诗的界限总是划分不清，往往一首

① 李泽厚：《美学三书》，安徽文艺出版社 1999 年版，第 87、88 页。
② 王运熙：《乐府诗述论》，上海古籍出版社 2006 年版，第 273 页。

诗甲本题为乐府，而乙本则标作古诗。”[①] 他认为汉乐府与以《古诗十九首》为代表的文人诗并没有什么本质区别，的确，《古诗十九首》与汉乐府一样，继承了《诗经》以来“感于哀乐，缘事而发”的特点。但我们也必须承认，汉乐府和以《古诗十九首》为代表的文人诗还是有差异的。汉乐府多为民间之作，而《古诗十九首》虽然标为无名氏，但多是具有相当文化修养的下层知识分子所作，诗作打破了汉初只继承四言诗的形式，乏善可陈的现状，大胆地向民歌学习，从而把文人创作与民间创作结合起来，挚虞在《艺文类聚·文章流别论》中就认为：“诗之流也，有三言、四言、五言、六言、七言、九言。古诗率以四言为体，而时有一两句，杂在四言之间，后世演之，遂以为篇。……五言者，‘谁谓雀无角，何以穿我屋’之属是也……”“雅音之韵，四言为正；其余虽备曲折之体，而非音之正也。”[②] 文人诗将被上层文人视作“俳优倡乐多用之”的俗体诗即新兴的五言歌诗作为主要的创作手段，同时将汉乐府中已有表现的叙事与抒情分流的倾向，加以进一步发展，从而使得自己的创作与汉乐府相比较表现出同中有异的特点。历代文论家都给予了《古诗十九首》极高的评价。钟嵘指出五言诗是最完美的诗，较之四言诗和骚体，它的内容和形式都拿捏得当、恰到好处。四言诗过于简练，不足以表达丰富的内容；骚体诗语言过于铺张。“每苦文繁而意少，故世罕习焉。五言居文词之要，是众作之有滋味者也，故云会于流俗。岂不以指事造形，穷情写物，最为详切者耶！”[③] “文温以丽，意悲而远，惊心动魄，可谓几乎一字千金。……人代冥灭，而清音独远，悲夫！”[④] 刘勰在《文心雕龙·明诗》中说：“观其结体散文，直而不野，婉转附物，怊怅切情，实五言之冠冕也。”[⑤] 胡应麟在《诗薮》中说：“兴象玲珑，意致深婉，真可以泣鬼神，动天地。”[⑥] 明王世

---

① 马茂元：《古诗十九首初探》，陕西人民出版社 1981 年版，第 2—3 页。

② 穆克宏主编：《魏晋南北朝文论全编》，上海远东出版社 2012 年版，第 79 页。

③ 李建中主编：《中国古代文论》，华中师范大学出版社 2002 年版，第 177 页。

④ （南朝）钟嵘、（明）杨慎：《诗品·词品（插图本）》，凤凰出版社 2013 年版，第 21 页。

⑤ 祖保泉：《文心雕龙解说》，安徽教育出版社 1997 年版，第 103 页。

⑥ （明）胡应麟：《诗薮》（内编）卷二，上海古籍出版社 1958 年版，第 25 页。

贞称《古诗十九首》："谈理不如《三百篇》，而微词婉旨，遂足并驾，是千古五言之祖。"① 陆时庸则云《古诗十九首》："谓之风余，谓之诗母。"② 正如以上文论家对五言诗的评价一样，五言诗体及其表现手法，在中古以后的古典诗歌诸形式中一直居于主导地位。

一 《古诗十九首》的题材类型

《古诗十九首》最早见于《文选》，《昭明文选·杂诗·古诗一十九首》题下注释"并云古诗，盖不知作者"，是南朝梁萧统从传世无名氏《古诗》中选录十九首亡失作者名字的五言诗编入汇集起来的。从来源上说，五言诗最早是民间歌谣，这种民间歌谣，自汉武帝后被采入乐府，引起了文人的注意，加以模仿。文人五言诗到东汉末年出现了一批成熟的作品，其代表作就是《古诗十九首》，《古诗十九首》的出现，不仅显示了汉代文人在五言诗形式探索上的成功，开创了一种新诗体，而且在人生、艺术观念上开创了一个新的时代，使中国诗歌由此走上了自觉的道路。这些诗歌在内容上大体分为以下几类。

首先，游子思妇。游子思妇的题材早在《诗经》时代就成了一个重要的内容，到了汉代，则有过之无不及，在我们的记忆中，还存留着那位"十五从军行，八十始得归"的老兵形象；还保存着那些游子思妇的悲情吟咏。大部分学者都认为这类题材在汉代的兴盛与汉代的社会现实有千丝万缕的联系。游国恩先生认为："《古诗十九首》中所流露的游子思妇的感伤，正是东汉末年政治社会的真实的反映；其中浓厚的消极情绪更是封建统治阶级走向没落时期的反映。"③ 刘大杰先生说："古诗十九首，是东汉末叶大乱时代人民思想情感的表现。在那一个长期的混乱中，政治之变化，灾荒之严重，以及那长年不断的兵祸、徭役，不仅摧残了人民的安居生活，也动摇了社会的基础。在那一个乱离时代，夫妇的分离，家庭的隔绝，成为最普通的社会现象。"④ 马茂元

① （明）王世贞：《艺苑卮言》，陆洁栋、周明初批注，凤凰出版社 2009 年版，第 28 页。

② 马茂元：《古诗十九首初探》，陕西人民出版社 1981 年版，第 166 页。

③ 游国恩等主编：《中国文学史》第一册，人民文学出版社 1963 年版，第 214 页。

④ 刘大杰：《中国文学发展史》上册，上海古籍出版社 1982 年版，第 217 页。

说："它所反映的只是出于动乱时代失意之士的羁旅愁怀而已。"① 游国恩先生的论述显而易见地镌刻着时代的烙印，过多地强调了阶级性，显得不妥。刘大杰先生的论述也有可商榷之处，兵祸、徭役的繁重不仅仅限于汉代。倒是赵敏俐的论述较为客观："文人士子的羁旅愁怀和怀才不遇并不是汉末才产生的，而是汉代社会大多数文人士子的普遍遭际。我们须知，文人作为中国古代社会的一个特殊阶层，它是随着封建地主专制社会的建立而最终形成的，它的成员大都是出身于中下层地主阶级的知识分子，他们的主要人生目标就是要通过读书仕进这条道路而跻身于上层统治集团之列，他们是封建官僚政教系统赖以产生的人才基础和储备力量。和封建宗法制社会的世卿世禄相比，封建官僚政体的建立无疑是一种社会的进步，它在一定程度上打破了血缘和门第的界限而为中下层知识分子的晋升出仕等创造了条件。但是，从秦汉以后的历史中可以看出，这种封建官僚政体中照样存在着严重的不合理性：皇权的高压，官僚重臣的弄权，不同权力集团间的互相倾轧等等，同时为中下层知识分子的仕进设置了种种障碍，也使他们的仕宦生涯处处都有风波暗礁。……文人五言诗中虽然有世态炎凉、怀才不遇这一类感伤内容，但是它并不是汉末动乱之时的产物，而是汉代社会文人士子面对封建专制政治的一种必然的心态反映。"② 可见，游子思妇题材在汉代已经被赋予了更多的内涵与意义。尊儒术、养儒士、选儒生，读书人不得不背井离乡、漂泊在外、求取功名。一旦仕途坎坷，避乱异乡，他们就愈加渴求家庭的温馨。另外，支撑与保卫这个庞大帝国的那些抛妻弃子、流血牺牲的将士也在孤独中怀念家的温暖，尽写羁旅行役、相思怀人之苦，遂成为《古诗十九首》的重要内容。

《迢迢牵牛星》：

迢迢牵牛星，皎皎河汉女。纤纤擢素手，札札弄机杼。终日不成章。

泣涕零如雨。河汉清且浅，相去复几许？盈盈一水间，脉脉不

① 马茂元：《古诗十九首初探》，陕西人民出版社1981年版，第18页。

② 赵敏俐：《周汉诗歌综论》，学苑出版社2002年版，第312—313页。

得语。

此诗写天上一对夫妇牵牛和织女，诗歌以牛郎、织女的传说，表现相爱的人可望不可即的情形。故事虽然发生在天上，视点却在地上，以第三者的视角观察他们夫妇的离别之苦，机声札札，但不成章，涕泣如雨，写尽了思妇想念丈夫而不得见的愁苦心情。全诗一共十句，其中六句都用了叠音词，即“迢迢”“皎皎”“纤纤”“盈盈”“脉脉”。这些叠音词使这首诗质朴、清丽，情趣盎然。马茂元说：“‘迢迢’是星空的距离，‘皎皎’是星空的光线，‘纤纤’是手的形状，‘札札’是机的声音，‘盈盈’是水的形态，‘脉脉’是人的神情。词性不同，用法上极尽变化之能事。”叠词的使用，明显地看出文人雕饰的气息。特别是后两句，一个饱含离愁的少妇形象若现于纸上，意蕴深沉风格浑成，风格质朴率真，颇具独特的审美意趣。

《行行重行行》：

行行重行行，与君生别离。相去万余里，各在天一涯。
道路阻且长，会面安可知。胡马依北方，越鸟朝南枝。
相去日已远，衣带日已缓。浮云蔽白日，游子不顾反。
思君令人老，岁月忽已晚。弃捐勿复道，努力加餐饭。

诗作写思妇对远行丈夫的深切怀念。与君别离之后，女主人公写了自己这剪不断、理还乱的愁绪。日渐消瘦、衣带宽松，可谓“衣带渐宽终不悔”，尽管容颜衰老、岁月流逝，依然等待游子的归来，并愿丈夫“努力加餐饭”，诗作深刻地反映了游子思妇的现实生活与精神生活的巨大痛苦。这份深情穿越历史，穿越时空，回荡在我们的心中。

其次，人生咏叹。人生一直是文学钟爱的母题，它的复杂与丰富、它的深刻与沉潜，都使之成为文学的重要主题，甚至可以说唯一主题。《古诗十九首》深刻地再现了文人在汉末社会思想大转变时期，追求的幻灭与沉沦，心灵的觉醒与痛苦。成边的将士久不归家，随时可能战死沙场；求取功名的士人青春的蹉跎、理想的幻灭，使汉代文人更加慨叹人生无常、岁月无情，更加理解生命与人生的意义：不是千古留名、不是建功立业，而是男欢女爱、家人团聚、和睦幸福、世俗情怀。这是人类历史上一次伟大的个性的张扬与解放，此后“无论是宗经卫道的儒家教义，无论纲常名教的封建正宗思想，无论五行阴阳的原始宗教学说，无论灾异谶纬的社会迷信风气，都不得使它窒息；相反，冲破这重重沉闷迂腐的氛围，它们蓬勃发展起来，显示着人民意识的趋于觉醒”①。对于这种人生咏叹，马茂元先生说：“这类思想是庸俗而粗野的，它的气质是浪漫而颓废的，但其中却蕴藏着一种现实的、积极的因素。”② 这些诗中积极的、现实的因素就在于它突破了两汉儒学正统意识形态的束缚，突出了世俗感性生命的欲求，同时在艺术观念上突出情的地位，使文人诗歌创作打破了两汉的沉寂。文人诗歌侧重于个体对社会历史的观察和思考，其思想内涵更接近文人个体与时代政治的关系，其人生思考的意义更深刻一些。

二 《古诗十九首》的叙事模式

刘勰《文心雕龙·明诗》中这样概括《古诗十九首》的艺术特色：“观其结体散文，直而不野，婉转附物，怊怅切情，实五言之冠冕也”，钟嵘谓之“一字千金”，皎然称之“辞精义炳”，张戒说它“卓然天成”，李泽厚先生也说：“《古诗十九首》以及风格与之极为接近的苏李诗，无论从形式到内容，都开一代先声。它们在对日常时世、人事、节候、名利、享乐等等咏叹中，直抒胸臆，深发感喟。在这种感叹抒发中，突出的是一种性命短促、人生无常的悲伤。它们构成《十九首》一个基本音调。”③ 这些评价与定位基本是合理的。刘大杰先生认为：“由西汉这种未成熟的五言诗体的演进，到了东汉，纯粹的五言诗出现了。……今举《咏史》为例。……这是一首短短的叙事诗，五言体的形式是完全成立了，但就艺术而论，相隔古诗十九首一类的作品还很远。钟嵘批评说：‘班固《咏史》，质木无文’，这是不错的。”④ “从现存的汉代文人五言诗看来，班固的《咏史诗》是最早的一首，写汉文

① 张松如：《中国诗歌史论》，吉林大学出版社 1985 年版，第 26—27 页。

② 马茂元：《古诗十九首初探》，陕西人民出版社 1981 年版，第 24 页。

③ 李泽厚：《美学三书》，安徽文艺出版社 1999 年版，第 91 页。

④ 刘大杰：《中国文学发展史》上册，上海古籍出版社 1982 年版，第 213—214 页。

帝时孝女缇萦为赎免父亲刑罚请求没身为婢的故事。这首诗只是老实地叙述事实，缺乏形象性，所以钟嵘《诗品序》评为‘质木无文’，说明文人运用这一种新体还不熟练，不能免于粗糙。"[①] 这种评论有失公允。的确，《古诗十九首》语言朴素自然，描写生动真切，无虚情与矫饰，也无刻意的精雕细琢，但这正是它浑然天成之处，也是其成功之处。

首先，文人五言、语言精练。在《诗经》时代，诗歌多为四言，随着时代的发展和生活的复杂，四言的弊端愈加明显，应运而生的五言诗不仅拓展了诗歌的形式，而且丰富了诗歌的内容，“诗歌是有节奏的，有韵律的语言的加强形式”[②]，使用叠字，或描绘景物，或刻画形象，或叙述情境，无不生动传神，也增加了诗歌的节奏美和韵律美。四言诗歌发展到五言，从二节拍到三节拍的发展，不仅形成了新的音乐美，而且增加了容量，关于这个问题，上面已经论及，这里不再赘述。以《古诗十九首》为代表的文人五言诗语言精练又朴素自然，我们分明已经可以看到炼字锻句、谋篇布局的种种迹象，用皎然的话来说是“始见作用之功”；但这种雕饰不同于汉赋的雕琢铺张，肤廓无真意，又不同于后世的“炼字”和“推敲”，而始终如诗、骚一样以情意之表作为创作的中心。你不能说诗中哪一句或哪一个字最好，但诗中任何一个字也都没法替代，遣词用语非常浅近明白，“平平道出，且无用功字面，若秀才对朋友说家常话”，却涵咏不尽，自然和谐，传神达意，意味隽永，浑然一体。这是民间非文人创作的诗歌所无法比拟的。“不可句摘、章法浑成、句意联属，通篇高妙。”[③] 费锡璜也说：“《三百篇》后，汉人创为五言，自是气运结成，非人力所能为。故古人论曰：苏、李天成，曹、刘自得。天成者，如天生花草，岂人剪裁点缀所能仿佛；如铸就钟镛，一丝增减不得，解此方可看汉诗。” “有谓‘东风摇百草’，‘秋草萋以绿’已逗六朝门径；又有端取‘古欢’、‘新心’等字

---

① 中国社会科学院文研所编：《中国文学史》第一册，知识产权出版社 2010 年版，第 150 页。

② 杨公骥：《中国文学》第一分册，吉林人民出版社 1980 年版，第 7 页。

③ （明）胡应麟：《诗薮》卷二，上海古籍出版社 1979 年版，第 32 页。

以为生别，不知古诗浑浑浩浩，纯是元气结成，若以字句求之，真是呓语。”[①] 语言精练、浑然天成是文人五言诗的精准定位与评价。

其次，情事交融、虚实相生。乐府诗多为铺叙，叙事以见情；《古诗十九首》则偏重于抒情，但不是抛开叙事，而是以情融事，在叙事中抒情，在抒情中叙事。从情感说，《古诗十九首》感情纯真诚挚，没有矫揉造作；从艺术表现说，它的写境语言好像都是信手拈来，没有错采镂金式的加工，却是出水芙蓉般的自然诗境。《古诗十九首》所描写的景物、情境与情思非常切合，往往通过或白描或比兴或象征等手法形成情景交融、浑然圆融的艺术境界。

《古诗十九首》以其独特的叙事与抒情之道，在五言诗的发展上有重要地位，也在中国诗史上占据相当重要的地位，它的题材内容和表现手法为后人所效法，对后世诗歌的创作与批评产生重要影响，为后世文人诗树立了楷模与典范，在它的推动下，文人诗取得了辉煌的成绩。

小　结

汉代叙事诗是继《诗经》之后，古代民歌的又一次大汇集，不同于《诗经》的现实主义诗风，它开创了诗歌现实主义的新风。汉乐府民歌用通俗的语言构造贴近生活的作品，由杂言渐趋向五言，采用叙事写法，刻画人物细致入微，创造人物性格鲜明，故事情节较为完整，而且能突出思想内涵着重描绘典型细节，开拓叙事诗发展成熟的新阶段，是中国诗史五言诗体发展的一个重要阶段。它承前启后，一方面，对《诗经》以来民间叙事诗作全力继承与发展，另一方面，又给后来的文人叙事诗作提供了典范的借鉴。汉代叙事诗是我国叙事诗长河中的第一个高潮，直接影响建安时期的现实主义诗风，乃至六朝“拟乐府”诗作和唐代的“新乐府”运动。

---

① （清）费锡璜：《汉诗总说》，《清诗话》下册，上海古籍出版社 1978 年版，第 943、948 页。

第五章　魏晋南北朝叙事诗述论

在中国叙事诗史上，魏晋南北朝是一个熠熠生辉的时代。叙事诗至魏晋时代，夯实了叙事诗的现实主义传统，南北朝一代，在诗歌内容、形式、题材等诸方面都渐次成熟，在诗歌内容上更加贴近社会生活，在诗歌形式上五言诗的地位基本确立，直接影响了后代的近体格律诗，出现了咏史诗、田园诗、山水诗等诸多体态的叙事诗。可以说，叙事诗到这一时期，真正体现了叙事诗歌的自觉意识，走向现实，走向民间，走向百姓。已经成熟与完备，为唐代叙事诗的繁荣打下了坚实的基础。

第一节　魏晋南北朝叙事诗综论

叙事诗到魏代，形成了慷慨悲凉的“建安风骨”，叙事诗以汉乐府旧题来反映动荡的时代与民生的疾苦，继承了汉乐府的现实主义精神，开启后代“拟乐府”的先河，并影响了唐代的“新乐府”运动。晋代，叙事诗受时代玄思的影响，讲求形式，忽视内容。直至田园诗人的出现，叙事诗才冲决形式的束缚，清新自然，诗风古朴，直接影响了唐代的田园山水诗派。

一　魏晋叙事诗综论

（一）魏朝叙事诗

李泽厚先生说：“魏晋在中国历史上是一个重大变化时期。无论经济、政治、军事、文化和整个意识形态，包括哲学、宗教、文艺等等，都经历转折。这是继先秦之后第二次社会形态的变异所带来的。战国秦汉的繁盛城市和商品经济相对萎缩，东汉以来的庄园经济日益巩固和推广，大量个体小农和大规模的工商奴隶经由不同渠道，变而为束缚在领主土地上、人身依附极强的农奴或准农奴。与这种标准的自然经济相适应，分裂割据、各自为政、世代相沿、等级森严的门阀士族阶级占住了历史舞台的中心，中国前期封建社会正式揭幕。社会变迁在意识形态和文化心理上的表现，是占据统治地位的两汉经学的崩溃。烦琐、迂腐、荒唐，既无学术效用又无理论价值的谶纬和经术，在时代动乱和农民革命的冲击下，终于垮台。代之而兴的是门阀士族地主阶级的世界观和人生观。这是一种新的观念体系。"[①] 在这样的时代背景下，叙事诗发生了质的飞跃。魏代诗人沿袭现实主义叙事诗的创作，是那个时代诗歌的最大成就，而且诗人个体创作开始繁荣。尽管《诗经》《楚辞》在艺术上取得了辉煌的成就，呈现了后世难以企及的艺术价值。但《诗经》是先民的艺术，有特色、有鲜明的群体性格的中国古代文人群体（中国古代的士大夫阶层）尚未形成，从先秦至曹魏，中间经历了两汉，由于多种历史的原因，使得两汉时期民间诗虽然很发达，但文人与诗歌艺术却十分隔膜。在汉代的正统观念中，所谓诗就是指《诗经》，它的地位是十分崇高的。建安诗家，在思想和生活上都背离了正统儒生的人生轨迹。用民间五言体写作，同时也因它的刺激，使得四言诗体也复活了起来。他们开启了曹魏诗歌的宏伟历史。刘勰说："暨建安之初，五言腾踊"，余嘉锡说："盖魏晋人一切风气，无不自后汉开之。"[②] 中国后来的古典诗歌的直接渊源是在汉代民间诗乐中孕育产生的新兴的五言诗体。将五言诗这种最初被看作俗体的新诗体从民间引入文人诗坛，使它终于成为诗坛的正体，这一发展过程就是魏晋诗的发展过程。

历史进入"建安时期"，连年的战乱已经把繁盛富庶的中原地区变成了"出门无所见，白骨蔽平原"（王粲《七哀》）的战场，当时围绕曹操父子三人，形成曹魏集团的邺下文人中心，产生了悲壮慷慨、震慑诗坛的"建安文学"。建安作家以三曹为代表。曹操一生鞍马为文，横槊赋诗，他的四言、五言诗都是以汉乐府旧题来反映现实社会的动乱和民生疾苦，开创拟乐府诗作，这标明汉末作家对汉乐府的继承与发展。

① 李泽厚：《美学三书》，安徽文艺出版社 1999 年版，第 89—90 页。

② 余嘉锡：《世说新语笺疏》，上海古籍出版社 1993 年版，第 21 页。

其《薤露》《蒿里行》等作，都以深沉的笔调，记载汉末群雄争斗，战祸弥烈的现实。曹植是建安作家中“粲溢古今，卓尔不群”的诗人，他生于离乱，长于忧患，因而，他的叙事诗作，不但有真实反映民生疾苦的内容，而且有时图进取、献身致用的壮志英风，与曹操“梗概而多气”的风格相得益彰，形成鼎峙千古的“建安风骨”。他是第一个给五言诗奠定基础的诗人，所作五言乐府的内容和辞藻，都富于创造性。乐府源于民间，它的主要特色是叙事性和社会性；由内容到抒情，由内容富于社会性到有鲜明的个性，就从内容方面说明了乐府到诗的进展。此外，王粲的《七哀诗》、陈琳的《饮马长城窟行》，都是此期叙事诗的优秀之作。这时期的叙事诗，多汲取汉乐府的现实主义诗歌精神，以拟乐府诗的形式反映汉末社会的现实，实际上是汉乐府叙事诗作的余波，但却开启后代“拟乐府”诗作的先声。这诗风延续五百余年而不绝，直到唐代白居易的“新乐府”运动兴起，才以另一形式来发展汉乐府的现实主义精神。①

建安文学是由两汉转变到魏晋的文学的历史标志，它在文学史上的意义，就是发挥了汉乐府中的那种人民性与现实主义的精神，开始奠定五言诗的基础。建安时代是乱世，文人饱尝流离，生活中的感触颇深，因此，诗歌中抒情的成分较多，但是，当时的五言诗还没有完全脱离乐府的性质，因此所表现的社会面比较广阔，句法辞采也质朴有力。即使是抒发个人感触的诗，也力求明白诚恳；不像后来有些文人诗的雕镂纤细，只在形式上下功夫。

（二）两晋叙事诗

李泽厚先生认为，魏晋从各个方面都不同于两汉，是一股新颖先进的思潮。被“罢黜百家，独尊儒术”压抑了数百年的先秦的名、法、道诸家，重新为人们所着重探究。在没有过多的统制束缚、没有皇家钦定的标准下，当时文化思想领域比较自由而开放，议论争辩的风气相当盛行。正是在这种基础上，与颂功德、讲实用的两汉经学、文艺相区别，一种真正思辨的、理性的“纯”哲学产生了；“一种真正抒情的、感性的‘纯’文艺产生了。这两者构成中国思想史的一个飞跃。……

① 路南孚：《中国历代叙事诗歌》，山东文艺出版社1987年版，第6页。

简单说来，这就是人的觉醒。它恰好成为从两汉时代逐渐脱身出来的一种历史前进的音响。在人的活动和观念完全屈从于神学目的论和谶纬宿命论支配下的两汉时代，是不可能有这种觉醒的。但这种觉醒，却是通由种种迂回曲折错综复杂的途径而出发、前进和实现。文艺和审美心理比起其他领域，反映得更为敏感、直接和清晰一些。”① 汉代大帝国的持续的动乱乃至最后的灭亡，使整个社会都经受了战乱之苦，颠沛流离，骨肉分离，家破人亡，这种动荡彻底动摇了人们对汉代正统儒家思想的信仰。上层社会内部不择手段地争夺，使晋人对儒学的信仰彻底破灭。人生意义的探求，把晋人的思想引向了玄学。玄学是由道家思想发展而来，道家对人世黑暗和人生痛苦的愤激批评，以及对超越这种黑暗和痛苦的个体自由的追求，刚好符合亲身经历并体验到儒家思想的虚幻和破灭的门阀士族的心理。曹魏时代为了建立一个中央集权的封建国家而进行的种种违背儒家伦理道德的战争，使门阀士族中的有识之士对儒学的虚伪深恶痛绝，于是欣然接受了道家的个体人格的独立自由的思想。儒家并不反对与否定个体，但他们认为群体和社会的利益是永远高于个体的。玄学也并不否认群体、社会，但他们认为群体、社会不应该成为个人人格自由的阻碍与束缚。这是玄学与儒家的一个根本区别，也是带有强烈的人的自觉和文的自觉的意义的。由于门阀世族在南方获得了比北方更好的发展庄园经济的自然条件，不但有丰富多样的物质享受，而且被南方富于变化的，明丽的自然风景所吸引，产生了纵情山水的风尚。这些都使门阀世族更加追求“玄远”与“神明”。客观真理是难以考究的，那么就要追求内心。自然界给予人的启示，并非只是那些形式化的礼制规范，更多的是启示人们应该具有“独化”的心灵。

晋代诗人企羡老庄，托言玄远。建安诗歌的现实主义精神便被“厥旨渊放，归趣难求”的隐微诗旨所代替，叙事诗创作暂趋低潮。这种情形延续到二晋。西晋一代，司马氏集团一开始便以荒淫腐朽开局，这时的作家作诗多模拟古意，丽藻是尚。但其中也不乏一代风标，其皎皎者当数傅玄。他精通音律，拟乐府诗作名重一时，善于以故事入诗，气格古朴。他用左延年的乐府旧题《秦女休行》来写赵娥亲为父报仇

① 李泽厚：《美学三书》，安徽文艺出版社 1999 年版，第 90—91 页。

事，通篇激昂悲壮，字句差池错落，气度与汉乐府最相接近。《秋胡行》是他另一篇叙事佳作，也用的乐府旧题，但却吟咏秋胡本事，与魏武、魏文的《秋胡行》不侔，其中对秋胡妻表现出深深的同情。通篇五言体，炫素杂彩，清丽自然，又有无名氏古诗的神韵。另外，张华与潘岳也有些可称道的作品。张华是一代权臣，政治上有自己的见解，诗作《轻薄篇》《游猎篇》华美明畅，客观上暴露了当时统治者生活的荒淫，反映了一定的社会现实。潘岳以抒情见长，尤其善叙哀情。叙事诗作以《关中诗》最有名，通篇造句工整，出语典雅，风格凝重简奥，内容却很单薄，反映了太康文学讲求形式美的倾向。这时期，唯有那位出身寒门的左思，倒有些才高旷达的作品，他的《娇女诗》写小女儿的娇憨痴顽神态，生动逼真，声态并作，极象一幅天真活泼的幼儿画卷。笔调是那样细致，以致一颦一笑，莫不毫发尽备，传其神态，真堪为此期叙事诗的代表。待到“八王之乱”以后，东晋王朝偏安江左，世家旧族把持政柄，日以清谈玄理为务。所以，东晋百余年，“世极迍邅而辞意夷泰，诗必柱下之旨归，赋乃漆园之义疏”（刘勰《文心雕龙·时序》）。直到陶渊明出，才冲决这种玄风的束缚，给诗坛带来一束清新的阳光。陶渊明的叙事诗作，多记叙怡然自得的田园生活，风格平淡自然，用字简练，常用口语创造出高远的意境。代表作就是《桃花源诗》和《归去来辞》。《桃花源诗》以质朴的语言，曲折新奇的情节，描绘出一个古朴社会的生活画面；《归去来辞》则记载他辞官归田的事件和田居的乐趣。至于记载自己家世的《命子》一诗，却又以典雅简奥见长，[①] 晋代诗人在叙事诗史上最大的贡献是开创了田园叙事诗。

（三）魏晋代表诗作析论

“建安时期”，不断的战争把富庶的中原变成“出门无所见，白骨蔽平原”的中原，这极大地刺激了文人雅士敏感的神经和神圣的使命感与责任感，以曹操为代表的邺下文人集团，创作了慷慨悲凉、震慑诗坛的“建安文学”，完成了乐府民歌向文人创作的转变。正如路南孚所言：这时期的叙事诗，多汲取汉乐府的现实主义诗歌精神，以拟乐府诗的形式反映汉末社会的现实，实际上是汉乐府叙事诗作的余波，但却开

① 路南孚：《中国历代叙事诗歌》，山东文艺出版社 1987 年版，第 6—8 页。

启后代“拟乐府”诗作的先声。这种诗风延续五百余年而不绝，直到唐代白居易的“新乐府”运动兴起，才以另一形式来发展汉乐府的现实主义精神。

曹操的《蒿里行》：

> 关东有义士，兴兵讨群凶。初期会盟津，乃心在咸阳。军合力不齐，踌躇而雁行。势利使人争，嗣还自相戕。淮南弟称号，刻玺于北方。铠甲生虮虱，万姓以死亡。白骨露于野，千里无鸡鸣。生民百遗一，念之断人肠。

曹操的叙事诗歌继承了汉乐府的“感于哀乐，缘事而发”的现实主义诗风，《蒿里行》是汉乐府旧题，郭茂倩《乐府诗集》中的《相和歌辞·相和曲》[①] 有收录，《宋书·乐志》也有记载，写的就是一个真实的历史事件。蒿里行，乐府旧题，曹操借此记叙汉末袁绍讨伐董卓，交战的史实。钟惺在《古诗归》中称之“汉末实录，真诗史也”。陈祚明在《采菽堂古诗选》中说：“孟德所传诸篇，虽并属拟古，然皆以写己怀来，始而忧贫，继而悯乱，慨地势之须择，思解脱而未能，亹亹之词，数者而已。本无泛语，根在性情，故其跌宕悲凉，独臻超越，细揣格调，孟德全是汉音。”[②]

叙事诗开始交代交战的缘起“关东有义士，兴兵讨群凶”，接着交代交战的情况，“军合力不齐，踌躇而雁行。势利使人争，嗣还自相戕。淮南弟称号，刻玺于北方”，最后写交战的危害“铠甲生虮虱，万姓以死亡。白骨露于野，千里无鸡鸣”。情节严整，风格质朴，完善了汉代文人五言诗。在先秦汉魏六朝叙事诗史上，建安文人摒弃浮华，回归自然，流畅叙事，为南北朝叙事诗的繁荣做足了准备。

两晋叙事诗并不发达，时代的巨变使得晋代文人失去了吟咏建安慷慨悲凉诗风的土壤，诗风愈来愈浮靡艳丽，华丽藻饰的语言取代了质朴无华的汉乐府的语言特质，骈偶的追求遮蔽了叙事的自由句式，这对抒

① （宋）郭茂倩编撰：《乐府诗集》，上海古籍出版社1998年版，第325页。

② 穆克宏：《魏晋南北朝文学史料述略（增订本）》，中华书局2007年版，第5页。

情诗是一大幸事，却扼杀了叙事诗存在的形式要件。而魏晋清谈之风带来玄言诗的繁荣，也影响了叙事诗的发展，不能说叙事诗在两晋销歇了，但至少可以说，叙事诗在两晋诗坛不占主流，不被重视。如果说两晋时期是中国先秦汉魏六朝叙事诗史上的一个短暂过渡，那么此时在诗坛上，张华的《轻薄篇》、潘岳的《关中诗》、左思的《娇女诗》都是较为优秀的叙事诗篇。但最有影响的，承上启下的重要人物就是傅玄，他的拟乐府诗作就是讲述故事的叙事诗。他的《秦女休行》风格与汉乐府极为一致，而《秋胡行》更是两晋叙事诗的翘楚，下面简述之。

傅玄《秋胡行并序》：

> 秋胡子娶妇，三日会行。仕宦既享显爵，保兹德音。以禄颐亲，韫比黄金。睹一好妇，采桑路傍。遂下黄金，诱以逢卿。玉磨逾洁，兰动弥馨。源流洁清，水无浊波。奈何秋胡，中道怀邪。美此节妇，高行巍峨。哀哉可愍，自投长河。
>
> 秋胡纳令室，三日官他乡。皎皎洁妇姿，冷冷守空房。燕婉不终夕，别如参与商。忧来犹四海，易感难可防。人言生日短，愁者苦夜长。百草扬春华，攘腕采柔桑。素手寻繁枝，落叶不盈筐。罗衣翳玉体，回目流采章。君子倦仕归，车马如龙骧。精诚驰万里，既至两相忘。行人悦令颜，借息此树旁。诱以逢卿喻，遂下黄金装。烈烈贞女忿，言辞厉秋霜。长驱及居室，奉金升北堂。母立呼妇来，欢情乐未央。秋胡见此妇，惕然怀探汤。负心岂不惭，永誓非所望。清浊必异源，凫凤不并翔。引身赴长流，果哉洁妇肠。彼夫既不淑，此妇亦太刚。

《秋胡行》见于郭茂倩的《乐府诗集·相和歌辞》,[①] 在《乐府诗集》卷第三十六相和歌辞的清调曲中这样写道：

> 《西京杂记》曰："鲁人秋胡，娶妻三月，而游宦三年，休还家。其妇采桑于郊。胡至郊而不识其妻也，见而悦之，乃遗黄金一

① （宋）郭茂倩编撰：《乐府诗集》，上海古籍出版社1998年版，第415页。

> 镒。妻曰：'妾有夫，游宦不返。幽闺独处，三年于兹，未有被辱于今日也。'采桑不顾，胡惭而退。至家，问：'妻何在？'曰：'行采桑于郊，未返。'既归还，乃向所挑之妇也，夫妻并惭。妻赴沂水而死。"《列女传》曰："鲁秋洁妇者，鲁秋胡之妻也。既纳之五日，去而宦于陈，五年乃归。未至其家，见路傍有美妇人，方采桑而说之。下车谓曰：'力田不如逢丰年，力桑不如见国卿。今吾有金，愿以与夫人。'妇曰：'采桑力作，纺绩织纴以供衣食，奉二亲养。夫子已矣！不愿人之金。'秋胡遂去。归至家，奉金遗母，使人呼其妇。妇至，乃向采桑者也。妇汙其行，去而东走，自投于河而死。"《乐府解题》曰："后人哀而赋之，为《秋胡行》。若魏文帝辞云：'尧任舜禹，当复何为。'亦题曰《秋胡行》。"《广题》曰："曹植《秋胡行》，但歌魏德，而不取秋胡事，与文帝之辞同也。"①

傅玄《秋胡行》的写作，与诗人的生活时代有着紧密的联系。对此，钱志熙认为："傅玄和他所属的那个寒素文士阶层的人物，因为求官求学而抛妻别子是常有的事，因此作者对秋胡及其妻子的个性特点还是比较熟悉的，对于他们的悲剧遭遇也寄予了较多的同情。寒素士人出官他乡，都希望家中的妻子能够坚贞守节，并对这样的女性热情赞美，……这类诗的产生是有一定的现实原因的。"② 这种理解是可信的。诗作层次清楚，脉络分明，情节连贯，从秋胡与妻子恨别写起，"秋胡纳令室。三日宦他乡"。叙事的时候起笔交代故事发生的原因，这在之前先秦时代的叙事诗中几乎见不到。即便在汉乐府诗中也是不多见的。接着写路遇，"君子倦仕归。车马如龙骧。精诚驰万里。既至两相忘。行人悦令颜。借息此树旁。诱以逢卿喻。遂下黄金装"。正是这一情节为后文留下伏笔，"长驱及居室，奉金升北堂。母立呼妇来，欢情乐未央。秋胡见此妇，惕然怀探汤。负心岂不惭，永誓非所望。清浊必异源，凫凤不并翔。引身赴长流，果哉洁妇肠。"秋胡妻死节的描写，使

① （宋）郭茂倩：《乐府诗集》，上海古籍出版社1998年版，第415—416页。

② 钱志熙：《魏晋诗歌艺术原论》，北京大学出版社2005年版，第217页。

得故事情节跌宕，首尾圆和。并且人物描写文字简洁，并注重人物外貌（“素手寻繁枝，落叶不盈筐。罗衣翳玉体，回目流采章。”）和心理的刻画（“忧来犹四海，易感难可防。人言生日短，愁者苦夜长。”），以此塑造鲜明的人物形象。可以说，傅玄的叙事诗直接秉承了汉乐府叙事诗的传统，开合自由、叙事完整、结构谨严。无怪明陆时雍在《诗镜总论》里赞扬傅玄善于叙事。明代张溥在《汉魏六朝百三家集·傅鹑觚集题辞》中也盛赞傅玄的诗歌：“晋代郊祀宗庙乐歌，多推傅休奕。顾其文采，与荀、张等耳。《苦相篇》与《杂诗》二首，颇有《四愁》《定情》之风。《历九秋》诗，读者疑为汉古词，非相如、枚乘不能作。其言文声永，诚诗家六言之祖也。休奕天性峻急，正色白简，台阁生风；独为诗篇，新温婉丽，善言儿女。强直之士怀情正深，赋好色者何必宋玉哉！”①

两晋叙事诗的成就虽然不是那么突出，但以傅玄为代表的两晋叙事诗人，却以自己稳健的叙事风格，独领风骚，承上启下，为南北朝叙事诗的完备成熟打下坚实的基础。

二　南北朝叙事诗综论

南北朝时期是继先秦、汉代、魏晋之后叙事诗发展的又一个高峰。历史进入了南北朝时期，也进入了一个动荡的时代。门阀士族开始衰落，出身庶族寒门的人们，一旦掌握了新的政权，他们的审美喜好也变成了新的意识形态和主流文化。两晋时代的玄远与超脱的审美趣味，逐渐被新的统治阶级喜爱的俗文化所取代，历史在这段时空又来了一次新的轮回。对现实生活中存在的感性的美的描述与体悟，取代了空而无物的玄学理想，叙事诗也从玄学的超尘绝俗、虚无缥缈的精神王国回落到世俗的人间，朴素而自然，犹如天籁之音。

（一）政治文化对叙事诗的影响

宗白华先生说：“汉末魏晋六朝是中国政治上最混乱、社会上最苦痛的时代，然而却是精神上极自由、极解放，最富于智慧、最浓于热情

---

① 穆克宏：《魏晋南北朝文学史料述略》，中华书局2007年版，第56—57页。

的一个时代，因此也就是最富于艺术精神的一个时代。”① 南北朝时期南北对立的特定的历史阶段，独有的文化政治对叙事诗产生了极大的影响，它决定了叙事诗的题材、内容、形式、意蕴诸多方面的独有品格。南北朝时期，玄学思想已经衰落。在此之前，晋代的门阀士族制度直接决定了晋代的政治、文化与经济，也直接影响了当时的文学，具体体现为玄言诗的盛行。而当历史进入晋末，由于门阀士族的激烈争斗，导致最终的结果是晋王朝的覆灭。一种新的质朴而充实的诗歌品格要求随着南北朝这个新王朝的诞生逐渐取代了晋代的玄言诗。

南北朝诗歌与这个时期多变的历史文化背景有着千丝万缕的联系。从魏晋到南北朝，军阀混战、王朝更替、文化转型，使得本时期的诗歌体现出更多的风格，也使得这一时期的诗风比后世的诗歌更直接地受到王朝的影响。魏晋南北朝叙事诗在中国叙事诗史上熠熠生辉的一个重要原因，就在于它一反汉代把群体、社会放在至高无上的地位，而把个体的存在推上了重要的位置。客观地说，从先秦至曹魏、两汉、晋代，由于多种历史原因，使得文人与诗歌艺术十分陌生与隔膜，诗人们还仅仅把诗歌看成是传达儒道的工具，而不是自己心灵的歌唱。在南北朝之前的正统文学观念中，诗歌就是为维持儒家正统思想服务的，每位诗人无不是群体、社会的代言人，个体的意识几乎在诗歌中找不到，而南北朝时期却带来了人的觉醒和文的自觉，这在叙事诗上留下了浓重的一笔。而南朝与北朝对峙的情形，也使南北朝时期叙事诗歌呈现出缤纷的色彩。

首先，时代政治使诗人的自主意识增强了。南朝社会文化、政治、经济、文学都相对稳定，南朝社会重视诗人才性，同时士族文人也把创作诗歌，展示才情，作为自己有别于非文人的重要标志。从某种意义上说，自汉代以来的儒家正统思想一直占主流地位，“万般皆下品，唯有读书高”。南朝士族是魏晋士族的后裔，他们在历史上完成了门阀政治，也制造过玄学的繁荣。玄学和清谈曾作为他们显示自身优越感的重要文化标志，玄学衰落后，诗歌自然就成了他们身份的象征和文化精神的唯一标志。同时，出身于寒门的士子，也要把熟悉与创作诗歌作为他

① 宗白华：《美学散步》，上海人民出版社1981年版，第177页。

们融入主流社会的重要工具与载体。从主体需求而言，南朝时期士大夫阶层情感生活丰富乃至流溢，使诗歌得以繁兴，这也反过来刺激了群体对诗歌的热衷，可见南朝崇文之风何其盛行。北朝是一个异于南朝的崭新的天地，苍茫风光、粗犷豪放、战争徭役、军旅骑射、尚武精神，都在叙事诗中得到反映。北朝文学最重要的文学特质是它的现实主义精神，在北朝叙事诗中对社会和政治强烈的参与意识，对人生中广泛而迫切的事件和问题紧张而热烈的关注，都是南朝文学无法企及的。北朝民歌粗犷豪放，广泛地反映了北方动乱不安的社会现实和人民的生活习气。可以说，这是对后世的诗人，比如杜甫的诗作影响最大的。

其次，诗歌艺术技巧在这一时期也趋于成熟。经过魏晋的发展，诗歌艺术趋向成熟，诗歌创作中人工巧饰与雕琢的成分在逐渐增强，因此诗歌更带有艺术的色彩。南朝诗歌完全不同于魏晋诗歌，也与当时诗歌受到晋代以来民间新声的影响有关。魏晋诗歌发展到晋宋之际，已经远离音乐和民间诗歌，导致晦涩之风的出现。但此时，民间方面，吴声和西曲都在发展，而且自晋以来，它们已经进入社会上层的生活，虽并未一统诗坛，但其势头仍然强劲。从刘宋时鲍照开始，诗歌走向抒情化、艳情化，到永明时，谢朓创制永明新体，梁代萧纲等人提倡宫体诗，都与民间诗乐进入诗坛有密切的关系。当然，南朝吴声与西曲的繁盛，还与南朝时期长江流域经济的开发和都市文化的发展有关。南北朝叙事诗的发展与繁荣和这种在历史发展进程中艺术的成熟密切相关。

最后，诗体的成熟也对叙事诗的大盛推波助澜。魏晋南北朝时期，也是中国古典诗歌主要诗体五言诗完成期。《诗经》的四言体，一直被沿袭，尽管汉代出现的乐府诗与文人诗都采用了五言的体例，但在建安时代和两晋时期，四言的地位还是极高的，也是作为重要诗体存在的。我们知道，五言诗地位的真正确立是在南北朝时期完成的。南朝钟嵘在《诗品序》中曾说："夫四言，文约意广，取效风骚，便可多得。每苦文繁而意少，故世罕习焉。五言居文词之要，是众作之有滋味者也，故云会于流俗。岂不以指事造形，穷情写物，最为详切者耶？……若乃春风春鸟，秋月秋蝉，夏云暑雨，冬月祁寒，斯四候之感诸诗者也。嘉会寄诗以亲，离群托诗以怨。至于楚臣去境，汉妾辞宫；或骨横朔野，魂逐飞蓬；或负戈外戍，杀气雄边；塞客衣单，孀闺泪尽；或士有解佩出朝，一去忘返；女有扬蛾入宠，再盼倾国。凡斯种种，感荡心灵，非陈诗何以展其义？非长歌何以骋其情？故曰：‘诗可以群，可以怨。’使穷贱易安，幽居靡闷，莫尚于诗矣。故词人作者，罔不爱好。今之士俗，斯风炽矣。才能胜衣，甫就小学，必甘心而驰骛焉。于是庸音杂体，人各为容。至使膏腴子弟，耻文不逮，终朝点缀，分夜呻吟，独观谓为警策，众睹终沦平钝。次有轻薄之徒，笑曹、刘为古拙，谓鲍照羲皇上人，谢朓今古独步。而师鲍照终不及‘日中市朝满’，学谢朓，劣得‘黄鸟度青枝’，徒自弃于高明，无涉于文流矣。”① 钟嵘在这里不仅论及诗歌产生的缘由，概括了魏晋以来诗歌中最常见的题材，最重要的是剖析了四言诗与五言诗的优长。四言诗被抛弃的原因，大约也就是它的体制短促，容量不大，不能够充分完美地叙述事件、表情达意。也就是钟嵘所说的“每苦文繁意少”。这样看来，五言诗与四言诗的区别，不在于字数之增加，而在于它们体现了不同的语言风格和审美趣味，它们是不同的诗歌精神的载体。《诗经》时代，尊奉四言，四言诗多为单音节，为雅乐，体现自然和谐的、温柔敦厚的诗风特点，四言反映的是活生生的现实生活，充盈着先民自然生活的气息。汉代文人四言就只是润饰鸿业，它只是在表现一种陈旧的文学观念。倒是汉乐府五言多为双音节，采用俗乐，激越鲜明。新兴的五言体，不仅在句式上有优长，善于表达复杂的感情活动和动态效果，经过魏晋的历练与发展，五言诗这种诗体，在南北朝时代终于成熟与完善。南北朝在诗歌史上的贡献就是孕育萌生了新的诗体，成熟的五言诗歌和七言诗歌的萌动。这种诗体因时代的原因，在艺术手法及语言等方面都发生了一定的变化，标志着古体诗向近体诗转变。魏晋诗歌和汉文人诗，在文学精神上是追溯《诗经》《楚辞》传统的，魏晋诗的总体性格是以内容为主的，有一种尚意、质重的风格。魏晋之后的南朝社会，则是一个重文轻质的社会。诗歌开始注重形式，南朝诗的基本性质是缘情、写物的；风格则是从高古自然转为人工雕琢，并出现了近体的萌芽。北朝诗歌则按照现实主义的道路越走越远，日臻成熟。

---

① 李建中主编：《中国古代文论》，华中师范大学出版社 2002 年版，第 177—178 页。

（二）佛道思想对叙事诗的影响

东汉末年动荡的时代，催生了各种宗教信仰的形成。可以说，汉代是中国历史上最具宗教氛围的时代，这不能不影响其后的时代。历经魏晋的动荡，正统儒家思想全面溃败，新的宗教意识开始成长，并影响了南北朝的政治、经济、文化、诗歌，当然也包括叙事诗。与老庄思想、战国秦汉以来的神仙方术、两汉的黄老思想保持着亲缘关系的道教思想，在南北朝时代产生了巨大的影响，源于它满足了政治批评和重视自然生命的需要。道家对于世俗政治难以割舍的情结，为世俗世界的人们架起了一座从世俗通往神圣的桥梁，也为人们的精神呈上了一道绝美的盛宴。

南北朝时期，佛教的盛行在“南朝四百八十寺，多少楼台烟雨中”的诗句中可见一斑。此时，佛家对叙事诗的影响可谓更加深刻。佛教初入中国的时候，在中国人的心中，它仅仅是一种宗教，是一个神通广大的神灵，怀着拯救芸芸众生的博大情怀，指引民众解脱的道路。当然，佛教传入中国时所带来的，其对宇宙社会与人生的思想中，有一些是过去中国思想世界所不曾听说或不曾确立过的，比如宇宙的虚幻，比如生存的痛苦，以及追求真实、解脱痛苦和超越轮回时那些看似匪夷所思的方法与途径。魏晋以后，一些有教养的上层人士关于佛教思想的思辨与陈述已经相当复杂和深入。诸如关于“空”的理解，比之中国直陈式的形容和夸张更能精确地表达这种微妙的意蕴。对后来唐代山水田园诗派被誉为“诗佛”王维的影响是非常清晰的。晋南渡之后，佛教逐渐渗透到上层士大夫中间，这些名士多是精通哲理，且长于玄谈的文人，正是由于这些拥有深厚玄学背景的人在参与研究与讨论佛理，他们的理解就常常超出世俗具体的救赎、供养、施舍、报应，而往往涉及精深的思理。南北朝时期，把佛教道理和道家思想的玄言放在一起进行谈议，渐渐成了当时的习惯。不过，思想和文化的融合并不都是那么简单与便捷的，由于这些外来知识、思想、信仰的刺激，本土一些潜在的思想为确定自身的价值与意义，会被逐渐激发出来，并与外来的知识、思想与信仰发生冲突，这似乎是思想史上的一种正常现象，佛教传入中国后也是如此，它首先要解决的是如何处理宗教道德与世俗道德、宗教权利与世俗王权的关系，也即如何处理来自印度的佛教思想与传统中国以儒、法两家为中心的伦理与政治思想的矛盾。佛教进入中国之后，引起了关于人生的讨论。人们信仰真理的意义，根本在于如何使精神超越于有差别的境界，从而处理生死，超越世俗，进入精神的高地。人们在经历了对魏晋政治理性的淡漠之后，试图从现实社会中脱离，进入精神的高地，中国古代的那种积极进取的“立德”“立功”“立言”的价值观全面坍塌。人生的一切不过是过眼云烟，人生的最高境界就是超越社会与逃避生死。这是它对叙事诗的最大影响，唐代禅宗思想也是对之的继承与发扬。

一代有一代之文学，南北朝时期叙事诗的成熟与繁荣，无不与上述情况有千丝万缕的联系。

（三）南朝北朝迥异的诗歌风格

南北朝时期，作为中国历史上一个特定的时期，南北对峙的局面，固然造成了政治上的不和谐与动荡，但它之于文学，却是一大幸事，它让后人在同一历史时期看到了两种风格迥异的叙事诗作品，那就是风光旖旎、清新自然、讲求辞章形式的南朝叙事诗和苍茫大地、粗犷豪放、气势恢弘的北朝叙事诗。

历史进入南北朝时期，南方所受战祸的破坏较北方少，经济发展要快一些，这就使得大放异彩的南北朝民歌风格迥然不同。南朝社会从地理位置而言，它处于长江中下游地区，那里山清水秀、风光旖旎、鸟语花香、湖光山色，这样的清丽美景自然养育了一群清丽儿女。这样的清丽美景自然也带动了经济、生产的迅猛发展。商业大发展也促生城市的繁荣，城市的繁荣带动了诗歌的兴盛。魏晋时期已经确立的文人诗歌传统，在南朝文人社会中普及。在这样怡然的环境中成长的诗人，对自然与山水的投入，自然多一些。

南朝诗歌抛离了玄言诗的束缚，沿着声色大开的路子，跨步前行。如果说曹魏时代叙事诗追求的是慷慨悲凉的建安风骨，晋人看重的是对玄理的体悟，对精神享受追求的玄言诗，那么，南朝诗歌则在山水诗、咏物诗和艳情的宫体诗中，体现出“性情渐隐，声色大开”的新艺术特色。这在内容和形式上都有表现：在内容上，南朝诗歌不再是教化说理的工具，不再负载“经夫妇、成孝敬、厚人伦、美教化、移风俗”的重任，也不再是玄理清谈的工具与载体。更多的是文人雅士、市井小民面对自然山水、美好爱情的性情吟咏，是自然人格的自由抒发，他们描写当时城市市民的生活，描写男欢女爱的美好，描写自然山水，甚至描写宫廷生活。在形式上，五言成了诗歌的主要形式，古体向近体转化，为唐代叙事诗歌奠定了基础。南朝诗歌分为山水诗、咏物诗以及宫体诗。由于宫体诗多以艳情为主，在叙事时颇多描写，并刻意注重语言形式的雕饰，故而成就不大，本书不再论及。南朝山水诗以谢灵运和谢朓为代表。谢灵运在一片玄言诗的氛围中破茧而出，完成了由玄言诗向山水诗的过渡。谢朓诗风较谢灵运更加清新，却又流于骨格松散，疏于布局，有句无篇。总之，从叙事诗的角度来说，他们的叙事诗虽然并无多少结构完整的真正写景之作，但他们却开创了唐代山水诗歌的先河。南朝叙事诗成就最高的是南朝民歌。其中，《西洲曲》是南朝民歌艺术成就最高的一篇，它塑造了一个思妇的形象，通篇声情摇曳，情意缠绵，作者的侧面描写却多于人物的主观抒情，按照一定的时间顺序刻画客观景物，并有一定的情节，尽管它有浓郁的抒情意味，但是叙事成分仍然具备，故而，它仍不失为一篇带有时代特色的叙事诗。这时期的叙事诗创作较有成就的还有鲍照。他出身寒微，一生浮沉飘摇。他的诗歌创作效法汉魏，继承了“建安文学”的现实主义传统，表现出极大的爱国主义热情和豪迈的进取精神，加之叙事诗多描写金戈铁马、气势如虹的战争场面。鲍照的诗感情奔放，词采新奇，以整齐的五言诗体为主，多拟古乐府，风格豪雄苍劲，开了唐代边塞诗歌的先声。

与南朝不同，北朝是一个迥异的天地，风俗人情都和南朝相差甚远，少数民族成了真正意义上的统治者，在生存方式、生活理念上他们都有自己的独特之处。北地苍茫风光，再加上统治者推崇尚武精神，战争徭役，军旅骑射生活都在北朝叙事诗中得到完美体现，其杰出代表就是《木兰诗》。《木兰诗》塑造了一个女扮男装、代父从军的女英雄形象，她淳朴果敢，热爱家乡，十年转战，鄙弃利禄，这都反映了劳动人民的思想感情。全诗情节完整，结构严谨，充溢着浪漫主义色彩，五言为主、间以七言混杂，格调明快，有浓郁的民歌风味。它与汉代乐府叙事诗《孔雀东南飞》遥相呼应，成为叙事诗史上最璀璨与最夺目的两朵奇葩。

第二节 南朝叙事诗及代表诗体

叙事诗至南朝，彻底摆脱曹魏以“建安风骨”为代表的现实主义和两晋的玄言之风，诗风清新自然，注重形式，汉以来的五言完全成熟，七言也有了基本的相貌，并开始换韵，这都为唐代律诗的成熟奠定了基础，简言之，南朝叙事诗在叙事诗史上的地位与贡献，就是内容上的清新自然，形式上的巧饰雕琢，叙事诗至南朝摆脱了粗鄙的原始相貌，变得文人化，为唐后叙事诗的成熟打下了最坚实的基础。换句话说，先秦汉魏六朝叙事诗至南朝已然成熟并达到又一次高峰。

一 南朝叙事诗发展的缘由

首先，南方都市的繁荣，使得南方文学带有浓郁的都市气息，叙事诗内容清新自然、丰富多彩。经济与文化的繁荣，尤其是都市的繁荣，使得人生丰富多彩，与江南幽美的自然环境和充裕的经济条件相匹配，南朝民歌是城市中的产物，它产生于长江中下游地区，那里山清水秀，鸟语花香。多情的青年男女，在这样的环境中，不免油然生发出怀春之情。这样的背景使南朝诗歌大多出自商贾、妓女、船户和一般市民之口，主要反映城市中下层居民的生活和思想感情。南朝也有乐府机构，但是已经不是汉代“观风俗，知薄厚”的目的和要求了，而完全是为了满足统治阶级纵情声色的需要，虽是民间发于男女恋情的歌唱，但更适合于统治者的生活情调，当然也就更能得到他们的青睐。南朝民歌清丽缠绵，更多地反映了人民真挚纯洁的爱情生活。

其次，南朝诗歌大都技法娴熟。叙事诗至南朝摆脱了粗鄙的原始相貌，变得文人化，形式上追求巧饰雕琢。南朝民歌的形式特点是体制小巧，大多为五言四句，语言清新自然。晋宋之后，诗歌的风格趋向形式主义，大家都在运用声律典故上争胜，除谢朓、庾信等人的作品外。后人甚至以“众作等蝉噪”（韩愈）来形容这时期的作品。南朝叙事诗一方面怡情山水，雕饰文辞，文人化十足；另一方面，过多的文饰也造成了形式主义的弊端，使南方诗歌既清新又刻板。

二 南朝叙事诗的基本情况

南朝叙事诗出现了咏史和爱情等类型的诗歌，大多保存在郭茂倩所编《乐府诗集·清商曲辞》里，分吴歌和西曲。吴歌主要内容是女性对爱情的渴望、相思的痛苦、坚贞不渝的爱情、对负心男子的怨恨、婚姻不自由的苦闷。西曲产生于长江中下游和汉水两岸的城市，以江陵为中心。由于地区的差别和歌者的身份不同，它多写水边船上旅客商妇的离别之情，所反映的生活面比吴歌稍广，而且更多地表现了劳动人民的爱情生活，其突出的特点是结合劳动来描写爱情。情调上、风格上较为开朗明快，叙事的意味并不浓厚。王运熙曾说："我们设想我们中古时期的各个朝代，应当都不缺大胆歌颂爱情的歌谣，然而传下来的只有吴声与西曲。这我们不能不向整个六朝时代贵族社会的风气找寻解释。一个稍稍读过中国历史的人，都知道那时代的贵族生活达到了荒淫放纵的高度。浪漫热情的吴声、西曲，恰巧能够满足他们找寻刺激的要求。必须承认，作为封建秩序支柱的儒家礼教束缚力量的衰弱，是村野的吴歌能够走入上层社会并流传下来的主要原因。"①

下面，我们以一首历来被认为是抒情诗歌而我们认为是叙事诗的《西洲曲》为例，来剖析一下南朝叙事诗的独有风貌。古辞《西洲曲》：

忆梅下西洲，折梅寄江北。单衫杏子红，双鬓鸦雏色。
西洲在何处？两桨桥头渡。日暮伯劳飞，风吹乌臼树。
树下即门前，门中露翠钿。开门郎不至，出门采红莲。
采莲南塘秋，莲花过人头。低头弄莲子，莲子清如水。
置莲怀袖中，莲心彻底红。忆郎郎不至，仰首望飞鸿。
鸿飞满西洲，望郎上青楼。楼高望不见，尽日栏杆头。
栏杆十二曲，垂手明如玉。卷帘天自高，海水摇空绿。
海水梦悠悠，君愁我亦愁。南风知我意，吹梦到西洲。

① 王运熙：《乐府诗述论》，上海古籍出版社2006年版，第460页。

此诗最早见于徐陵的《玉台新咏》,[①] 归为江淹作，明清人编的古诗选本，或作“晋辞”，或以为是梁武帝萧衍所作，这恐怕都不确切。郭茂倩编撰的《乐府诗集·杂曲歌词》[②] 认为是“古辞”，实际上，我们从《乐府诗集·杂曲歌词》（卷第六十一）的题解上，可见这种观点是正确的，题解说，《宋书·乐志》曰：

古者天子听政，使公卿大夫献诗，耆艾修之，而后王斟酌焉。然后被于声，于是有采诗之官。周室下衰，官失其职。汉、魏之世，歌咏杂兴，而诗之流乃有八名：曰行，曰引，曰歌，曰谣，曰吟，曰咏，曰怨，曰叹，皆诗人六义之馀也。至其协声律，播金石，而总谓之曲。若夫均奏之高下，音节之缓急，文辞之多少，则系乎作者才思之浅深，与其风俗之薄厚。

当是时，如司马相如、曹植之徒，所为文章，深厚尔雅，犹有古之遗风焉。自晋迁江左，下逮隋、唐，德泽寖微，风化不竞，去圣逾远，繁音日滋。艳曲兴于南朝，胡音生于北俗。哀淫靡曼之辞，迭作并起，流而忘反，以至陵夷。原其所由，盖不能制雅乐以相变，大抵多溺于郑、卫，由是新声炽而雅音废矣。昔晋平公说新声，而师旷知公室之将卑。李延年善为新声变曲，而闻者莫不感动。其后元帝自度曲，被声歌，而汉业遂衰。曹妙达等改易新声，而隋文不能救。呜呼，新声之感人如此，是以为世所贵。虽沿情之作，或出一时，而声辞浅迫，少复近古。故萧齐之将亡也。有《伴侣》；高齐之将亡也，有《无愁》；陈之将亡也，有《玉树后庭花》；隋之将亡也，有《泛龙舟》。所谓烦手淫声，争新怨衰，此又新声之弊也。杂曲者，历代有之，或心志之所存，或情思之所感，或宴游欢乐之所发，或忧愁愤怨之所兴，或叙离别悲伤之怀，或言征战行役之苦，或缘于佛老，或出自夷虏。兼收备载，故总谓之杂曲。

自秦、汉已来，数千百岁，文人才士，作者非一。干戈之后，

① （南朝）徐陵、傅成洲、慈山注：《玉台新咏》，华夏出版社 1998 年版，第 231 页。
② （宋）郭茂倩编撰：《乐府诗集》，上海古籍出版社 1998 年版，第 775 页。

丧乱之馀，亡失既多，声辞不具，故有名存义亡，不见所起，而有古辞可考者，则若《伤歌行》、《生别离》、《长相思》、《枣下何纂纂》之类是也。复有不见古辞，而后人继有拟述，可以概见其义者，则若《出自蓟北门》、《结客少年场》、《秦王卷衣》、《半渡溪》、《空城雀》、《齐讴》、《吴趋》、《会吟》、《悲哉》之类是也。又如汉阮瑀之《驾出北郭门》，曹植之《惟汉》、《苦思》、《欲游南山》、《事君》、《车已驾》、《桂之树》等行，《磐石》、《驱车》《浮萍》、《种葛》、《吁嗟》、《鰕䱇》等篇，傅玄之《云中白子高》、《前有一樽酒》、《鸿雁生塞北行》、《昔君》、《飞尘》、《车遥遥篇》，陆机之《置酒》，谢惠连之《晨风》，鲍照之《鸿雁》，如此之类，其名甚多，或因意命题，或学古叙事，其辞具在，故不复备论。①

关于《西洲曲》的产生时代和地点，余冠英认为："这诗可能原是'街陌谣讴'，后经文人修饰，郭茂倩将它列于杂曲古辞，必有所据。郭书不曾注明这诗产生的时代，猜想可能和江淹、梁武帝同时。我们看《子夜》诸歌都不能这样流丽，《西洲曲》自然产生在后，说它是'晋辞'似乎嫌太早些。至于产生的地域，该和清商曲的《西曲歌》相同。从温庭筠的《西洲曲》辞'西洲风色好，遥见武昌楼'两句可以推见。"② 另外，从内容和风格看，它当是经文人润色改定的一首精致流丽的南朝民歌。沈德潜在《古诗源》中称其："续续相生，连跗接萼，摇曳无穷，情味愈出。似绝句数首。攒簇而成。乐府中又生一体。初唐张若虚、刘希夷七言古发源于此。"③ 陈祚明评价此诗有曰："语语相承，段段相绾，应心而出，触绪而歌，并极缠绵，俱成哀怨。"④ 并谓之"言情之绝唱"（《采菽堂古诗选》）。可见，在诗歌史上，一般都把它看成是抒情诗，但实际上，诗歌以时间背景的推移，把女主人公思念心上人的心理发展和一举一动描述得栩栩如生。虽说抒情意味浓厚，但

---

① （宋）郭茂倩：《乐府诗集》，上海古籍出版社 1998 年版，第 677—678 页。

② 穆克宏：《魏晋南北朝文学史料述略》，中华书局 2007 年版，第 220 页。

③ （清）沈德潜：《古诗源》，中华书局 2006 年版，第 246 页。

④ 王运熙：《乐府诗述论》，上海古籍出版社 2006 年版，第 507 页。

仍以记事成分居多，这也是我们把它归入叙事诗的一个重要原因。

《西洲曲》描写了一位少女对所爱之人的万般思念，洋溢着浓郁的生活气息和鲜明的感情色彩，表现出鲜明的民族特色和纯熟的表现技巧。余冠英在《西洲曲》的注释中说，这首诗写一个女子对所爱的思和忆。开头说她忆起梅落西洲那可纪念的情景，便寄一枝梅花给现在江北的所欢，来唤起他相同的记忆，以下便写她从春到秋，从早到晚的相思。诗中有许多诗句表明季节，如“折梅”表早春，“单衫”表春夏之交，“采红莲”应在六月，“南塘秋”该是早秋（因为还有“莲花过人头”），“弄莲子”已到八月，“鸿飞满西洲”便是深秋景象（《汉魏六朝诗选》第三卷）。全诗调动各种手段，以女主人公的所思所想所作所为，着力刻画女主人公的形象。在艺术技巧上，以四句为一节，四句一换韵，还运用了顶针等修辞手法，读来摇曳多姿、音调和美、朗朗上口。《西洲曲》代表了南朝叙事诗的基本水准，叙事的成分在整个南朝每篇叙事诗歌中比例并不大，诗歌的大部分是在抒情，但是他们基本都具有叙事诗的基本要件，描写人物、事件、场面，有一定的情节和故事，在叙述事件进程中蕴藏诗人的感情，结构上有一定跳跃性的诗歌。尽管它与同时期的叙事诗，诸如北朝的叙事诗，在叙事的完整性与成熟性上都无法比拟，但是它也打造了别一样的叙事诗，在叙事诗历史上留下漂亮的痕迹。

三　南朝叙事诗的主要影响

在中国诗歌史上，南朝叙事诗以自己细腻的诗风独领风骚。王运熙说：“在中国诗歌史上，产生于长江流域、富有南方文学特色的作品是引人瞩目的文化遗产，具有重要的历史地位。它的第一个高潮是产生于先秦战国时代的楚辞。以屈原为代表的楚辞，以其深厚的爱国感情、句式长短错落的楚辞体，打开诗史新的一页，与《诗三百篇》同受后人尊崇，成为百代诗歌之祖。第二个高潮就是六朝的清商曲，它大胆歌唱了热烈真挚的爱情……在内容题材、形式体制、语言风格诸方面比过去均有开拓与创新，并对后代文学产生深远的影响。”[①] 南朝叙事诗的主

① 王运熙：《乐府诗述论》，上海古籍出版社2006年版，第450页。

要成就与贡献还是不小的。

首先，南朝叙事诗创立了一种新的诗歌范型模式。在内容上，或表现男女的情爱，或表现城市的生活，内容真挚动人、情感自然流淌，不仅起于民间，而且也获得贵族的支持，使它不断地雅化。在形式上，大都以五言为主，为后世的五言绝句奠定了坚实的基础。运用叠章、方言、双关等艺术手段，在五言的基础上，甚至出现了有规则的长短句和杂言，语言清新活泼，“慷慨吐清音，明转出天然”（《大子夜歌》），鲁迅在论述这样的民间文学时说：“大众并无旧文学的修养，比起士大夫文学的细致来，或者会显得所谓低落的，但也未染旧文学的痼疾，所以刚健、清新。”[①]（《门外文谈》）南朝叙事诗以其婉转柔媚、清新刚健的风格，屹立诗坛，创造了新的艺术范式。

其次，南朝叙事诗直接影响了之后的各种诗歌体式，诸如宫体诗、爱情诗、五言绝句、唐人律诗以及词作。刘师培说：“宫体之名，虽始于梁，然侧艳之词，起源自昔。晋宋乐府，如《桃叶歌》、《碧玉歌》、《白纻词》、《白铜鞮歌》，均以淫艳哀音，被于江左。迄于萧齐，流风益盛。其以此体施于五言诗者，亦始晋宋之间，后有鲍照，前则惠休。特至于梁代，其体尤昌。”[②] 可见南朝叙事诗对宫体诗产生的极大影响。同时，除了把五言诗锻造得形式完美之外，它的长短句的形式，也直接为唐五代初期词作的形成奠定基础。

四 代表诗体：咏史叙事诗

南朝叙事诗中最典型的就是咏史诗。唐前咏史类叙事诗是先秦汉魏六朝叙事诗的一种重要类型。咏史就是吟咏历史。人类之所以去咏史，那是因为有历史，没有历史，也就无所谓咏史。回望历史，是为了当下。在本章中，将对唐前咏史叙事诗进行界定，分析其产生的原因，梳理其发展流变的过程，研究其呈现的艺术特征，剖析其价值及对后世咏史叙事诗的影响。

---

① 王运熙：《乐府诗述论》，上海古籍出版社2006年版，第463页。

② 刘师培：《中国中古文学史讲义》，中国人民大学出版社2004年版，第95页。

（一）咏史类叙事诗的基本情况

1. 咏史类叙事诗的基本理解

何谓咏史诗，《说文解字》说：“咏，歌也。从言永声。咏或从口。”[①]《辞海》说：“咏史诗，诗体名。《文选》所选诗中，列有‘咏史’一门。自王粲以《咏史》为题起，左思、鲍照等均沿用此题。唐人胡曾乃以《咏史诗》名集。后世凡以史事为题之诗，都泛称咏史诗。”[②] 关于咏史诗的界定，学术界分成了意见相左的两派。一部分学者认为，它是一个宽泛的概念，凡是与历史有关的诗歌，除了专咏历史事件、历史人物的诗歌以外，咏怀诗、咏史诗、怀古诗，甚至史诗、历史题材的叙事诗，都统统视为咏史诗。[③] 另一部分学者认为，咏史诗不可以这么宽泛地界定，咏史诗就是专咏历史事件、历史人物以寄寓思想感情、表达议论见解的诗歌，而其他任何界定，都不能够归入咏史诗之列。[④]

基于对咏史诗是否应该宽泛理解的基础上，学术界具体从以下几个方面进行了界定。

首先，直接从歌咏的题材进行界定。古远清认为：“咏史诗，是直接采取史诗进行构思的一种诗歌样式。”[⑤] 其后，黄筠、郭丹等人亦赞同此观点。黄筠认为：“咏史诗，是以歌咏历史人物、历史事件为题材的诗歌作品。”[⑥] 郭丹认为：“咏史诗，顾名思义，即以历史题材为内容的诗歌。”[⑦] 丘良任认为：“言历史之事的诗歌，就是咏史诗歌。”[⑧]

其次，从所咏题材、抒发思想感情这两个方面进行界定。房聚绵认为：“咏史诗，顾名思义，是作者以诗的形式来吟咏历史事件、历史人

① （汉）许慎：《说文解字》，中华书局1995年版，第53页。

② 《辞海》缩印本，上海辞书出版社1980年版，第739页。

③ 杨仲义：《咏史诗的基本特征和美学鉴赏》，《文史知识》1994年第8期，第44页。

④ 刘惠文、刘浏：《“咏史诗”论略》，《青海社会科学》2003年第5期，第64页。

⑤ 古远清：《论咏史诗及其创作艺术》，《青海师专学报》1985年第1期，第55页。

⑥ 黄筠：《中国咏史诗的发展评价》，《中国文化研究》1994年冬之卷（总第6期），第35页。

⑦ 郭丹：《论〈昭明文选〉中的咏史诗》，《福建师范大学学报》1994年第3期，第67页。

⑧ 丘良任：《论咏史诗》，《华侨大学学报》1995年第2期，第114页。

物、抒发个人感情的诗篇。”[①] 其后，江艳华认为：“咏史诗是以历史事件或历史人物为吟咏对象，借之以述怀叙志，寄托感情的一种诗歌体式。”[②] 曾宪勇认为：“咏史诗是指以历史事件、历史人物为题材，通过咏史诗寄托作者的思想感情、观点见解的诗歌。”[③] 梁祖苹认为：“咏史诗，是以歌咏历史人物、历史事件为题材的诗歌作品（本书所论及的咏史诗，包括怀古诗，即一切以历史为情感寄托的诗作）。其主要特点是借史事的吟咏来抒发自己的怀抱。”[④] 高新建认为：“咏史诗是以史实为题材创作的诗歌。咏史诗要借助历史事实、历史人物来表达作者的认识、观点，抒发作者的感受、情怀。”[⑤]

再次，从所咏题材、抒发思想感情、表达议论见解等方面进行界定。降大任认为：“咏史诗是中国古典诗歌中作者直接歌咏历史题材，以寄寓思想感情，表达议论见解的一个类别。”[⑥] 缪钺认为：“咏史诗，自古有之。诗人借咏史抒发自己的怀抱，以古人自况；或对前人往事进行评议褒贬，借以表示对今人今事的称颂与讽刺，这也是一种广义的比兴手法。”[⑦] 陈文华认为：“在中国古典诗歌中，凡是以某一（或某几个）历史人物或事件为题材，对之进行歌咏、评论，藉以抒泄感情，发表见解的诗歌，皆可称作咏史诗。”[⑧] 买鸿德认为：“咏史诗，是以历史人物、历史事件为直接的歌咏对象，是由古人古事的题材为发端而进行创作，或抒发怀抱，或讽喻现实，借题发挥，寄托作者的思想感情，把个人的抑郁愤激之情，刺世嫉邪之感，或某种见解议论，从臧否人物，评议兴废之作用旁敲侧击的手法，曲折地表达出来，言在此而意在

① 房聚绵：《咏古人而己之性情俱见——论左思、陶渊明的咏史诗》，《沈阳师范学院学报》1993 年第 3 期，第 50 页。

② 江艳华：《魏晋南北朝咏史诗论略》，《云南师范大学学报》1994 年第 4 期，第 51 页。

③ 曾宪勇、谢明、林日举：《我国历代咏史诗谈略》，《琼州大学学报》1994 年第 2 期，第 91 页。

④ 梁祖苹：《晚唐咏史诗繁盛原因初探》，《宁夏教育学院·银川师专学报》1996 年第 2 期，第 38 页。

⑤ 高新建、张映梦：《咏史诗：阅尽兴亡千古事》，《零陵师范高等专科学校学报》2001 年第 2 期，第 41 页。

⑥ 降大任：《古代咏史诗初探》，《晋阳学刊》1983 年第 5 期，第 31 页。

⑦ 缪钺：《略论杜牧咏史诗》，《文史知识》1985 年第 7 期，第 8 页。

⑧ 陈文华：《论中晚唐咏史诗的三大体式》，《文学遗产》1989 年第 5 期，第 68 页。

彼，语不多而情无限。”① 李士龙认为：“咏史诗是中国古代诗歌中由作者直接歌咏历史题材，以寄寓思想感情，表达议论见解的一种类别。”② 周淑芳认为：“咏史诗是专以历史人物、历史事件为歌咏题材的诗歌。诗人借用历史题材，或讽喻现实，或抒发怀抱，或表达对某些事物的议论和见解。”③ 刘惠文、刘浏认为：“咏史诗是中国古代的一种短小精悍的，专门吟咏历史题材以抒情怀、言志向、述见识、发议论的诗歌类型。”④ 韦春喜认为：“咏史诗，是指以历史人物、事件古迹等为题材或感触点，对之进行吟咏、思索，借以抒发思想感情，表达议论见解、历史感悟或借咏史以娱乐、讽谏、教育等的一种诗歌类型。”⑤ 纪倩倩认为：“咏史诗是指诗人受各种历史信息载体触发，对其以之为史实的对象进行吟咏、思索，借以抒发思想感情，表达议论见解、历史感悟，或借咏史以娱乐、讽谏、教育等的一种古典诗歌类型。”⑥ 安朝辉认为：“咏史诗是歌咏历史事件或人物一类诗，作者借以抒发感情、发表议论。”⑦

最后，从辞章、文化等角度。章建文除了认同陈文华对咏史诗所作的界定，认为咏史诗具有史实与情志两大内涵外，还作出了适当的补充：“一是历史是作者抒情言志的触媒和主要载体，不同于用典，仅作为一种修辞手段，在诗中只起辅助作用。二是咏史诗所歌咏的历史除了历史人物、历史事件，还包括历史陈迹。三是对不同的历史题材可以采用览古、吊古、怀古、咏史等方式来书写情志。”⑧ 李真瑜、常楠认为：“咏史诗是以各类历史因素（人物、事件、场景）为引子和基本出发点，在此基础上充分调动咏叹、感悟、议论等主观阐释方式，着重展开

① 买鸿德：《古代咏史诗简说》，《西北民族学院学报》1990年第2期，第101页。

② 李士龙：《试论古代咏史诗》，《学习与探索》1996年第6期，第123页。

③ 周淑芳：《咏史诗：对被理性精神关怀领域的触探与拓展》，《社会科学辑刊》2002年第2期，第151页。

④ 刘惠文、刘浏：《“咏史诗”论略》，《青海社会科学》2003年第5期，第65页。

⑤ 韦春喜：《咏史诗产生根源探析》，《语文知识》2007年第3期，第8页。

⑥ 纪倩倩、王栋梁：《“咏史”界说述论》，《齐鲁学刊》2009年第3期，第136页。

⑦ 安朝辉：《从班固到左思——略述汉代至西晋咏史诗发展》，《语文学刊》2009年第12期，第3页。

⑧ 章建文：《汉代骚体咏史诗的类型及其审美特征》，《社会科学辑刊》2009年第3期，第176页。

作者对于历史的主观反映态度的诗歌体裁。"[1] 彭卫认为，咏史诗是中国古代史学知识存在的三大板块之一，是文学艺术家对历史的诗化吟咏。[2]

综上所述，咏史类叙事诗是叙事诗的一个重要类别，是指以历史人物、历史事件为主要选题与切入点，通过咏史来寄予诗人理想的一种诗歌类别。

2. 咏史类叙事诗产生的原因

咏史诗要吟咏历史，那么，没有历史，何谓咏史呢。所以，咏史诗的诞生必然与历史的发生发展相关联。费尔巴哈说过："时间是诗的源泉。怀古的幽情，犹如利剑刺心，使诗人的文思为之而泉涌，过去往往显得最美丽；往昔闪现在回忆的幽光中；正因为过去只是想象的对象，所以它已经被理想化了。古代的历史到处仿佛是诗意的东西。而且最初的民间歌谣只是和那一去不返的时代和人民联在一起。"[3]

首先，地理环境决定了中华独特的文明，决定了咏史诗在中国的产生与发展。中国的内陆文明不同于西方的海洋文明，内陆性的农业文明不像西方的海洋文明那样，以开放与创新见长，而是以农业文明为主体。千百年来，日出而作、日落而息的周而复始的农业生产方式，使中国人愈发尊重先祖与先祖的生活经验，最有话语权的就是长辈，他们的人生经历、认知经验、生存智慧都成为后世子孙仿效的模本，对他们的生活进行重述，成为咏史诗产生的一个重要原因。

其次，怀古是人类永恒的情怀，咏史诗就是在表述人类的情感。美国学者苏珊·朗格说："它（艺术品）所表现的东西就是人类的情感。这里的情感是指广义的情感，亦即任何可以被感受到的东西——从一般的肌肉觉、疼痛觉、舒适觉、躁动觉和平静觉到那些最复杂的情绪和思

① 李真瑜、常楠：《中国古代咏史诗的历史阐释方式与历史观念》，《湖南文理学院学报》2009 年第 2 期，第 88 页。

② 彭卫：《中国古代咏史诗歌初论》，《史学理论研究》1994 年第 3 期，第 15 页。

③ ［德］路德维希·费尔巴哈：《费尔巴哈哲学著作选集》，荣振华译，生活·读书·新知三联书店 1959 年版，第 236 页。

想紧张程度，还包括人类意识中那些稳定的情调。”[①] 她又解释说：“所谓情感活动，就是指伴随着某种十分复杂但又清晰鲜明的思想活动而产生的有节奏的感受，还包括全部生命感受、爱情、自爱，以及伴随着对死亡的认识而产生的感受。”她接着说：“情感处于最低的有机体活动和心灵活动起源的广阔的生物学领域中间。”[②] 苏珊·朗格还把这种广义的情感称为“内心生活”。她说：“我所说的‘内心生活’是指一个人对其自身历史发展的内心写照，是他对世界生活形式的内在感受。这一类经验通常只能被我们模糊地意识到，因为他的组成成分大部分都是不可名状的。”[③] 艺术表现的是一种脱离了每一个人的、人类共同具有的普遍情感，这种情感是各种具体情感的抽象物，即情感的概念。它舍弃了具体情感中的随意性和偶然性成分，从而成为人类普遍的情感形式，具备着人类情感的波动和节奏、联系和中断等种种丰富复杂的特征，远远超出了艺术家全部个人经验的总和，艺术品所表现的正是这种人类情感的本质。的确，诗歌“起源于在平静中回忆起来的情感。诗人沉思这种情感，直到一种反应使平静逐渐消失，就有一种与诗人所沉思的情感相似的情感逐渐发生”[④]。从这个意义上说，怀古是人类的一种本能情感，对此，弗洛伊德说：“就是将那些冲击着它的本能冲动结合起来，用继发过程来代替这些冲动中占优势的原发性过程，并且把它们的自由流动的精神能量贯注转变成一种大体上安稳的（有张力的）精神能量。”[⑤] 怀古之作，正是用语言艺术的符号化形式来存续主体的“继发过程”，使其自身在现实中感受到的“精神能量”稳态化，有序化，凝结为符号图示。这是因为，怀古与记忆、回忆关系至为密切，具有类似的心理波动，易于为创作主体提供艺术思维的初萌契机。[⑥] 从这

---

① ［美］苏珊·朗格：《艺术问题》，滕守尧、朱疆源译，中国社会科学出版社 1983 年版，第 14 页。

② 同上书，第 109 页。

③ 同上书，第 7 页。

④ ［英］华兹华斯：《抒情歌谣集·序言》，选自伍蠡甫等编《西方文论选》（下），上海译文出版社 1979 年版，第 17 页。

⑤ ［奥地利］弗洛伊德：《弗洛伊德后期著作选》，林尘译，上海译文出版社 1986 年版，第 68 页。

⑥ 王立：《文人审美心态与中国文学十大主题》，辽海出版社 2003 年版，第 218 页。

个意义上而言，咏史诗的产生是人类发展的一个必然。

最后，古代文人的入世情怀与讽谏意识，使咏史诗成为可能。李春青说：“文字初兴之时，人们淳朴无伪，君臣之间的关系就像朋友一样，完全无须绕弯子、讲方式。后来世道衰微了，人们为了加强控制力，在制定礼仪制度时有意突出君主的地位，使之越来越尊崇；故意贬低臣子的地位，使之越来越卑下。这样臣子在君主面前就噤若寒蝉，再也不敢随意表达不同意见了。在这种情况下人们才想出用诗这种方式来委婉地表达赞美与讽谏的意见。”① 的确，封建专制的文化环境，使众多读书人丧失了主体人格，生活的艰辛，使这块土地上的人们愈发怀念那些原始的乌托邦的梦想。在咏史的过程中，一方面，借古喻今，表达自己怀才不遇、渴望施展抱负、建功立业的积极入世态度，另一方面，又表述了古代文人诗意化的人生理想，由于文人们的乌托邦理想在现实中处处碰壁，生活中的冲突与失意，在寻求一种消解的出口，咏史诗在言说古人故事的时候，以期达到对现实的超越与反拨。正如刘知几所说：“盖史之建官，其来尚矣。昔轩辕氏受命，仓颉、沮诵实居其职。至于三代，其数渐繁。案：《周官》、《礼记》有太史、小史、内史、外史、左史、右史之名。……斯则史官之作，肇自黄帝，备于周室，名目既多，职务咸异。至于诸侯列国，亦各有史官，求其位号，一同王者。”② 如果说史官是在以官方立场记录历史，那么，咏史诗就是站在士子的角度，从民间立场言说历史，目的当然是在言说自己对历史与生活的理解，这是咏史诗存在与发展的最大合理性。

（二）咏史类叙事诗的历史演变

咏史诗作为叙事诗的一种类型，在先秦时代就有一些含有咏史性质的叙事诗，诸如《玄鸟》、周人史诗等，都是对先祖的生活进行追述，但他们都是祭祀祖先的颂歌，带有民间集体创作的性质，创作的主体性并不强，只能说含有咏史的成分，并不是真正意义上的咏史诗。直到两

① 李春青：《诗与意识形态》，北京大学出版社 2005 年版，第 17 页。

② （唐）刘知几撰，（清）浦起龙释：《史通》，上海古籍出版社 2008 年版，第 216 页。

汉时期，班固的《咏史》诗的出现，标志着咏史诗的正式形成。使咏史叙事诗成为区别于纪传类叙事诗、山水诗、田园诗等诗歌类型的最早一种诗歌类型。

汉代班固《咏史》：

> 三王德弥薄。惟后用肉刑。太苍令有罪。就递长安城。自恨身无子。困急独茕茕。小女痛父言。死者不可生。上书诣阙下。思古歌《鸡鸣》。忧心摧折裂。《晨风》扬激声。圣汉孝文帝。恻然感至情。百男何愦愦。不如一缇萦。

班固的《咏史》写了缇萦救父的故事，所咏的历史事件在《史记·孝文帝本纪》（卷一百五）、《史记·扁鹊仓公列传》（卷十）、刘向《列女传·辩通传》（卷六）中都有记载。

《史记·孝文帝本纪》记载如下：

> 十三年夏……五月，齐太仓令淳于公有罪当刑，诏狱逮徙系长安。太仓公无男，有女五人。太仓公将行会逮，骂其女曰："生子不生男，有缓急非有益也！"其少女缇萦自伤泣，乃随其父至长安，上书曰："妾父为吏，齐中皆称其廉平，今坐法当刑。妾伤夫死者不可复生，刑者不可复属，虽复欲改过自新，其道无由也。妾愿没入为官婢，赎父刑罪，使得自新。"书奏天子，天子怜悲其意，乃下诏曰："……其除肉刑。"①

班固在这首诗中，"借古人往事，抒自己怀抱"②，这实际上奠定了咏史诗的基本原则。那段逝去的历史也许并不重要，重要的是诗人借历史来吟咏自己的襟抱。《后汉书·班固传》记载："固不教学诸子，诸子多不尊法度，吏人苦之。初，洛阳令种竞尝行，故奴干其车骑，吏椎呼之，奴醉骂，竞大怒，畏宪不敢发，心衔之。及窦氏宾客皆逮考，竞

① （汉）司马迁：《史记·孝文帝本纪》（卷十），中华书局1975年版，第427—428页。
② （清）袁枚：《随园诗话》（卷十四第七则），人民文学出版社1998年版，第467页。

因此捕系固，遂死狱中。时年六十一。”借助缇萦这个弱女子的壮举来慨叹自己不孝的子孙，咏史诗起自班固之手，由此可见一斑。《咏史》就是对那段历史事件进行重叙，几乎与《史记》记载无二。但作者加入了抒情的成分，诗歌总体上还是在叙述一段历史史事，不过在此之上抒发了一些赞美与感触，诗歌的主体依然是叙事。作为文学史上的第一首咏史诗，后人给过它诸多评价，“从现存的汉代文人五言诗看来，班固的《咏史诗》是最早的一首，写汉文帝时孝女缇萦为赎免父亲刑罚请求没身为婢的故事。这首诗只是老实地叙述事实，缺乏形象性，所以钟嵘《诗品序》评为‘质木无文’。说明文人运用这一种新体还不熟练，不能免于粗糙”①。实际上，情况并非如此，作为文学史上第一首叙事诗，《咏史》的艺术水平还是比较成熟的。全诗共八联十六句，用五言写成，隔句用韵，在叙事的时候，逻辑顺序强烈，从太仓令因罪被俘，然后写他的女儿缇萦救父，文帝心生同情，废除酷刑，最后赞美孝顺的奇女子缇萦。诗作的叙事思路和顺序极其严整，诗风质朴无华，可见咏史诗从一诞生就有较高的思想价值与艺术价值。

到了魏晋时期，咏史诗又有了跨越式的发展，由原来的一事一咏发展到不专一事，题材丰富，由原来的因事而生情发展到情意事发。进而出现大量的咏史诗人与咏史诗作，诸如魏时曹操的《短歌行》、王粲的《咏史诗》、阮瑀的《咏史诗二首》、曹植的《精微篇》《灵芝篇》《三良诗》、阮籍的《咏怀诗》、韦昭的《伐乌林》《关背德》。其中有几首诗主题完全一致。

王粲《咏史诗》：

> 自古无殉死，达人所共知。秦穆杀三良，惜哉空尔为。结发事明君，受恩良不訾。临没要之死，焉得不相随。妻子当门泣，兄弟哭路垂。临穴呼苍天，涕下如绠縻。人生各有志，终不为此移。同知埋身剧，心亦有所施。生为百夫雄，死为壮士规。《黄鸟》作悲诗，至今声不亏。

---

① 中国社会科学院文学研究所：《中国文学史》，人民出版社1962年版，第175—176页。

阮瑀《咏史诗二首》：

误哉秦穆公，身没从三良。忠臣不违命，随躯就死亡。低头窥圹户，仰视日月光。谁谓此可处，恩义不可忘。路人为流涕，《黄鸟》鸣高桑。

曹植《三良诗》：

功名不可为，忠义我所安！秦穆先下世，三臣皆自残。生时等荣乐，既没同忧患。谁言捐躯易？杀身诚独难。揽涕登君墓，临穴仰天叹。长夜何冥冥，一往不复还。《黄鸟》为悲鸣，哀哉伤肺肝！

以上三首咏史诗，都叙述了“三良殉葬”的故事，《左传·文公六年》云：“秦伯任好卒，以子车氏之三子奄息、仲行、鍼虎为殉，皆秦之良也。国人哀之，为之赋《黄鸟》。”① （《诗经·秦风·黄鸟》云：“交交黄鸟，止于棘。谁从穆公？子车奄息。维此奄息，百夫之特。临其穴，惴惴其栗。彼苍者天，歼我良人！如可赎兮，人百其身！”《诗序》云：“《黄鸟》，哀三良也。国人刺穆公以人从死，而作是诗也。”）从以上三首诗的叙事模式来看，此时的叙事诗已经完全成熟。从写作意图开始，接着叙述“三良殉葬”的故事，最后抒怀，“班固咏史，据事直书，特开子建、仲宣咏三良一派”②。其实，并非单纯对班固《咏史诗》的继承，魏晋咏史诗还抒发了对个体生命的珍惜与尊重，这是文的自觉与人的自觉的时代，正如钱志熙所言：“汉魏之际是社会的生命意识弥漫、积聚的时期。这种弥漫积聚的生命意识，成了魏晋的诗歌、艺术和人生哲学的原声点。”③ 咏史诗发展到魏晋时期，题材范围更为广泛，从王宫贵戚到市井庶民，从贤臣到孝女，或写事件，或写精神，这种广泛的题材无疑为后来的咏史诗提供了参照的视角。在艺术技巧

① （春秋）左丘明、杜预集解：《春秋左传集解·文公六年》，上海古籍出版社 1997 年版，第 446 页。

② 丁福宝：《全汉三国晋南北朝诗》，中华书局 1959 年版，第 13 页。

③ 钱志熙：《唐前生命观和文学生命主题》，东方出版社 1997 年版，第 231 页。

上，更是大大迈进了一步，诗歌的跳跃性在加强，对比、渲染等各种艺术手法都能够纯熟运用。

晋代傅玄的《惟汉行》，石崇的《王明君辞》《楚妃叹》，郭璞的《游仙诗》，卢谌的《览古诗》，陶渊明的《咏荆轲》等咏史诗，也是咏史诗的代表，尤其是左思的咏史诗。他的《咏史诗》是晋代咏史诗的典型模式。

一

弱冠弄柔翰，卓荦观群书。著论准过秦，作赋拟子虚。边城苦鸣镝，羽檄飞京都。

虽非甲胄士，畴昔览穰苴。长啸激清风，志若无东吴。铅刀贵一割，梦想骋良图。

左眄澄江湘，右盼定羌胡。功成不受爵，长揖归田庐。

二

郁郁涧底松，离离山上苗。以彼径寸茎，荫此百尺条。世胄蹑高位，英俊沉下僚。

地势使之然，由来非一朝。金张藉旧业，七叶珥汉貂。冯公岂不伟，白首不见招。

三

吾希段干木，偃息藩魏君。吾慕鲁仲连，谈笑却秦军。当世贵不羁，遭难能解纷。

功成耻受赏，高节卓不群。临组不肯绁，对珪宁肯分。连玺曜前庭，比之犹浮云。

四

济济京城内，赫赫王侯居。冠盖荫四术，朱轮竟长衢。朝集金张馆，暮宿许史庐。

南邻击钟磬，北里吹笙竽。寂寂杨子宅，门无卿相舆。寥寥空宇中，所讲在玄虚。

言论准宣尼，辞赋拟相如。悠悠百世后，英名擅八区。

五

皓天舒白日，灵景耀神州。列宅紫宫里，飞宇若云浮。峨峨高门内，蔼蔼皆王侯。

自非攀龙客，何为欻来游。被褐出阊阖，高步追许由。振衣千仞冈，濯足万里流。

六

荆轲饮燕市，酒酣气益震。哀歌和渐离，谓若傍无人。虽无壮士节，与世亦殊伦。

高眄邈四海，豪右何足陈。贵者虽自贵，视之若埃尘。贱者虽自贱，重之若千钧。

七

主父宦不达，骨肉还相薄。买臣困樵采，伉俪不安宅。陈平无产业，归来翳负郭。

长卿还成都，壁立何寥廓。四贤岂不伟，遗烈光篇籍。当其未遇时，忧在填沟壑。

英雄有迍邅，由来自古昔。何世无奇才，遗之在草泽。

八

习习笼中鸟，举翮触四隅。落落穷巷士，抱影守空庐。出门无通路，枳棘塞中涂。

计策弃不收，块若枯池鱼。外望无寸禄，内顾无斗储。亲戚还相蔑，朋友日夜疏。

苏秦北游说，李斯西上书。俯仰生荣华，咄嗟复雕枯。饮河期满腹，贵足不愿余。

巢林栖一枝，可为达士模。

晋代左思在咏史诗上的成就向来为后世所推崇。明代诗论家胡应麟在《诗薮·外编卷二》中说：“《咏史》之名，起自孟坚（班固），但指一事。魏杜挚《赠毋丘俭》，叠用八古人名，堆垛寡变。太冲（左思）题实因班，体亦本杜，而造语奇伟，创格新特，错综震荡，逸气干云，遂为古今绝唱。”[①] 清人张玉穀在《古诗赏析》（卷十一）中说：“太冲咏史，初非呆衍史事，特借史事以咏己之怀抱也。或先述己意，

① （明）胡应麟：《诗薮·外编（卷二）》，上海古籍出版社1979年版，第147页。

而以史事证之。或先述史事，而以己意断之。或止述己意，而史事暗含。或止述史事，而己意默寓。各还悬解，乃能脉络贯通。”[①] 清人沈德潜在《古诗源》中也说：“太冲咏史，不必专咏一人、专咏一事；咏古人而己之性情俱见，此千秋绝唱也！”[②] 咏史诗至左思，我们看到了新的气象，在他的咏史诗中，突破了一事一咏的格局，而是把许由、荆轲、段干木等历史人物放在一起咏述，但是，所有的咏述都在凸显诗人的性情，叙事性已经悄然隐退，叙事成分不占重要比例了。正如清人沈德潜所言“咏古人而己之性情俱见”[③]，甚至清人陈祚明在《采菽堂古诗选》中如此盛赞左思“太冲一代伟人，胸次浩落，洒然流咏。似孟德而加以流丽，仿子建而独能简贵。创成一体，垂式千秋。其雄在才，而其高在志。有其才而无其志，语必虚矫，有其志而无其才，音难顿挫”[④]。左思得到如此美誉，就在于他将“诗”与“史”完美结合，把以咏史叙事为主的咏史诗发展到以抒怀为主的咏史诗。

南北朝时期，咏史诗完成了由叙事转向抒情，将吟咏史事与抒发情怀逐渐融合统一的过程，使咏史由简单走向复杂，由粗糙走向精致。其中，鲍照的《建除诗》《萧史曲》，沈约的《昭君辞》，刘孝威的《行幸甘泉宫歌》，周弘直的《赋得荆轲诗》，虞羲的《咏霍将军北伐诗》，陈叔宝的《昭君怨》，阳缙的《赋得荆轲诗》，刘删的《赋得苏武诗》，陈昭的《明君词》等是其中代表。咏史诗在此阶段，延续了咏史诗在前朝的慨叹与悲凉的色调。因为文人创作咏史诗，从一开始就是对自己的现实生活不满，借古来抒怀，是咏史诗诗人的真正写作意图。而咏史诗在内容上的丰富，形式上的成熟给唐代及后世咏史诗人提供了良好的经验和借鉴。

（三）咏史类叙事诗的文化价值

咏史类叙事诗作为与山水诗、田园诗并行的一种诗歌类型，它是人类自己面对世事沧桑、时间流逝的一种文化印记。它以自己独有的文化价值影响了唐以后的咏史类叙事诗。

---

① 邬国平：《汉魏六朝诗选》，上海古籍出版社2005年版，第236页。

② 同上。

③ （清）沈德潜：《古诗源》，中华书局2000年版，第166页。

④ （清）陈祚明：《采菽堂古诗选》（卷十一），清乾隆二十三年（1758）刻本。

首先，咏史诗丰富了叙事诗的类型。先秦汉魏六朝叙事诗作为中国诗歌初创与发展期，创立了各种题材、各种类型的诗歌。咏史诗萌芽于先秦，汉代班固所作《咏史》，标志着真正意义上咏史诗的创立，魏晋时期，以左思为代表的咏史诗抒情意味不断加强，诗人的情感与历史融为一体，甚至抒情的比重更大。到南北朝时已经相当成熟，唐代咏史诗达到了顶峰，繁盛一时，陈子昂的《燕昭王》，王维的《李陵咏》《西施咏》，李白的《古风》《登金陵凤凰台》，杜甫的《蜀相》《八阵图》《咏怀古迹》，刘禹锡的《金陵怀古》《西塞山怀古》《荆州道怀古》《姑苏台》《金陵五题》，杜牧的《赤壁》《题商山四皓》《登乐游园》，李商隐的《汉宫词》《隋宫》。宋代出现了王安石的《贾生》《明妃曲二首》，苏轼的《荔枝叹》《秦穆公墓》《和咏三良》《屈原塔》，陆游的《读杜诗》《楚宫行》，辛弃疾的《永遇乐·京口北固亭怀古》。明清时期，吴伟业的《永和宫词》《圆圆曲》《楚两生歌》，袁枚的《咏史》，应该说，咏史诗自从诞生之时，便“借古人往事，抒自己怀抱”，它使诗歌创作的主体性越来越彰显，在诗歌史上，添上浓重的一笔，从题材、内容、形式诸方面丰富与发展了叙事诗。

其次，咏史诗的重要史料价值。文学具有教育功能、认识功能、审美功能，诗歌亦然。其中，文学的认识功能被人类最早提及，孔子早就说过“诗可以兴，可以观，可以群，可以怨；迩之事父，远之事君，多识于鸟兽虫鱼草木之名”[①]。可见，文学是有认识功能的。文学是人类历史的记忆，它以生动、鲜活的形象，给人们以历史和现实生活的知识，提高人们对自然、社会、人生以及自己本质的认识，以期帮助人类了解社会，认知自己。咏史诗把文学的认识功能扩展到最大。通过咏史诗人直接截取生活的若干场景与画面，让我们了解了人类的昨天和前天，先人们的生产、生活、劳动、娱乐，先人们的理想、志向、信念，从这个意义上看，咏史诗有着史料上的价值。咏史诗对于我们这个民族的历史，对于这个民族的社会经济与社会政治生活都有着无法比拟的意义。

① 郭绍虞主编：《中国历代文论选》第一册，上海古籍出版社 1979 年版，第 17 页。

第三节　北朝叙事诗及代表诗体

北朝文学最重要的文学特质是它的现实主义精神，在北朝叙事诗中对社会人生的参与意识，对人生中广泛而迫切的事件和问题的强烈关注，都是南朝文学无法企及的。北朝民歌粗犷豪放，广泛地反映了北方动乱不安的社会现实和人民的生活习气，可以说这是对后世的诸如杜甫的诗作影响最大的一个阶段的叙事诗。

一　叙事诗发展的主要原因

梁启超在《中国历史研究法》中说："某时代有某种现象，谓之积极的史料。某时代无某种现象，谓之消极的史料。消极的史料……其重要的程度，殊不让积极史料。盖后世极普通之事象，何故前此竟不发生；前代极普通之事象，何故逾时乃忽然灭绝，其间往往含有历史上极重大之意义，倘忽而不省，则史之真态未可云备也。此等史料，正以无史迹未史迹，恰如度曲者于无声处寄音节，如作书画者于不着笔墨处传神。但以其须向无处求之，故能注意者鲜矣。"① 虽说梁启超先生的说法有一定的道理，在南北朝时期，北朝文学略显萧条。但是，其实史料是没有积极与消极之分的，无论什么史料，对我们都是有帮助的。我们说，尽管北朝文学和史料不甚发达，但即便是这些不太充足的所谓消极史料，对我们也是有益的。而且我们说在南北朝时期，客观地讲，北朝叙事诗的成就应该高于南朝叙事诗。通过史料，我们可以窥见北朝叙事诗发展的原因及其基本情况。

首先，地理位置对叙事诗的影响。一方水土养一方人，任何文化都有其鲜明的地域特色。刘师培曾指出过南北文学的差异"大抵北方之地，土厚水深，民生其间，多尚实际。南方之地，水势汪洋，民生其际，多尚虚无。民尚实际，故所作之文，不外记事、析理。民尚虚无，故所作之文，或为言志、抒情之体"②。梁启超也说："北地苦寒跷瘠，

① 梁启超：《中国历史研究法》，人民文学出版社2012年版，第74页。

② 童庆炳：《文学理论教程》，高等教育出版社2004年版，第300页。

谋生不易，其民族消磨精神日力，以奔走衣食、维持社会，犹恐不给，无余裕以驰骛于玄妙之哲理，故其学术思想，常务实际，切人事，贵力行，重经验，而修身齐家治国利群之道术，最发达焉。惟然，故重家族，以族长制度为政治之本（封建与宗法皆族长政治之圆满者也）。敬老年，尊先祖，随而崇古之念重，保守之情深，排外之力强，则古昔，称先王，内其国，外夷狄，重礼文，系亲爱，守法律，畏天命，此北学之精神也。南地则反是。其气候和，其土地饶，其谋生易，其民族不必惟一身一家之保暖是忧，故常达于世界以外。初而轻世，既而玩世，继而厌世。不屑屑于实际，故不重礼法；不拘拘于经验，故不崇先王。又其发达较迟，中原之人常鄙夷之，谓之野蛮，故其对于北方学派，有吐弃之意，有破坏之心，探玄理，出世界，齐物我，平阶级，轻私爱，厌繁文，明自然，顺本性，此南学志精神。"① 在漫长的历史发展进程中，较之于风光旖旎的南方，北方的环境还是相对贫瘠的，城市化与现代化还是相对落后的。北方天苍野茫的地理条件、地广人稀的自然环境和寒冷多变的气候，使生存变得困难，但这同时也养成了这块土地上的人们粗犷豪放的性格、乐观向上的情怀，那种浸染在骨子里的乐观、开朗、豪放无不渗透在北朝叙事诗中，使北朝叙事诗具有鲜明的现实主义精神与豪放之气。

其次，民族风俗对叙事诗的影响。北朝民族众多，但大多都是少数民族，源于游牧部族的历史现实，在不停的游牧和迁徙过程中，看尽与经历了北方诸地的高山大川、沙漠狂野等各种风情，又加之整个社会自晋末以来，战乱频仍，战争、死亡、迁徙、饥饿不断，这使北朝叙事诗题材范围比较广泛，内容也丰富多彩，情歌、牧歌、战歌、民歌等无不入诗。他们的诗作描写鲜卑族、羌族、氐族、汉族等各个民族的生活，反映这些民族的游牧生活、征战生活、劳动生活、日常生活等内容。北地的苍凉风光决定了北朝诗歌的内容与风格，北人豪爽、勇武、气质刚强，奔腾热烈，成为北朝诗歌的主流。

最后，北朝文人对叙事诗的影响。面对南朝繁缛富丽、清新流畅、多姿多彩、格调自然的文学现状，北朝文人是自愧不如的。叙事诗乃至

---

① 梁启超：《论中国学术思想史变迁之大势》，上海古籍出版社2006年版，第19页。

整个北朝文学发展的基础不高，起点较低，几乎是在缺少文学的情况下开始发展的。由于历史的原因，连年动荡战乱，致使北朝缺失了深厚的文化底蕴和文学积累。而且整个北朝的藏书不多，这使文士失去了丰富学识和借鉴前人创作经验以提高写作技巧的机会。从社会形态而言，北朝的士族在整个社会中，起着举足轻重的作用。余英时说："武帝崇儒政策推行以后，士人的宗族便逐渐发展……士族的发展可从两方面来说。一方面是强宗大族的士族化，另一方面是士人在政治上得势以后，再转而扩张家族的财势。这两方面当是互为因果的社会循环。"[①] 在士族看来，研究儒术，追求功名，显身扬名，光宗耀祖，扶持家族，成为他们人生最终的目的。北朝时期，士族在自己的血液里流淌的依然是儒家的血脉与精神，尽管他们一度沉寂，但是他们依然以顽强的生命力薪火相传。北朝士族拥有北地群居的独特生活方式，肩负家族的荣辱兴衰，使得他们能够直面人生，面对困境，对现实作出敏锐的反应，形成了北方诗风的现实主义精神。而贫寒的读书人更是要面对更多生活的困顿与磨难，他们对现实的理解与把握更是悲壮与苍凉、深刻与透辟。

二　北朝叙事诗的主要贡献

北朝诗歌不是很多，在诗歌史上，它一直被认为是不成熟的，它的成就未被世人肯定与重视，甚至可以说是被忽略的，但少不等于无。所谓的不成熟，是指北朝诗歌数量不多，而且较少抒情诗。正是在这种所谓的不成熟的情况下，我们看到北朝叙事诗拥有它以前时代的叙事诗所没有的情节的齐整、叙事的完备、技巧的成熟。北朝叙事诗分为北朝民歌和文人叙事诗。北朝的文人叙事诗相对于北朝民歌，稍逊风骚，北朝文人诗歌也不足以与南朝文人诗歌媲美。北朝文人向南朝诗人学习，但更多学到的是形式而非内涵。北朝土生土长的文人，在没有办法学习南朝诗歌艺术的时候，其赋诗咏歌，都是朴质无华，很少艺术性，其秉承的也是汉魏赋诗言志之传统。从这种意义上而言，北朝诗歌确乎集成汉魏文学的传统，又有本地域传统的残存。北朝的民歌却以自己雄浑粗犷、奔放热烈的自然本色与南朝诗歌媲美，而且，至少在叙事诗上是略

---

① 余英时：《士与中国文化》，上海人民出版社1987年版。

胜一筹的。从这点上看，北朝诗人是足以骄傲与自豪的。如果说魏晋时代在诗歌史上的主要贡献是确立文人诗歌传统，那么南北朝时期对中国诗歌史的主要贡献在于使诗歌艺术在文人社会中普及，且诗歌创作达到空前的繁荣。

首先，现实主义精神。叙事诗从它一诞生之日起，就有别于抒情诗，那便是它一直坚守的现实主义精神。从中国叙事诗的源头，包含原始歌谣、《诗经》《楚辞》在内的先秦叙事诗用简朴的诗歌形式记录了我们先祖的生活，是中华民族历史发展的形象再现，先秦叙事诗为我们勾勒了一幅人类早期的全景图。从神话传说、祭祀颂歌、农事活动、战争徭役、婚姻爱情、政治讽喻、欢聚宴饮、民俗风习等无不入诗。先秦时代歌谣，写帝王、写大臣、写平民、写农耕、写渔猎、写战事、写水利、写事功、写家庭、写人物、写场面、写事件，应该说，上自王公大臣，下至平民百姓，大到国事，小到家事，无不描述，内容可谓丰富，它是现实人生的鲜明写照。以乐府诗、文人诗为代表的汉代叙事诗，异常广阔地展现了汉代的社会现实。汉乐府叙事诗是汉代社会生活的百科全书，它时时传达着对家庭生活被破坏的征战徭役、吏政败坏、民生困顿的不满，对纯美的爱情婚姻、真挚情感等理想生活的向往。可以说，汉乐府诗的题材内容是广博的，现实生活中的各色人等，诸如横行的权贵、失意的文人、戍边的士卒、远行的游子、贫困的农夫、卖艺的歌妓、被遣的妇人无不入诗，尤其是对下层百姓的关注，他们的喜怒哀乐、悲欢离合，他们的爱情、婚姻、饮酒、求仙、游乐、歌舞也无不记录。汉代叙事诗歌体现出了别样的风情。建安时代是乱世，文人饱尝流离，对生活的感触颇深，但是，当时的五言叙事诗还没有完全脱离乐府的性质，因此所表现的社会面比较广阔，句法辞采也质朴有力。即使是抒发个人感触的诗，也力求明白诚恳；不像后来有些文人诗的雕镂纤细，只在形式上用功夫。它在文学史上的意义就是发挥了汉乐府中的那种人民性与现实主义的精神，这时期的叙事诗，多汲取汉乐府的现实主义诗歌精神，以拟乐府诗的形式反映汉末社会的现实，实际上是汉乐府叙事诗作的余波，但却开启后代“拟乐府”诗作的先声。北朝叙事诗更是坚决奉行着现实主义的原则，对社会现实密切关注与表现。

其次，与南朝的清新自然、温柔婉约不同，北朝叙事诗题材多样、内容丰富，不是南朝那样的温软之风，而是悲壮苍凉，充满悲剧意识。“南朝文学也写悲，也表现出一定的悲剧意识，但一些悲情的抒发都夹在闺情、艳情的抒发之中，或夹在辞藻华丽的铺写之中，所以往往使悲情的抒发笼罩着一种柔情蜜意的气氛，更带有南方民族柔情似水的特点。”[①] 北朝恶劣的自然环境和频繁的战事，加之士族一直想把传统的儒家思想、儒家政治推行到整个北朝社会而不得。所以，面对这一令人严酷的社会现实，文人们的耿介使他们不可能选择逃避，而是勇敢地直面现实，诗作充满悲愤苍凉之气，这在北朝乐府民歌和文人诗歌中都有所体现。应该说，它为唐代及其以后的边塞诗提供了内容与形式上的借鉴与准备，这是北朝叙事诗为中国叙事诗作出的杰出贡献。

最后，刚毅遒劲、质朴无华的风格。曹道衡先生说：“北魏后期诗人那种清拔、古朴和刚劲的诗风，已经形成了一种传统。”[②] 至于原因，《汉书·地理志》早就用地理环境来说明北音沉浊、南音清举的根源。实际上，文学是受多方面因素影响的，上文我们已经论述过，北朝受儒学的影响还是较深厚的，儒家积极进取的人生态度，建功立业的功效思想，这种重现实，重实用，表现在叙事诗上，就是对现实生活的认真书写，直面人生，抒写理想。在北朝儒学现实主义实用精神和面对艰苦环境士族的克勤克俭精神，显示在文学上也不会刻意地去雕琢，他们的叙事诗必然呈现质朴的风格。

总之，中国叙事诗歌从《诗经》开始，到汉乐府形成了澎湃激烈的第一个高潮，确定了“感于哀乐，缘事而发”的现实主义的精神。建安文人的拟乐府诗作继承和发扬了这种精神。直到唐代“新乐府运动”的形成，叙事诗的长河中又出现第二次高潮，接下去是清代叙事诗的兴起，都无不贯穿汉乐府精神。所以，到南北朝时期，中国古典叙事诗经历了产生、高潮、发展的阶段，有自己的代表作品，有自己的民族风格和民族精神，以完全成熟的姿态与抒情诗并峙诗坛，为唐后叙事诗的发展作足了准备。

---

① 蒋述卓：《北朝文风的悲凉感与佛教》，《广西师范大学学报》1988 年第 2 期，第 4 页。

② 曹道衡：《论北魏诗歌的发展》，《文史知识》1990 年第 3 期，第 18 页。

三　代表诗体：纪传叙事诗

北朝诗歌完善了一种叙事诗的类型，就是纪传体叙事诗。纪传体是通过记叙人物活动，反映历史事件，纪传体史书的突出特点是以大量人物传记为中心内容，是记言、记事的进一步结合。本节将对纪传类叙事诗进行观照与梳理。

（一）纪传叙事诗的基本情况

1. 纪传叙事诗的流变

纪传体叙事诗在叙事诗的历史上，是出现较早的一种类型。钱钟书先生说："诗者，文之一体，而其用则不胜数。先民草昧，词章未有专门。于是声歌雅颂，施之于祭祀、军旅、昏媾、宴会，以收兴观群怨之效。记事传人，特其一端，且成文每在抒情言志之后……然诗体而具纪事作用，谓古史即诗，史之本质即是诗，亦何不可。"[①] 闻一多也说过："原本《诗》本是记事的，也是一种史。"[②] 实际上，诗与史有千丝万缕的联系，诗歌记录历史事件、历史人物，古已有之。纪传体叙事诗通过记叙人物活动，反映历史事件，在先秦时代的叙事诗歌中，就含有纪传的成分。

《诗经》中的《静女》《女曰鸡鸣》《溱洧》《鸡鸣》《葛屦》《六月》《良耜》《七月》《氓》《东山》《出车》《崧高》《生民》，《楚辞》中的《哀郢》《渔父》《卜居》，先秦歌辞中的《申包胥歌》《穷竭曲》《采葛妇歌》《河梁歌》《宋城者讴》《箕山操》《拘幽操》《河激歌》《郯民歌》《郑白渠歌》《楚人诵子文歌》，都有纪传的性质。初期的纪传体叙事诗只是截取人物生活中的一个片段，像《静女》记叙了一对青年男女的约会情景。《七月》按照时间顺序，讲述农奴所见到的一年四季的物候及他们的生产、生活情况。早期纪传体叙事诗都相对简单，在叙事的技巧上不太讲究。先秦最能体现纪传体特点的就是周人史诗（在第二章已经论及，这里不再赘述）和《氓》。《氓》是《诗经》中的纪传体长篇，全诗以女主人公的口吻叙述她与男主人公氓从订婚、结

① 钱钟书：《谈艺录》，中华书局1984年版，第38页。

② 闻一多：《神话与诗》，上海人民出版社2006年版，第154页。

婚到被抛弃的全过程，也创立了一种相遇、定情、失和与别离这一类型的爱情主题。诗歌运用倒叙的手法，在对比和回忆中展开情节，情节完整自然，并且着力塑造了两个鲜明的形象。《氓》的出现不仅为后世提供了内容、题材方面的借鉴，在形式结构上，《氓》篇幅较长，采取多章成篇的艺术方式叙事诗歌，用语简洁，线索清晰，故事情节集中，这种“弃妇”题材直接影响了之后的《孔雀东南飞》等纪传类叙事诗，在第三章中我们已经探讨过，这里不再赘述。两汉时期出现了项羽的《力拔山操》、虞姬的《和项王歌》、戚夫人的《舂歌》、刘友的《幽歌》、韦孟的《讽谏诗》、刘辩的《悲歌》、刘细君的《悲愁歌》、韦玄成的《自劾诗》、秦嘉的《赠妇诗》、徐淑的《答秦嘉诗》、宋子侯的《董娇娆诗》、辛延年的《羽林郎诗》、李陵的《别歌》、蔡琰的《悲愤诗二首》《胡笳十八拍》。汉代乐府有《长安有狭斜行》《雁门太守行》《孤儿行》《病妇行》《东门行》《陌上桑》《上山采蘼芜》。这个阶段，纪传叙事诗保持了纪传体初创时期的特点，发展不大，但是，蔡琰的《悲愤诗二首》《胡笳十八拍》等纪传体叙事诗却起到承前启后的作用。其中，《悲愤诗》是中国诗史上第一首纪传体的五言长篇叙事诗，而《胡笳十八拍》也最能代表汉代纪传体叙事诗的最高成就，其文如下：

我生之初尚无为，我生之后汉祚衰。天不仁兮降乱离，地不仁兮使我逢此时。干戈日寻兮道路危，民卒流亡兮共哀悲。烟尘蔽野兮胡虏盛，志意乖兮节义亏。对殊俗兮非我宜，遭恶辱兮当告谁？笳一会兮琴一拍，心愤怨兮无人知。

戎羯逼我兮为室家，将我行兮向天涯。云山万重兮归路遐，疾风千里兮扬尘沙。人多暴猛兮如虺蛇，控弦被甲兮为骄奢。两拍张弦兮弦欲绝，志摧心折兮自悲嗟。

越汉国兮入胡城，亡家失身兮不如无生。毡裘为裳兮骨肉震惊，羯膻为味兮枉遏我情。鼙鼓喧兮从夜达明，胡风浩浩兮暗塞营。伤今感昔兮三拍成，衔悲畜恨兮何时平。

无日无夜兮不思我乡土，禀气含生兮莫过我最苦。天灾国乱兮人无主，唯我薄命兮没戎虏。殊俗心异兮身难处，嗜欲不同兮谁可与语！寻思涉历兮多艰阻，四拍成兮益凄楚。

雁南征兮欲寄边声，雁北归兮为得汉音。雁飞高兮邈难寻，空断肠兮思愔愔。攒眉向月兮抚雅琴，五拍泠泠兮意弥深。

冰霜凛凛兮身苦寒，饥对肉酪兮不能餐。夜闻陇水兮声呜咽，朝见长城兮路杳漫。追思往日兮行李难，六拍悲来兮欲罢弹。

日暮风悲兮边声四起，不知愁心兮说向谁是！原野萧条兮烽戍万里，俗贱老弱兮少壮为美。逐有水草兮安家葺垒，牛羊满野兮聚如蜂蚁。草尽水竭兮羊马皆徙，七拍流恨兮恶居于此。

为天有眼兮何不见我独漂流？为神有灵兮何事处我天南海北头？我不负天兮天何配我殊匹？我不负神兮神何殛我越荒州？制兹八拍兮拟排忧，何知曲成兮心转愁。

天无涯兮地无边，我心愁兮亦复然。人生倏忽兮如白驹之过隙，然不得欢乐兮当我之盛年。怨兮欲问天，天苍苍兮上无缘。举头仰望兮空云烟，九拍怀情兮谁与传？

城头烽火不曾灭，疆场征战何时歇？杀气朝朝冲塞门，胡风夜夜吹边月。故乡隔兮音尘绝，哭无声兮气将咽。一生辛苦兮缘别离，十拍悲深兮泪成血。

我非贪生而恶死，不能捐身兮心有以。生仍冀得兮归桑梓，死当埋骨兮长已矣。日居月诸兮在戎垒，胡人宠我兮有二子。鞠之育之兮不羞耻，愍之念之兮生长边鄙。十有一拍兮因兹起，哀响缠绵兮彻心髓。

东风应律兮暖气多，知是汉家天子兮布阳和。羌胡蹈舞兮共讴歌，两国交欢兮罢兵戈。忽遇汉使兮称近诏，遗千金兮赎妾身。喜得生还兮逢圣君，嗟别稚子兮会无因。十有二拍兮哀乐均，去住两情兮难具陈。

不谓残生兮却得旋归，抚抱胡儿兮泣下沾衣。汉使迎我兮四牡骓骓，胡儿号兮谁得知？与我生死兮逢此时，愁为子兮日无光辉，焉得羽翼兮将汝归。一步一远兮足难移，魂消影绝兮恩爱遗。十有三拍兮弦急调悲，肝肠搅刺兮人莫我知。

身归国兮儿莫之随，心悬悬兮长如饥。四时万物兮有盛衰，唯我愁苦兮不暂移。山高地阔兮见汝无期，更深夜阑兮梦汝来斯。梦中执手兮一喜一悲，觉后痛吾心兮无休歇时。十有四拍兮涕泪交垂，河水东流兮心是思。

十五拍兮节调促，气填胸兮谁识曲？处穹庐兮偶殊俗。愿得归来兮天从欲，再还汉国兮欢心足。心有怀兮愁转深，日月无私兮曾不照临。子母分离兮意难任，同天隔越兮如商参，生死不相知兮何处寻！

十六拍兮思茫茫，我与儿兮各一方。日东月西兮徒相望，不得相随兮空断肠。对萱草兮忧不忘，弹鸣琴兮情何伤！今别子兮归故乡，旧怨平兮新怨长！泣血仰头兮诉苍苍，胡为生兮独罹此殃！

十七拍兮心鼻酸，关山阻修兮行路难。去时怀土兮心无绪，来时别儿兮思漫漫。塞上黄蒿兮枝枯叶干，沙场白骨兮刀痕箭瘢。风霜凛凛兮春夏寒，人马饥尫兮筋力单。岂知重得兮入长安，叹息欲绝兮泪阑干。

胡笳本自出胡中，缘琴翻出音律同。十八拍兮曲虽终，响有余兮思无穷。是知丝竹微妙兮均造化之功，哀乐各随人心兮有变则通。胡与汉兮异域殊风，天与地隔兮子西母东。苦我怨气兮浩于长空，六合虽广兮受之应不容！

《乐府诗集》卷五九《琴曲歌辞》录有《胡笳十八拍》，署名后汉蔡琰。

《后汉书》曰："蔡琰，字文姬，邕之女也。博学有才辩，又妙于音律，适河东卫仲道。夫亡无子，归宁于家。兴平中，天下丧乱，文姬没于南匈奴。在胡中十二年，生二子。曹操痛邕无嗣，乃遣使者以金璧赎之，而重嫁陈留董祀。后感伤乱离，追怀悲愤，作诗二章。"《蔡琰别传》曰："汉末大乱，琰为胡骑所获，在右贤王部伍中。春月登胡殿，感笳之音，作诗言志。曰：'胡笳动兮边马鸣，孤雁归兮声嘤嘤。'"唐刘商《胡笳曲序》曰："蔡文姬善琴，能为《离鸾别鹤之操》。胡虏犯中原，为胡人所掠，入番为王后，王甚重之。武帝与邕有旧，敕大将军赎以归汉。胡人思慕文姬，乃卷芦叶为吹笳，奏哀怨之音。后董生以琴写胡笳声为十八拍，今之《胡笳弄》是也。"《琴集》曰："大胡笳十八拍，小胡笳十九拍，并蔡琰作。"按蔡翼《琴曲》有

> 大小胡笳十八拍。沈辽集世名流家声小胡笳，又有契声一拍，共十九拍，谓之祝家声。祝氏不详何代人，李良辅《广陵止息谱序》曰："契者，明会合之至理，殷勤之余也。"李肇《国史补》曰："唐有董庭兰，善沈声、祝声，盖大小胡笳云。"①

历史上人们对《胡笳十八拍》的作者一直持有不同意见。肯定是蔡琰作品的有郭沫若、高亨、王竹楼、张德钧等，② 郭沫若认为："没有那种亲身经历的人，写不出那样的文字来。"③ 否定是蔡琰作品的有刘大杰、黄瑞云、王达津、李鼎文、萧涤非、刘开扬等，④ "理由是：第一，诗的内容与史实以及南匈奴的地理环境不合；第二，唐以前未见著录、论述和征引；第三，其风格与汉末诗歌不同。争论的文章可参阅《胡笳十八拍讨论集》（中华书局 1959 年版）。《胡笳十八拍》，有今人李廉注本（中华书局 1959 年版）"⑤。实际上，通过《乐府诗集》卷五九《琴曲歌辞》录有《胡笳十八拍》的小序，我们认为《胡笳十八拍》是蔡琰的作品，这里我们不再讨论，我们将从叙事模式方面来探究《胡笳十八拍》。诗作以第一人称的方式讲述了自己的故事，这样的叙事使诗人本身变成了故事中的一个角色，给人以真实的感觉。诗作开头，诗歌像史诗一样，一开始就写出了诗人生活的背景，胡虏强盛，烽火遍野，民众流亡。在这样动乱的时代背景下，诗人开始叙述自己悲惨的人生。被虏西去、思念故国、思返故乡、生养儿子、别儿归国、回归故园、思念亲子。诗作记录流动的历史，叙述完整而具体，并且诗人以

---

① 邬国平：《汉魏六朝诗选》，上海古籍出版社 2005 年版，第 236 页。

② 郭沫若：《谈蔡文姬的〈胡笳十八拍〉》，《光明日报》1959 年 1 月 25 日；高亨：《蔡文姬与〈胡笳十八拍〉》，《光明日报》1959 年 7 月 12 日；王竹楼：《〈胡笳十八拍〉不是蔡文姬作的吗?》，《光明日报》1959 年 7 月 12 日；张德钧：《再谈〈胡笳十八拍〉的商兑》，《文学评论》1960 年第 1 期。

③ 穆克宏：《魏晋南北朝文学史料述略》，中华书局 2007 年版，第 26 页。

④ 刘大杰：《关于蔡琰的〈胡笳十八拍〉》，《光明日报》1959 年 6 月 7 日；黄瑞云：《〈胡笳十八拍〉的作者问题》，《黄石师院学报》1982 年第 2 期；王达津：《〈胡笳十八拍〉非蔡琰作补证》，《光明日报》1959 年 6 月 14 日；李鼎文：《〈胡笳十八拍〉是蔡文姬作的吗?》，《光明日报》1959 年 6 月 14 日；萧涤非：《再谈〈胡笳十八拍〉》，《山东大学学报》1960 年第 3、4 期；刘开扬：《关于蔡文姬及其作品》，《光明日报》1959 年 6 月 8 日。

⑤ 穆克宏：《魏晋南北朝文学史料述略》，中华书局 2007 年版，第 26 页。

一个显在的叙述者出现，给人以真实感，这实际上也是在坚守早期纪传体叙事诗初创时的特点，以诗歌记录历史，在诗中再现历史风貌。而且，纪传体叙事诗基本上记事叙事，但由于中国特殊的文化背景，抒情一直是诗歌的传统，所以，在中国的纪传体叙事诗中依然留有抒情的因子，只不过不占主体而已。《胡笳十八拍》在抒情与叙事关系的处理上，也大有可圈可点之处。在诗中，诗人全然摒弃纯客观的叙述，所有的叙事过程总是饱含着感情。即使是叙事性较强的段落，也都是以深情叙述出。这种高超的艺术成就，让人推崇。无怪明人陆时雍在《诗镜总论》中说："东京风格颓下，蔡文姬才气英英。读《胡笳吟》，可令惊蓬坐振，沙砾自飞，真是激烈人怀抱。"①

建安及曹魏时期的叙事诗包括曹操的《蒿里行》《薤露》《苦寒行》《秋胡行》《步出夏门行》，应瑒的《侍五官中郎将建章台集诗》，王粲的《赠士孙文始》《赠文叔良》《从军诗》，阮瑀的《驾出北郭门行》，繁钦的《定情诗》，曹丕的《善哉行》《陌上桑》《见挽船士弟兄辞别诗》，曹植的《送应氏》《责躬》《赠白马王彪》《美女篇》《白马篇》《箜篌引》《名都篇》《孟冬篇》，曹叡的《善哉行》，嵇康的《幽愤诗》，左延年的《秦女休行》。

晋代部分有傅玄的《秋胡行》《秦女休行》《艳歌行》，夏侯湛的《离亲咏》，石崇的《王明君辞》《楚妃叹》，左思的《娇女诗》，刘琨的《扶风歌》，陶渊明的《酬丁柴桑》《命子》《归园田居》《乞食》《移居二首》《戊申岁六月中遇火》《饮酒》《责子》《归去来兮辞》以及古歌辞《襄阳儿童为山简歌》。

南北朝时期出现了孔欣的《相逢狭路间》，颜延之的《秋胡行》，谢灵运的《述祖德诗》《过始宁墅》《晚出西射堂诗》《登石门最高顶诗》，鲍照的《代堂上歌行》《代阳春登荆山行》《答客诗》《从拜陵登京岘诗》，吴迈远的《棹歌行》《杞梁妻》，沈约的《相逢狭路间》，孔稚珪的《白马篇》，范云的《赠张徐州谡诗》，何逊的《拟轻薄篇》《见征人分别诗》，刘峻的《始居山营室诗》，萧衍的《河中之水歌》，谢朓的《游东田》《新亭渚别范零陵云》，陆倕的《以诗代书别后寄

① 丁福保辑：《历代诗话续编·诗镜总论一卷》，中华书局1983年版，第1403页。

赠》，张率的《相逢行》，刘孝绰的《遥见邻舟主人投一物，众姬争之，有客请余为咏》《酬陆长史倕诗》，刘孝威的《郗县遇见人织，率尔寄妇诗》《结客少年场行》，王训的《度关山》，徐悱的《白马篇》，徐陵的《刘生》，庾信的《和宇文内史春日游山诗》，高允的《咏贞妇彭城刘氏诗》，颜之推的《古意诗》《从周入齐夜度砥柱》以及南北朝歌辞《木兰诗》《李波小妹歌》，等等。

从魏晋南北朝出现的纪传体叙事诗的篇目众多来看，魏晋南北朝时期纪传体叙事诗是相当丰富的。这一时期的纪传体叙事诗在内容上，表现为题材多样、内容丰富，多描写下层百姓的生活，他们的爱情与婚姻、他们的生产与劳作，他们服兵役、投身战争、生活中凡此种种，无不入诗。但是，由于特殊的历史时期与动荡的生存年代以及战事的频繁，离乱与战争等题材成为他们首选的内容。而且，所有的纪传体叙事诗的主人公都是形象鲜明的，诗人会调动各种艺术手法，从心灵、外貌、情感、动作等诸多角度来表现主人公的故事，让主人公栩栩如生地立在我们面前。人物形象非常饱满，像史传一样，又比史传富有文学性，这也是纪传体叙事诗区别于历史事件的一个重要标志。在形式结构上，摒弃了早期的简单对话式的叙事，篇幅较长，多采取多章成篇的艺术方式叙事，结构严谨，情节连贯，语言质朴，又少有为了艺术目的，为了语言有文采而故作文饰的情况出现，可见当时的叙事能力与技巧已经相当纯熟了，这为唐代纪传体叙事诗的成熟打下了坚实的基础。这一时期的代表诗作，我们将在下面研究。

2. 纪传体叙事诗的类型

纪传体叙事诗是把主人公的人生过程与人生片段作为叙述的内容，它的最终目的是记人，当然，是通过记事来实现对人物的塑造的。由于侧重点不同，纪传类叙事诗出现了后人追述与自我记述等类型，下面简单分析与考察。

第一类，后人追述。以《诗经》中的周人史诗为代表，周人史诗既是中国叙事诗的滥觞，又开了纪传体叙事诗的先河。周人史诗中的主角都是英雄，而不是先秦歌谣中的普通先民，这和中华民族对英雄崇拜的情结有着千丝万缕的联系。周人史诗的主人公是周在历史形成过程中涌现出来的民族英雄人物，没有这些人物，就不会有历史上的周民族。

周人史诗在人物塑造上调动各种手段，运用细节、场景等来展示具体生动的人物，注重对鲜活灵动、栩栩如生人物的刻画，应该说，周人史诗将富有特征的、生气勃勃的形象整体显现出来。由此看来，早期的纪传体叙事诗以为英雄作传为主，到了汉代之后，纪传体叙事诗就不仅仅是为英雄作传了，诸如汉代的《陌上桑》，魏晋的《秋胡行》《王明君辞》，南北朝时的《古诗为焦仲卿妻作》等，这时候后人追述的大多是平民主人公。这是由于随着社会的发展，人的主体意识的加强，又加上时代的动荡，使下层平民愈加感觉生活的艰辛，他们对先祖的生活，对生活中的平民英雄，甚至对由于偶发事件而成为人们关注点的传记人物都倾注了更多的热情，后人追述的纪传体叙事诗越来越生活化、常态化、健全化。

第二类，自我记述。这类纪传类叙事诗大多是诗人有感于自身的身世与遭遇，而自我纪传与抒怀，在这类纪传类叙事诗中，叙事是主体，但是诗人也绝不放弃适时地抒情。像《诗经》中的《氓》《东山》《出车》、汉代蔡琰的《胡笳十八拍》《悲愤诗》、魏晋曹植的《赠白马王彪》、嵇康的《忧愤诗》，等等。由于这类叙事诗大多以第一人称叙事，所以给人感觉真实可信，而且在叙事的时候间以抒情，给读者以情感上的冲击与震撼。

第三类，人生片段。诗歌是记录生活的，而人生就是由一个个片段组成的。在唐前的纪传体叙事诗中，纪传人生片段的是最多的，这固然与人类早期生活的简单有一定关系，也与唐前纪传类叙事诗的简单不复杂有一定的关系。早期的叙事诗在纪传的时候只是截取生活中的一个片段来代表生活的重点与全部。像《诗经》中的《静女》《女曰鸡鸣》《溱洧》《鸡鸣》《葛屦》《良耜》、汉代的《上山采蘼芜》、魏晋南北朝时期陶渊明的《戊申岁六月中遇火》等。这类叙事诗，在叙事诗的发展历程中越来越少，先秦是最多的，但是随着纪传体叙事诗的成熟，它逐渐被诗人们放弃，在唐后，这样的短章逐渐失去了它的叙事性，变成纯粹抒情的诗歌，叙事就是为抒情服务的载体和介质，这是当时的纪传诗人想不到的。

3. 纪传体叙事诗的价值

纪传体是通过记叙人物活动反映历史事件，纪传体史书的突出特点是以大量人物传记为中心内容，是记言、记事的进一步结合。纪传体叙事诗作为与山水诗、田园诗、咏史诗并行的一种诗歌类型，它是人类自己面对自己、面对别人的一种独特的理解与诠释，它以自己独有的文化价值影响了唐以后的纪传体叙事诗。

首先，纪传体叙事诗有助于我们以文学的视角看待生活的主体。诗歌是人创造的，是描写人的，是给人看的，人是文学的缔造者与接受者。传记文学的产生是人的审美趣味推动历史框架内叙事文学因素发展的结果。唐前纪传体叙事诗的产生并不像历史传记那样给世人呈现一幅幅真实的史学画面，也不像史书那样秉笔直书，还原历史的本来面目，纪传体叙事诗更多的带有诗人的主观情感，它不仅可以不遵照历史，甚至完全按照自己的需要锁定人物和事件。在纪传体叙事诗中，我们看到了各种各样的鲜活的形象群像，仿佛在厚重的历史中，感受到一丝轻松与愉快。

其次，纪传体叙事诗的出现，丰富了叙事诗的类型，完善了叙事诗的手法。叙事诗歌的创作，无外是展示历史事件，塑造鲜明的人物形象。实际上，纪传体叙事诗并不重视历史的真实，它看重的更多是人物的命运与遭遇。人物的个性与历史事件相互融合，构成了一个不可分割的整体。要将叙事诗中的人物与历史事件融合在一起，绝非易事，但纪传体叙事诗却做到了。纪传体叙事诗的出现，使叙事诗的内容与故事更加完善与齐整，情节也更加连贯，张合有度，重点突出，为唐代的纪传类叙事诗奠定了基础。

（二）代表诗作论析

1. 孔雀东南飞

在纪传体叙事诗中，首先引起我们注意的就是《孔雀东南飞》，应该说，它是叙事诗史上第一首比较完备齐整的纪传体叙事诗。无论从记述的历史故事，人物的传奇人生、表现出的艺术独创，都为后来的纪传体叙事诗提供了范型模式。《孔雀东南飞》又名《古诗为焦仲卿妻作》，最早见于南朝徐陵的《玉台新咏》，题为《古诗为焦仲卿妻作》。[①]《乐

① （南朝）徐陵：《玉台新咏》，华夏出版社 1998 年版，第 41 页。

府诗集》载入“杂曲歌辞”，题为《焦仲卿妻》。[①] 在纪传体叙事诗中，估计没有任何一首能出其右。诗歌以其人物的鲜明、场景的典型、情节的跌宕、结构的严谨、剪裁的得当、叙事的完整、事件的厚重、篇幅的最长在汉代叙事诗乃至中国叙事诗史上独领风骚。王世贞在《艺苑卮言》（卷二）中评之说：“《孔雀东南飞》质而不俚，乱而能整，叙事如画，叙情若诉，长篇之圣也。”[②] 胡应麟在《诗薮外编》中也说：“《孔雀东南飞》一首，骤读之下，里委谈耳。细绎之，则章法、句法、字法、才情、格律、音响、节奏靡不具备，而实未尝有纤毫造作，非神化所至而何？”[③] 正是其表现出的显著的叙事性，才在叙事诗史上成就了不可替代的特殊地位，所以把该诗单独列出，予以剖析，请看《古诗为焦仲卿妻作·并序》：

序曰：汉末建安中，庐江府小吏焦仲卿妻刘氏，为仲卿母所遣，自誓不嫁。其家逼之，乃没水而死。仲卿闻之，亦自缢于庭树。时人伤之而为此辞也。

孔雀东南飞，五里一徘徊。“十三能织素，十四学裁衣。十五弹箜篌，十六诵诗书。十七为君妇，心中常苦悲。君既为府吏，守节情不移。贱妾留空房，相见常日稀。鸡鸣入机织，夜夜不得息。三日断五匹，大人故嫌迟。非为织作迟，君家妇难为。妾不堪驱使，徒留无所施。便可白公姥，及时相遣归。”

府吏得闻之，堂上启阿母：“儿已薄禄相，幸复得此妇。结发同枕席，黄泉共为友。共事二三年，始尔未为久。女行无偏斜，何意致不厚。”阿母谓府吏：“何乃太区区！此妇无礼节，举动自专由。吾意久怀忿，汝岂得自由！东家有贤女，自名秦罗敷。可怜体无比，阿母为汝求。便可速遣之，遣去慎莫留！”府吏长跪告：“伏惟启阿母。今若遣此妇，终老不复取！”阿母得闻之，槌床便

① （宋）郭茂倩编撰：《乐府诗集》（卷第七十三·杂曲歌辞），上海古籍出版社 1998 年版，第 780—783 页。

② （明）王世贞：《艺苑卮言》，陆洁栋、周明初批注，凤凰出版社 2009 年版，第 30 页。

③ （明）胡应麟撰：《诗薮》，中华书局 1962 年版，第 131 页。

大怒："小子无所畏，何敢助妇语！吾已失恩义，会不相从许！"

府吏默无声，再拜还入户。举言谓新妇，哽咽不能语："我自不驱卿，逼迫有阿母。卿但暂还家，吾今且报府。不久当归还，还必相迎取。以此下心意，慎勿违吾语。"新妇谓府吏："勿复重纷纭。往昔初阳岁，谢家来贵门。奉事循公姥，进止敢自专？昼夜勤作息，伶俜萦苦辛。谓言无罪过，供养卒大恩；仍更被驱遣，何言复来还！妾有绣腰襦，葳蕤自生光；红罗复斗帐，四角垂香囊；箱帘六七十，绿碧青丝绳，物物各自异，种种在其中。人贱物亦鄙，不足迎后人，留待作遣施，于今无会因。时时为安慰，久久莫相忘！"

鸡鸣外欲曙，新妇起严妆。著我绣裌裙，事事四五通。足下蹑丝履，头上玳瑁光。腰若流纨素，耳著明月珰。指如削葱根，口如含朱丹。纤纤作细步，精妙世无双。上堂谢阿母，母听去不止。"昔作女儿时，生小出野里。本自无教训，兼愧贵家子。受母钱帛多，不堪母驱使。今日还家去，念母劳家里。"却与小姑别，泪落连珠子。"新妇初来时，小姑始扶床；今日被驱遣，小姑如我长。勤心养公姥，好自相扶将。初七及下九，嬉戏莫相忘。"出门登车去，涕落百馀行。

府吏马在前，新妇车在后。隐隐何甸甸，俱会大道口。下马入车中，低头共耳语："誓不相隔卿，且暂还家去。吾今且赴府，不久当还归。誓天不相负！"新妇谓府吏："感君区区怀！君既若见录，不久望君来。君当作磐石，妾当作蒲苇。蒲苇纫如丝，磐石无转移。我有亲父兄，性行暴如雷，恐不任我意，逆以煎我怀。"举手长劳劳，二情同依依。

入门上家堂，进退无颜仪。阿母大拊掌，不图子自归："十三教汝织，十四能裁衣，十五弹箜篌，十六知礼仪，十七遣汝嫁，谓言无誓违。汝今无罪过，不迎而自归？"兰芝惭阿母："儿实无罪过。"阿母大悲摧。

还家十馀日，县令遣媒来。云有第三郎，窈窕世无双。年始十八九，便言多令才。

阿母谓阿女："汝可去应之。"阿女衔泪答："兰芝初还时，府吏见丁宁，结誓不别离。今日违情义，恐此事非奇。自可断来信，徐徐更谓之。”阿母白媒人：“贫贱有此女，始适还家门。不堪吏人妇，岂合令郎君？幸可广问讯，不得便相许。”

媒人去数日，寻遣丞请还，谁“有兰家女，承籍有宦官”。云有第五郎，娇逸未有婚。遣丞为媒人，主簿通语言。直说太守家，有此令郎君，既欲结大义，故遣来贵门。阿母谢媒人：“女子先有誓，老姥岂敢言！”阿兄得闻之，怅然心中烦。举言谓阿妹：“作计何不量！先嫁得府吏，后嫁得郎君。否泰如天地，足以荣汝身。不嫁义郎体，其往欲何云？”兰芝仰头答：“理实如兄言。谢家事夫婿，中道还兄门。处分适兄意，那得自任专！虽与府吏要，渠会永无缘。登即相许和，便可作婚姻。”

媒人下床去。诺诺复尔尔。还部白府君：“下官奉使命，言谈大有缘。”府君得闻之，心中大欢喜。视历复开书，便利此月内，六合正相应。良吉三十日，今已二十七，卿可去成婚。交语速装束，络绎如浮云。青雀白鹄舫，四角龙子幡。婀娜随风转，金车玉作轮。踯躅青骢马，流苏金镂鞍。赍钱三百万，皆用青丝穿。杂彩三百匹，交广市鲑珍。从人四五百，郁郁登郡门。

阿母谓阿女：“适得府君书，明日来迎汝。何不作衣裳？莫令事不举！”阿女默无声，手巾掩口啼，泪落便如泻。移我琉璃榻，出置前窗下。左手持刀尺，右手执绫罗。朝成绣袂裙，晚成单罗衫。晻晻日欲暝，愁思出门啼。

府吏闻此变，因求假暂归。未至二三里，摧藏马悲哀。新妇识马声，蹑履相逢迎。怅然遥相望，知是故人来。举手拍马鞍，嗟叹使心伤：“自君别我后，人事不可量。果不如先愿，又非君所详。我有亲父母，逼迫兼弟兄。以我应他人，君还何所望！”府吏谓新妇：“贺卿得高迁！磐石方且厚，可以卒千年；蒲苇一时纫，便作旦夕间。卿当日胜贵，吾独向黄泉！”新妇谓府吏：“何意出此言！同是被逼迫，君尔妾亦然。黄泉下相见，勿违今日言！”执手分道去，各各还家门。生人作死别，恨恨那可论？念与世间辞，千万不复全！

府吏还家去，上堂拜阿母：“今日大风寒，寒风摧树木，严霜结庭兰。儿今日冥冥，令母在后单。故作不良计，勿复怨鬼神！命如南山石，四体康且直！”阿母得闻之，零泪应声落：“汝是大家子，仕宦于台阁。慎勿为妇死，贵贱情何薄！东家有贤女，窈窕艳城郭，阿母为汝求，便复在旦夕。”府吏再拜还，长叹空房中，作计乃尔立。转头向户里，渐见愁煎迫。

其日牛马嘶，新妇入青庐。奄奄黄昏后，寂寂人定初。我命绝今日，魂去尸长留！揽裙脱丝履，举身赴清池。府吏闻此事，心知长别离。徘徊庭树下，自挂东南枝。

两家求合葬，合葬华山傍。东西植松柏，左右种梧桐。枝枝相覆盖，叶叶相交通。中有双飞鸟，自名为鸳鸯。仰头相向鸣，夜夜达五更。行人驻足听，寡妇起彷徨。多谢后世人，戒之慎勿忘。

《孔雀东南飞》描写了汉末庐江府小吏焦仲卿与妻子刘兰芝的婚姻悲剧，为我们讲述了一个凄婉动人的爱情悲剧。关于悲剧，最早做出阐释的是古希腊著名文论家亚理斯多德，他在《诗学》中说：“悲剧是对于一个严肃、完整、有一定长度的行动的摹仿；它的媒介是语言，具有各种悦耳之音，分别在剧中的各部分使用；摹仿方式是借人物的动作来表达，而不是采用叙述法；借引起怜悯和恐惧来使这种情感达到陶冶。”[①] 鲁迅也曾说过：“悲剧是将人生有价值的东西毁灭给人看。”本诗所讲述悲剧的发生也是有其深刻原因的。

（1）纪传体产生的必然

关于这出爱情悲剧的发生，诗歌的序曰：“汉末建安中，庐江府小吏焦仲卿妻刘氏，为仲卿母所遣，自誓不嫁。其家逼之，乃投水而死。仲卿闻之，亦自缢于庭树。时人伤之，为诗云尔。”这里似乎告诉我们焦仲卿与刘兰芝的悲剧看来是焦母的原因，但事实绝非如此简单。悲剧的发生既有时代的原因，也有个人的原因。

首先，时代的原因。文学是社会人生的反映，任何文学都会镌刻着时代的烙印。汉代文学也是如此。《诗经》时代的叙事诗尤其是爱情诗歌，还遗存着原始婚俗的许多特征。男女爱情相对自由开放，在劳动时

---

① ［古希腊］亚理斯多德：《诗学》，罗念生译，上海世纪出版集团2006年版，第30页。

或者某种特定场合的邂逅，像《氓》中的集市上相遇，即可成就一段姻缘，在原始歌谣时代，人们的爱情观还停留在群婚时代的蒙昧状态，择偶的原则性很差，率性而为的冲动与真性情的成分很多。但到了《诗经》时代，理性成分越来越浓，“人的爱情对象的选择不同于动物本能的性选择，它是受意识支配的。它不光是为了肉体的结合，还要求两个人心理、审美观念和道德观念的和谐一致”①。爱情的追求变成了外在美丽与心灵美好的完美结合。又加上“礼崩乐坏”的现实，对爱情婚姻造成的冲击，使先秦的爱情诗张扬个性、无拘无束。汉代社会，自董仲舒“罢黜百家，独尊儒术”起，封建社会开始定型，以男性为中心的私有财产继承权逐渐确立，女性的权利与地位开始流失。虽然汉代的女性还没有沦落到宋明理学推行“三纲五常”之后的悲惨凄婉的地步，家庭还相对的稳定，但是这种完全建立在男尊女卑不平等基础上的爱情婚姻使焦仲卿与刘兰芝这样的爱情悲剧时有发生。这是《孔雀东南飞》爱情悲剧发生的时代原因。

其次，焦母的原因。天下没有不爱自己孩子的母亲，哪个母亲不愿自己的孩子幸福快乐呢。但读过本诗，又不得不使我们认同这样的观点，焦仲卿与妻子刘兰芝的悲剧与焦母脱不开干系。说焦母不爱儿子，又不是。当儿子对他表明殉情的决心时，这位母亲也是痛彻心扉，泪流满面，“汝是大家子，仕宦于台阁。慎勿为妇死，贵贱情何薄！东家有贤女，窈窕艳城郭，阿母为汝求，便复在旦夕”。焦母也可以为儿子放下尊严，为儿子前去求婚，那为什么她就容不下一个美丽善良勤劳的兰芝，看不得儿子幸福美满快乐的婚姻呢。关于这个问题，许多学者归结为《孔雀东南飞》通过刘兰芝与焦仲卿这对恩爱夫妇的爱情悲剧，控诉了封建礼教、家长统治和门阀观念的罪恶，表达了青年男女要求婚姻爱情自主的合理愿望。最有代表性的是王运熙先生，他在《乐府诗述论》中这样论述焦母：“焦母是一个突出的反面形象。她是一个极端蛮横无理的女性，对于兰芝的美德、仲卿夫妇的爱情，毫无认识和同情，一意专断孤行。为了达到自己的意愿，对于亲生儿子仲卿竟玩弄了卑劣

① ［保加利亚］瓦西列夫：《爱情面面观》，王永嘉等译，新世纪出版社1986年版，第241页。

的手段，一方面是威胁——槌床便大怒：‘小子无所畏，何敢助妇语’；一方面是利诱——‘东家有贤女，窈窕艳城郭，阿母为汝求，便复在旦夕’。这里充分暴露了在可怕的剥削阶级专制面前，连最平常的母子天伦之爱都没有存身的余地了。”① 对于类似的论断，笔者倒觉得事实并非如此，有许多值得商榷之处。不是什么问题都可以简单地归结为阶级就一推了事的。

奥地利著名文论家弗洛伊德的精神分析学说，也许能很好地回答这个问题。弗洛伊德精神分析学说主要强调潜意识作用的心理结构学说、泛性欲学说和梦的学说。对于人的心理结构，弗洛伊德认为人的人格结构由“本我”“自我”“超我”组成，“本我”即“无意识”，是人的本能冲动，当然不仅包含着“生存本能”和“死亡本能”，更主要的是性冲动，它奉行一种“快乐原则”，人们见水渴，见饭饿，看见好东西想窃为己有，看见美色感到愉悦，这是再平常不过的本能，它不邪恶也不可耻，话又说回来，不是我们的东西，我们要占有就会违背道德和法律，于是我们就需要一种“超我”的约束，“超我”是能进行“自我批评”和“道德控制”的理想化自我，它在道德良心和理想自我的指引下奉行“至善原则”，而“自我”则是从“本我”分化出来，充当本我与外部世界的桥梁和纽带，试图使二者趋向平衡。事实上，一旦这种平衡达不到，人就会陷入精神的疾病。而人格的发展过程就是性心理的发展过程，无意识归结于性本能。无意识和性本能是文艺创作的原动力，是本能冲动的净化与升华。他认为人在儿童时代，第一个性冲动的对象是自己的母亲，由于爱恋自己的母亲，便妒忌和仇恨自己的父亲。在《俄狄浦斯王》中，俄狄浦斯王杀父娶母就是一种愿望的达成，是人们童年时期愿望的达成，这种愿望本来早已被压抑到潜意识中，一旦文学家由于人性的探究而发掘出俄狄浦斯王的罪恶时，他使我们看到内在的自我，而发觉尽管受到压抑，这些愿望仍旧存在于心底。弗洛伊德认为所有的男孩都有恋母的“俄狄浦斯情结”。与此同时，所有的女孩都有恋父的“埃勒克特拉情结”。“俄狄浦斯情结”与“埃勒克特拉情结”得不到很好的解决，自然会导致心理疾病甚至精神疾病。

---

① 王运熙：《乐府诗述论》，上海古籍出版社2006年版，第281页。

基于以上的理论基石，弗洛伊德提出了自己的文艺观，他认为文学的起源和本质是性欲的升华，弗洛伊德说："我们相信人类在生存竞争的压力之下，曾经竭力放弃原始冲动的满足，将文化创造起来，而文化之所以不断地改造，也由于历代加入社会生活的各个人，继续地为公共利益而牺牲其本能的享乐。而其所利用的本能冲动，尤以性的本能为最重要。因此，性的精力被升华了，就是说，它舍却性的目标，而转向他种较高尚的社会目标。"[①] 他认为，艺术家是性本能特别强烈的人，在现实中如果得不到满足，他们就会通过文学创作获得本能欲望达不到的替代性满足，"艺术家本来是这样一个人：他从现实中脱离出来是因为他无法在现实中满足与生俱来的本能欲望的要求。于是，他在幻想的生活中让他的情欲和雄心勃勃的愿望充分表现出来。但是，他找到了一种从幻想的世界中返回现实的方式：借助于他特殊的天赋，他把他的幻想塑造成一种新的现实；人民把它们作为对现实生活的有价值的反映而给予公正的评价。"[②] "艺术的产生并不是为了艺术，它们的主要目的是在于发泄那些在今日大部分已被压抑了的冲动。"[③] 如果说文学的起源和本质是性欲的升华，那么文艺创作的原始动机就是俄狄浦斯情结。他分析了一些名著之后，得出大部分作品的创作都源于俄狄浦斯情结，并举了莎士比亚的例子，他认为莎士比亚笔下的哈姆雷特之所以在复仇时犹豫不决，成为犹豫的代名词，就是源于恋母情结："哈姆雷特可以做任何事情，就是不能对杀他父亲、篡夺王位并娶了他母亲的人进行报复，这个人向他展示了他自己童年时代被压抑的欲望的实现。这样，在他心里驱使他复仇的敌意，就被自我谴责和良心的顾虑所代替了，它们告诉他，他实在并不比他要惩罚的罪犯好多少。"[④]

弗洛伊德的理论提供了许多对文艺的新解。由于性的不能满足，所以在文学作品中我们看见了一个又一个病态的人物，他们都有着挥之不

---

① ［奥］弗洛伊德：《精神分析引论》，高觉敷译，商务印书馆1986年版，第9页。

② ［奥］弗洛伊德：《关于精神功能两个原理的理论》，见《文艺心理学论文集》第四卷，中国社会科学出版社1986年版，第174页。

③ 马新国主编：《西方文论史》，高等教育出版社2015年版，第358页。

④ ［奥］弗洛伊德：《梦的解析》，张唤民等译，见《弗洛伊德论美文选》，知识出版社1987年版，第18页。

去的情结。张爱玲笔下《金锁记》中的曹七巧，琼瑶笔下寡居的母亲，她们都把自己不幸的婚姻转嫁到孩子身上。焦母何尝不是这样的一位母亲，在她的眼里，儿子焦仲卿既是儿子又是丈夫，是希望，是一切。所以，焦母绝对不允许任何一个人哪怕是儿媳妇夺去自己的儿子，与其说是封建礼教害了焦仲卿和刘兰芝，莫不如说是焦母一手导演了这出惊天地泣鬼神的爱情悲剧。

（2）熠熠生辉的人物群

《孔雀东南飞》全诗350多句，1700多字，在汉乐府乃至中国叙事诗史上都是罕有的杰作。在中国叙事诗史上，它最早刻画出完整的人物群像图。诗中不仅完整地讲述了人物生离死别的爱情悲剧，而且围绕这一事件，把相关人等都塑造得栩栩如生、惟妙惟肖。专横的焦母、软弱的仲卿、善良的兰芝、暴戾的刘兄、无奈的刘母等如在眼前。贺贻孙《诗筏》说：其“阿母之虐，阿兄之横，亲母之依违，太守之强暴，丞吏、主簿，一班媒人，张皇趋附，无不绝倒，所以入情”①。下面简单分析几个人物。

首先，刘兰芝。刘兰芝是我国文学史上最熠熠生辉的女性形象之一，也是集中华民族所有美德于一身的理想女性，更是诗人倾注笔墨加以讴歌的一位悲剧人物。诗歌一开始，通过刘兰芝的诉说：“十三能织素，十四学裁衣。十五弹箜篌，十六诵诗书……鸡鸣入机织，夜夜不得息。三日断五匹……奉事循公姥，进止敢自专？昼夜勤作息，伶俜萦苦辛。”我们能够看出她的勤劳能干、心灵手巧、聪明睿智、知书达理。面对刁难的婆婆，兰芝表示“非为织作迟，君家妇难为！妾不堪驱使，徒留无所施。便可白公姥，及时相遣归”，又渗透着她的刚毅性格。面对被休弃的命运，兰芝“著我绣裌裙，事事四五通。足下蹑丝履，头上玳瑁光。腰若流纨素，耳著明月珰。指如削葱根，口如含朱丹。纤纤作细步，精妙世无双”，这里诗人浓墨重彩地描写了兰芝的美丽绝伦，“精妙世无双”道破了诗人对兰芝无尽的眷爱、赞美、不舍、不忍与无奈。一个绝顶美丽绝顶漂亮的女性就这样鲜活地站在我们面前，挥之不去。严妆告辞是她对焦母无声的抗议与示威。“却与小姑别，泪落连珠

① 郭英德、谢思炜等：《中国古典文学研究史》，中华书局1995年版，第600页。

子。新妇初来时，小姑始扶床；今日被驱遣，小姑如我长。勤心养公姥，好自相扶将。初七及下九，嬉戏莫相忘。”在悲苦不已的时候，她依然劝小姑子“勤心养公姥”，这是怎样一位善良与仁忍的女性，不觉让读者的心中悲愤不已。而与小姑子的和谐共处，则说明兰芝懂礼仪、易相处，焦母的指责不攻自破。“出门登车去，涕落百馀行”表达了她对焦仲卿的无尽的爱，欲去又不忍的微妙心理，真让人千回百转、柔肠寸断。辞焦母不落泪，辞小姑“泪落连珠子”，可见兰芝的倔强。回到母亲的家里，即被逼婚，面对荣华富贵，她不为所动，坚守着心底的那份承诺，她绝不是一个贪图享乐的薄情女子。面对仲卿的质问和仲卿的“吾独向黄泉”的泄愤之语，兰芝马上以“黄泉下相见，勿违今日言”作为回应，先于仲卿“揽裙脱丝履，举身赴清池”，毅然决然地兑现了那份沉甸甸的爱的誓言。刘兰芝绝不是唯唯诺诺的仅仅令人同情的人物。正是因为诗歌中对她从外表到灵魂的诸多美好的描述，才愈加使她的爱情弹奏出了千古悲歌，才愈加唤起了我们心底的共鸣。刘兰芝的悲剧不仅仅是个人的悲剧，更是社会的悲剧。造成她悲剧的除了时代和焦母的原因，刘兰芝的性格也是其中一个重要的因素。

西方叙事文学对于悲剧有更深入的研究，西方学者认为悲剧经历了从命运悲剧到性格悲剧再到社会悲剧的过程。最早研究悲剧的亚理斯多德在谈悲剧时，认为：“剧中人物的品质是由他们的‘性格’决定的。而他们的幸福与不幸，则取决于他们的行动。他们不是为了表现‘性格’而行动，而是在行动的时候附带表现‘性格’。”① 同时，悲剧主角应是“一种介于这两种人之间的人，这样的人不十分善良，也不十分公正，而他之所以陷于厄运，不是由于他为非作恶，而是由于他犯了错误”②。他又说悲剧人物的性格特点是性格必须善良、必须合适、必须与一般人相似、性格必须一致，亚理斯多德的认识代表了西方早期对悲剧的认识。席勒则认为悲剧的主要人物必须具有高尚的道德情感。西方对于悲剧的认识为我们提供了许多可资借鉴之处。

---

① ［古希腊］亚理斯多德：《诗学》，罗念生译，上海世纪出版集团2006年版，第31页。

② 同上书，第48页。

正如西方学者对悲剧的精辟阐释，刘兰芝的爱情悲剧，也应该是一种性格悲剧。兰芝善良温顺、勤劳能干、心灵手巧、聪明睿智、知书达理，这些无不在昭示我们她是一个具有高尚道德感的好人，一个值得我们爱护与理解的人物，如果仅仅如此，兰芝不会有悲剧的结局。她性格中还有着那个时代妇人身上所不容许的刚强与倔强、不屈与抗争这些人格的尊严，她不是任人宰割的羔羊，她不具备逆来顺受的性格，对自己不公正的遭遇她要以死抗争。这必然与以焦母为代表的另一方伦理力量（实际就是不同的社会道德观）产生冲突，这不是宿命，而是性格使然。最后，以兰芝自己的毁灭“揽裙脱丝履，举身赴清池”显示“永恒的正义”——爱情这一亘古不变、生生不息的人类美好情感。刘兰芝是继《诗经·氓》中被弃的女主人公后又一生辉的形象，但她与《氓》中的女主人公完全不同，完善了叙事诗歌史上弃女的形象，并承前启后，影响了宋元明时期话本、拟话本中的被弃女性形象。

其次，焦仲卿。学者唐弢在《〈孔雀东南飞〉的现实主义》中认为焦仲卿出身于官宦人家，自己又在太守府里作吏，虽然职阶卑微，但在严格的门阀社会里已经具有被“品”的资格，所以他母亲说：“汝是大家子，仕宦于台阁”，将来还要凭借靠山飞黄腾达。很显然，他是笼子里长大的金丝鸟，养成了拘谨懦弱的个性，是个善良的白面书生。这个定位还是比较合理的。焦仲卿与刘兰芝夫妻两人有许多共同之处，他们都是善良的好人，他们都矢志不渝、生死相依，信守坚贞的爱情。但是夫妻两人明显地拥有性格上的巨大反差。刘兰芝性格外柔内刚，她不会屈从于任何一种反对势力，焦仲卿的性格却异常的怯弱。不论是那个时代还是当下，仲卿都不失一位好男人，在焦仲卿各种不同场合的话语中，我们可以感受到他是忠于爱情、明辨是非的。诗篇开始，对于妻子的自遣要求，他马上向母亲百般解释、千番请求，希望能够缓解矛盾，甚至“长跪告”，还立下“结发同枕席，黄泉共为友”的铮铮誓言，可见他的确是一位长情的男儿。可当母亲槌床大怒后，他只能“默无声”，“再拜还入户”，“哽咽不能语”。不得不送别妻子，他又发出了“不久当还归，誓天不相负”的许诺，在内心深处他说什么也不想失去妻子，但是从此处我们能看出仲卿是何等的软弱、何等的幼稚。当他听到兰芝再嫁的消息后，肝肠寸断，“卿当日胜贵，吾独向黄泉”，归家后，辞别母亲，“长叹空房中”，“渐见愁煎迫”。兰芝投水后，他“心知长别离，徘徊庭树下，自挂东南枝”。“徘徊”一语既道出了他性格的软弱，又道出了他的心灵在承受着怎样的煎熬，诗作最后一次完成了对他懦弱性格的刻画。但他的性格至此发生了一次质的飞跃，由怯弱走向了坚强，在这一刻两个人的心灵真正的交融在一起。正如舒婷在《致橡树》中所说：“我们分担寒潮、风雷、霹雳；我们共享雾霭、流岚、虹霓，仿佛永远分离，却又终身相依。这才是伟大的爱情，坚贞就在这里。”可以说，从现代意义上来说，也许焦仲卿与刘兰芝并不是同一条路上的人，性格上的巨大差异决定了他们也许真的不是珠联璧合的佳偶。但是，在“举身赴清池”与“自挂东南枝”那一瞬间，他们的灵魂交融在一起，实现了灵魂的对撞与蜕变，奏响了千古绝唱，引后人万古吟咏。

《孔雀东南飞》中还有一系列人物群谱，鉴于篇章关系，这里不再赘述。

（3）叙事手法的稳定性

《孔雀东南飞》是我国文学史上第一部完整的长篇叙事诗，也是我国古代史上最长的一部叙事诗。在中国叙事诗歌史上，《孔雀东南飞》以其人物的鲜明、结构的完整、情节的曲折独领风骚，成为汉乐府中最杰出的叙事长诗，代表着汉乐府叙事性质的最高成就。

首先，多种技巧塑造形象。塑造人物是叙事文学最首要的任务。高尔基说：“在诗篇中，在诗句中，占首要地位的必须是形象。”① 如何塑造人物，塑造怎样的人物确乎是个棘手的问题。《孔雀东南飞》运用对话、行动来塑造形象，很好地解决了这个问题。在它之前的叙事诗中，还没有哪个形象像诗中的形象那么熠熠生辉。通过有个性的人物对话塑造鲜明的人物形象，这是全诗最突出的特点。先秦时代的叙事诗也用对话体，但那只是片段章节，在诗篇中，全部用对话来塑造形象、推动情节，本诗倒是开创了一个先河，创造了一个特例。沈德潜在《古诗源》卷四说：全诗“共一千七百八十五字，古今第一首长诗也。淋淋漓漓，

---

① ［苏］高尔基：《致华·阿·斯米尔诺夫》，《文学书简》下卷，人民文学出版社 1962 年版，第 302 页。

反反复复，杂述十数人口中语，而各肖其声音面目，岂非化工之笔”。诗的开始，母子两个人对于兰芝去留的对话中，表现出仲卿对妻子的赞美与感激“儿已薄禄相，幸复得此妇”，对爱情的铮铮誓言“结发同枕席，黄泉共为友”，焦母的强势“便可速遣之，遣去慎莫留”，在简单的对话中，构成鲜明的对比，仲卿软弱的性格与焦母骄横的性格活灵活现。兰芝被谴回家后，“阿母大拊掌，不图子自归。汝今无罪过，不迎而自归?”“兰芝惭阿母，儿实无罪过”，“阿母大悲摧”，在这番对话中，刘母的慈爱和对女儿的痛惜、悲苦之情都描述了出来。媒人纷纷上门，被兰芝回绝后，“阿兄得闻之，怅然心中烦。举言谓阿妹：作计何不量！先嫁得府吏，后嫁得郎君。否泰如天地，足以荣汝身。不嫁义郎体，其往欲何云？兰芝仰头答：理实如兄言。谢家事夫婿，中道还兄门。处分适兄意，那得自任专!”刘兄性格的暴躁与卑鄙，兰芝的倔强与刚毅跃然纸上。听说兰芝再嫁的消息后，仲卿决定不再苟活于世，向母亲做生死诀别。陈祚明《采菽堂古诗选》曾作过这样细致的分析：“兰芝不白母而府吏白母者，女之于母，子之于母，情固不同。女从夫者也，又恐母防之，且母有兄在，可死也。子之与妻，孰与母重？且子死母何依，能无白乎？同死者，情也。彼此不负，女以死偿，安得不以死？彼此时，母即悔而迎女，犹可两俱无死也。然度母终不肯迎女，死终不可以已，故白母之言亦有异者，儿今冥冥四语明言之矣，今日风寒命如山石，又不甚了了，亦恐母觉而防我也。府吏白母而母不防者，女之去久矣。他日不死而今日何为独死？不过谓此怨怼之言，未必实耳。故漫以东家女答之，且用相慰。然府吏白母，不言女将改适，不言女亦欲死，盖度母之性，必不肯改而迎女，而徒露真情，则防我不得死故也。”① 分析得可谓细致入微。“阿母得闻之，零泪应声落：汝是大家子，仕宦于台阁。慎勿为妇死，贵贱情何薄！东家有贤女，窈窕艳城郭，阿母为汝求，便复在旦夕。”此刻，面对自己的爱子，焦母也泪如雨下，想尽办法挽留赴死的儿子。黑格尔说：“性格的特殊性中应该有一个主要的方面作为统治方面”，② 它就是“把一切都融贯成为一个整

① 熊依洪：《两汉魏晋南北朝文学大观》，北京燕山出版社 2008 年版，第 137 页。

② ［德］黑格尔：《美学》第一卷，朱光潜译，商务印书馆 1979 年版，第 304 页。

体的那种深入渗透到一切的个性……这种个性就是所言所行的同一泉源，从这个泉源派生出每一句话，乃至思想、行为举止的每一个特征”①。焦母性格中自私骄横占了主要地位，但在个人的私欲与儿子的生命面前，母亲的天性终于也被唤醒。黑格尔对这种描写人物的理想范型予以过肯定与呼唤，“性格同时仍需保持生动性和完满性，使个别人物有余地可以向多方面流露他的性格……把一种本身发展完满的内心世界的丰富多彩显示于丰富多彩的表现”②。恩格斯曾经对西方最早的叙事文学《荷马史诗》中的人物阿喀琉斯做过评述，我们可以说：这是一个人！高贵的人格的多方面性在这个人身上显出了它的全部丰富性。之所以如此评价他，是由于骁勇善战的阿喀琉斯英勇无比，在杀死特洛伊的王子后，面对特洛伊老王请求归还儿子尸体的时候，他动了恻隐之心，归还了尸体。故而，恩格斯才认为这一举动，使他的性格丰富了起来。金圣叹也说过：“别一部书，看过一遍即休，独有《水浒传》只是看不厌，无非为他把一百八十个人性格，都写出来。”③ 这里焦母何尝不是如此，正是她的泪流满面，甚至要放下尊严为儿子去求“窈窕艳城郭”的“东家贤女”，才更让我们觉得人物的真实。“在艺术里，这些感性的形状和声音之所以呈现出来，并不只是为着它们本身或者它们直接现于感官的那种模样、形状，而是为着要用那种模样去满足更高的心灵的旨趣。”④ 这样的描写才能更感染我们。诗人不为人物做任何注释，也不轻易对人物表达情感的喜怒，而是通过人物自己的行动来塑造形象，这也是本诗塑造人物的又一特色。“鸡鸣外欲曙，新妇起严妆。著我绣夹裙，事事四五通”，“起”“著”一连串的动作写出了刘兰芝离开焦家时的矛盾复杂的心情。焦仲卿送兰芝到大道口，“下马入车中，低头共耳语”，表现了夫妻感情至深。闻知兰芝要成婚，“未至二三里，摧藏马悲哀”，临死前“长叹空房中”“转头向户里”。在整篇诗中，类似这样的动作刻画随处可见，笔墨虽不多，却极传神。兰芝死时，义无

---

① ［德］黑格尔：《美学》第三卷，朱光潜译，商务印书馆1979年版，第265页。

② ［德］黑格尔：《美学》第一卷，朱光潜译，商务印书馆1979年版，第292页。

③ （清）金圣叹：《读第五才子书法》，《水浒传会评本》，北京大学出版社1981年版，第17页。

④ ［德］黑格尔：《美学》第一卷，朱光潜译，商务印书馆1979年版，第87页。

反顾，“揽裙脱丝履，举身赴清池”，仲卿死时，“徘徊庭树下，自挂东南枝”，这些不同的动作细节，都完美地切合了各自的性格与处境。焦母“槌床便大怒”的泼辣，刘母见兰芝被遣回家时因惊异而“大拊掌”的温和，全都通过动作实现，对性格的描绘来说寥寥几笔已极传神。“用最小的面积惊人地集中了最大量的思想。”[1]

其次，多种艺术手法并用。对人物进行浓墨重彩的描写，采用白描、排比、夸张、比兴等诸多艺术手法，这在中国叙事诗史上还没有先例。诗作开篇用“孔雀东南飞，五里一徘徊”起“兴”，用以表述刘兰芝、焦仲卿彼此顾恋之情，缠绵悱恻、感人至深，统摄了全篇的悲剧气氛。接着用铺排的手法，叙写兰芝“十三能织素，十四学裁衣。十五弹箜篌，十六诵诗书”的勤劳能干、心灵手巧、聪明睿智、知书达理。离开焦家时，她对丈夫说：“妾有绣腰襦，葳蕤自生光；红罗复斗帐，四角垂香囊；箱帘六七十，绿碧青丝绳，物物各自异，种种在其中”。与婆婆辞行时，她“足下蹑丝履，头上玳瑁光。腰若流纨素，耳著明月珰。指如削葱根，口如含朱丹。纤纤作细步，精妙世无双”。这些渲染、夸张、白描手法的使用，为人物增添了几许厚重，也推动着情节向前发展。

再次，情节曲折、跌宕有致。亚理斯多德在《诗学》中指出悲剧的情节安排是“悲剧艺术的第一事，而且是最重要的事”[2]，“情节乃悲剧的基础，有似悲剧的灵魂”[3]，“情节既然是行动的摹仿，它所摹仿的就只限于一个完整的行动，里面的事件要有紧密的组织，任何部分一经挪动或删削，就会使整体松动脱节，要是某一部分可有可无，并不引起显著的差异，那就不是整体中的有机部分”[4]。也就是他认为情节应该具有“整一性”。当然，“情节有简单的，有复杂的；因为情节所摹仿的行动显然有简单与复杂之分。所谓‘简单的行动’，指按照我们所规

---

① ［法］巴尔扎克：《论艺术家》，见王秋荣编《巴尔扎克论文学》，人民文学出版社1986年版，第10页。

② ［古希腊］亚理斯多德：《诗学》，罗念生译，上海世纪出版集团2006年版，第35页。

③ 同上书，第31页。

④ 同上书，第37页。

定的限度连续进行，整一不变，不通过‘突转’与‘发现’，而到达结局的行动；所谓‘复杂的行动’，指通过‘发现’或‘突转’，或通过此二者而到达结局的行动。但‘发现’与‘突转’必须由情节的结构中产生出来，成为前事的必然或或然的结果。”[①] “‘突转’与‘发现’是情节的两个成分。”[②] 亚理斯多德对悲剧情节的论述，非常精辟。本诗在情节安排上，既注意了“整一性”，又注意了“突转”与“发现”。诗作一开始就写到兰芝和婆婆的尖锐的矛盾冲突，刘兰芝和丈夫焦仲卿尽管感情颇佳却不为婆婆所容，一定要赶其回家。仲卿希望能够缓解矛盾，百般求告母亲，但矛盾丝毫没有缓解，母亲槌床痛骂。迫于无奈，仲卿只好让兰芝暂回家门并相约誓不相负。可是情况突转，兰芝回家后不久，县令、太守相继为儿子求婚，兰芝不为所动，一一回绝。但其兄为了攀结权贵，步步相逼，兰芝被迫假意允婚。仲卿闻讯，责问兰芝，兰芝道出以死抗争的真情，许下诺言，并约定黄泉相见。婚礼当晚，兰芝投河自尽，仲卿也吊死树下。两家求得合葬，葬后两人双双化鸟。这样的情节安排可谓合情合理、丝丝入扣。

最后，结构完整、首尾圆合。诗歌在结构的安排与处理上，仔细安排，认真考量，心思缜密。在本诗以前的《诗经》中大部分叙事诗都采用和抒情诗一致的三章成篇或两章成篇的结构模式，在叙事诗中，重章叠句、结构短小成了《诗经》的典型范式。到了《孔雀东南飞》，结构完整、剪裁得当、首尾圆合成为后世叙事诗的典范。“悲剧是对于一个完整而具有一定长度的行动的摹仿（一件事情可能完整而缺乏长度）。所谓‘完整’，指事之有头，有身，有尾。所谓‘头’，指事之不必然上承他事，但自然引起他事发生者；所谓‘尾’，恰与此相反，指事之按照必然律或常规自然地上承某事者，但无他事继其后；所谓‘身’，指事之承前启后者。”[③] 其目的是要使悲剧达到“结构完美”。《孔雀东南飞》的结构异常严谨。清代诗评家沈德潜在《古诗源》中评

① ［古希腊］亚理斯多德：《诗学》，罗念生译，上海世纪出版集团2006年版，第42页。

② 同上书，第44页。

③ 同上书，第35页。

道："作诗贵剪裁。入手若叙两家家势，末段若叙两家如何悲恸，岂不冗漫拖沓？故竟以一二语了之。极长诗中具有剪裁也。"[①] 开始即从婆媳矛盾写起，抓住主要矛盾，放弃细枝末节。陈祚明《采菽堂古诗选》曾指出："凡长篇不可不频频照应，不则散漫。篇中如十三织素云云、吾今且赴府云云、磐石蒲苇云云及鸡鸣之于牛马嘶，前后两默无声，皆是照应法。然用之浑然，初无形迹故佳。乃神化于法度者。"[②] 随后，诗中有暗伏、有照应，显示了结构上的精细和诗思的缜密。在叙述中，繁简得当，沈德潜的这段评语具有真知灼见："长篇诗若平平叙去，恐无色泽。中间须点染华缛，五色陆离，使读者心目俱炫。如篇中新妇出门时'妾有绣罗襦'一段，太守择日后，'青雀白鹄舫'一段是也。"[③] 陈祚明《采菽堂古诗选》说："两家闻二人之死，仓皇悲恸、各怀悔恨，必有一番情事。然再写则沓拖，故直言求合葬，文势紧峭，乃知通篇之缕缕无一闲语也。前此不写两家家势，不重其家势也。后此不写两家仓皇，不重其仓皇也。最无谓语而可以写神者，谓之不闲；若不可少，而不关篇中意者，谓之闲。于此可悟裁剪法也。"[④] 从婆媳不和到丈夫求情而不得，被遣回家，两人爱的誓言生生被再婚拆散，两人投湖、上吊，最后合葬一起，双双化鸟。在现实主义中渗透着浪漫情怀，成为了叙事诗史上的一朵奇葩。

2. 木兰诗

《木兰诗》是我国南北朝时期的一首北朝民歌，选自郭茂倩编撰的《乐府诗集》，[⑤] 在中国文学史上与南朝的《孔雀东南飞》被合称为"乐府双璧"。《木兰诗》讲述了一个叫木兰的女孩，女扮男装，替父从军，在战场上建立功勋，回朝后不愿做官，但求回家与家人团聚的故事，热情赞扬了这位奇女子勤劳善良的品质，保家卫国的热情，英勇战斗的精神。这是一个值得骄傲的中华奇女子的传奇，是一个女性英雄的

① 熊依洪：《两汉魏晋南北朝文学大观》，北京燕山出版社 2008 年版，第 138 页。

② 《古诗三百首鉴赏辞典》，上海辞书出版社 2007 年版，第 99 页。

③ 邬国平：《汉魏六朝诗选》，上海古籍出版社 2005 年版，第 52 页。

④ 熊依洪：《两汉魏晋南北朝文学大观》，北京燕山出版社 2008 年版，第 138 页。

⑤ （宋）郭茂倩编撰：《乐府诗集》（卷二十五·横吹曲辞），上海古籍出版社 1998 年版，第 307—308 页。

传记，也是纪传叙事诗的代表。

> 唧唧复唧唧，木兰当户织，不闻机杼声，唯闻女叹息。问女何所思，问女何所忆，女亦无所思，女亦无所忆。昨夜见军帖，可汗大点兵。军书十二卷，卷卷有爷名，阿爷无大儿，木兰无长兄，愿为市鞍马，从此替爷征。
>
> 东市买骏马，西市买鞍鞯，南市买辔头，北市买长鞭。旦辞爷娘去，暮宿黄河边。不闻爷娘唤女声，但闻黄河流水鸣溅溅。旦辞黄河去，暮至黑山头。不闻爷娘唤女声，但闻燕山胡骑鸣啾啾。
>
> 万里赴戎机，关山度若飞。朔气传金柝，寒光照铁衣。将军百战死，壮士十年归。
>
> 归来见天子，天子坐明堂。策勋十二转，赏赐百千强。可汗问所欲，木兰不用尚书郎。愿驰千里足，送儿还故乡。
>
> 爷娘闻女来，出郭相扶将。阿姊闻妹来，当户理红妆。小弟闻姊来，磨刀霍霍向猪羊。开我东阁门，坐我西间床。脱我战时袍，著我旧时裳。当窗理云鬓，对镜帖花黄。出门看火伴，火伴皆惊惶。同行十二年，不知木兰是女郎！
>
> 雄兔脚扑朔，雌兔眼迷离。双兔傍地走，安能辨我是雄雌。

《木兰诗》在郭茂倩《乐府诗集》中被归为《横吹曲辞》，王运熙指出，《乐府诗集》卷二十一横吹曲辞题解曰：“横吹曲，其始亦谓之鼓吹，马上奏之，盖军中之乐也。北狄诸国，皆马上作乐，故自汉以来，北狄乐总归鼓吹署。其后分为二部：有箫笳者为鼓吹，用之朝会道路，亦以给赐。……有鼓角者为横吹，用之军中，马上所奏者是也。《晋书·乐志》曰：‘横吹有鼓角，又有胡角。按《周礼》云：以鼖鼓鼓军事。旧说云，蚩尤氏帅魑魅，与黄帝战于涿鹿，帝乃始命吹角为龙鸣以御之。……横吹有双角，即胡乐也。汉博望侯张骞入西域，传其法于西京，唯得《摩诃兜勒》一曲。李延年因胡曲更造新声二十八解，乘舆以为武乐。……魏晋以来，二十八解不复具存，而世所用者有《黄鹄》等十曲，其辞后亡。’又有《关山月》等八曲，后世之所加也。后魏之世，有《簸逻回歌》，其曲多可汗之辞，皆燕魏之际鲜卑歌，歌辞虏音，不可晓解，盖大角曲也。又《古今乐录》有梁鼓角横吹曲，多叙慕容垂及姚泓时战阵之事，其曲有《企喻》等歌三十六曲；乐府胡吹旧曲又有《隔谷》等曲三十曲，总六十六曲。未详时用何篇也。”[①]以上文字说明，横吹曲是赐给边将，以军乐壮其声势的，木兰故事便是军旅题材。

《木兰诗》的作者及产生的时代问题，自北宋以来就众说纷纭，大致可以分为唐代说和唐代以前说两种。罗根泽《魏晋南北朝文学史》、[②]萧涤非《汉魏六朝乐府文学史》[③]，于此均有详细的介绍与考论。目前学术界一般认为，陈释智匠《古今乐录》已著录此诗，故其产生时代不会晚于陈代。此诗最初当为北朝民间传唱之诗，在长期的流传过程中，可能经过隋唐文人的润色加工。对此，王运熙认为：“现存《木兰诗》文句在智匠编《古今乐录》时当已经定型，它并没有经过唐人的润色修改。”[④] 关于木兰其人，余冠英《乐府诗选》注说：“木兰，女子名，姓氏里居不详（后世记载纷纭，都不足取信。有人说木兰姓魏，有人说姓朱，有人说姓花，也有人说‘木兰’是姓不是名。有人说她是谯郡人，有说是宋州人，又有黄州、商州等说）。”[⑤] 无论主人公是谁，在这个纪传叙事诗中，都不太重要了，作为文学而非历史，它源于生活又高于生活。她只是一个抒怀的载体与符号而已，她只为主题服务。霍然说：“这是真切实在的战争生活。若在封建社会高级阶段，代父从军，转战十年，只能是神乎其神的天方夜谭。且不说男女体质上的差别给其征战生活增加的难度，仅只女扮男装的心理压力，一般人的神经已无法承受。然而木兰却不是神话中才存在的可以随意变化的战争女神，而是北人生活中很可能会有的实实在在的凡人。是什么力量促使她作出这令千古娇娥扬眉吐气的英雄壮举？她是什么时候学会的上阵杀敌的武艺？溯本寻源，只能归之于北朝那刚刚从母权制氏族公社之军事民

① 王运熙：《乐府诗述论》，上海古籍出版社2006年版，第514页。

② 罗根泽：《魏晋南北朝文学史》，南京大学教务处出版1957年版，第94—95页。

③ 萧涤非：《汉魏六朝乐府文学史》，人民文学出版社1984年版，第293页。

④ 王运熙：《乐府诗述论》，上海古籍出版社2006年版，第305页。

⑤ 余冠英：《乐府诗选》，人民文学出版社1953年版，第119页。

主制度中脱胎出来的，实行府兵制的尊重女性、崇尚勇武的时代。”①

《木兰诗》作为唐前纪传体叙事诗的杰出代表，它成熟的叙事模式值得我们借鉴。诗歌首先从主人公木兰的复杂心绪写起，“唧唧复唧唧，木兰当户织，不闻机杼声，惟闻女叹息”，这种复杂心绪的描写，在以往的叙事诗中是比较少见的。木兰缘何叹息不已，就是因为“昨夜见军帖，可汗大点兵。军书十二卷，卷卷有爷名，阿爷无大儿，木兰无长兄”，于是，木兰下了决心，“愿为市鞍马，从此替爷征”。木兰替父从军的原因交代清楚之后，马上写木兰做好各种从军准备，“东市买骏马，西市买鞍鞯，南市买辔头，北市买长鞭”，接着辞别父母，奔赴战场，开始从军的生涯，并转战南北，“旦辞爷娘去，暮至黄河边。不闻爷娘唤女声，但闻黄河流水鸣溅溅。但辞黄河去，暮宿黑山头。不闻爷娘唤女声，但闻燕山胡骑鸣啾啾”，“万里赴戎机，关山度若飞。朔气传金柝，寒光照铁衣。将军百战死，壮士十年归”，战争的艰苦可见一斑，最后写战争胜利，木兰归家。诗歌在叙事的顺序上，有始有终，把木兰从军的故事写得极为清晰，以木兰的故事为主线，简与繁的处理，都以表现主人公的性格为主，在逻辑上严丝合缝，剪裁精当而结构严谨。这种叙事和它之后的唐宋完善的纪传体叙事诗几乎没有差别。纪传体叙事诗中，叙事成为主体，人物成为主体，很少有空泛的抒情与议论，这给唐代以及唐后的纪传体叙事诗提供了可资借鉴的范本。在木兰人物的塑造上，诗人调动了各种艺术手段，诗作开篇描述女主人公的复杂心理活动，这在以往的叙事诗中是很少见的。从心理思虑入手，使得人物形象栩栩如生，在人物纪传的时候，诗人浓墨重彩，像木兰归家后，对镜打扮自己，家人杀猪宰羊，欢庆的场面，都如在眼前，如临其境。运用复沓、排比、对偶、问答的句式，叠字、比喻、夸张的艺术手段，通过人物的行动和气氛的烘托来刻画人物的心理、性格，口语的使用也自自然然，不求雕饰。

《木兰诗》是纪传体叙事诗的杰出代表，全诗以木兰为中心人物，描述她一段传奇人生，诗作像流动的史诗，点面结合，体现出纪传文学的独有文学特质。

---

① 霍然：《唐代美学思潮》，长春出版社1990年版，第18—19页。

小 结

按照时间顺序，本章对先秦汉魏六朝叙事诗的最后一个时间段——魏晋南北朝时期的叙事诗进行观照与梳理。魏晋南北朝时代，是先秦汉魏六朝叙事诗的最后一个时期，叙事诗在这一阶段已经成熟，选择一人一事，进行完备的叙述。在叙述的时候调动各种艺术手法，各种类型的叙事诗都已经成熟完备，为唐代以及唐后的叙事诗打下坚实的理论与实践的基础。魏晋时期夯实了叙事诗的现实主义传统，南朝以山水诗、咏史诗见长，北朝以纪传诗歌见长，南朝与北朝不同的诗风使得中国叙事诗更加丰富多彩，绚烂夺目，直接影响了唐代及其以后的叙事诗。

中国叙事诗在南北朝时期，可谓气象万千。路南孚说："以《孔雀东南飞》《木兰诗》为楷模，以状写人物事件为能事，出现了类似《长恨歌》《琵琶行》《秦中吟》……的长篇巨制；同时又吸吮着母胎的一些特点，创作了某些情事相融的尺寸短窄的隽制之作，如《寻隐者不遇》《春怨》一类；还更多的发扬汉魏乐府的优良传统，取歌行形式，在刻写人物事件的同时，浇灌悲慨苍凉之情，寓寄讽寓神理，如唐兴起的新乐府运动。尔后愈演愈烈，旁及词、曲、长裁，还有诗体小说、鼓子词、敦煌变文之类，于是就洋洋大观，气象万千了。"① 正是先秦汉魏六朝叙事诗的诸种准备，才使得唐代及唐代以后的叙事诗蔚为大观，从这种意义上而言，先秦汉魏六朝叙事诗的贡献怎么说都不为过。

① 路南孚：《中国历代叙事诗歌》，山东文艺出版社 1987 年版，第 599 页。

第六章　先秦汉魏六朝叙事诗模式研究

在前面的章节中，按照时间顺序和类型特点，围绕不同时期叙事诗发展的内在理路，以及先秦汉魏六朝叙事诗史上的一些重要问题，对先秦汉魏六朝叙事诗进行了多角度的分析与研究，将中国先秦汉魏六朝叙事诗的内在规律还原在一个以时间为轴的历史线索之中，依据不同的类型，来寻求与把握先秦汉魏六朝叙事诗的演进过程。在对叙事诗进行了纵向的研究之后，本章将借鉴西方的叙事理论，从横向上对从先秦到南北朝时期的先秦汉魏六朝叙事诗的叙事模式进行研究。

叙事模式是指蕴涵在一切叙事文本之下的那些基本的叙述结构和范型模式，它包含着文化因素、地域背景、思想人物、艺术手法、题材范畴等叙事文本的共同特征。通过对叙事模式的研究，有助于我们理解先秦汉魏六朝叙事诗在叙事过程中所共有的一些叙事特征。要想真正理解先秦汉魏六朝叙事诗，从叙事模式上研究先秦汉魏六朝叙事诗是十分必要的。这一全新的视角为我们全面把握先秦汉魏六朝叙事诗提供了一个视阈与可资借鉴的方法，从叙事语言、叙事内容等方面总结与阐释先秦汉魏六朝叙事诗的叙事规律。

第一节　叙事模式与先秦汉魏六朝叙事诗

一　叙事理论的中国化演进过程

叙事就是讲述故事，从这个意义上说，叙事诗也是讲述故事的诗歌。人们之所以去叙事，不仅仅是对先祖生活的记录，对过去生活的回顾与总结，也在保存先祖的生活习俗的同时，向后人传承着本民族的历史与文化。当然，人们讲述的故事一方面来源于社会生活，另一方面也融入了人们怀着美好希望产生的对生活的虚拟。

叙事理论并非中国的原创，它确乎是一个舶来品。在西方，叙事理论从古希腊就存在，而且相当完善。西方从古至今对叙事的理解是叙事就是讲故事。亚理斯多德就对西方诗歌进行过理论总结，他认为，诗歌的本质是摹仿，是对人的行动的摹仿，叙事诗就是描写英雄的史诗。贺拉斯认为叙事在形式与内容上都应该坚持“合式”原则。在人物方面，人物的性格要与年龄相符，在结构上要着眼于整体效果。布瓦罗强调创作必须有清晰的思想，就是理性也即人天生的良知，作品在内容上应该叙述英雄的故事，在形式上则要求“三一律”原则。文艺复兴后直到19世纪，西方叙事理论主要集中于人物性格理论的成熟与深化。黑格尔认为史诗是一个民族的“传奇故事”“书”或“圣经”，“史诗以叙事为职责”。它的主要特点是反映和描写现实生活的客观性，它像其他诗作品一样，也必须构成一个个本身完满的有机体。马克思、恩格斯从人物性格与社会历史背景的关系、人物性格的特殊性与普遍性等方面解释叙事作品中人物的意义和价值的典型理论，并提出“真实地再现典型环境中的典型人物”的命题。西方在20世纪前对叙事的理解是传统的认知，即用宏大叙事讲述英雄的故事，要有完整的结构，等等。

到了20世纪，西方理论家开始用语言学的方式来解释叙事学，出现了语法、语式、时态这样一些概念。叙事学的要点就是把握结构、时间、视角。结构主义叙事学力图通过对各类作品的简化、归纳，找到隐藏在一切故事之下的那些基本的叙述结构，由此达到对于不同叙事作品的普遍性的解释。西方的结构主义叙事学将关注点和注意力从文本的外部转向文本的内部，注重科学性和系统性，着力探讨叙事作品内部的结构规律和各种要素之间的关联，对文学作品的内在结构和功能作出过许多深刻的剖析。

结构主义叙事诗自诞生之日起，就对文学研究，当然也包括诗歌研究产生了深远的影响。西方的一些学者开始用叙事理论研究中国的文本，自叙事学被引入中国以来，国内学者也开始从翻译外国理论资料，到整理、介绍这些资料，到有意识地建设具有中国特色的叙事学理论。在诸种努力下，中国诗歌被置于非常丰富的世界文学发展脉络之中，为从多种角度加以欣赏和分析中国古代叙事诗，开辟出了许多新的视域和途径。

用西方叙事理论检省中国先秦汉魏六朝叙事诗，挖掘蕴涵在先秦汉魏六朝叙事诗歌之下的那些基本的叙述结构和范型模式，包含着文化因素、地域背景、思想人物、艺术手法、题材范畴等叙事诗歌的共同特征，将有助于我们更好地理解先秦汉魏六朝叙事诗。无疑，在这个问题上，叙事理论的中国化过程将有助于我们实现这一目标。

二　叙事理论的出现与研究途径

叙事就是通过语言组织起人物的行动和事件，从而构成艺术世界的文学活动。就这个意义而言，叙事就是讲故事，叙事诗就是讲述过去发生的事情的诗歌。这种讲述不同于一般的记录或对事实的客观裁决。它不像客观世界已经发生过的事件和行动那样偶然地存在的事情，而是被诗人已经组织成完整有序的一系列事件和行动。

由于西方的叙事理论在 20 世纪末被引入中国，所以，这种理论为我们重新审视先秦汉魏六朝叙事诗提供了新的视域和途径，提供了方法论的支持，为我们从多种角度加以欣赏和分析中国古代叙事诗，开辟出了许多新路径。

在本书的前几章，按照先秦汉魏六朝叙事诗发展的时间顺序和类型特点，分时期分阶段地剖析各个阶段的叙事诗，使我们看到了先秦汉魏六朝叙事诗流动的历史。而西方叙事理论的引入，使我们手中又有了一把研究的钥匙，从整体上去审视与把握先秦汉魏六朝叙事诗，这样研究起来才全面合理。下面，将对先秦汉魏六朝叙事诗从叙述语言、叙述内容方面进行简单剖析。

第二节　先秦汉魏六朝叙事诗的叙事内容

叙事内容是指所叙述的故事本身，它包括故事、人物、结构等最基本的叙事要素。先秦汉魏六朝叙事诗依凭语言这一物质载体，通过一定的结构安排，最终的目的就是展示人物，讲述故事。在讲述故事过程中，故事本身不求典型复杂，而是多选取生活的片段，代表着诗人所理解的生活的真谛；在叙事人物的塑造上，较少精雕细刻，而是具有类型化的倾向；在叙述结构上，不把完整复杂作为追求，而是自由灵动，无限跳跃；在叙事内容上呈现出独有的特质。

一　先秦汉魏六朝叙事诗中的故事

叙述就是讲故事，从这个意义上讲，故事是叙述内容的基本成分。先秦汉魏六朝叙事诗在讲述故事过程中，故事本身不求典型复杂，而是多选取生活的片段，代表着诗人所理解的生活的真谛。

先秦汉魏六朝叙事诗在讲述故事时，皆以生活事件为叙述的重点，对重大历史事件的叙述占的比重较少，只见于《诗经》中的史诗与一些神话叙事诗中对部族首领建立王朝的描述。这与西方叙事诗重视重大历史事件的题材与讲述完全不同。而且，这些事件缺少因果联系和线索完整的情节，基本上是对生活片段和具体的情景进行叙述。

《诗经》中的故事主要是“大雅”中的周人史诗和短小精练的民间叙事诗歌。史诗叙事情节完整、叙述的故事生动传奇，是和西方对史诗的界定最接近的叙事诗。但史诗从一开始就由于它的情节和人物问题，存在一些质疑的声音，质疑它存在的合理性。所以，在后世至少在先秦汉魏六朝叙事诗中，这种类型的叙事诗并没有很好地传承下去，只是在唐代才颇有规模。而《诗经》中的短小精练的民间叙事诗歌，则被很好地承袭与延续。《诗经·郑风·女曰鸡鸣》描写了夫妻日常生活中妻子催促丈夫起床的一个有趣的片段，《诗经·齐风·鸡鸣》叙述妻子要丈夫起床去早朝的事情，《诗经·邶风·静女》记叙一对青年男女的约会情景。这些叙事诗所讲述的故事都是生活事件，而非重大历史事件，而这样讲述故事的传统，被一直延续下去，奠定了中国叙事诗的最基本特征，叙事诗讲述故事、刻画人物，在此过程中，寄托诗人的情志，对后代的叙事诗产生深远影响。《楚辞》中的绝大部分叙事诗也多是以个人的境遇为主体的故事，虽然抒情成分浓重，但还是叙述个体的故事。到了汉代，是民间故事得以勃兴的时代，汉乐府叙事诗缺失反映家国大事的史诗，有的是那些反映社会各阶层日常生活的叙事诗。汉乐府从个体的角度出发反映时代的风貌，叙写个人的生活。失意的文人、别离的夫妻、卖艺的歌女、采桑的妇人、戍边的士卒、骄横的军官、飨宴的贵族、荡游的浪子、贫困的农人，尽数入诗。他们的悲欢离合、喜怒哀乐成了诗家所钟情的故事。平民化、世俗化、生活化、娱乐化是汉代乐府叙事诗的重要表征。建安时期的叙事诗继承了汉乐府的故事题材与内容，选择动荡时代的民众生活作为言说对象，叙述时代战争的境遇下民众颠沛流离的生活，故事充满悲剧情怀。南北朝时，尤以北朝特别具有代表性，叙事诗题材范围比较广泛，故事的内容也丰富多彩，描写鲜卑族、羌族、氐族、汉族等各民族的生活，反映这些民族的游牧生活、征战生活、劳动生活、日常生活等内容。北地的苍凉风光决定了北朝叙事诗歌即民歌的内容与风格，北人豪爽、勇武、气质刚强、奔腾热烈，成了北朝诗歌的主流。

先秦汉魏六朝叙事诗在讲述故事的时候，在情节方面，也有自己的民族特色。情节是按照因果逻辑组织起来的一系列事件，把表面上沿着时间先后顺序出现的事件用因果关系加以解释和重组。而这种重组过的再现于诗歌中的世界是作者从自己的思想感情倾向出发对生活现象加以组织的结果，其中体现着作者的主观能动性。先秦汉魏六朝叙事诗的情节最初是相当简单的，到了南北朝时代才出现了完善的情节，而这种完善较之西方的叙事诗也是相对的。《诗经》的叙事诗在情节上是跳跃与不圆熟的，缺乏跌宕起伏的情节安排，简单质朴，叙事粗糙。在艺术上没有精雕细琢的痕迹，也看不到精心准备的样式，好像就是即兴、随意而为之作。《诗经》中诗歌的结构布局颇为出色，但它们的整一性只在于节律而非内容含义。汉乐府叙事诗以一种写实的方式再现了汉代的社会现实、人生百态，它立足于客观现实，正视现实、忠于生活、直面矛盾、触及社会人生。汉代叙事诗情节曲折、故事生动，虽然没有对事件做首尾圆合的整体叙述，但还是选择了有代表性的题材、场面来凸显故事。人物与之生活的环境之间的关系是密不可分的。在汉乐府叙事诗中，出现了许多比较完整的情节，如《陌上桑》《羽林郎》等作品，诗的故事性、戏剧性、叙事性，比之《诗经》中那些作品都大大地加强了。在《诗经》中除了“周人史诗”外，虽然拥有某些具有叙事成分的作品，像《国风》中的《氓》《静女》等诗篇，但还是通过作品主人公的倾诉来表达的，仍然缺乏比较完整的人物和情节，缺乏对一个中心事件的集中描绘，只是截取片段。到了汉乐府，则有较大突破。这些汉乐府叙事诗都不太讲求细节的真实与情节的完整，但突出对场景、环境、事件的描绘，多采用夸张、排比与铺陈的手法，较之先秦叙事诗尽管叙事中仍有抒情，但抒情成分在减少，叙事要素不断增加，更加完美地体现了叙事的特质。建安时期的叙事诗在情节上，继承了汉乐府的风格，南北朝时期，叙事的成分在整个南朝的叙事诗歌中比例并不大，诗歌大部分是在抒情，但是他们基本都具有叙事诗的基本要件，有一定的情节和故事，在叙述事件进程中蕴藏诗人的感情，结构上有一定跳跃性的诗歌。尽管它与同时期的叙事诗，诸如北朝的叙事诗，在叙事的完整性与成熟性上都无法比拟，但是它也打造了别一样的叙事诗，在叙事诗历史上留下漂亮的痕迹。北朝叙事诗出现了《木兰诗》这样情节完整的叙事诗，从木兰的叹息写起，木兰替父从军的原因，替父从军的准备，替父从军的过程，胜利归来，全家欢庆，情节清晰流畅，故事完整，溢满平民情怀。

总之，先秦汉魏六朝叙事诗大多在讲述平民故事，倾诉平民的情感，情节不求完整，只为讲述故事、塑造人物服务，这是中国先秦汉魏六朝叙事诗有别于西方宏大叙事的主要区别，也是先秦汉魏六朝叙事诗模式的一个重要表征。

二　先秦汉魏六朝叙事诗中的人物

先秦汉魏六朝叙事诗在讲述故事的时候，也要完成人物的塑造，人物才是叙事诗的灵魂，讲述一切故事，都是为了人。因为故事中的人物是故事中事件、情节发生和发展的主要动力，也是使一个故事真正具有吸引力与意义的根据。从故事情节发生发展的进程来看，人物的作用是推动故事的进展；而从人物自身的审美价值来看，人物应当是具体生动的形象。如果人物没有吸引读者的能力，那么他就不会给我们以审美感受，也就失去了他存在的意义，如果没有人物，那么一个故事中的所有事件就只不过是大千世界、历史长河中一些偶然发生的客观事实而已，与作为艺术的叙事诗歌完全没有关系。先秦汉魏六朝叙事诗在叙事人物的塑造上，较少精雕细刻，而是具有类型化的倾向，并且除了几篇出现人物的名字之外，基本都是没有名字的，是群体性的。

根据英国文论家福斯特《小说面面观》的提法，学术界历来把人物分为“扁平人物”和“圆形人物”。“扁平”人物是指形象特征比较单一、性格简单给人的印象鲜明强烈的人物，而“圆形”人物则是指形象特征比较复杂、内蕴丰富，读者往往难以简单概括的人物，“圆形”人物是具有多种复杂性格特征的人物。根据这一理论，今天看来，先秦汉魏六朝叙事诗的人物多为“扁平人物”，下面我们对先秦汉魏六朝叙事诗的人物作简单剖析，看先秦汉魏六朝叙事诗是以怎样的方式在描述人物。

先秦汉魏六朝叙事诗的人物多为扁平人物，就是诗人在描述这些人物的时候，用语简洁。原始歌谣在人物塑造上，没有多少后世常见的技巧，人物的雕琢绘饰基本不存在，它紧紧围绕人的生活与生存，这成了先秦时代歌谣的唯一选择，所以歌唱不是为了抒怀，而是生存，具有极强的功利色彩。《诗经》时代的周人史诗在人物塑造上，调动各种手段，运用细节、场景等来展示具体生动的人物，注重对鲜活灵动、栩栩如生人物的刻画，而且周人史诗中的主角都是英雄，而不是先秦歌谣中的普通先民。在民间唱事中，人们对诗歌中所传递的内容的重视远远超过对诗歌形式的重视，诗歌就是为了讲述一个故事，而不着力塑造人物。故而，《诗经》中的民间唱事都缺少对人物精雕细刻的描述，就是告诉我们先祖们的生活故事。战国叙事诗人物较之以前的叙事诗加入了多种叙事成分，充实而饱满。记叙事件，描述人物时，运用了心理描写、场面描写、外貌描写等方法，开始在叙事诗中运用写作技巧。而且，人物从群体化开始有了自己的性格，这种简单质朴的人物塑造，给后世的人物塑造留下了广阔的空间。汉代诗歌在这方面则有所发展与突破，在人物的描述上，无论汉乐府还是文人诗，诗人很少出现自己的情感评价，汉代叙事诗往往通过人物的对话和行动来展示人物的性格，有采用对话的形式，如《陌上桑》中罗敷和使君的对话，《上山采蘼芜》中那个妻子和前夫的对话，都能表现出人物机智、勇敢、善良等各自不同的性格。当然，也有用第一人称让人物直接倾诉的，如《孤儿行》《白头吟》《上邪》等。同时，汉乐府叙事诗也注意人物行动和细节的刻画。如《艳歌行》用“斜柯西北眄”写那个“夫婿”的猜疑；《妇病行》用“不知泪下一何翩翩”写那个将死的病妇的母爱；《陌上桑》用“捋髭须”“著帩头”来写老年和少年见罗敷时的不同神态；《孤儿行》则更是用一连串的生活细节如“头多虮虱”“拔断蒺藜”“瓜车反覆”等来突出孤儿所遭受的痛苦。人物形象生动，使人如闻其声，如见其人。在《诗经》时代，我们看到，人物的描写还初显稚嫩与不成熟，汉乐府则非常注重对人物的描绘，着力于在人物的外在形象与内心世界的塑造与描述上下功夫。《羽林郎》中运用了白描、夸张、骈俪、借代等多种艺术手法，从胡姬的年龄、环境、服装、首饰、发髻等方面着力描述，极尽铺陈、夸张之能事，烘托胡姬的美丽动人。《陌上桑》中的罗敷头上梳着倭堕髻，耳上挂着明月珠，杏黄的绫罗做裙子，紫色的绫罗做短袄，美丽到让人惊艳。这种对人物外表的精致描写，在汉代之前的叙事诗中鲜有出现。魏晋时期，由于诗人的写作抒怀成分很大，叙事大多是为了借物言志，所以人物的塑造鲜有出色之处。南北朝时，叙事诗在情节结构上走向成熟，人物的描写也走向成熟。诸如《古诗为焦仲卿妻作》中的刘兰芝，诗人对她的描述可谓精巧之至。诗歌一开始，通过刘兰芝的诉说：“十三能织素，十四学裁衣。十五弹箜篌，十六诵诗书……鸡鸣入机织，夜夜不得息。三日断五匹……奉事循公姥，进止敢自专？昼夜勤作息，伶俜萦苦辛。”我们能够看出她的勤劳能干、心灵手巧、聪明睿智、知书达理。面对刁难的婆婆，兰芝表示“非为织作迟，君家妇难为。妾不堪驱使，徒留无所施。便可白公姥，及时相遣归”，又渗透着她的刚毅性格。面对被休弃的命运，兰芝“著我绣夹裙，事事四五通。足下蹑丝履，头上玳瑁光。腰若流纨素，耳著明月珰。指如削葱根，口如含朱丹。纤纤作细步，精妙世无双”，这里诗人浓墨重彩地描写了兰芝的美丽绝伦，“精妙世无双”道破了诗人对兰芝的无尽眷爱、赞美、不舍、不忍与无奈。一个绝顶美丽、绝顶漂亮的女性就这样鲜活地站在我们面前，挥之不去。严妆告辞是她对焦母的无声抗议与示威。“却与小姑别，泪落连珠子。新妇初来时，小姑始扶床；今日被驱遣，小姑如我长。勤心养公姥，好自相扶将。初七及下九，嬉戏莫相忘。”在悲苦不已的时候，她依然劝小姑子“勤心养公姥”，这样一位善良与仁忍的女性，读来让人悲愤不已。而与小姑子的和谐共处，则说明兰芝懂礼仪、易相处，焦母的指责不攻自破。“出门登车去，涕落百馀行”表达了她对焦仲卿的无尽的爱，欲去又不忍遽去的微妙心理，真让人千回百转、柔肠寸断。辞焦母不落泪，辞小姑

“泪落连珠子”，可见兰芝的倔强。回到母亲的家里，即被逼婚，面对荣华富贵，她不为所动，坚守着心底的那份承诺，证明了她绝不是一个贪图享乐的薄情女子。面对仲卿的质问和“吾独向黄泉”的泄愤之语，兰芝马上以“黄泉下相见，勿违今日言”作为回应，先于仲卿“揽裙脱丝履，举身赴清池”，毅然决然地实现了那份沉甸甸的爱的誓言。全诗通过有个性的人物对话、行动塑造鲜明的人物形象，先秦时代的叙事诗也用对话体但那只是片段章节，在诗篇中，全部用对话来塑造形象、推动情节，本诗开创了一个先河。诗的开始，母子两个人对于兰芝去留的对话中，表现出仲卿对妻子的赞美与感激“儿已薄禄相，幸复得此妇”，对爱情的铮铮誓言“结发同枕席，黄泉共为友”，焦母的强势“便可速遣之，遣去慎莫留”，在简单的对话中，构成鲜明的对比，仲卿软弱的性格与焦母骄横的性格活灵活现。兰芝被遣回家后，“阿母大拊掌，不图子自归。汝今无罪过，不迎而自归。”“兰芝惭阿母，儿实无罪过”“阿母大悲摧”，在这番对话中，刘母的慈爱和对女儿的痛惜、悲苦之情都描述了出来。媒人纷纷上门，被兰芝回绝后，“阿兄得闻之，怅然心中烦。举言谓阿妹：作计何不量？先嫁得府吏，后嫁得郎君。否泰如天地，足以荣汝身。不嫁义郎体，其往欲何云？兰芝仰头答：理实如兄言。谢家事夫婿，中道还兄门。处分适兄意，那得自任专。”刘兄性格的暴躁与卑鄙，兰芝的倔强与刚毅跃然纸上。听说兰芝再嫁的消息后，仲卿决定不再苟活于世，向母亲做生死诀别。诗人不为人物做任何注释，也不轻易对人物表达情感的喜怒，而是通过人物自己的行动来塑造形象，这也是本诗塑造人物的又一特色。“鸡鸣外欲曙，新妇起严妆。著我绣夹裙，事事四五通”，“起、著”一连串的动作写出了刘兰芝离开焦家时的矛盾复杂的心情。焦仲卿送兰芝到大道口，“下马入车中，低头共耳语”，表现了夫妻感情至深。闻知兰芝要成婚，“未至二三里，摧藏马悲哀”，临死前“长叹空房中”“转头向户里”。在整篇诗中，类似这样的动作刻画随处可见，笔墨虽不多，却极传神。兰芝死时，义无反顾，“揽裙脱丝履，举身赴清池”，仲卿死时，“徘徊庭树下，自挂东南枝”，这些不同的动作细节，都完美地切合了各自的性格与处境。焦母“槌床便大怒”的泼辣，刘母见兰芝被遣回家时因惊异而“大拊掌”的温和，全都通过动作实现，对性格的描绘来说，寥寥几笔已极传神。其次，多种艺术手法并用。对人物进行浓墨重彩的描写，采用白描、排比、夸张、比兴等诸多艺术手法，这在中国叙事诗史上还没有先例。诗作开篇用“孔雀东南飞，五里一徘徊”起“兴”，用以表述刘兰芝、焦仲卿彼此顾恋之情，缠绵悱恻、感人至深，统摄了全篇的悲剧气氛。接着用铺排的手法，叙写兰芝“十三能织素，十四学裁衣。十五弹箜篌，十六诵诗书”的勤劳能干、心灵手巧、聪明睿智、知书达理。离开焦家时，她对丈夫说：“妾有绣腰襦，葳蕤自生光。红罗复斗帐，四角垂香囊。箱帘六七十，绿碧青丝绳。物物各自异，种种在其中”。与婆婆辞行时，她“足下蹑丝履，头上玳瑁光。腰若流纨素，耳著明月珰。指如削葱根，口如含朱丹。纤纤作细步，精妙世无双”。这些渲染、夸张、白描手法的使用，为人物增添了几许厚重，也推动着情节向前发展。另外一首叙事诗《木兰诗》中木兰的形象刻画也是较为生动的。诗人调动了各种艺术手段，浓墨重彩地塑造人物，像木兰归家后，对镜打扮自己，家人杀猪宰羊，欢庆的场面，都如在眼前，如临其境。运用复沓、排比、对偶、问答的句式，叠字、比喻、夸张的艺术手段，通过人物的行动和气氛的烘托来刻画人物的性格，使得人物形象栩栩如生。

应该说，先秦汉魏六朝叙事诗的人物塑造经历了一个由简单到复杂的过程，这样的过程才为唐代及唐后的叙事诗人物的塑造积聚了宝贵的经验与财富。但是，客观来讲，先秦汉魏六朝叙事诗塑造的人物还多是“扁平”人物，在西方的叙事文学中，我们看到，他们在描述人物时，手段多样，甚至会用很大的篇幅去描写外貌、心灵，这在中国先秦汉魏六朝叙事诗中是完全没有的。先秦汉魏六朝叙事诗中的人物因其性格特征比较单一，当读者进一步深入感受和探究人物时，就会觉得这样的人物性格特征太过直白，并不存在更深层的东西去探究。这样的形象塑造抹杀了现实生活中人物心灵的丰富与复杂，这是对现实、对人生的非正确理解，其中的人物主要是代表着善与恶、美与丑、智与愚等抽象精神的类型人物，而不是活生生的人物。所以说，先秦汉魏六朝叙事诗中的人物皆为“扁平人物”，只有当作品中的人物从人们已经了解的、期待着的行为状态中超脱出去，在其言行中表现出比直接显露的性格特征更复杂、更深层的性格特点时，这个人物才具有了性格的厚度，才会变成

“圆形”人物。而这样的工作交给了唐代及唐后的叙事诗人。尽管先秦汉魏六朝叙事诗中的人物为“扁平人物”，但是这样的叙事恰恰是中国叙事诗所独有的，是这个以言志抒情为主流的民族贡献给世界叙事诗史的最好礼物，也因为此，中国叙事诗才在世界叙事诗的舞台上占有一席之地。

第三节　先秦汉魏六朝叙事诗的叙事语言

研究先秦汉魏六朝叙事诗，最先观照的就是它的叙事语言。叙述语言是使故事内容得以呈现的口头或书面陈述。本节将从叙述时间、叙述视角和叙述标记等方面探究先秦汉魏六朝叙事诗。在叙述时间上，先秦汉魏六朝叙事诗虽然按照时间的顺序，但基本上跳跃性很大；在叙述视角上，多为第三人称，间以第一人称；在叙述标记上，诗歌中人物都被赋予了诗人的美好理想，而且较之西方叙事诗，主人公除个别之外，少有自己的名字。先秦汉魏六朝叙事诗的这些独有特质，是由中华民族的特有文化促成的，下面我们将具体分析。

一　先秦汉魏六朝叙事诗的叙述视角

叙述视角也称叙述聚焦，是叙述语言中对故事内容进行观察和讲述的特定角度，同样的事件从不同的角度看去就可能呈现出不同的面貌，在不同的人看来也会有不同的价值与意义。叙述的精彩与魅力不仅在于讲述了什么故事，还在于是什么人、从什么角度观察和讲述这些事件的。叙述视角通常是由叙述人称决定的。叙事诗主要采用旁观者的视角，即第三人称叙述。后来的叙事诗歌中第一人称的叙述也不少。当然，还有第二人称与变换人称和视角的叙述方法，这两种都是极不常见的叙述视角。

先秦汉魏六朝叙事诗在叙述视角上多采用第三人称，间以第一人称。下面以路南孚的《中国历代叙事诗歌——先秦两汉魏晋南北朝编》中收录的先秦两汉魏晋南北朝叙事诗为例，看一下先秦汉魏六朝叙事诗的分布情况。

人称 时期	总篇数	第一人称	第三人称	人称转换
先秦部分	53	16	36	1
诗经		6	15	1
楚辞		1	4	0
歌辞		9	17	0
两汉部分	71	36	33	2
叙事诗		18	2	1
乐府		13	15	1
古诗歌谣		5	11	0
郊祀歌辞		0	5	0
魏代部分	56	27	29	0
晋代部分	44	17	27	0
南北朝部分	101	35	66	0
合计	325	131	191	3

在上表中，我们看到总篇目325首中，第三人称就有近200首，而紧随其后的是第一人称，130多首，其他的情况基本可以忽略不计。

第三人称叙述是先秦汉魏六朝叙事诗中最多的，我们先来看第三人称叙述，它是以与故事无关的旁观者立场进行的叙述。由于叙述者是与故事的发生、发展完全没有关系的旁观者，所以叙述者无所不知，在同一时间内出现在各个不同的地点支配一切叙事，可以了解过去、评判现在、预知未来，还可随意进入诗人笔下任何一个人物的心灵深处挖掘人所不知的私密，也使读者能更多更清晰地了解故事。由于叙述视点可以转移，这种叙述也称为无焦点叙述，这类叙述的特点是无视角限制，这种叙述方式由于没有视角限制而使诗人获得了充分的自由，充分地表达诗人自己的理念与想法。

在先秦汉魏六朝叙事诗中，各个阶段的杰出诗作都是第三人称，像《诗经》中的五篇周人史诗，《女曰鸡鸣》《溱洧》《葛屦》《黄鸟》等篇目，汉代班固的《咏史》、辛延年的《羽林郎诗》以及汉乐府的大部分诗作，建安时期曹操的《短歌行》、陈琳的《饮马长城窟行》，晋代傅玄的《秋胡行》、陶渊明的《咏荆轲》，南北朝时期的《古诗为焦仲卿妻作》《木兰诗》等，都是第三人称叙事的典范之作。今天我们要探究的是为什么先秦汉魏六朝叙事诗都采用第三人称叙事，究其原因，和中华民族的心理结构与审美趣味有很大的关联。中华民族文化是以儒家精神为主的，儒家文化是讲求中庸之美的，孔子就强调“和”，古代的许多诗人的审美趣味、审美理想无不受此影响，而第三人称叙事完全符合这样的审美理想，它不会像第一人称那样张扬。所以，先秦汉魏六朝叙事诗大多采用这种叙事视角，这样固然可以使诗人天马行空、无所不能，但是我们也必须承认，这种全知全能、无所不知的叙述视角，无形中剥夺了读者欣赏与阐释作品的权利。

第一人称叙述的诗歌中叙述者同时又是故事中的一个角色，叙述视角移入作品内部，成为内在式焦点叙述。这在《诗经》中最著名的“弃妇诗”《氓》中就有体现。较之西方的重视个体，先秦叙事诗非常重视群体，所以在西方叙事诗中主人公的名字相当完备，而先秦叙事诗中主人公少有名字，像《氓》这样直接出现主人公名字的篇章较少。《氓》是《诗经》叙事诗中的长篇，全诗以女主人公的口吻叙述她与男主人公氓从订婚、结婚到被抛弃的全过程，也创立了一种相遇、定情、失和与别离这一类型的爱情主题。诗作从两人初恋订婚时的情景写起，接着描述结婚的经过，总结自己耽于情网、深感后悔，女主人公被弃，倾诉婚后的痛苦生活，表达了自己决绝的态度。这种第一人称的叙述强化了主体意识。《诗经・七月》，汉代蔡琰的《悲愤诗二首》《胡笳十八拍》，魏晋时期曹操的《步出夏门行》、左思的《娇女诗》，南北朝时期颜之推的《从周入齐夜度砥柱》等，都是第一人称的代表作品。在这一叙述过程中，诗歌中的人物既是诗歌的叙述者，又是诗歌中的一个人物，他不仅参与事件过程，还可以离开诗歌向读者进行描述和评介。当然，以第一人称方式去叙事，诗歌中的叙述者受到角色身份的限制，不能叙述本角色所不知的内容，这种限制造成叙述的主观性，也更加利于诗人的情志表达和叙事的主动性。

二　先秦汉魏六朝叙事诗的叙述标记

叙述标记是诗歌中出现的对于理解故事来说具有标志作用的叙述手

段。叙事虽然是讲故事，但叙事的目的通常并不仅仅在于讲述一系列事件本身，而是通过对事件的叙述和人物的描绘来表达某种意义。诗歌中的意义不同于诗歌所讲述的事件本身，它不是直接讲述出来的东西，而是需要读者在接受故事本身的同时去领会其中蕴涵的意义。叙述标记通常有几种类型。

第一类，标题体现写作意图。先秦汉魏六朝叙事诗中许多篇章的标题就直接表明了诗人的写作意图。像《诗经》的“周人史诗”，《生民》即是主人公的名字，也标明周部族的生民与创立。《公刘》《绵》《皇矣》《大明》都出现了诗歌主人公的名字，也都把诗歌要写的目的与意图直接陈述。《鸡鸣》写了鸡鸣起床的生活片段，《力拔山操》是项羽对自己的评价，《孤儿行》写一孤儿受到兄嫂虐待的苦难生活。尽管有些标题已经转化为乐府曲目，但它开始的意义应该就是体现写作意图的，这一点毋庸置疑。

第二类，人物标记体现诗人的写作意图。人物标记可以使故事中的人物形象特征得以凸显出来。有些是直接的或外在的标记，如人物绰号、人物描写段落，等等。不仅语言、行动可以成为人物特征的标记，外貌、服饰、环境等也同样可以成为人物性格的标记。《陌上桑》中的罗敷头上梳着倭堕髻，耳上挂着明月珠，杏黄的绫罗做裙子，紫色的绫罗做短袄，名字也很优美。《羽林郎》中的胡姬，穿一件腰系两条对称的连理罗带长襟，外面的罩衫是一件袖子宽大、绣着合欢图案的短袄，头上戴着蓝田美玉做的首饰，发簪两端挂着两串大秦国的宝珠，一直下垂到耳后，高高地挽着的两个环形发髻更是美不胜言，简直是世间少有，美丽的发簪，也要价值千万。胡姬的美丽动人让诗人倾注笔墨，可见诗人对这个人物的欣赏与喜爱。

叙述标记可以让读者理解诗人的写作意图，但同时也影响了人物性格中更多方面或更深层次的表现。

小　结

本章借鉴西方的叙事理论，从叙事内容、叙事语言方面对先秦汉魏六朝叙事诗的叙事模式进行了研究。先秦汉魏六朝叙事诗在讲述故事过程中，故事本身不求典型复杂，而是多选取生活的片段，代表着诗人所理解的生活的真谛；在叙事人物的塑造上，较少精雕细刻，而是具有类型化的倾向；在叙述结构上，不把完整复杂作为追求，而是自由灵动，无限跳跃；在叙述时间上，先秦汉魏六朝叙事诗虽然按照时间的顺序，但基本上跳跃性很大；在叙述视角上，多为第三人称，间以第一人称；在叙述标记上，诗歌中人物都被赋予了诗人的美好理想，而且较之西方叙事诗，主人公除个别之外，少有自己的名字。这都是先秦汉魏六朝叙事诗在叙事内容上呈现出的独有特质，这些因素直接影响了后世的叙事诗。

结　语

先秦汉魏六朝叙事诗在中国诗歌史上的地位与贡献是巨大的，叙事诗是整个诗歌史的一部分，中国叙事诗同抒情诗一样，在民族诗歌史上占有重要地位，它值得每一个炎黄子孙了解与把握。

本书六章的研究还只是初步的探索，尽管未必能达到一个令人满意的结果，但还是有必要在此做一个全面的总结。

以原始歌谣、《诗经》《楚辞》、汉乐府、魏晋南北朝诗歌为代表的先秦汉魏六朝叙事诗是中国叙事诗的滥觞与发展阶段，这一阶段，学术界关于《诗经》《楚辞》、汉乐府等叙事诗的专题研究，成绩斐然。但同时，这一时期也是叙事诗研究的一个薄弱阶段，至今未见一部比较完备齐整的、整体性的先秦汉魏六朝叙事诗研究专著。对先秦汉魏六朝叙事诗进行独立的、系统的、深入的研究与总结是势在必行的。

本书循着历史的足迹，围绕不同时期叙事诗发展的内在理路，以及先秦汉魏六朝叙事诗史上所共同关注的热点与焦点问题展开研究。从而通过对先秦汉魏六朝叙事诗及其历史背景的公正、全面考察，将中国先秦汉魏六朝叙事诗的内在理路细致而真切地还原在一个以时间为轴的历史线索之上，并使这种历史阐释的描述，有一个吻合历史内在理路的清晰脉络，来描述与把握先秦汉魏六朝叙事诗的演进轨迹，试图对先秦汉魏六朝叙事诗作出理性的阐释。

本书在历时上，按照时间顺序，梳理了先秦汉魏六朝叙事诗的基本情况，分析了各个时期的代表叙事诗歌和主要叙事模式。在共时上，借用西方叙事学理论，在总体上把握先秦汉魏六朝叙事诗的基本叙事模式，力图对中国先秦汉魏六朝叙事诗的研究作一次专门的认真的梳理与总结，并尝试着用新的角度审视中国先秦汉魏六朝叙事诗。

当然，本书还存在诸多的问题，对许多问题的理解与阐释存在偏误甚至错误之处，对许多问题的研究还需要进一步深化，在以后的研究中，将进一步提高与完善。

参考文献

一　古籍文献（含整理和研究）

[1]（战国）屈原、宋玉：《楚辞》，岳麓书社 2006 年版。
[2]（汉）班固：《汉书》，中华书局 1964 年版。
[3]（魏）曹丕：《典论》，商务印书馆 1936 年版。
[4]（南朝）徐陵：《玉台新咏》，华夏出版社 1998 年版。
[5]（南朝）钟嵘：《诗品》，中华书局 1991 年版。
[6]（唐）刘知几：《史通》，中华书局 1961 年版。
[7]（唐）孔颖达：《毛诗正义》，北京大学出版社 1999 年版。
[8]（宋）严羽：《沧浪诗话》，中华书局 1985 年版。
[9]（宋）郭茂倩：《乐府诗集》，上海古籍出版社 1998 年版。
[10]（清）沈德潜：《古诗源》，华夏出版社 2006 年版。
[11]（清）叶燮：《原诗》，霍松林校注，人民文学出版社 1979 年版。
[12]（清）刘熙载：《艺概》，上海古籍出版社 1978 年版。
[13] 逯钦立：《先秦汉魏晋南北朝诗》，中华书局 1983 年版。
[14] 路南孚：《中国历代叙事诗歌——先秦两汉魏晋南北朝编》，山东文艺出版社 1987 年版。
[15] 陈子展：《诗经直解》，复旦大学出版社 1983 年版。
[16] 聂石樵：《楚辞新注》，商务印书馆 2004 年版。
[17] 陈书良：《建安七子》，岳麓书社 1998 年版。
[18] 吴云：《建安七子集》，天津古籍出版社 2005 年版。
[19] 徐中玉：《汉魏六朝诗文赋》，广东人民出版社 2004 年版。
[20] 陈贻焮：《全唐诗》，文化艺术出版社 2001 年版。

[21] 傅璇琮：《全宋诗》，北京大学出版社 1991 年版。
[22] 李善注：《文选》，上海古籍出版社 1986 年版。
[23] 刘学锴：《历代叙事诗赏析》，安徽文艺出版社 2001 年版。
[24] 王余纪：《历代叙事诗选》，贵州人民出版社 1984 年版。
[25] 治芳、楚葵：《历代叙事诗选译》，江苏教育出版社 1984 年版。
[26] 彭功智：《中国历代著名叙事诗选》，黄河文艺出版社 1985 年版。
[27] 丁力选，乔斯析：《历代叙事诗选》，花城出版社 1985 年版。
[28] 王运熙：《乐府诗述论》，上海古籍出版社 1996 年版。
[29] 曹旭：《古诗十九首与乐府诗选评》，上海古籍出版社 2002 年版。
[30] 杨效知：《古诗十九首鉴赏》，兰州大学出版社 1992 年版。
[31] 马茂元：《古诗十九首初探》，陕西人民出版社 1981 年版。
[32] 王强模：《古诗十九首评译》，贵州人民出版社 1991 年版。
[33] 祖保泉：《文心雕龙解说》，安徽教育出版社 1993 年版。
[34] 张少康：《文心雕龙研究》，湖北教育出版社 2002 年版。
[35] 周振甫：《文心雕龙注释》，人民文学出版社 2003 年版。
[36] 黄侃：《文心雕龙札记》，中国人民大学出版社 2004 年版。
[37] 张少康：《文赋集释》，上海古籍出版社 1984 年版。
[38] 曹旭：《诗品集注》，上海古籍出版社 1994 年版。
[39] 张怀瑾：《钟嵘诗品评注》，天津古籍出版社 1997 年版。
[40] 祖保泉：《司空图诗品解说》，安徽人民出版社 1980 年版。
[41] 畅广元：《诗创作心理学——司空图〈诗品〉臆解》，陕西师范大学出版社 1988 年版。
[42] 陆元炽：《诗的哲学　哲学的诗——司空图诗论简介及〈二十四诗品〉浅释》，北京出版社 1989 年版。
[43] 郭绍虞：《沧浪诗话校释》，人民文学出版社 1961 年版。
[44] 王国维：《人间词话》，中国人民大学出版社 2004 年版。

二　当代著作

[1] 曹书杰：《后稷传说与稷祀文化》，社会科学文献出版社 2006 年版。
[2] 傅道彬：《晚唐钟声》，北京大学出版社 2007 年版。

[3] 陈来生：《史诗·叙事诗与民族精神》，上海社会科学院出版社 1990 年版。
[4] 程相占：《中国古代叙事诗研究》，广西师范大学出版社 2002 年版。
[5] 高永年：《中国叙事诗研究》，江苏教育出版社 2002 年版。
[6] 郭杰、李炳海、张庆利：《先秦诗歌史论》，吉林教育出版社 2006 年版。
[7] 胡先媛：《先民的歌唱》，云南人民出版社 1999 年版。
[8] 郭杰：《古代思想与诗的世界》，中国社会科学出版社 2008 年版。
[9] 张松如、郭杰：《周族史诗研究》，长春出版社 1998 年版。
[10] 刘冬颖：《诗经变风变雅考论》，中国社会科学出版社 2005 年版。
[11] 王培元、廖群：《中国文学精神（先秦卷）》，山东教育出版社 2003 年版。
[12] 王洲明：《中国文学精神（汉代卷）》，山东教育出版社 2003 年版。
[13] 李炳海：《汉代文学的情理世界》，东北师范大学出版社 2000 年版。
[14] 赵敏俐：《汉代诗歌史论》，吉林教育出版社 2006 年版。
[15] 王运熙：《乐府诗述论》，上海古籍出版社 2006 年版。
[16] 张永鑫：《汉乐府研究》，江苏古籍出版社 2000 年版。
[17] 于迎春：《汉代文人与文学观念的演进》，东方出版社 1997 年版。
[18] 罗宗强：《魏晋南北朝文学思想史》，中华书局 2004 年版。
[19] 钱志熙：《魏晋诗歌艺术原论》，北京大学出版社 2005 年版。
[20] 钱志熙：《唐前生命观和文学生命主题》，东方出版社 1997 年版。
[21] 钱志熙：《魏晋南北朝诗歌史述》，北京大学出版社 2005 年版。
[22] 傅刚：《魏晋南北朝诗歌史论》，吉林教育出版社 2006 年版。
[23] 吴先宁：《北朝文化特质与文学进程》，东方出版社 1997 年版。
[24] 郭英德：《中国古代文体学论稿》，北京大学出版社 2005 年版。
[25] 胡亚敏：《叙事学》，华中师范大学出版社 1994 年版。
[26] 罗钢：《叙事学导论》，云南人民出版社 1994 年版。
[27] 杨义：《中国叙事学》，人民出版社 1997 年版。

[28] 杨义：《重绘中国文学地图》，中国社会科学出版社 2003 年版。
[29] 傅修延：《先秦叙事研究》，东方出版社 1999 年版。
[30] 高小康：《中国古代叙事观念与意识形态》，北京大学出版社 2005 年版。
[31] 吴秀明：《文学中的历史世界》，吉林教育出版社 1994 年版。
[32] 刘师培：《中国中古文学史讲义》，中国人民大学出版社 2004 年版。
[33] 陈平原：《中国小说叙事模式的转变》，北京大学出版社 2003 年版。
[34] 申丹：《叙述学与小说文体学研究》，北京大学出版社 2004 年版。
[35] 李春青：《在文本与历史之间》，北京大学出版社 2005 年版。
[36] 李春青：《诗与意识形态》，北京大学出版社 2005 年版。
[37] 吴秀明：《文学中的历史世界》，吉林教育出版社 1994 年版。
[38] 曹顺庆、李天道：《雅论与雅俗之辨》，百花洲文艺出版社 2005 年版。
[39] 周来祥、陈炎：《中西比较美学大纲》，安徽文艺出版社 1992 年版。
[40] 张法：《中西美学与文化精神》，北京大学出版社 1994 年版。
[41] 邓晓芒、易中天：《黄与蓝的交响——中西美学比较论》，人民文学出版社 1999 年版。
[42] 潘知常：《中西比较美学论稿》，百花洲文艺出版社 2000 年版。
[43] 傅修延：《讲故事的奥秘——文学叙述论》，百花洲文艺出版社 1993 年版。
[44] 董小英：《叙述学》，社会科学文献出版社 2001 年版。
[45] 王阳：《小说艺术形式分析——叙事学研究》，华夏出版社 2002 年版。
[46] 格非：《小说叙事研究》，清华大学出版社 2002 年版。
[47] 胡全生：《英美后现代主义小说叙述结构研究》，复旦大学出版社 2002 年版。
[48] 高小康：《市民、士人与故事：中国近古社会文化中的叙事》，人民出版社 2001 年版。

[49] 徐岱：《小说叙事学》，中国社会科学出版社 1992 年版。
[50] 徐岱：《边缘叙事：20 世纪中国女性小说个案批评》，学林出版社 2002 年版。
[51] 谭君强：《叙事理论与审美文化》，中国社会科学出版社 2002 年版。
[52] 耿占春：《叙事美学：探索一种百科全书式的小说》，郑州大学出版社 2002 年版。
[53] 苏添穆：《历代故事选》，（台北）神州书局 1956 年版。
[54] 朱子南：《中国文体学辞典》，湖南教育出版社 1988 年版。
[55] 马学良、梁庭望、张公瑾：《中国少数民族文学史》，中央民族学院出版社 1992 年版。
[56] 陈平原：《中国小说叙事模式的转变》，北京大学出版社 2003 年版。
[57] 钱林森编：《法国汉学家论中国文学·古典诗词》，外语教学与研究出版社 2007 年版。
[58]《中国大百科全书·中国文学·I》，中国大百科全书出版社 1986 年版。
[59] 姜彬：《中国民间文学大辞典》，上海文艺出版社 1992 年版。
[60] 王立：《文人审美心态与中国文学十大主题》，辽海出版社 2003 年版。

三　诗歌史著作

[1] 王瑶：《中国诗歌发展讲话》，江苏文艺出版社 2008 年版。
[2] 陆侃如、冯沅君：《中国诗史》，百花文艺出版社 2008 年版。
[3] 李维：《中国诗史》，江苏文艺出版社 2008 年版。
[4] 闻一多：《神话与诗》，上海世纪出版集团 2006 年版。
[5] 王钟陵：《中国中古诗歌史》，江苏教育出版社 1998 年版。
[6] 翁其斌：《中国诗学史》，鹭江出版社 2002 年版。
[7] 朱炳祥：《中国诗歌发生史》，武汉出版社 2000 年版。
[8] 莫林虎：《中国诗歌源流史》，中国社会科学出版社 2001 年版。
[9] 赵敏俐：《中国古代歌诗研究》，北京大学出版社 2005 年版。

［10］萧华荣：《中国诗学思想史》，华东师范大学出版社 1996 年版。
［11］陈良运：《中国诗学批评史》，江西人民出版社 2001 年版。
［12］祖保泉：《中国诗文理论探微》，安徽人民出版社 2006 年版。
［13］木斋：《中国古代诗歌流变》，京华出版社 1998 年版。
［14］张伯伟：《中国诗学研究》，辽海出版社 2000 年版。
［15］袁行霈：《中国诗歌艺术研究》，北京大学出版社 1987 年版。
［16］古远清：《诗歌分类学》，中国地质大学出版社 1989 年版。
［17］陈良运：《中国诗学体系论》，中国社会科学出版社 2003 年版。
［18］吴中杰：《中国古代审美文化论》，上海古籍出版社 2003 年版。
［19］敏泽：《中国美学思想史》，湖南教育出版社 2004 年版。
［20］肖驰：《中国诗歌美学》，北京大学出版社 1986 年版。

四　思想史论著

［1］侯外庐：《中国思想通史》，人民文学出版社 1956 年版。
［2］李泽厚：《中国思想史论》，安徽文艺出版社 1999 年版。
［3］李泽厚：《中国古代思想史论》，人民出版社 1986 年版。
［4］葛兆光：《中国思想史》，复旦大学出版社 2001 年版。
［5］葛兆光：《古代中国历史、思想与宗教》，北京师范大学出版社 2006 年版。
［6］张岂之：《中国思想文化史》，高等教育出版社 2006 年版。
［7］胡适：《中国中古思想史长编》，安徽教育出版社 1999 年版。
［8］彭林：《中国思想史参考资料集——先秦至魏晋南北朝卷》，清华大学出版社 2005 年版。
［9］冯友兰：《中国哲学简史》，北京大学出版社 1996 年版。
［10］任继愈：《中国哲学史》，人民出版社 2000 年版。
［11］祝瑞开：《两汉思想史》，上海古籍出版社 1989 年版。
［12］金春峰：《汉代思想史》，中国社会科学出版社 2006 年版。
［13］刘大杰：《魏晋思想史》，上海古籍出版社 1998 年版。

五　西方著作

［1］［美］本杰明·史华兹：《古代中国的思想世界》，程钢译，江苏

人民出版社 2004 年版。

[2]［美］苏珊·S. 兰瑟：《虚构的权威》，黄必康译，北京大学出版社 2002 年版。

[3]［美］詹姆斯·费伦：《作为修辞的叙事：技巧、读者、伦理、意识形态》，陈永国译，北京大学出版社 2002 年版。

[4]［美］戴卫·赫尔曼：《新叙事学》，马海良译 ，北京大学出版社 2002 年版。

[5]［美］J. 希利斯·米勒：《解读叙事》，申丹译，北京大学出版社 2002 年版。

[6]［美］华莱士·马丁：《当代叙事学》，伍晓明译，北京大学出版社 1990 年版。

[7]［美］蒲安迪：《中国叙事学》，北京大学出版社 1996 年版。

[8]［美］丁乃通：《中西叙事文学比较研究》，陈建宪等译，华中师范大学出版社 1994 年版。

[9]［美］王靖宇：《中国早期叙事文研究》，上海古籍出版社 2003 年版。

[10]［美］成中英：《从中西互释中挺立》，中国人民大学出版社 2005 年版。

[11]［英］马克·柯里：《后现代叙事理论》，宁一中译，北京大学出版社 2003 年版。

[12]［英］E. M. 福斯特：《小说面面观》，冯涛译，人民文学出版社 2009 年版。

[13]［法］热拉尔·热奈特：《叙事话语·新叙事话语》，王文融译，中国社会科学出版社 1990 年版。

[14]［法］托多洛夫等：《叙事美学》，王泰来编译，重庆出版社 1987 年版。

[15]［法］葛兰言：《古代中国的节庆与歌谣》，赵丙祥、张宏明译，广西师范大学出版社 2005 年版。

[16]［德］沃·凯瑟：《叙事美学：谁是小说叙述人》，王泰来编译，重庆出版社 1987 年版。

[17]［荷兰］米克·巴尔：《叙述学：叙事理论导论》，谭君强译，中

国社会科学出版社 2003 年版。
[18] [日] 泽田总清:《中国韵文史（上、下)》，王鹤仪编译，上海书店 1984 年版。
[19] [日] 吉川幸次郎:《中国诗史》，[日] 高桥和已编，章培恒等译，安徽文艺出版社 1986 年版。
[20] [日] 吉川幸次郎:《中国文学史》，陈顺智、徐少舟译，四川人民出版社 1987 年版。
[21] 叶维廉:《中国诗学》，人民文学出版社 2006 年版。
[22] 王逢振主编:《詹姆逊文集第 2 卷　批评理论和叙事阐释》，中国人民大学出版社 2004 年版。

六　硕博论文

[1] 高永年:《唐代叙事诗研究》，博士学位论文，南京师范大学，2001 年。
[2] 郑永乐:《先秦两汉魏晋六朝舞蹈文学研究》，博士学位论文，中国艺术研究院，2004 年。
[3] 田宝玉:《中国叙事诗的传承研究——以唐代叙事诗为主》，博士学位论文，台湾师范大学，1993 年。
[4] 程相占:《吴伟业与中国古代叙事诗》，博士学位论文，山东大学，1995 年。
[5] 吴国荣:《中国叙事诗研究》，硕士学位论文，（台湾）中国文化大学，1985 年。
[6] 郑开道:《汉代乐府诗研究》，硕士学位论文，（台湾）中国文化大学，1971 年。
[7] 林彩淑:《汉魏叙事诗研究》，硕士学位论文，（台湾）中国文化大学，1998 年。
[8] 梁荣源:《唐代叙事诗研究》，硕士学位论文，（台湾）台湾大学，1971 年。
[9] 刘杨:《〈诗经〉战争徭役诗研究》，硕士学位论文，中央民族大学，2006 年。
[10] 郑亮:《乐府叙事诗简论》，硕士学位论文，新疆大学，2004 年。

［11］吕继红：《〈木兰诗〉研究》，硕士学位论文，山西大学，2006 年。
［12］于宝莲：《唐代叙事诗的发展综论》，硕士学位论文，山东师范大学，2001 年。
［13］胡根林：《唐代叙事诗研究》，硕士学位论文，华东师范大学，2004 年。
［14］周婷莉：《中唐叙事诗研究》，硕士学位论文，华东师范大学，2005 年。
［15］郝美娟：《清初文人叙事诗研究》，硕士学位论文，苏州大学，2005 年。
［16］韦春喜：《宋前咏史诗史》，博士学位论文，山东大学，2005 年。
［17］张小丽：《宋代咏史诗研究》，博士学位论文，陕西师范大学，2006 年。

七　期刊论文

［1］赵敏俐：《论汉代文人五言诗的艺术特征》，《文学遗产》1995 年第 2 期。
［2］刘跃进：《中国古代文人创伤态势的形成——从古诗十九首及南朝文学谈起》，载《社会科学战线》1992 年第 3 期。
［3］马庆洲：《百年汉乐府研究概述》，《济南教育学院学报》2000 年第 5 期。
［4］赵明正：《20 世纪汉乐府研究述论》，《甘肃社会科学》2005 年第 3 期。
［5］王荣：《中国叙事诗研究与批评综述》，《陕西广播电视大学学报》2001 年第 3 期。
［6］王荣：《发现与重估：中国古典叙事诗艺术论析》，《陕西师范大学学报》2001 年第 6 期。
［7］陈来生：《试论中国古代叙事诗的民族特色》，《中国文学研究》1991 年第 4 期。
［8］陈来生：《中国传统叙事诗不发达原因探析》，《复旦学报》（社会科学版）2004 年第 1 期。

[9] 陈来生：《说唱叙事诗与中国古代叙事诗不发达状况的辩证考察》，《文学研究》2003 年第 12 期。

[10] 李炳海：《〈诗经·国风〉的篇章结构及其文化属性和文本形态》，《中州学刊》2006 年第 4 期。

[11] 程相占：《论先秦两汉民歌的叙事特征》，《学术月刊》1997 年第 7 期。

[12] 王新霞：《先秦汉魏叙事诗述评》，《中国文化研究》1999 年夏之卷（总第 24 期）。

[13] 黄景魁：《论先秦汉魏叙事诗的形成与发展》，《辽宁广播电视大学学报》2000 年第 2 期。

[14] 赵海菱、张荣纲：《论赋在〈诗经〉叙事文本中的作用》，《福州大学学报》2002 年第 4 期。

[15] 刘俊阳：《论雅诗中的叙事诗及中国古代叙事诗与史诗之不发达》，《国际关系学院学报》2004 年第 4 期。

[16] 徐迈：《为什么中国古代没有长篇史诗——从〈诗经·雅〉中的五首叙事诗谈起》，《阅读与写作》2004 年第 3 期。

[17] 张应斌：《史诗问题和周族的史诗——论〈诗经〉中的史诗》，《嘉应大学学报》2000 年第 1 期。

[18] 王颖：《试论〈诗经〉叙事诗的小说因素》，《齐鲁学刊》2003 年第 3 期。

[19] 欧阳勤：《论〈诗经〉雅、颂中农事诗及其价值》，《船山学刊》2005 年第 3 期。

[20] 张蕾：《〈诗经〉叙事诗特色探析》，《河北师范大学学报》2000 年第 1 期。

[21] 张立伟：《史诗与西周社会》，《西南师范大学学报》1987 年第 2 期。

[22] 刘运好：《新时期汉乐府诗研究之回顾》，《烟台师范学院学报》2004 年第 12 期。

[23] 冯晓方：《乐府诗对中国诗歌发展的影响》，《中国科技信息》2005 年第 16 期。

[24] 杨宏、陈静：《汉乐府民歌对〈诗经〉民歌叙事艺术的继承和发

展》，《太原教育学院学报》2004 年第 6 期。
[25] 胡如虹：《论汉乐府民歌叙事诗》，《湖南城市学院学报》2006 年第 1 期。
[26] 杨静：《试析汉民间乐府叙事诗的叙事艺术》，《成都教育学院学报》2006 年第 10 期。
[27] 苏羽：《中国古代叙事诗的“失语”——论两汉乐府诗的“叙事情结”》，《陕西师范大学学报》2006 年第 1 期。
[28] 沙云星：《试论汉乐府民歌的叙事特征》，《西南民族学院学报》2002 年第 8 期。
[29] 杨清波：《试论两汉乐府民歌的审美个性》，《唐都学刊》1986 年第 3 期。
[30] 葛晓音：《论汉乐府叙事诗的发展原因和表现艺术》，《社会科学》1984 年第 2 期。
[31] 孙玉峰：《汉代两种五言诗之比较》，《渤海学刊》1998 年第 1 期。
[32] 叶幼明：《〈古诗十九首〉在我国诗歌史上的地位》，《中国文学研究》1987 年第 1 期。
[33] 张亚新：《试论〈古诗十九首〉对建安诗歌的影响》，《延安大学学报》1981 年第 1 期。
[34] 穆薇：《蔡琰〈悲愤诗〉与中国古代叙事诗传统》，《齐鲁学刊》1998 年第 5 期。
[35] 刘晓莉：《曹操诗歌对汉乐府叙事题材的突破》，《陕西师范大学学报》2004 年第 10 期。
[36] 罗忠跃、胡根林：《唐代叙事诗限知叙述视角转换模式试探》，《上饶师范学院学报》2006 年第 8 期。
[37] 陈铭：《整一性和多棱性的统一——唐代叙事诗的艺术结构初探》，《浙江学刊》1984 年第 6 期。
[38] 陈晓兰：《论唐代作家的叙事诗文体意识》，《广东广播电视大学》2003 年第 12 期。
[39] 陈少松：《清代叙事诗及其理论初探》，《南京师范大学学报》1991 年第 3 期。

[40] 高永年：《由先秦至唐代汉语叙事诗之成熟》，《江苏社会科学》2002 年第 1 期。
[41] 高永年：《唐叙事诗的艺术风貌和艺术手法》，《名作欣赏》2002 年第 2 期。
[42] 高永年：《唐代叙事诗繁荣之原因》，《南京师范大学学报》2001 年第 6 期。
[43] 侯迎华：《论叙事诗的两种情节模式及其对后世的影响》，《河南师范大学学报》2004 年第 6 期。
[44] 张碧波、高国兴：《试论中国诗歌的叙事传统》，《天津社会科学》1992 年第 2 期。
[45] 彭功智：《浅谈我国古代叙事诗》，《河北师范大学学报》1985 年第 2 期。
[46] 刘军：《试析中国古典叙事诗沉潜之因》，《开封教育学院学报》1998 年第 4 期。
[47] 钟耩：《试论中国古典叙事诗的传统及其与抒情诗的区别》，《吉首大学学报》1984 年第 2 期。
[48] 余松：《语言视野中的古典叙事诗》，《云南师范大学学报》1994 年第 4 期。
[49] 江增华：《影响中国古代叙事诗不发达的文化成因》，《聊城师范学院学报》1999 年第 4 期。
[50] 周昭宜：《中西诗歌的差异及其哲学审视》，《华北电力大学学报》（社会科学版）2004 年第 2 期。
[51] 徐德明：《中西叙事诗学现代实践性整合初议》，《东南大学学报》2006 年第 5 期。
[52]《中国人民大学报刊复印资料·中国古代文学卷》（1985—2009）所有与本书相关的文章。

八　外文著作

[1] Roland Barthes, *Éléments de sémiologie*. Paris: Ed. du Seuil, 1964.
[2] Jan M Broekman, *Structuralism: Moscow, Prague*, Paris. Dordrecht, Holland: D. Reidel Pub. Co, 1974.

[3] Mieke Bal, *Narratology Introduction to the Theory of Narrative.* Toronto: University of Toronto Press, 1985.

[4] Wallace Martin, *Recent Theories of Narrative.* Ithaca: Cornell University Press, 1986.

[5] Susan Sniader Lanser, *Fictions of Authority: Women Writers and Narrative Voice.* Ithaca: Cornell University Press, 1992.

[6] James Phelan, *Narrative As Rhetoric: Technique, Audiences, Ethics, Ideology.* Columbus: Ohio State University Press, 1996.

[7] Mark Currie, *Postmodern Narrative Theory.* New York: St. Martin's Press, 1998.

[8] J. Hillis Miller, *Reading Narrative.* Norman: University of Oklahoma Press, 1998.

[9] David Herman, *Narratologies: New Perspectives on Narrative Analysis.* Columbus: Ohio State University Press, 1999.

后　记

我想我是热爱文学的。从小到大，几乎在文学的领域中，从未折翼。诵读诗文、各类比赛，只要关乎文学，好像我都能名列前茅，这样说来，文学也是眷爱我的，正是这种热爱与执着，让我坚守至今。但是，岁月流逝，年岁见长，对于文学反而有了更多的敬畏，更多的感情。

叙事诗对于我，并不是喜欢与见长的。很少吟诵叙事诗篇，很少研究叙事模式。在硕士期间就读文艺学专业，读书期间更多接触的是西方文化与中国当代文化，更多的是对各种文化现象的膜拜与研究，用文学的浪漫去品读文本，用理论的话语范式去图解文学。我想这个选题，也许和我的学缘背景有关。当时，想用西方的叙事学理论作为方法研究中国叙事诗。叙事就是讲故事，就是人类的生活的记录。人类的生活就是一段段故事，故事的延续就是人类的延续，记录这些故事就是记录人类的历史。人类的历史需要记录与传承，叙事诗是记录人类历史的重要精神载体。一个民族有一个民族的文化，悠悠千古叙事诗，记录了中华民族的世事变迁，从稚嫩的童年、懵懂的少年，一路走到今天。在这些优美的叙事诗中，我们见到了祖辈真实的生活、亲切的身影、深情的呼唤，它是一个民族不能割舍的历史，它流淌在我们后辈的血液里，告诉我们：我们是怎样走到今天，又将如何走向未来！先秦汉魏六朝叙事诗在中国文学史上具有不可或缺的重要地位与影响。

诗歌是人类精神的璀璨花朵，是人类艺苑的亮丽风景，它能带给人无尽的精神享受，让人们暂时超越熙熙攘攘的现实，而升腾到一种心醉神迷的境界，达到一种审美的体验。尤其是当下，我们正处在一个艰难而又急剧转型的时代，一个缺失了信仰与崇高的时代，一个缺失了爱与美的时代，一个缺失了诗意的时代，一个平面化、虚无化的时代，一个精神分裂、意义紊乱的时代，一个非理性的、商业媚俗的时代，一个精神生活越来越粗俗化的时代，一个不尚思辨的时代。大众文艺和文化为了商业利益不惜媚俗，这使我们缺失了许多这个民族灵魂深处最可宝贵的精神品格，而诗歌恰恰能够帮助我们重拾人类灵魂中对真善美的向往，使我们能诗意地生存，拥有对人类的深切关怀。对先秦汉魏六朝叙事诗的研究，是从起点上研究、探索古代诗人的心灵世界，寻找中国古典文学的源头活水。中国人不单要研究抒情诗，也要努力总结自己的叙事诗，这样才能获得一种前所未有的力量。

2004年，投身于曹书杰先生门下攻读博士学位时，对于中国古代文学这个不完全熟悉的研究领域，心中充满了新奇与惶惑、欣喜与期待。聆教于先生的时光是我一生中最幸福与最珍贵的岁月。而今，留在我记忆深处的永远是先生在办公室的形象。似乎每次有问题请教，先生都是在办公室的书桌前忙碌，只要看见那道身影，心里就突然有了依靠，有了动力。先生的学识素养和人格魅力在细微处潜移默化地影响着我。是先生让我学会了如何求知治学、如何为人处事，是先生让我明白了学术是天地间最令人尊敬的事业，做学问是一种伟大的生活，做学问是一世不懈的追求。大爱无疆，先生严谨的治学态度、宽厚的待人之道都将是我一辈子的财富，我必将珍藏一生，先生之恩山高水长。先生坐在东北师范大学文学院原来的那座红楼办公间的形象总是刻在我的脑海里。十二年过去了，先生也已有了白发。

这里，特别要感谢中国社会科学出版社的李炳青编辑。我与她素昧平生，是这本书让我们有了联系，中国社会科学出版社是一个高级别的出版社，开始我是较为忐忑与惶恐的，是李炳青女士的博学敬业、认真负责、热情周到让我释然。生命中遇到这样的责任编辑，是我的荣幸。

感谢最亲爱的母亲的付出，感谢最亲爱的妹妹、妹夫的支持。有时候我想，能走上文学这条路，最应该感谢的是父亲，没有父亲，也许我会走上另一条人生之路。在清苦的日子里，父亲会为我们姐妹订阅各种杂志，并激励我们读书。家里的书香和墨香一直镌刻在我的心灵深处，乃至我现在还常常能在书房里感受到那种味道。这本小书，当是对最亲爱的父亲的祭奠吧。天人永隔，他的女儿幸不辱命，会在这条路上坚持走下去。

整理完书稿的时候，哈尔滨还是乍暖还寒的时节，外面下起了绵绵细雨，透着凉意。没有星星的夜晚，我似乎看见了父亲。时光流淌中，父亲已经离开我整整十六年了。

作者

2016 年 5 月于哈尔滨